P9-DUU-524

Agente exterior

LA TRAMA

AGENTE EXTERIOR

Brad Thor

Traducción de J. A. Fonseca

Barcelona • Madrid • Bogotá • Buenos Aires • Caracas • México D.F. • Miami • Montevideo • Santiago de Chile

Título original: *Foreign Agent*
Traducción: J. A. Fonseca
1.ª edición: junio 2017

Consell de Cent, 425-427 - 08009 Barcelona (España)
www.edicionesb.com

Printed in Spain
ISBN: 978-84-666-6099-0
DL B 10248-2017

Unigraf, S. L.
Avda. Cámara de la Industria, 38
Pol. Ind. Arroyomolinos, n.º 1
28939 Móstoles (Madrid)

Para Scottie Schwimer,
el mejor abogado del mundo y mejor amigo incluso.
Gracias por todo lo que has hecho por mí.

Cuando los hombres malos se unen, los buenos deben asociarse; de lo contrario caerán, uno por uno, sacrificados implacablemente en una despreciable lucha.

EDMUND BURKE

1

Viernes
Casa franca de la CIA
Provincia de Al Anbar, Irak

Con su metro noventa y sus 125 kilos de peso, Ken Berglund ofrecía una imagen imponente. Tenía una densa barba rubia y los brazos cubiertos de tatuajes.

—¡Los bistecs ya casi están! —anunció.

En el patio se oyeron los vítores de sus compañeros de equipo y de las mujeres, congregados en torno a la vieja losa de piedra que servía como mesa para comer. Alguien puso una canción de Charlie Daniels en el iPhone y se sacaron más cervezas de la nevera.

Era una noche perfecta para una barbacoa en el desierto. Las estrellas brillaban en un cielo negro azulado sobre el fuerte abandonado, una fresca brisa disipaba lo que quedaba del calor diurno y por un momento casi podías olvidar dónde estabas.

Hasta que te fijabas en los rifles M4 modificados al alcance de la mano, o las pistolas de calibre 45 que llevaban los hombres al cinto. En cuanto veías las armas, volvías a poner los pies en el suelo. Nadie se armaba hasta los dientes para comer, a menos que estuviera en una zona de guerra. Que era exactamente donde estaban.

No obstante, Ashleigh Foster había minimizado el peligro al presentar el viaje a sus dos amigas como una especie de aventura a lo *Lawrence de Arabia*, un fin de semana en un romántico castillo del desierto rodeado de arena y algún que otro camello. Por supuesto, como analista de la CIA, ella sabía muy bien a qué se exponían. Se encontraba destinada en la embajada de EE.UU. en Amán, Jordania, y manejaba información confidencial todos los días. Su trabajo consistía en clasificarla, cifrarla y enviarla al cuartel general de la CIA en Langley, Virginia.

Sin embargo, no había ningún lugar seguro en Irak... y mucho menos en Anbar. Aunque el ISIS no hubiera llegado aún hasta esa parte de la provincia, solo era cuestión de tiempo.

Sus amigas también sabían a qué atenerse. Como empleadas de la embajada, las mantenían al corriente sobre la situación de la seguridad, no solo en Jordania, sino también en los vecinos Siria e Irak. Lo que estaban haciendo era peligroso.

Pero precisamente el peligro era una de las cosas que las atraía de aquel fin de semana. Se trataba de una aventura, y las aventuras eran emocionantes por definición. ¿Y qué había más emocionante que celebrar una fiesta en un sitio franco de la CIA durante dos noches?

El viernes se habían escabullido del trabajo temprano, y solo habían pasado por sus apartamentos para recoger ropa y cuatro enormes neveras Yeti (tomadas prestadas de un trastero de la embajada) llenas de toda clase de alimentos, entre ellos bistecs, helado, cervezas, incluso donuts.

Con la actitud despreocupada de un trío de universitarias a punto de iniciar las vacaciones de primavera, subieron al Toyota Land Cruiser de Ashleigh, pusieron música y emprendieron la marcha hacia el paso fronterizo de Karameh/Turaibil en el todoterreno.

Apenas tres horas después, mostraban el pasaporte diplomático y pasaban sin problemas tanto por el control fronterizo jordano como por el iraquí. Justo al otro lado, las esperaban el novio de Ashleigh con dos de sus compañeros de equipo.

Ken Berglund era un antiguo ranger que trabajaba para la SAD, la División de Actividades Especiales, un destacamento paramilitar secreto de la CIA.

Él y su equipo de seis hombres llevaban más de una semana en aquel ruinoso fuerte del desierto, esperando a que la CIA les diera luz verde para realizar una incursión en Siria y secuestrar a un HVT del ISIS, es decir, un objetivo de alto valor.

El equipo de Berglund se estaba quedando ya sin suministros cuando Langley les informó que el objetivo había vuelto a cambiar de posición y que habría un nuevo retraso. La CIA quería mantener al objetivo bajo vigilancia unos días para ver con quién se iba a reunir. Después tomarían una decisión.

Tantas prisas para nada. Una situación habitual para los agentes de operaciones especiales. Si Langley quería retrasar la misión, lo haría. La decisión era suya.

Sin embargo, mientras tanto, Berglund había tomado una decisión por su cuenta. ¿Por qué no hacer un poco más interesante el reabastecimiento?

Hacía meses que Ashleigh y él no se veían. Cuando Berglund se lo pidió, ella no se lo pensó. No había mucho de qué preocuparse entre Amán y la frontera. Iría armada con su Glock y, en caso de necesidad, sabía utilizarla.

Su padre, militar retirado, le había enseñado a disparar desde pequeña. Además del intenso entrenamiento en la CIA, practicaba con frecuencia y se enorgullecía de disparar mejor que cualquier hombre lo bastante estúpido como para subestimarla.

Era una de las muchas cosas que a Berglund le gustaban de ella. No solo era una chica despampanante del sur de Florida, sino también una mujer independiente que no tenía miedo a nada, que no pedía disculpas ni se dejaba influir por lo que otras personas pensaran que debía ser o hacer.

No obstante, su padre tenía planes para ella. Había ejercido una gran presión para que se quedara en EE.UU., bien lejos de Oriente Medio. Pero Ashleigh tenía su carácter y había hallado el modo de salirse con la suya.

Siempre conseguía lo que quería, y eso preocupaba a Berglund. Habían disfrutado de muchas sesiones de sexo a distancia por FaceTime, pero a él le preocupaba que al final ella necesitara algo más carnal y lo encontrara en la embajada, o entre la comunidad diplomática.

La idea de que Ashleigh se acostara con algún diplomático europeo de tres al cuarto, o, Dios no lo quisiera, con algún fornido marine de la embajada, era más de lo que el antiguo ranger podía soportar. Valía la pena incumplir todas las normas para que se reuniera en el desierto con él.

Pero, como suele ocurrir, una mala decisión normalmente conduce a otra igualmente mala.

La idea de chicas guapas y barbacoa había atraído a otros miembros del equipo, de modo que habían invitado a dos amigas de Ashleigh. Para los agentes, lo que ocurría sobre el terreno no salía de allí. No había necesidad de que se enteraran en Langley.

Berglund volvió a centrar su atención en los bistecs y los giró noventa grados para que la parrilla cuadriculara perfectamente la carne; una técnica que había aprendido durante unas vacaciones de la universidad en un asador de Dallas.

Iba a ser una comida épica. Ashleigh había logrado incluso agenciarse los ingredientes necesarios para una ensalada. Ojalá todas sus misiones fueran así.

Cuando los bistecs estuvieron listos, los colocó en un plato, se colgó del hombro su M4 y se encaminó hacia la mesa. Su casco, con las gafas de visión nocturna, se había quedado en una hilera junto con los otros.

Berglund estaba a medio camino de la mesa cuando oyó el agudo silbido de un mortero. Dejó caer los bistecs y corrió hacia los demás, gritando:

—¡Alerta! ¡Cuerpo a tierra! ¡Cuerpo a tierra!

2

Ardientes fragmentos de roca salieron despedidos en todas direcciones cuando explotó el primer obús. Le siguieron dos más.

Los agentes gatearon hasta donde tenían el resto del equipo, gritando sus nombres en clave y luego *Up!*, para indicar que estaban preparados para el combate.

Mientras corrían hacia las zonas que cada uno debía cubrir, Berglund agarró a uno de los más jóvenes, un tipo llamado Moss.

—¡Llévalas al hoyo! —le ordenó, señalando a las mujeres.

El hoyo era una instalación subterránea que se utilizaba para los interrogatorios en la época en que los iraquíes utilizaban el fuerte como centro de detención. Era el lugar más seguro para Ashleigh y sus amigas.

—¡Y tráete la 338! —bramó Berglund por encima del estrépito, refiriéndose a la ametralladora ligera del equipo.

Los obuses seguían cayendo; arrancaron grandes trozos de los muros e impactaron directamente en la única torre del fuerte que quedaba en pie, justo cuando Moss conducía a las mujeres hacia la escalera.

Al final había una enorme puerta metálica que se mantenía abierta con una piedra. Moss llevó a las mujeres al interior, agarró la ametralladora de diez kilos de peso y tantas cajas de munición Norma Magnum calibre 338 como podía acarrear.

—Id hasta el fondo —les ordenó—. Y no salgáis a menos que uno de nosotros venga a buscaros.

Apartó la piedra con el pie y empujó la pesada puerta con el hombro. Estaba a mitad de camino escaleras arriba cuando oyó por fin el ruido de la puerta al cerrarse.

Fuera, en las ruinosas almenas de la fortaleza, continuaba la batalla.

Berglund disparaba su rifle con silenciador integrado en ráfagas controladas cuando Moss salió corriendo al patio.

—¡Date prisa con la 338! —gritó.

Moss corrió hacia él, dejó caer las cajas de municiones y se dispuso a montar la ametralladora.

—¿Han entrado en el hoyo?

Moss estaba a punto de responder cuando otro obús de mortero detonó en el patio. Voló la mitad del muro cercano a la escalera, a unos metros apenas de donde acababa de estar él.

—¡¿Han entrado en el hoyo?! —repitió Berglund a voz en cuello, notando un agudo zumbido en los oídos.

—¡Están a salvo! —gritó Moss.

Berglund apuntó hacia el sudeste con su rifle.

—Son cincuenta por lo menos. Puede que más. Armados con AK y RPG.

—¿Quién coño son?

—¿Y a quién coño le importa? Empieza a dispararles.

Pegando el ojo a la mira de visión nocturna montada en lo alto de la ametralladora, Moss quitó el seguro y abrió fuego.

Las balas Norma Magnum eran increíblemente precisas y de extraordinaria potencia. Su alcance efectivo era de 1.800 metros, pero eran capaces de alcanzar un objetivo situado a más de 5.400 metros. Aquella ametralladora ligera de General Dynamics podía disparar quinientas balas por minuto, y eso les estaba dando Moss a sus atacantes.

Sin embargo, en cuanto abatía un grupo, aparecía otro como por ensalmo. Y atacaban el fuerte desde varias direcciones. Eran un enjambre. Estaban por todas partes.

Moss cambió de posición seis veces, mientras otro miembro del equipo corría al hoyo en busca de más munición.

Berglund había llamado ya a Langley con su teléfono cifrado por satélite para pedir ayuda. Necesitaba información. ¿Quiénes eran aquellos tipos? ¿Cuántos eran? ¿Y qué recursos amigos había en la zona para acudir en su ayuda? Langley no tenía respuestas.

Fueran quienes fuesen los atacantes, habían lanzado su ataque justo cuando el dron de la CIA había regresado a la base. No llegaría otro dron, o VANT, hasta pasados veinte minutos por lo menos. Redirigir el satélite tardaría al menos treinta minutos. Berglund no tenía treinta minutos. Dudaba que tuviera siquiera veinte. Muy pronto se quedarían sin munición. En ese momento, todo habría terminado.

Para complicar más las cosas, el equipo SAD ni siquiera estaba en Irak oficialmente. Se trataba de una operación secreta encubierta. Aunque la CIA no iba a dejar morir a sus agentes.

En un almacén abandonado al otro lado de la frontera, en Jordania, había un camión comercial de dieciocho ruedas. Ocultos en su largo remolque blanco había dos helicópteros Hughes/MD 500 modificados con las palas del rotor plegadas.

—¡Vamos! ¡Vamos! —gritó el jefe del equipo de la CIA, mientras sus hombres sacaban los helicópteros y se apresuraban a prepararlos para despegar. Su récord de tiempo para todo el proceso estaba en cuatro minutos y medio. Si pretendían ayudar al equipo de Berglund antes de que fuera demasiado tarde, tendrían que reducir ese tiempo a la mitad.

Los helicópteros, versiones de la CIA de los MH-6 Little Birds del ejército, se habían situado previamente del lado jordano de la frontera como plan B. El plan A era que Berglund y sus hombres entraran en Siria en tres vehículos por separado, le echaran una bolsa por la cabeza a su objetivo del ISIS, y salieran de allí a toda prisa. Los helicópteros debían usarse únicamente si se producía algún contratiempo en la misión.

Un ataque de tal magnitud, en un lugar tan remoto, cuando nadie debería haber sabido que Berglund y sus hombres estaban allí, se había considerado casi imposible. Pero el hecho era que estaban siendo atacados y que solo les quedaban unos minutos de vida. El equipo de rescate no sabía siquiera que ocultas bajo el fuerte había unas visitantes no autorizadas.

Haciendo girar el dedo índice rápidamente por encima de la cabeza, el jefe del equipo gritó a sus pilotos que pusieran en marcha los helicópteros.

—¡Dadles caña! ¡Vámonos! ¡Ya! ¡Ya!

Cuatro miembros del personal de apoyo prepararon las armas de los helicópteros con una serie de chasquidos. El agudo gemido de los motores ahogó el resto de los ruidos en el almacén.

Instantes después, los cristales de las ventanas del almacén rechinaban a causa de la vibración de los rotores girando frenéticamente, cortando el aire.

Cuando los pilotos elevaron los pulgares, el jefe de equipo dio la señal para que abrieran las puertas del almacén.

Los MD 500 se elevaron un metro, volaron a ras de suelo hasta la salida y, una vez fuera, cobraron altitud.

El equipo de apoyo había batido su récord, reduciéndolo un minuto y dieciocho segundos. Fue un esfuerzo valiente, y podría haber dado sus frutos, de no ser por lo que ocurrió a continuación.

A tres kilómetros del fuerte, cuando los copilotos preparaban sus sistemas de armas, un par de misiles tierra-aire se precipitaron contra ellos, atraídos por el calor de los motores. Ninguno de los dos helicópteros tuvo la menor oportunidad.

Berglund no necesitaba a Langley para que le dijeran lo que había ocurrido. Él mismo vio las explosiones en el cielo nocturno. A continuación, vació la última bala de su fusil, que dejó en el suelo para cambiarlo por la pistola.

Al más puro estilo de Texas, había creído que era ingenioso dar la bienvenida a Ashleigh y sus amigas al «Álamo de Anbar». En aquel momento ya no importaba si había sido irónico o profético.

Con sus vehículos destruidos por el fuego de mortero y los helicópteros derribados, no tenían más remedio que resistir allí. Aunque lograran enviarles reactores desde Jordania, cuando llegaran sería demasiado tarde. Solo lamentaba dos cosas: no haber ocultado mejor a Ashleigh y no haber tenido oportunidad de comerse su bistec.

Sacha Baseyev estaba impresionado. Los americanos habían ofrecido más resistencia de lo que esperaba. Después de quedarse sin munición, habían empuñado cuchillos e intentado luchar cuerpo a cuerpo.

Solo quedaban dos supervivientes, pero ninguno de ellos iba a recibir tratamiento médico. Baseyev ordenó a los cámaras que se dieran prisa y pusieran manos a la obra.

Atravesó el patio cubierto de escombros y se acercó a las neveras. Retiró una capa de restos, sacó una linterna y levantó una tapa. Metió la mano en la nevera y descubrió que estaba llena de hielo. Todo un lujo en medio del desierto.

Repitió lo mismo con la siguiente nevera, y con la siguiente, examinando su contenido. ¿Botellas de vino rosado? ¿Pastas? ¿Helado? Por muy decadentes que fueran los americanos, aquellas provisiones estaban fuera de lugar, aun tratándose de un equipo paramilitar de la CIA.

Caídos en el suelo cerca de la última nevera había unos bistecs. Baseyev se agachó para tocar uno. Aún estaba caliente. Contó nueve. Nueve bistecs para seis hombres.

Considerando que algunos eran bastante corpulentos, tal vez pensaban comer más de uno. Pero eso no explicaba el vino que había visto. Los americanos, sobre todo los militares, solían beber cerveza o licores fuertes. Y si bebían vino, desde luego no sería rosado.

Algo no encajaba. El contenido de las neveras parecía el *catering* para una excursión campestre o una fiesta en la playa. Entonces su linterna captó un reflejo a unos pasos de él.

Debajo de unos escombros encontró un iPhone con una

funda de cristal *strass*. La pantalla, protegida con contraseña, estaba agrietada, pero la imagen de una mujer besando a uno de los tipos de la CIA era claramente visible. Menuda suerte.

Lo levantó en el aire y gritó a sus hombres en árabe:

—¡Hay una mujer aquí! ¡Una americana! ¡Si la encontráis, es toda vuestra!

Los yihadistas lanzaron vítores y varios se precipitaron por la escalera.

Una vez abajo, se necesitó la fuerza de dos de ellos para abrir la puerta del hoyo. El primero en cruzarla recibió dos tiros en el pecho y uno en la cabeza. Se había iniciado un nuevo tiroteo. Sin embargo, este fue mucho más breve. Ashleigh solo tenía dos cargadores de repuesto.

Cuando se quedó sin munición, los yihadistas entraron en tropel. Las amigas de Ashleigh trabajaban como administrativas. No llevaban armas.

Lo innombrable solo tardó unos segundos en empezar.

3

Domingo
Viena, Austria

Scot Harvath no intentaba ocultarse. Esperaba ser visto. Ese era el plan. «Sé rápido. Sé sanguinario. Desaparece.»

Los austriacos se llevarían las manos a la cabeza, por supuesto. Pero las cuestiones políticas de su misión no eran cosa suya. La Casa Blanca había sido muy clara. Si los europeos no se ocupaban de su problema, lo haría Estados Unidos.

Harvath estaba sentado en un rincón del Café Hawelka. En su regazo descansaba una Beretta con silenciador, bajo un periódico. Carteles artísticos cubrían las paredes descoloridas. El lugar olía a chocolate y tabaco rancio.

Dio un último sorbo a su café, se levantó y dejó el periódico sobre la mesa.

Su objetivo estaba sentado con otro hombre cerca de la ventana. Ambos tenían treinta y pocos años. Ninguno de los dos alzó la vista.

Harvath se acercó a su mesa.

—París —se limitó a decir. Luego colocó el cañón bajo la mandíbula del objetivo y apretó el gatillo.

Pese al silenciador, el disparo fue audible, y los sesos del hombre estampados contra la ventana del café eran extremadamente visibles.

Algunos clientes chillaron y volcaron mesas y sillas en su afán por escapar. Otros se quedaron paralizados, bien por la sorpresa o por instinto de supervivencia, rogando no atraer la atención del tirador.

El director de la CIA quería el equivalente a un Rembrandt: grande, audaz e inconfundible. Harvath acababa de plasmarlo.

Abandonó el café por la puerta de atrás, se quitó la gorra, desmontó el arma y se metió todo en los bolsillos.

Después de recorrer seis manzanas, entró en el Hotel Sacher. Reclamó su abrigo y las bolsas con sus compras a la chica del guardarropa, a la que dio una propina. Luego fue al servicio de caballeros para limpiarse y cambiarse de ropa.

Se lavó las manos en el lavabo. Darían numerosas descripciones de su aspecto a la policía. Ninguna de ellas sería precisa. Los testigos se habían quedado tiesos por la violencia y la rapidez con que había sucedido todo.

El camarero solo recordaría que era un hombre blanco. De treinta y tantos quizá, que había pedido tranquilamente en alemán.

Si lograban seguirle la pista hasta el Sacher, quizá la chica del guardarropa dijera que era atractivo. Harvath dudaba que fuera capaz de añadir «un metro ochenta de estatura, cabello castaño claro, ojos azules». En cualquier caso, él ya se habría ido.

Salió del hotel y pidió al portero que le parara un taxi para llevarlo a la estación de tren. Allí dejó una pista falsa comprando un billete para Klagenfurt, un pueblo cercano a la frontera.

Luego salió de la estación y caminó unas manzanas hasta una parada de metro. Descendió y recorrió seis paradas en el tren.

Anduvo callejeando por un barrio insulso de Viena durante veinte minutos, luego subió a un taxi para ir al Ristorante Va Bene, cercano al río. Convencido de que no lo seguían, se sentó en la terraza y tomó una cerveza.

Estaba apurando demasiado el tiempo. El barco zarparía pronto, pero necesitaba la cerveza. Más que la cerveza, cinco minutos de tranquilidad. Tiempo para quitarse de la cabeza una misión y concentrarse en la siguiente.

Era la primera vez que llevaba a cabo una operación de esa manera. Tratar de servir a dos amos nunca era buena idea, por muy inteligente que uno fuera. Algo saldría mal, sin duda. Y cuando las cosas empezaban a salir mal, los errores empezaban a acumularse, junto con los muertos.

Miró el reloj. Se habían acabado sus cinco minutos de supuesta paz. Sacó dinero suelto del bolsillo, apuró la cerveza, pagó la cuenta y se fue.

Desde allí había poco más de kilómetro y medio hasta el puerto de Viena. Por el camino, arrojó la Beretta y el silenciador al Danubio.

Recuperó la bolsa de plástico con cierre que había pegado a un contenedor con cinta adhesiva. Contenía su pasaporte, la tarjeta de acceso de su camarote y otros efectos personales. Se metió todo en los bolsillos y dio un último repaso mental mientras se palpaba la ropa. No quería que lo pillaran con nada que lo relacionase con lo sucedido en el café.

Al llegar a la pasarela del barco, presentó su tarjeta de embarque y sonrió a la tripulación. Pusieron sus bolsas en la cinta del aparato de rayos X y a él lo hicieron pasar por el detector de metales.

En los cuatro días que había pasado en aquel barco, había encontrado cien maneras distintas que podría utilizar un terrorista u otro villano para causar estragos. Ninguna de esas maneras incluía pasar algo clandestinamente por los rayos X o el detector de metales.

Tras recibir el visto bueno, la tripulación le devolvió sus pertenencias y le dio la bienvenida a bordo. Una jovial tripulante empezó a preguntarle si había disfrutado de su estancia en tierra, pero él ya había recorrido medio vestíbulo antes de que pudiera terminar la pregunta.

Cuando llegó a su camarote, se detuvo a escuchar junto a la puerta. Nada. Sacó la tarjeta de acceso, abrió y entró.

Estaba oscuro. Hizo ademán de encender la luz, pero se detuvo. La puerta corredera de cristal estaba abierta. Había alguien de pie en el balcón del camarote.

4

Harvath sabía que ocurriría. No quería, pero era inevitable. Dejó las bolsas en el sofá y se dirigió al balcón.

Lara Cordero estaba apoyada en la barandilla con una copa de champán en la mano. El ceñido vestido moldeaba su espectacular figura y una suave brisa agitaba sus largos cabellos castaños. Podría haber trabajado como modelo para la compañía de cruceros. Era preciosa.

—¿Qué tal ha ido? —preguntó, sin dejar de contemplar el Danubio.

Harvath no le había contado lo que estaba haciendo, pero ella no era tonta. Lo habían bombardeado con llamadas y correos electrónicos desde la llegada de ambos a Europa. También llevaba un móvil que ella nunca le había visto. Lo conocía lo bastante bien como para adivinar su juego.

El otoño anterior, Harvath le había prometido unas vacaciones, justo antes de que un megalómano de las Naciones Unidas hubiera diseñado una devastadora pandemia a nivel mundial. Mientras esperaban a que se disipara la amenaza, Lara y él se habían refugiado en Alaska. Dadas las circunstancias, no era exactamente la escapada que habían soñado. Un crucero por el Danubio se le parecía más, al menos para Lara. Harvath tenía una motivación secreta, y por eso lo había sugerido.

El terrorismo islamista había estallado en Europa. Habían

muerto ciudadanos americanos. El gobierno de EE.UU. había dejado muy claro qué esperaba de sus aliados europeos. Ya era hora de quitarse los guantes de seda. Estaban en guerra.

Los terroristas se ocultaban entre sus potenciales víctimas. Utilizaban la libertad y el espíritu abierto de Occidente para atacar objetivos fáciles como iglesias, cafés, restaurantes, bares, transportes públicos, atracciones turísticas, acontecimientos deportivos, conciertos, salas de cine y escuelas.

No eran soldados. Eran salvajes. Esperar clemencia de las mismas naciones a las que habían convertido en objetivo era el colmo de la demencia. Solo respetaban una cosa: la mano dura.

Abubakar al Shishani era el responsable de una serie de ataques terroristas en París en los que habían muerto numerosos estadounidenses. El hecho de que se moviera abiertamente por Viena demostraba lo poco que temía cualquier represalia. Claro que Harvath ya se había encargado de eso.

Debía ser un mensaje para sus compinches. Si mataban a americanos, los americanos los matarían a ellos. Daba igual dónde estuvieran, o cuánto tiempo tardaran. Harvath había tenido sumo gusto en ser el mensajero.

La oportunidad de entrar y salir de Viena en un crucero era demasiado buena para desaprovecharla. El crucero le proporcionaba la tapadera perfecta y la oportunidad de matar dos pájaros de un tiro.

Su relación con Lara pasaba por un momento delicado. Necesitaban las vacaciones para averiguar cómo seguir adelante.

Si bien había tenido una vida muy corta, la pandemia había sido brutal. Daba la impresión de que todo el mundo conocía a algún afectado. Entre ellos estaba Lara. Dos de sus superiores habían sucumbido. Y por ese motivo, le habían ofrecido un increíble ascenso.

El Departamento de Policía de Boston quería ascenderla de inspectora de Homicidios a jefa de toda la unidad. Era una oportunidad fantástica, pero también implicaba que Lara tendría que quedarse en Boston.

Con la esperanza de que quisiera trasladarse, Harvath había recurrido a sus contactos en Washington. Todos se encontraban en situación parecida. Habían perdido a colaboradores excepcionales, pero querían promover los ascensos entre su propia gente. La oportunidad que se le ofrecía a Lara en Boston no iba a encontrarla en otro lugar.

Aunque le doliera admitirlo, sabía que Lara debía aceptar, que esa era la mejor decisión. Él respetaba su lealtad al departamento que siempre la había apoyado y a la ciudad que amaba.

Además, existían otros elementos determinantes. Los padres de Lara eran ya mayores y vivían en el apartamento justo debajo del suyo. Eran demasiado mayores para abandonar Boston y empezar de nuevo. Todos sus amigos estaban allí. Eran una familia muy unida. La idea de que el hijo de Lara creciera en Virginia sin sus abuelos viviendo justo debajo tampoco era aceptable. Si no podían mudarse todos juntos, ella no quería mudarse.

Harvath lo comprendía. La quería tanto como para desear lo mejor para ella: que aceptara el ascenso. También la quería tanto como para desear que su último viaje juntos fuera especial.

Que él se mudara a Boston era imposible. No podía hacer su trabajo a larga distancia. Ahora tenía un contrato con la CIA y el presidente exigía mucho contacto personal. Teniendo en cuenta la nueva política agresiva del país con respecto al terrorismo, Harvath tendría más trabajo que nunca.

No era una conclusión fácil de aceptar. Pasados diez años, o quizás apenas cinco, puede que cambiase de opinión. Pero ahora no. No en ese momento. Había demasiadas cosas en juego.

El mundo se estaba volviendo más peligroso. Algunos ridiculizaban el sueño americano. Harvath no era uno de ellos. Sabía que el sueño americano no podía sobrevivir sin personas dispuestas a protegerlo. Siempre había antepuesto su país a cualquier otra cosa. Lo había hecho como miembro de los SEAL, los comandos de la Marina, y había seguido haciéndolo en todos los puestos que había ocupado. Eso no iba a cambiar, por mucho que le afectara personalmente.

Justo después de los ataques de París, había mantenido una conversación con el presidente. Él había expresado su opinión de que en el mundo había lobos y había ovejas. Para proteger a las ovejas, la nación necesitaba perros pastores, y así era como él se veía a sí mismo.

El presidente había reflexionado un momento antes de darle a conocer su propia opinión. Sí, los EE.UU. necesitaban perros pastores, pero también cazadores de lobos. Así era como el mandatario consideraba que Harvath podía contribuir mejor a proteger las ovejas.

«No vamos a esperar a que los lobos vengan a atacarnos —le había dicho—. Iremos nosotros a por ellos, allí donde vivan, o coman, o duerman. Les daremos caza con una ferocidad como no han conocido igual. Si se atreven a mirar siquiera en nuestra dirección, los aniquilaremos.»

Era una de las declaraciones más convincentes que Harvath había oído en su vida. No la había hecho delante de las cámaras ni para obtener una ventaja política. Eran sus convicciones más profundas. Y no hicieron más que aumentar el respeto que Harvath sentía hacia él.

«Quitadnos las cadenas y dejadnos hacer nuestro trabajo.» Era una frase que repetían una y otra vez los espías y miembros de Operaciones Especiales. Ahora Harvath tenía esa oportunidad, y no pensaba dejarla escapar.

Sacó la botella de champán de la cubitera y se sirvió una copa.

—¿Podemos al menos disfrutar de Budapest mañana antes de tener que volver en avión a casa? —preguntó ella, todavía mirando hacia el río.

Él se acercó y la envolvió con sus brazos. Le besó el cuello por detrás, y estaba a punto de contestar cuando vibró su móvil.

5

Lunes
Washington, D.C.

El senador Daniel Wells se inclinó hacia delante y estudió al hombre que estaba sentado al otro lado de su escritorio.

—¿He tartamudeado? —preguntó. Su chaqueta colgaba del respaldo de su asiento y se había arremangado.

—No, señor —respondió su invitado.

—¿He hablado en un idioma extranjero?

—No, señor —repitió el hombre con tono de frustración, cansado de la condescendencia del arrogante senador de Iowa. Era de la peor clase de político. Acababan de superar una pandemia, y él no pensaba más que en sus propios intereses.

—Trece americanos han muerto. ¡Trece! —bramó Wells—. ¿Y no tiene una sola puñetera pista sobre lo que ocurrió? ¿Ni la mínima información?

—Señor, si me permite...

—Deje de llamarme señor —lo interrumpió Wells—. Soy un senador de EE.UU.

—Sí, senador. No pretendía...

Wells lo ignoró y siguió machacándolo.

—Como director de la CIA, es su deber mantener informado a mi comité.

—Aún estamos tratando de averiguar qué ocurrió.

—Empiece por decirme qué coño hacían en Anbar.

La conversación se estaba adentrando en terreno peligroso. Bob McGee eligió sus palabras con cuidado.

—Buscaban a cabecillas del ISIS.

—¿Enviaron a un equipo SAD de seis hombres a la frontera siria, además de recursos aéreos encubiertos multimillonarios, fuertemente armados, solo para echar un vistazo?

El director de la CIA asintió. Era un hombre cercano a la sesentena, de pelo cano y bigote poblado.

—Y una mierda. Para eso tenemos el programa de drones. ¿Qué estaban haciendo allí realmente?

—Senador, como le decía, buscando a cabecillas del ISIS.

Wells lo fulminó con la mirada. No estaba consiguiendo nada.

—¿Y la analista? ¿Qué hay de ella? ¿Qué estaba haciendo ella allí?

Ahora estaban oficialmente en arenas movedizas. Aun así, McGee decidió decir la verdad.

—No sé por qué Ashleigh Foster estaba allí.

—Y una mierda.

—Senador, tiene usted mi palabra de que...

—¿Y las otras dos? —soltó Wells—. Las otras dos mujeres de la embajada.

El director de la CIA negó con la cabeza.

—Aún no estamos seguros.

Wells lo fulminó de nuevo con la mirada.

—¿Qué hay del vídeo? ¿Ha llegado a verlo al menos?

McGee se sintió tentado de devolverle la mirada asesina. ¿Que si lo había visto? Por supuesto que sí. El mundo entero lo había visto ya. ISIS no había perdido el tiempo en difundirlo. Iba más allá de la barbarie.

A las mujeres las habían obligado a realizar actos indescriptibles con ciertas partes de los difuntos miembros de la SAD. Las habían violado y torturado brutalmente antes de asesinarlas. A una se la oía incluso gritando a su padre que fuera a salvarla. Era nauseabundo incluso para un grupo tan depravado como el ISIS.

—Son unos salvajes —dijo McGee, dando a entender que ciertamente lo había visto.

—¿Se imagina por lo que están pasando sus familias?

—No puedo ni im...

—Desde luego que no puede, maldita sea. No sé qué juego se trae entre manos, pero en lo que a mí respecta, la CIA es responsable de la muerte de esos ciudadanos americanos.

McGee adivinaba adónde quería ir a parar. Wells detestaba a la CIA. Iba a colgarle el muerto a Langley en general, incluso a él personalmente.

El senador era un hombre mezquino y vengativo que había hecho cuanto estaba en su poder para bloquear la designación de McGee. Jamás lo había considerado una buena opción para director de la CIA. Él quería a alguien con un perfil más político, un trepa al que pudiera manipular.

Pero precisamente por ese motivo el presidente había elegido a McGee. No lo consideraban «alguien de dentro». No participaba en el juego político. Tenía una larga carrera en la CIA, pero en su vertiente operativa, no como gestor. Lo que el presidente consideraba una ventaja.

McGee sentía un gran afecto por la CIA y quería recuperar la cultura que la había caracterizado. Era la elección perfecta para realizar una limpieza a fondo.

Como director de la Central de Inteligencia, McGee había empuñado el hacha sin clemencia. La Agencia necesitaba volver a sus raíces. Había demasiados burócratas, demasiados gestores de rango medio más preocupados por su siguiente ascenso que por los hombres y mujeres que trabajaban sobre el terreno.

McGee había despedido a más gente de la que se había despedido en las tres últimas décadas. Pretendía erradicar el despilfarro, el fraude y los abusos como si fueran un cáncer. Eso incluía a personas que tenían vínculos con el senador Wells. Personas que creían que el senador protegería sus cargos.

Al senador le habían enfurecido los despidos. Su influencia dentro de la Agencia estaba menguando. Estaba perdiendo fuentes de información. Estaban despidiendo a personas que le debían favores. No había tardado mucho en contraatacar amenazando sutilmente al nuevo director.

«Usted ocúpese de la CIA, que ya me ocuparé yo de Wells», había dicho el presidente a McGee. Era una estrategia que hasta entonces había funcionado. Pero Anbar lo había cambiado todo. No haría más que aumentar la ambición del senador Wells.

Aunque aún no se había anunciado, todo el mundo sabía que iba a presentarse como candidato a la presidencia en las siguientes elecciones. Anbar y el nauseabundo vídeo debían de haberle parecido un regalo caído del cielo.

McGee no tenía intención de ayudar a Wells.

—En cuanto tenga una visión más completa de lo que ocurrió —dijo—, informaré al comité con mucho gusto.

—No; me informará a mí. Y me da igual cuántos culos tenga que patear o que lamer, pero será mejor que me traiga algo pronto.

McGee asintió y quiso levantarse.

—Si eso es todo, iré...

—¡Siéntese! —bramó Wells—. No he terminado.

McGee tuvo que hacer un esfuerzo supremo para no pegarle un puñetazo, pero obedeció.

—¿Qué sabe sobre Viena? —quiso saber Wells.

—Es la capital de Austria —contestó McGee sin pensar.

—¿Quiere tomarme el pelo, director McGee? ¿Es eso? ¿Cree que será divertido si se recorta el presupuesto destinado a la CIA?

McGee jamás habría intentado hacerse el listo. Wells no era solo un gilipollas arrogante, sino un gilipollas arrogante con un enorme poder. Eso lo volvía peligroso.

Sería un suicidio político para Wells recortar los fondos destinados a la CIA. Jamás lo haría, pero podía retenerlos. Si eso ocurría, causaría todo tipo de problemas a la CIA.

Esa era la espada de Damocles que Wells tenía sobre McGee, y este lo despreciaba por eso. Detestaba tener que postrarse ante payasos egoístas como Wells.

Pero detestaba aún más la idea de que su gente en la CIA no recibiera lo que necesitaba. El dinero era el oxígeno en el mundo del espionaje. Si les cortaban los fondos, todo dejaría de funcionar. No podía arriesgarse a eso.

—Viena —dijo McGee, dejando a un lado su ego—. ¿Se refiere al golpe contra Al Shishani?

—No me refiero a su puto schnitzel. Por supuesto que me refiero al golpe contra Al Shishani. ¿Qué sabe de eso?

«Lo sé todo —pensó McGee—. Y no voy a compartirlo con usted.»

—Creo que los franceses querían enviar un mensaje —replicó el director de la CIA mirándolo a los ojos.

—¿Los franceses? ¿Por qué supuestamente el tirador mencionó París? —dijo Wells, sopesándolo un momento—. No me lo trago. No es su estilo. De los israelíes, quizá. Pero no ganaban nada con eso.

—Me ha preguntado qué sabía —dijo McGee, encogiéndose de hombros.

—Y usted no me ha dicho una mierda. Nuestro gobierno tiene controles y contrapesos por un motivo. Si descubro que usted, o el presidente, han estado operando al margen de la autoridad constitucional, se lo haré pagar caro a los dos. ¿Me ha comprendido?

—Sí, señor, perfectamente —dijo McGee, enfureciendo al senador una vez más al ponerse en pie—. ¿Eso es todo, señor?

Wells le lanzó una mirada asesina.

—Saque el puto culo de mi despacho.

Al marcharse, McGee sabía dos cosas. Una, que detestaba a Wells más que nunca. Y dos, que si Harvath no descubría quién estaba detrás de la debacle de Anbar, todos iban a tener problemas serios.

6

Bruselas, Bélgica

En Budapest, la CIA tenía un Mercedes gris esperándolos en el muelle. Lara se alojaría en el Four Seasons. Harvath se iría al aeropuerto. Ambos estaban agotados.

Ninguno de los dos había querido enfrentarse con la cruda realidad de la separación. Había sido más fácil dejar que un par de botellas de champán embotaran los sentidos y disfrutar de una última noche de pasión.

Formaban una gran pareja; ambos eran inteligentes, apasionados, y juntos hacían saltar chispas. El hecho de que no lograran hallar el modo de mantener una relación tan fantástica en la misma ciudad era una locura.

Cuando llegó el momento del adiós real, Lara le dio uno de los mejores besos que él recordaba. Largo, lento, sensual. Luego ella se bajó del coche, sacó su equipaje del maletero y se dirigió al hotel.

Harvath se reclinó en el asiento de atrás mirando fijamente las nítidas puertas de cristal. «¿Qué demonios acaba de ocurrir?», se preguntó. Tenía la impresión de que le habían vaciado de oxígeno los pulmones. «¿De verdad la he dejado marchar?»

Pasaron unos instantes mientras él intentaba asimilar la situación, hasta que finalmente el chófer interrumpió sus pensamientos.

—¿Listo para ir al aeropuerto, señor?

La respuesta corta era que no. Harvath no estaba listo para ir al aeropuerto. Quería subir a la habitación de Lara, cerrar la puerta con llave y fingir que no había aceptado ir a Bruselas. Pero no podía hacerlo. Había dado su palabra.

Por lo general, Harvath disfrutaba viajando en avión privado, sobre todo cuando era tan lujoso como un Dassault Falcon 5X, pero ni siquiera su espectacular tragaluz consiguió impresionarlo ese día.

Mezcló sal, azúcar y una aspirina machacada en un vaso de zumo de tomate con hielo. Tenía un sabor horrible.

Después de tomarse otro igual, se tumbó en el blanco sofá de cuero con una botella de agua.

La CIA utilizaba una aplicación codificada que solo le permitió ver el vídeo de Anbar y los archivos de imágenes una vez. Fue más que suficiente.

ISIS era un culto islámico a la muerte que intentaba provocar el Apocalipsis. Cuanto más crecían, más depravados se volvían.

Su objetivo último era enfrentarse a los infieles en Dabiq, una aldea diminuta del norte de Siria. Tras una batalla decisiva en tierra, el mesías musulmán regresaría a la tierra. O eso decía una antigua profecía. Harvath habría apostado a que el profeta Mahoma jamás había imaginado que existirían las armas nucleares.

Si dependiera de Harvath, ordenaría que se lanzaran misiles nucleares. Después de arrojar folletos sobre los residentes para avisarles de que huyeran, los misiles arrasarían Dabiq y luego Raqqa, la capital del ISIS. No habría batalla en tierra. Solo habría campos arrasados. Los salvajes de ISIS no merecían que se derramara una sola gota de sangre americana.

Pero no dependía de Harvath, sino del presidente de Estados Unidos, que, por el momento, tenía otros planes.

El mandatario quería saber cómo era posible que hubieran

atacado al equipo SAD en Irak. ¿Cómo había sabido ISIS que estaban allí?

Harvath había sido el encargado de recoger información antes de enviar a los agentes. Él era quien había identificado y localizado al valioso objetivo del ISIS. La información se la habían proporcionado sus contactos. Y ahora trece estadounidenses habían muerto.

La CIA había iniciado una investigación. Habían descubierto que Ashleigh Foster tenía una relación con un miembro del equipo de la SAD. Ella había convencido a dos amigas de la embajada para pasar el fin de semana en la casa franca. Los registros de llamadas telefónicas, e-mails y mensajes de texto lo confirmaban. Era un caso de un tremendo error de juicio por parte de todos los implicados. Sin embargo, el ataque del ISIS era harina de otro costal.

Los yihadistas habían lanzado un ataque perfectamente preparado. No solo habían barrido al personal de la SAD, sino que también habían derribado dos helicópteros de la CIA. Sabían exactamente contra qué se iban a enfrentar. Incluso habían llevado un equipo de vídeo para grabarlo todo. ¿Sabían también que las mujeres iban a estar allí?

A Harvath le habían encomendado la misión de contestar a todas esas preguntas. Y la casilla de salida se hallaba en Bruselas.

En la ciudad había más de un veinticinco por ciento de musulmanes, concentrados sobre todo en Molenbeek, un barrio situado en la orilla menos favorecida del canal, donde había más de dos docenas de mezquitas.

También era el lugar donde se hallaba uno de los mejores contactos de Harvath, un contacto que de repente había enmudecido.

O bien Salá Abaaoud tenía problemas, o bien había traicionado a Harvath.

En este último caso, no habría agujero lo bastante profundo para que Salá se ocultara. Harvath lo encontraría. Era su trabajo.

Salá era médico y tenía consulta propia. Todo el mundo en Molenbeek lo conocía. Era el alcalde oficioso del barrio. Intermediaba en las disputas, ayudaba a los inmigrantes musulmanes recién llegados a manejarse en el sistema belga de prestaciones sociales, arrancaba muelas cariadas, e incluso concertaba matrimonios.

Era un generoso contribuyente de las mezquitas y las obras de beneficencia del barrio, conducía un BMW rojo, y siempre tenía entradas para los mejores eventos deportivos.

Aparentemente, el doctor Salá Abaaoud era un hombre de éxito. Nadie en el barrio tenía la menor idea sobre su pasado delictivo. Incluso el gobierno belga lo ignoraba.

Cuando vivía en Oriente Medio, Salá había hecho fortuna con el contrabando. Desde su posición como médico, se había aprovechado de la Media Luna Roja, las Naciones Unidas y las oenegés que enviaban auxilio médico y convoyes de suministros. Traficaba con todo, desde antigüedades robadas hasta personas, además de armas y drogas. Pero lo habían atrapado por culpa de las armas.

Ocurrió cuando trasladaba un contenedor de misiles robados de Marruecos al Líbano. Harvath le había seguido la pista al móvil desde el cual se había planeado el robo. Una información había conducido a otra, hasta que Harvath había acabado llamando a la puerta de Salá. El médico había salvado la vida solo porque se había mostrado dispuesto a cooperar.

Gracias a sus contactos, Salá se encontraba en una posición ideal para recoger información. Su red de contactos era impresionante, y Harvath la quería para sí. Salá aceptó cooperar a cambio de un generoso salario mensual y de seguir respirando. Alá lo había bendecido doblemente.

Harvath le asignó el nombre en clave de Sidewinder, como los misiles que había intentado sacar de contrabando. Pero a medida que pasaba el tiempo, se dio cuenta de que era igual que la serpiente de cascabel que recibía ese nombre. Salá tenía sangre fría, hacía mucho ruido cuando estaba nervioso y podía atacar sin previo aviso. Había que manejarlo con sumo cuidado.

Sin embargo, en aquel momento Harvath no estaba de humor para ser cuidadoso. Había trece americanos muertos. A diez de ellos se les había asignado una misión basada en la información recogida por él mismo. Las tres mujeres simplemente estaban en el lugar equivocado en el momento equivocado. Pero ninguno de ellos habría estado allí de no ser por él. Eso era un hecho que le pesaba como una losa. Intentó apartarlo de su mente mientras buscaba a Salá.

El primer lugar que comprobó fue su casa, pero allí no halló rastro ni del hombre ni de su BMW rojo. A continuación fue a su clínica.

Cerrada. A través de la ventana, Harvath vio una pila de correo en el suelo. ¿Había abandonado la ciudad? ¿Huido del país? El temor de que Salá le hubiera traicionado iba en aumento. Solo se le ocurría otro lugar donde buscarlo.

La piedad de Salá tenía un límite. Terminaba justo en su zona erógena. Poseía un nidito de amor, junto con una provisión de licores bien surtida, en el elegante barrio de Saint-Gilles. Harvath lo había seguido hasta allí en una ocasión. El apartamento se hallaba muy cerca de la Avenue Louise.

Si el carácter de una persona se mide en realidad por lo que hace cuando nadie la observa, el doctor Salá Abaaoud habría escandalizado a los musulmanes de Bruselas. Además de libar alcohol en abundancia, se tiraba a la enfermera de su clínica, Aisha, una mujer muy atractiva, mucho más joven que él, y muy casada.

Harvath se detuvo ante la puerta del apartamento a escuchar. ¿Qué esperaba oír? ¿Sexo? Ni siquiera un bebedor como Salá desaparecería tantos días por una borrachera. Era demasiado cuidadoso para eso. Dependía de su imagen pública. Aunque no tanto como para impedirle beber y follar. Simplemente se había acostumbrado a cierto nivel de riesgo.

Harvath oyó un ruido en el interior. Parecían gritos, y no guardaban relación con el sexo. ¿Un partido de fútbol?

Llamó al timbre y esperó. La última vez que había sorprendido a Salá entrando por sorpresa había visto más de lo debido. No necesitaba volver a ver a ningún hombre en pelotas, mucho menos a uno tan gordo y peludo como Salá.

Nadie le abrió.

Tras aguardar unos instantes, Harvath sacó del bolsillo un trozo de acero del tamaño de una tarjeta de crédito. En él se habían tallado unas ganzúas con un láser. Solo tenía que hacer saltar las que necesitara.

Examinó la cerradura y estaba a punto de elegir la ganzúa, cuando decidió probar la manija.

La puerta no estaba cerrada con llave. Y Salá siempre le echaba la llave a todo.

Harvath empujó la puerta y vio todo sin necesidad de entrar. Alguien había pasado por allí. Y había creado su propio Rembrandt.

7

No había indicios de lucha. Ni de tortura. Salá estaba sentado en el sofá vestido con una bata dorada y púrpura, la cabeza hacia atrás. En la pared de detrás había salpicaduras de sangre formando un halo. Sobre la mesa había un vaso medio lleno, seguramente de su *bourbon* favorito con soda. El televisor estaba encendido. Seguramente llevaba días así.

Harvath entró y cerró la puerta. El olor a muerte sofocaba el aroma a té y especias. Tenía que ser rápido.

Paseó la mirada por el apartamento. Parecía obra de profesionales. A Salá lo habían matado de un solo disparo en la cabeza.

Dado que nadie había llamado a la policía, seguramente el asesino había usado un arma con silenciador. Eso descartaba al marido de Aisha y el crimen pasional.

Entró en el dormitorio principal. Se fijó en la cama deshecha, la ropa de Salá sobre el respaldo de una silla, y ropa de mujer sobre un diván cerca de la ventana. Una tenue luz salía del cuarto de baño. Harvath tuvo un mal presentimiento sobre lo que iba a encontrar allí.

Se acercó a la puerta y le dio un empujoncito. Aisha yacía desnuda y muerta en la bañera. Le habían pegado un tiro en la cabeza, igual que a Salá. Su sangre teñía de rojo las baldosas de la pared y el agua de la bañera tenía un intenso tono rosado.

Harvath salió del cuarto de baño y atravesó el apartamento.

Desde luego, era un golpe profesional. No parecía que hubieran robado nada. Salá seguía llevando su Rolex Daytona de oro, los dos Chagalls seguían en la sala de estar, y todas las joyas que había comprado para Aisha, y que ella no podía llevar a casa, estaban en un estuche de terciopelo rojo sobre el tocador.

El asesino profesional y disciplinado. Eso descartaba a la mayoría de los personajes de los bajos fondos y del yihadismo con quienes tenía negocios Salá, si no a todos.

Si alguno de ellos hubiera tenido problemas con el contrabandista, Harvath se habría enterado. Con frecuencia Salá abusaba de su relación a fin de zanjar sus disputas en los negocios. Sabía que los americanos liquidarían con sumo gusto a algunos de sus clientes por él.

De hecho, a veces la CIA garabateaba las siglas RDSA en los misiles que lanzaban sus drones en tales ocasiones: «Regalo de Salá Abaaoud.»

Precisamente, el alto porcentaje de aciertos de Salá identificando y localizando objetivos terroristas había inducido a la CIA a tomarse sus últimas informaciones sobre el ISIS muy en serio.

«Y fíjate ahora», pensó Harvath mientras examinaba el cadáver. Sin duda, llevaba allí un par de días. «Entonces, si no fue un marido celoso o un socio en los negocios, ¿quién lo mató?»

La profesionalidad con que se había llevado a cabo la ejecución hacía pensar en el servicio de inteligencia de algún país. De inmediato, excluyó a todos los servicios de aliados de EE.UU., a los que había informado sobre Salá. Si el MI6, el Mossad u otro servicio aliado hubiera querido acabar con él, se lo habrían hecho saber.

¿Podía haber sido algún país de Oriente Próximo o Medio como Marruecos, Egipto o Arabia Saudí? Posiblemente, pero se les daba bastante mal planear golpes más allá de sus fronteras. Y si hubiera sido uno de ellos, ¿por qué iban a realizar semejante esfuerzo por Salá? No tenía sentido.

Se le ocurrían muchas más preguntas que respuestas. Sin

embargo, una cosa era segura. Salá lo seguía fastidiando tanto como cuando estaba vivo.

Siguió moviéndose cuidadosamente por el apartamento en busca de pistas. Lo último que quería era dejar algún rastro que lo relacionara con el crimen. Quería que las autoridades belgas se centraran en atrapar al auténtico asesino.

Y quienquiera que lo hubiera hecho había elegido liquidar a Salá allí, en lugar de ir a su casa o a la clínica. ¿Por qué?

Al parecer, habían pillado a Salá por sorpresa. Después de mantener relaciones sexuales, Salá estaba viendo la televisión, disfrutando de una copa, mientras su amante se daba un baño. El asesino parecía haber tenido un único objetivo: matarlo allá donde lo encontrara.

Pero si había sido así, ¿por qué no había dado media vuelta y se había marchado? ¿Por qué había ido al cuarto de baño para matar a Aisha? Por el tiempo.

Si el asesino se hubiera ido de inmediato, Aisha no habría tardado mucho en descubrir el cadáver de Salá. ¿La esposa infiel habría llamado a la policía? Quizás. ¿Habría gritado para atraer la atención de los vecinos? Era posible, y un profesional lo habría tenido todo en cuenta.

Sobre todo si se trataba de alguien que necesitaba salir del país. Cuanto más tiempo tuviera antes de que la policía se enterara de lo ocurrido, más fácil le resultaría, especialmente si tenía que tomar un tren o un avión.

Harvath sacó el móvil y tomó fotos de todo. Tras geoetiquetar su ubicación, envió las imágenes a EE.UU., a su equipo. Añadió un mensaje para su experto en IT, Nicholas.

Conocido entre los servicios de inteligencia internacionales como «el Troll», Nicholas estaba afectado de enanismo primordial. Aunque medía menos de un metro, era un prodigio digital que se había labrado una reputación gracias a la compraventa y robo de información altamente secreta en el mercado negro.

Se había creado poderosos enemigos en el transcurso de su carrera. Y aunque se había «reformado», sus dos enormes pastores caucasianos blancos no se apartaban jamás de él, por si acaso.

El mensaje de Harvath rezaba: «Trabajo profesional. Posiblemente servicio de inteligencia extranjero. Revisad imágenes de videovigilancia de la zona. A ver si podéis encontrar al asesino.»

Regresó al dormitorio, sacó las llaves de los pantalones de Salá y abandonó el apartamento.

Era ya de noche cuando llegó a Molenbeek; sus residentes estaban ocupados con el rezo nocturno. Decidió ir primero a la clínica de Salá.

Forzó la puerta principal y pasó por encima del correo acumulado. El despacho de Salá estaba en la parte de atrás.

Harvath no sabía qué buscaba. Que enviaran a un asesino profesional a matar a Salá era una cosa, pero que lo enviaran justo después del ataque en Anbar, era algo muy distinto.

Hasta que tuviera motivos para sospechar lo contrario, consideraría que ambos sucesos estaban relacionados. No se sobrevivía mucho tiempo en aquella clase de trabajo si uno creía en las coincidencias casuales.

Registró brevemente el despacho, pero todo parecía en su sitio. No daba la impresión de que alguien hubiera pasado por allí.

Encendió los ordenadores de la clínica e insertó una memoria USB con un programa que le daría acceso a Nicholas. Una vez cargado el programa, sacó la memoria portátil y se dirigió a casa de Salá.

Era un edificio anodino de ladrillo de tres pisos. La planta baja, donde Salá recibía a personas del barrio, estaba decorada con modestia. El segundo y el tercer piso eran mucho más lujosos.

La paleta de colores en los pisos superiores era similar al de la bata que vestía Salá al ser asesinado: muchos púrpuras y dorados. Gruesas alfombras persas, sofás tapizados, sillas recargadas y pesados cortinajes. Cuadros de rollizas mujeres desnudas y cuencos de frutas adornaban las paredes. Un intenso y dulzón perfume a incienso impregnaba el ambiente.

Harvath usó el codo para abrir la puerta corredera de cristal para que entrara el aire. Luego recorrió una habitación tras otra, tomando nota de lo que veía.

Había platos sucios del desayuno en el fregadero. Sobre el alféizar de la ventana del cuarto de baño descansaba una taza de café. Un periódico de tres días atrás yacía abierto sobre la mesa del comedor. No daba la impresión de que nadie más que Salá hubiera pasado por allí desde entonces.

O bien el asesinato era una venganza por algún suceso del pasado lejano de Salá, o bien lo habían matado para silenciarlo.

Harvath apostaba por lo último. «Pero ¿qué era lo que no querían que dijera?»

Tenía que haber algo en la casa que se lo dijera a él. Regresó al estudio, abrió los cajones del escritorio y empezó a revisar todos los documentos personales. La mayoría estaban escritos en árabe.

Era una lengua que Harvath hablaba con cierta fluidez, pero no tenía mucha idea de leerla. Tendría que llevárselo todo y enviárselo a un traductor de la Agencia.

Volvía del dormitorio con una funda de almohada cuando recibió un SMS de Nicholas en el móvil: «¿Reconoces a este tipo?» Le seguía una fotografía.

Se trataba de un joven delgado, de aspecto casi femenino, cutis pálido y cabellos rubios, casi blancos. Vestía camisa de manga corta y una estrecha corbata negra.

«No. ¿Quién es?», contestó Harvath.

Al cabo de unos segundos, el móvil vibró. Era una llamada de Nicholas.

—Su nombre es Sacha Baseyev —dijo desde el norte de Virginia, a cinco mil kilómetros de distancia—. Hace dos años, el FBI interrogó a un agente de la inteligencia rusa que pedía asilo político. Estaba dispuesto a colaborar. Baseyev estaba en una lista de nombres que entregó.

—¿Por qué hablamos de él?

—A eso voy —replicó Nicholas—. ¿Recuerdas el ataque a la escuela de Beslán y la masacre en el teatro de Moscú?

Harvath conocía muy bien ambos sucesos, en los que se había producido una gran cantidad de bajas. La escuela de Beslán había sufrido un horrible ataque que había durado tres días y en el que se habían tomado 1.100 rehenes. De ellos, 385 habían sido asesinados, 186 eran niños. En el ataque al teatro de Moscú se habían tomado 900 rehenes, de los que habían muerto 170.

Eran casos de manual que estudiaban los expertos americanos en contraterrorismo y rescate de rehenes.

—Lo recuerdo —dijo Harvath—. Fueron terroristas chechenos. ¿Hay alguna relación?

—Un subdirector del GRU, el servicio de inteligencia más importante de Rusia, perdió a su mujer y su hija en el teatro esa noche. Tras una larga ausencia, que según creían algunos había utilizado para cazar terroristas en el Cáucaso, regresó al GRU y obtuvo permiso para crear una nueva unidad.

—¿Qué clase de unidad?

—Una unidad de asesinos.

—¿Participaron en el operativo de rescate en Beslán? —preguntó Harvath.

—No, pero después sí.

—¿Para dar caza al resto de los terroristas?

Se produjo una pausa.

—Para reclutar —respondió Nicholas finalmente.

—¿Entre los supervivientes? ¿Los niños?

—¿Quién mejor para enviar en pos del diablo que alguien que ya ha pasado por un infierno? Al menos así pensaban ellos.

En una ocasión, Harvath había reclutado al superviviente de un secuestro para ayudar a identificar a un terrorista, pero eso era distinto. Lo que pretendían los rusos era una locura.

—Me asombraría que cualquiera de esos niños fuera capaz de convertirse en un adulto normal, y mucho menos en un agente capaz de cumplir órdenes en situaciones de alto estrés.

Nicholas se mostró de acuerdo.

—Todos los reclutas fracasaron. O bien se desmoronaban bajo presión, o se mostraban tan agresivos que rayaban en lo psicótico.

—Excepto uno, supongo.

—Correcto. Sacha Baseyev. Sobresalía en todo, fuera lo que fuera.

—Vale, volvamos a mi pregunta anterior —dijo Harvath—. ¿Por qué estamos hablando de él?

—Porque creo que es tu asesino.

8

Antalya
Riviera turca

La cirugía plástica había convertido a Sacha Baseyev en un hombre de rasgos anodinos y origen indeterminado. Así le era más fácil entrar y salir de lugares donde supuestamente no debía estar.

Medía un metro setenta y cinco, pero podía parecer más alto, o más bajo, simplemente por la postura que adoptara.

Era extraordinario porque era completamente ordinario. La gente no solía fijarse en él, aunque lo tuvieran al lado. Era el «hombre gris» por antonomasia, que se fundía con el decorado.

También era una de las mejores armas que habían creado los rusos contra los extremistas islamistas. Lo habían entrenado para infiltrarse entre sus filas y destruirlos desde dentro. Se le daba de maravilla.

Pero en el ataque de Anbar había elevado sus actividades a un nivel superior. Los rusos estaban tendiendo una compleja trampa a los americanos. Su trabajo consistía en poner el cebo. Por eso se encontraba en Turquía.

Dirigía una célula de combatientes de ISIS desde un viejo almacén. Se encontraba en una zona de la ciudad donde pocas personas hablaban, y aún menos hacían preguntas: el lugar perfecto para una casa franca.

Esa noche, el pelo engominado de Baseyev era negro y sus ojos marrones. Sus conocimientos sobre el Corán eran tan profundos como el océano. Tan profundos que los hermanos lo elegían para dirigir sus plegarias. Era lo más natural. Para ellos, era el más pío, el más devoto entre todos. Era su líder.

Su fe en él era absoluta y se tragaban de buen grado las pastillas que les daba. Aunque el islam no aprobaba las drogas, se hacían excepciones a fin de prepararse para la batalla.

Los cuerpos se relajaban y las mentes empezaban a flotar en libertad. Era una experiencia religiosa en sí misma, una muestra de lo que les aguardaba en el Paraíso.

Uno de los hombres sonrió, con las pupilas dilatadas, y dijo:

—*Insha'Allah*, mañana conseguiremos la victoria, hermano Ibrahim.

Ibrahim al Masri era el alias de Baseyev. Lo había adoptado años atrás, al infiltrarse por primera vez en un grupo extremista en Chechenia. No tenían ni idea de que habían aceptado entre sus filas a una mortífera víbora.

Baseyev recogió información sobre el grupo que condujo a la eliminación de varios de sus miembros más importantes. También se encargó él personalmente de matar a algunos, haciendo que todo pareciera accidental.

Cuando utilizó sus contactos yihadistas para acceder al ISIS, su reputación lo precedía. Muchas acciones aterradoras se relacionaban ya con el nombre de Ibrahim al Masri.

En Irak y Siria masacró a muchos enemigos del ISIS. Y con ellos aumentó su fama y su importancia dentro de la organización. Llegó a ser considerado un feroz león, aunque al principio sus superiores recelaban de él.

Sus viajes les inquietaban. El joven combatiente iba y venía, sin permanecer nunca más de un par de meses en el mismo sitio. Daba la impresión de que no se había comprometido plenamente con la causa.

Pero cuando empezó a aparecer con cosas que necesitaban,

la imagen que tenían de él mejoró. Era muy hábil encontrando cosas difíciles de conseguir, como medicinas y pasaportes en blanco, equipos de visión nocturna y dispositivos láser de infrarrojos.

Luego empezó a contribuir en el desarrollo de estrategias de reclutamiento y de ataque. Con el tiempo, el hermano Ibrahim se convirtió en un valioso recurso y una estrella en alza dentro del ISIS.

Con la extensión del califato, el ISIS ofreció al hermano Ibrahim un puesto de gobernador, pero él lo rechazó cortésmente. Racionar combustible, dirimir mezquinas disputas y supervisar consejos no era para él. Alá, explicó, lo había bendecido con la destreza y la energía para combatir. Su espada no estaba hecha para colgar de una pared en una vaina, sino para luchar.

Sus superiores lo entendieron. Les sería más útil si no lo sentaban detrás de un escritorio. Le concedieron una amplia autonomía y siguieron cosechando éxitos gracias a él. Todo se había desarrollado tal como había planeado el GRU. Baseyev estaba dentro. Nadie dudaba de la sinceridad de Ibrahim al Masri ni de su entrega a la causa.

Ibrahim tendió su estera sobre el suelo del almacén y dirigió las plegarias de la noche.

Se las sabía tan bien que podía pronunciarlas en sueños. Siendo adolescente, lo habían colocado en una familia que tenía el árabe como lengua y se había sumergido de lleno en la cultura islámica. Ahora que tenía cerca de la treintena, podía conversar como un erudito sobre cualquier cosa, desde las conquistas del profeta Mahoma hasta los fracasos del nacionalismo panárabe y el surgimiento del califato.

Muchos de los principales miembros del ISIS tenían títulos universitarios; se valoraba enormemente la inteligencia. Los hombres inteligentes llegaban lejos y eran recompensados con creces. El ISIS se encargaba de que así fuera.

En cambio, los hombres que había reunido allí, en aquel almacén, no llegarían lejos. Él mismo mataría a los que sobrevivieran al ataque del día siguiente. Esa era su voluntad, y su dios del desierto no tenía nada que ver. No extendería su mágica mano para protegerlos y destruir a sus enemigos. Alá era una ilusión y un mito, el producto de la mente perturbada de Mahoma. La violencia y el odio que predicaba habían creado más de mil años de sufrimiento.

Sacha Baseyev miró a los hombres que rezaban en sus esteras. Le resultaba imposible comprender cómo aquellos salvajes sedientos de sangre podían concebir un dios que aprobara sus actos de barbarie.

Él jamás olvidaría aquel día de septiembre en Beslán. Parecía más bien que fuera primavera en lugar del final de las vacaciones de verano. Su padre, el director del colegio, los había despertado a él y su hermana pequeña antes del amanecer. Su madre, profesora de arte, ya estaba preparando el desayuno.

A su padre le gustaba bromear diciendo que los dos mejores días del año eran el primer día de clase y el último. Sacha solía replicarle que solo estaba en lo cierto al cincuenta por ciento. ¿Quién en su sano juicio querría que acabaran las vacaciones de verano? Incluso su madre, que era profesora, suspiró resignada mientras se movía por la cocina e hizo una pausa para cambiar el agua de un pequeño jarrón con flores que habían recogido en una excursión reciente.

El verano había sido pródigo en toda clase de aventuras. Su hermana de seis años, Dasha, había montado a caballo por primera vez. Grigori, su mejor amigo, y él, habían encontrado una cueva con un *jeep* abandonado en su interior. Habían pasado semanas fingiendo que lo arreglaban y hablando sobre todos los sitios a los que irían con él.

Cuando llegó el cumpleaños de Sacha, su padre le regaló una bonita navaja. Catia, la sobrina pecosa de los vecinos, que había ido a visitarlos desde Stavropol, le dejó que la tomara de la mano.

¿Quién cambiaría todo eso por ir a la escuela?

El sol empezaba a despuntar cuando llegaron al despacho de su padre. Les sirvió unos pequeños cafés y les permitió ponerse azúcar extra. Era una recompensa por levantarse tan temprano.

Sacha se bebió el suyo mientras observaba a los agentes que hacían el cambio de turno en la comisaría que había justo al lado. Muchos de ellos tenían hijos estudiando en el colegio. El padre de Grigori era policía. Durante el verano, los había llevado a los dos al bosque a disparar su pistola. Era muy ruidosa. Pero no tanto como lo que iba a suceder después.

El inicio tradicional del año escolar ruso se conocía como Primer Timbre o Día del Conocimiento. Los niños se ataviaban con sus mejores galas y acudían al colegio con padres y familiares. Regalaban flores a los profesores y participaban en festejos organizados por el colegio.

Sacha estaba fuera con sus padres y su hermana a las nueve y once minutos esa mañana. Daban la bienvenida a todos cuando un furgón policial y un camión militar se detuvieron delante del colegio y la vida de Sacha se arruinó para siempre.

Varias docenas de terroristas islámicos fuertemente armados saltaron al suelo y empezaron a disparar. Vestían uniforme militar de camuflaje y máscaras negras. Muchos llevaban cinturones de explosivos para suicidarse.

Condujeron a más de un millar de personas al interior del colegio y los metieron a todos en el gimnasio. Allí los terroristas apartaron a los hombres más grandes y fuertes y los ejecutaron. Uno de ellos era el padre de Sacha.

Durante los tres días siguientes, la temperatura en el gimnasio alcanzó niveles insoportables. Los niños se lo quitaron todo menos la ropa interior. Sacha y sus amigos se bebieron su propia orina para mantenerse hidratados. A su madre se la llevaron y la violaron. No volvió a verla nunca más.

Los terroristas habían colocado dispositivos explosivos en el gimnasio por si eran atacados. El tercer día, a la una y tres minutos de la tarde, sonó una explosión. Dos minutos más tarde se produjo otra. El tejado del gimnasio ardía. Los terroristas se negaron a dejar salir a nadie.

Minutos después, vigas en llamas y grandes trozos del techo empezaron a desplomarse. La hermana de Sacha, Dasha, quedó atrapada. Grigori y él trataron de llegar hasta ella, pero no pudieron. Murió calcinada.

Una tercera explosión derribó una enorme porción de pared. Los rehenes, presas del pánico, salieron en avalancha tratando de huir. Grigori y Sacha se abrieron paso a duras penas entre el humo y el fuego para salir también. Entonces empezaron los disparos.

Los terroristas disparaban a bulto, tratando de impedir que escaparan vivos. Padres, profesores, niños... los cuerpos caían a su alrededor, pero Sacha y Grigori seguían corriendo. Tenían que salir de allí. Tenían que escapar.

Sonó un gran estruendo y el tiempo se detuvo. Sacha miró a su lado justo cuando la mitad del rostro de Grigori desaparecía. Una bala le había entrado por la cabeza y salido por la cara. Grigori pareció mirar fijamente a Sacha hasta que su cuerpo sin vida cayó al suelo.

Alguien, jamás sabría quién, agarró a Sacha y lo empujó hacia delante.

Le dijeron que tenía suerte de estar vivo. Que debía vivir, no solo por él mismo, sino también por sus padres y su hermana. Se equivocaban.

No había nada afortunado en que siguiera vivo, nada afortunado en haber vivido lo que él había tenido que vivir. Lo había destrozado... como un reloj golpeado y detenido en el momento de un terrible accidente. No estaba vivo. Era una versión andante de la muerte. Su corazón se había vuelto de hielo. La muerte física, real, si llegaba, sería un alivio.

Aquel equipo de la CIA con sus mujeres no era más que el principio. Un aperitivo. El siguiente ataque sería aún más espectacular.

9

Martes
Riviera turca

Richard Devon echó una última mirada a aquel Mediterráneo azul turquesa y respiró hondo. Pronto pasaría diez horas en un avión, y quería grabarlo todo en su memoria.

Su homólogo turco y él solían reunirse en la base aérea de Incirlik, pero Ismet Bachar, jefe de la plana mayor turca, se encontraba de vacaciones cerca de Antalya. Bachar no tenía la menor intención de moverse, ni siquiera por el secretario de Defensa de EE.UU., así que Devon tenía que acudir a él.

La Riviera turca era una parte del país que no conocía. Resultó ser una maravilla.

La villa de Bachar se había construido de tal manera que pudiera aprovecharse al máximo la impresionante vista marítima. Almorzaron en la terraza, rodeados de macetas de piedra con espliego. El sol brillaba con fuerza, pero la brisa procedente del mar creaba la temperatura perfecta. Devon comprendió por qué su colega no quería abandonar aquel lugar para reunirse con él.

Mientras que el secretario de Defensa parecía el típico miembro de un club de campo, entrado en carnes, que debería haber pasado más tiempo en el gimnasio y menos junto a la barbacoa, Bachar tenía el aspecto de una estrella de Hollywood. Era alto y delgado, de cabellos blancos perfectamente recortados. Tenía un bello rostro anguloso y bronceado, y llevaba gafas de montura negra. Por cortesía hacia su huésped americano se había puesto traje, pero no corbata.

Era como estar en presencia de un Cary Grant turco.

Aunque Devon solo había visto a un sirviente, imaginaba que había un grupo de mujeres en el piso de arriba, esperando a que él se fuera para continuar con la fiesta que había interrumpido.

Para almorzar, Bachar le ofreció pez espada con ensalada de granada y pistachos. Lo acompañó con un Domaine Leflaive Puligny-Montrachet Les Folatières Premier Cru del 2008. Quería alardear. Pero considerando el largo trayecto que Devon había tenido que hacer para visitarlo, y el porqué, era lo menos que podía ofrecerle.

Los turcos tenían el segundo ejército más grande de la OTAN y eran un importante aliado de los americanos. Además, sus militares se tomaban muy en serio la amenaza del fundamentalismo islamista.

Desde la creación de la República de Turquía, los militares turcos habían intervenido para limitar el poder de los islamistas en su país en cuatro ocasiones. A Bachar le preocupaba que hubiera una quinta en perspectiva, quizás incluso antes de las siguientes elecciones.

El líder turco se consideraba más un sultán que un presidente. Se había arrogado poderes que no correspondían a su cargo. Otras ramas del gobierno, que deberían haber servido como freno, no habían hecho nada por impedirlo.

A los militares les preocupaba que su presidente fuera un islamista. A EE.UU. le preocupaba que fuera un islamista simpatizante del ISIS.

Turquía solo fingía luchar contra el ISIS. Al mismo tiempo que su presidente permitía a EE.UU. lanzar bombardeos desde Incirlik, cerraban los ojos a los hombres, el dinero y el material que cruzaba la frontera turca con destino al ISIS.

Los aviones turcos no iban a bombardear posiciones del ISIS, sino a los kurdos, que luchaban con éxito contra el ISIS. Los turcos no querían que los cuarenta millones de kurdos de Siria, el norte de Irak y el este de Turquía se unieran y formaran una nación soberana propia.

Los turcos también aborrecían el régimen sirio, lo que significaba que detestaban a los rusos y los iraníes por apoyarle. Ya no dudaban en golpear a los rusos o los iraníes. Si se presentaba una ocasión que pudieran justificar, la aprovechaban.

Arrojar cerillas a charcos de gasolina era un camino seguro hacia el desastre. Si no frenaban la escalada de esa política suicida, se avecinaba una guerra mundial. Bastaría con que Turquía sufriera un ataque y se citara el artículo 5 del Tratado de la OTAN: «Un ataque armado contra un miembro de la alianza es un ataque contra todos.»

Los dos hombres hablaron durante más de tres horas. Bachar se mostró cauto. Por el momento, los militares turcos obedecían las órdenes del presidente. Eso podía cambiar. Bachar no quiso decir más.

Se mostró de acuerdo con Devon en que el ISIS era un cáncer. Pero un cáncer que devoraba a un vecino al que Turquía despreciaba. Por el momento, veía con satisfacción que continuara así.

Sin embargo, la perspectiva de una guerra contra los rusos o los iraníes no le agradaba en absoluto. Así se lo comunicó a Devon y sugirió que, en lugar de presionar a Turquía, EE.UU. debería centrarse en esas naciones. Turquía se limitaba a responder con represalias a actos previos de Rusia o Irán. Siempre había existido una provocación previa. Si Rusia e Irán pretendían continuar con sus correrías en Siria, y si esas correrías se extendían más allá de la frontera turca, o amenazaban la soberanía turca de algún modo, recibirían más de lo mismo. Turquía tenía derecho a defenderse.

Devon comprendía que se trataba de una cuestión de orgullo nacional. También comprendía que las demostraciones de fuerza de los militares turcos reforzaban su imagen entre la ciudadanía turca. Eso le sería útil si decidía actuar contra el presidente y otros poderosos islamistas.

En Turquía se estaba jugando una compleja partida de ajedrez. Aunque EE.UU. no pudiera controlar los movimientos, al menos necesitaba saber dónde estaban las piezas.

Antes de marcharse, Devon aseguró a su amigo que, fuera cual fuese su decisión, tendría el apoyo de Estados Unidos. Pero ese nivel de apoyo podía aumentar o disminuir, dependiendo de cómo actuara Turquía con respecto al ISIS, o a nuevas provocaciones rusas o iraníes.

No había necesidad de leer entre líneas con Devon. Siempre era muy claro cuando exponía lo que esperaba. No quería que sus palabras se interpretaran. Quería que las comprendieran. No era lo mismo.

Bachar sonrió. No le gustaban los políticos. Le gustaban las cosas sencillas y directas. Devon siempre había sido franco con él. Lo agradecía. Y aunque no era mucho lo que podía hacer a las órdenes del presidente actual, Bachar aseguró a su colega que mantendría abiertas las líneas de comunicación.

Disfrutaron de una última taza de intenso café turco acompañado de higos maduros. Luego Bachar acompañó a su invitado hasta el coche.

En el acceso de entrada había tres Range Rover negros y una escolta policial. Últimamente, solo el presidente de Estados Unidos viajaba al extranjero con una flota de vehículos fabricados en su propio país.

Los lujosos todoterrenos blindados tenían ventanillas ahumadas y a prueba de balas, neumáticos reforzados antipinchazos, y una serie de desagradables sorpresas para cualquier insensato que intentara atacar la comitiva del secretario de Defensa. Además, un equipo de Operaciones Especiales acompañaba a Devon.

Tras agradecer a Bachar que lo hubiera recibido, el secretario de Defensa subió al Range Rover del centro. La comitiva de vehículos traspasó la verja y enfiló la carretera en dirección al aeropuerto de Antalya.

La carretera principal serpenteaba ladera abajo y luego bordeaba el mar. Aquella zona de playas, ostentosas tiendas y restaurantes de lujo recordaba a la Riviera francesa. Era fácil comprender por qué constituía una de las mayores atracciones turísticas de Turquía.

Cuando llegaron al centro de la ciudad, la escolta policial se adelantó para detener el tráfico en los cruces, a fin de que el secretario de Defensa pudiera continuar sin detenerse.

Antalya, la octava ciudad más grande de Turquía, era una mezcla de ruinas romanas y arquitectura moderna, amplios bulevares y angostas calles medievales, la mezcla perfecta de lo exótico y lo tradicional: el tipo de lugar que a la mujer de Devon le encantaría visitar. Dependiendo de cómo actuara Turquía en adelante, Devon se veía perfectamente volviendo de visita con su mujer.

La comitiva de vehículos acababa de pasar por delante de la pintoresca terraza de una cafetería, que tenía su nombre pintado con pan de oro, cuando dos hombres salieron de repente de un coche aparcado. Iban enmascarados y empuñaban AK-47. Abrieron fuego de inmediato.

—¡Nos atacan por la izquierda! ¡Nos atacan por la izquierda! —gritó un miembro del equipo de seguridad.

Los Range Rover iniciaron maniobras evasivas entre chirridos de frenos, forzando los potentes motores.

Obligaron al secretario Devon a tirarse al suelo por su seguridad. Cuando le empujaban la cabeza hacia abajo para apartarlo de la ventanilla, alcanzó a ver a los dos policías motorizados de la escolta, que yacían muertos en la calle.

El agente del vehículo de delante transmitió instrucciones por radio al resto del equipo, mientras otro agente alertaba al cuartel general de que estaban siendo atacados.

Viraron bruscamente a la derecha, pero allí les aguardaban más hombres armados. Aunque el vehículo estaba insonorizado, Devon oyó los disparos del exterior y las balas que impactaban en su vehículo.

—¡Intentan dirigirnos! —advirtió uno de los agentes cuando vieron aparecer más hombres armados en el siguiente cruce.

—¡Lánzate contra ellos! —gritó otro, animando al conductor a arrollar a los atacantes.

—Joder —masculló el chófer de Devon al tiempo que daba un volantazo y les rascaba la pintura a tres coches, a los que también arrancó el espejo retrovisor—. ¡Tenemos que volver al bulevar! Estas calles son demasiado estrechas.

Al llegar al cruce a toda velocidad, el conductor del primer Range Rover dio un fuerte volantazo y se precipitó directamente contra los hombres que disparaban.

Una lluvia de balas consiguió agrietar el parabrisas del todoterreno. Dos atacantes quedaron atrapados bajo el chasis y fueron arrastrados. Uno de ellos se soltó, pero lo arrolló el vehículo que llegó justo detrás. Ocurrió tan deprisa que el conductor no pudo esquivarlo. Devon notó que su pesado Range Rover brincaba ligeramente al atropellar el cuerpo.

En el siguiente cruce se prepararon para recibir más disparos, pero no se produjeron. Al parecer habían dejado atrás a los hombres armados. El primer vehículo giró a la izquierda. Los otros dos lo siguieron.

La calle estaba desierta, solo había coches aparcados a ambos lados. El primer vehículo aumentó la velocidad. Los otros dos lo imitaron.

Se encontraban en mitad de la manzana cuando una serie de coches bomba fueron detonados al unísono.

Desde un pequeño apartamento del final de la calle, Sacha Baseyev lo grababa todo con su cámara. El asesinato del secretario de Defensa Richard Devon iba a ser su vídeo más espectacular hasta la fecha. Y sería otro clavo en el ataúd del ISIS.

10

La Casa Blanca
Washington, D.C.

El presidente Paul Porter dejó que el momento de silencio se prolongara. Quería que todos superaran la conmoción. Quería que se enfurecieran tanto como él.

La pandemia había cambiado el modo de ver la muerte de muchas personas. Algunas habían sufrido pérdidas tan grandes en su vida personal que se habían insensibilizado.

También el presidente había sufrido. Había perdido a amigos y conocidos, a personas de confianza y a miembros de su gabinete.

Se había visto obligado a reconstruir su equipo rápidamente. Todas las personas seleccionadas tenían las mejores recomendaciones. A algunas ya las conocía, a otras no.

Muchas de ellas eran suplentes, e incluso suplentes de suplentes, provenientes de diversos organismos para cubrir el expediente hasta que pudiera formarse un equipo definitivo.

Gracias a su capacidad de liderazgo y al modo en que había gestionado la crisis, el presidente gozaba de la mayor popularidad de su mandato. Incluso el Congreso, que también se había llenado de suplentes designados por los gobernadores estatales hasta las siguientes elecciones, colaboraba con él.

No obstante, el mandatario sabía que había un límite a toda esa buena voluntad. También sabía que fuerzas oscuras amenazaban aún a EE.UU. El trabajo de un presidente, de proteger al país, no conocía pausas, por muy desesperadamente que necesitara descansar.

Porter paseó la mirada por la mesa y, cuando consideró que había pasado el tiempo suficiente, dio comienzo a la reunión del Consejo de Seguridad Nacional. La primera persona a la que miró fue al director de la CIA.

—¿Qué sabemos?

Bob McGee apretó un botón de su portátil y las pantallas que cubrían las paredes de la Sala de Emergencias se iluminaron con fotos del lugar de los hechos. Llevaban el sello de la Dirección General de Seguridad de Turquía.

—Los turcos creen que pudieron ser hasta diez terroristas los implicados en el ataque contra el secretario Devon y su comitiva. Según los testigos —prosiguió McGee, pasando a la siguiente foto—, a estos tres los arrolló y los mató el primer vehículo de la comitiva. Han sido identificados como Abdulá Özal, Ahmet Çiçek y Hüssein Tüzman. Uno trabajaba en una farmacia, otro era maestro de escuela, y el tercero vivía con sus padres.

El jefe del Estado Mayor Conjunto lo interrumpió.

—¿Son cámaras de alta definición GoPro eso que llevan?

—Sí —contestó el director de la CIA, haciendo *zoom* sobre uno de los terroristas muertos y la cámara que llevaba en el pecho.

—¿Dónde están los vídeos? ¿Nos los han pasado ya los turcos?

—Esas cámaras no llevaban tarjetas SD. Todo se subía a la nube en tiempo real mediante conexión inalámbrica. La NSA ya lo está buscando.

—Pero recibiremos otro vídeo —dijo el secretario de Estado.

McGee asintió.

—¿Ha reivindicado la autoría algún grupo? ¿Sabemos a quién nos enfrentamos?

—Poco después del ataque se colgaron numerosas fotografías en las redes sociales mostrando a Tüzman, y posiblemente a Çiçek, combatiendo en Siria.

—¿Entonces ha sido el ISIS?

Una vez más, el director de la CIA asintió.

—¿Cómo demonios conocían la ruta de la comitiva? —preguntó el consejero de Seguridad Nacional—. ¿Cómo ha conseguido un grupo como el ISIS obtener ese tipo de información?

—Obviamente ha habido una filtración.

—Obviamente.

—Y debes suponer que podría estar relacionado con lo que ocurrió en Anbar —apuntó el secretario de Estado.

—Hemos considerado esa posibilidad —replicó McGee.

Todo el mundo esperó a que continuara explicándose, pero no lo hizo.

El presidente Porter carraspeó antes de hablar.

—En cuatro días, han asesinado brutalmente a veintidós americanos. Uno de ellos se sentaba en esta misma sala con nosotros. No descansaremos, no dormiremos, no nos detendremos hasta que los responsables sientan recaer sobre sí toda la fuerza de nuestra ira. Si tenemos que remover hasta la última puta piedra de Oriente Medio para encontrarlos, lo haremos. Pero mientras removemos las piedras, quiero discutir una estrategia más amplia. Por cada fanático del ISIS que matamos, aparecen dos para ocupar su lugar. ¿Cómo los derrotaremos?

—Impidiéndoles tener un territorio —respondió el jefe del Estado Mayor Conjunto—. Sin territorio no hay califato.

—¿Y cómo hacemos eso? —quiso saber el comandante en jefe.

—Bombardeándolos sin piedad y enviando tropas de tierra.

—Eso es exactamente lo que quieren que hagamos —terció el secretario de Estado—. Necesitaríamos una fuerza permanente de medio millón de hombres por lo menos.

—¿Para eliminar a menos de cincuenta mil yihadistas? —replicó el jefe del Estado Mayor Conjunto.

—No; para las décadas de ocupación que vendrían después.

—¿En qué se basa?

—El ISIS es una creación de los suníes. Una parte de su atractivo consiste en que se opone a la creciente influencia chií en la región. Influencia respaldada por Irán, que acabará con veinticinco millones de suníes sirios e iraquíes necesitados de protección. Si no nos hacemos cargo de esa protección, recurrirán al ISIS, o a algo peor.

—Si el ISIS es una creación suní —dijo el presidente—, ¿cómo conseguimos que los suníes lo destruyan?

—¿Quiere que Frankenstein mate a su propio monstruo? —preguntó el asesor de Seguridad Nacional.

Porter asintió.

—Lo que pide significaría una reforma completa del islam.

—El cristianismo tuvo su reforma. El judaísmo también. ¿Por qué no el islam?

—Porque el islam considera que Mahoma era el hombre perfecto y que el Corán era una copia perfecta de un libro perfecto del Paraíso. No conocen la crítica ni el examen de conciencia. La propia palabra «islam» significa «sumisión». Y la palabra «musulmán» significa «el que se somete».

El presidente se inclinó hacia delante, encarándose con su asesor.

—Entonces ¿lo que dice es que los musulmanes son distintos de los judíos o los cristianos? ¿Que intelectualmente son incapaces de una reforma?

—Lo que digo es que los supuestos «radicales» son los que practican la fe exactamente como Mahoma quería que se practicara. Los moderados son los que la interpretan de manera distinta.

—No obstante, los moderados son la gran mayoría. ¿Cómo les impulsamos a la reforma?

—No sé si podremos —replicó el asesor.

—Eso es una excusa. Si pudiera agitar su varita mágica de la Seguridad Nacional y hacerlo en un día, ¿cómo lo haría?

El hombre sopesó un momento su respuesta.

—Cada vez que hemos sufrido un ataque terrorista, hemos aumentado las medidas de seguridad. Eso significa que el día después de un ataque los americanos se despiertan con menos libertad. Ha sido la reacción automática de todas las administraciones desde el 11 de Septiembre. En lugar de erosionar las libertades civiles de los americanos, yo presionaría a las naciones musulmanas.

—¿Cómo?

—Ellos no tienen ningún problema en discriminar según la procedencia. De hecho, se ríen de nosotros por resistirnos a hacerlo. Yo digo que deberíamos pagarles con la misma moneda. El público americano se sorprendería mucho si supiera cuántos extranjeros de países musulmanes tienen caducado el visado. Deberíamos dejar de conceder visados durante uno o dos años, hasta que los detengamos a todos.

—¿Sabe el escándalo que eso supondría? —preguntó el secretario de Estado—. ¿Se da cuenta de cómo dañaría las relaciones con nuestros aliados en Oriente Medio?

—Haríamos una excepción con los diplomáticos —dijo el asesor de Seguridad Nacional.

—Eso daría igual. Montarían en cólera.

—¿Dañaría este plan a los musulmanes moderados y bien intencionados? Sí. Pero de eso se trata precisamente. Nosotros no podemos reformar el islam, solo los moderados pueden hacerlo, y es preciso que se cabreen para que se levanten por fin y hagan algo.

—Pero esos moderados cabreados con el único que se van a cabrear es con Estados Unidos —replicó el secretario de Estado.

El asesor de Seguridad Nacional meneó la cabeza.

—No todos. Los más inteligentes no. Los que tienen negocios aquí, y son muchos, comprenderán de lo que se trata. Saben quiénes son los radicales en sus propias familias. Saben en qué mezquitas se predica el radicalismo. Saben quién lo financia. En eso se concentrará su ira. Cuando empiecen a caer sobre los radicales que anidan entre ellos, será cuando pueda darse la reforma.

—O esa es su esperanza.

—Eso es lo bueno de tener una varita mágica, no necesito tener esperanza. Solo he de agitarla.

—Eso es ridículo. De hecho, toda la idea es ridícula —replicó el secretario de Estado—. Le estaría dando al ISIS exactamente lo que quiere.

El presidente, que había estado tomando notas con su jefe de Gabinete, alzó la vista de pronto.

—Eso es.

—¿El qué?

—Así derrotaremos al ISIS —contestó Porter—. Vamos a darles exactamente lo que quieren.

11

El secretario de Estado miró el mapa en los monitores y meneó la cabeza.

—Creo que prefiero cancelar nuestro sistema de visados. Las repercusiones serían minúsculas en comparación.

—Estoy de acuerdo —dijo el presidente, asintiendo—. Las repercusiones de mi idea serían descomunales. Tanto, de hecho, que quizá conseguiría que se hiciera algo.

—Y además de liquidar nuestras relaciones diplomáticas con todas las naciones musulmanas de la región, si no del mundo entero, también pondríamos en aprietos a británicos y franceses.

—No se olvide de Israel —apuntó el asesor de Seguridad Nacional—. Se pondrán furiosos.

—Israel es fuerte —replicó Porter—. Podrán defenderse. De todas formas, nos aseguraremos de avisarles por adelantado.

—¿Podemos volver atrás un momento? —pidió el fiscal general—. Para los que tenemos la Historia un poco olvidada, ¿podría explicar alguien de qué va esto?

—¿Ha visto la película *Lawrence de Arabia*? —le preguntó el presidente.

—Hace años.

—Pues esto es lo mismo. Cuando el Imperio otomano se

alió con Alemania y el Imperio austro-húngaro en la Primera Guerra Mundial, a los británicos y franceses les preocupaba que los otomanos impidieran el acceso a sus barcos y eso perjudicara su economía. Necesitaban que los árabes lucharan contra los otomanos, así que los británicos enviaron a T. E. Lawrence para que los convenciera. Se les prometió de todo, incluso que gobernarían un nuevo Reino de la Gran Siria.

El fiscal general miró el mapa en los monitores. Era de 1851 y estaba etiquetado como «Siria otomana». Incluía la Siria actual, el Líbano, Israel y partes de Irak y Jordania.

—Solo había un problema —prosiguió Porter—. Los británicos y franceses no tenían la menor intención de cumplir las promesas que hacían a los árabes. Solo habrían cambiado un califato por otro.

»Con la bendición de Rusia, dos diplomáticos, sir Mark Sykes de Gran Bretaña y François Georges-Picot de Francia, tramaron un plan secreto entre sus gobiernos para repartirse Oriente Medio en caso de que el Imperio otomano fuera vencido. Se convirtió en el Acuerdo Sykes-Picot, y como resultado se trazaron nuevas fronteras.

»Rompió el equilibrio de fuerzas en la región y, manteniendo ese desequilibrio, los británicos y franceses pudieron controlarla. Este control les permitió crear un estado para los judíos. Ese es el territorio que quiere el ISIS. Por eso se hacen llamar también ISIL, Estado Islámico de Irak y el Levante.

»¿Qué países modernos forman el Levante? —preguntó el presidente, dándose la vuelta para señalar el mapa—. Egipto, Siria, Jordania, Líbano e Israel.

Volviéndose otra vez hacia la mesa, añadió:

—Lo que quieren es lo que los británicos les prometieron hace cien años. Quieren su califato árabe.

—¿Y usted quiere dárselo? —preguntó el asesor de Seguridad Nacional—. ¿Por qué?

—No quiero darles nada a esos carniceros. Lo que quiero es dar un toque de atención a toda la maldita región. Usted mismo lo ha dicho, nosotros no podemos reformar el islam. Solo el mundo islámico puede hacerlo. Esa podría ser nuestra varita mágica.

—Si cuestionamos, si ponemos en duda la validez del Acuerdo Sykes-Picot, podría desestabilizar toda la región. Y si nos desentendemos de todo, se acabó. Todos y cada uno de sus gobiernos serían derrocados.

El presidente lo miró.

—A mí eso me parece una razón muy buena para que empiecen a ponerse las pilas.

—Pero también pondría en duda la validez del Estado de Israel. En cuanto se iniciara, ese fuego los engulliría. Sus vecinos se los comerían.

—Deje que me preocupe yo de Israel —replicó Porter—. Esto no va con ellos. Se trata de forzar la mano de las naciones musulmanas en Oriente Medio para iniciar una reforma.

—Solo falta una cosa en su plan —dijo el secretario de Estado—. Arabia Saudí. No formó parte del Acuerdo Sykes-Picot, pero es el corazón del sunismo. Si no colabora, no se conseguirá nada.

El presidente miró al director de la CIA y asintió. Era evidente que ya habían hablado sobre ese tema.

—Podemos manejar a los saudíes.

—¿Perdón? —dijo el secretario de Estado.

—Ya me ha oído.

—Sí, le he oído. Lo que quiero saber es cómo planea manejarlos. Hace tiempo que estoy en esto, y no creo haber oído jamás las palabras «manejar» y «saudíes» relacionadas.

—Bueno —replicó McGee—, usted acaba de hacerlo.

El secretario de Estado miró al presidente.

—Señor, ¿qué demonios estamos a punto de hacer?

—Tendrá que confiar en nosotros —respondió Porter.

—Con el debido respeto, lo que voy a tener que hacer es responder por todo esto. Y no puedo hacerlo si no sé qué está pasando.

—Paso a paso. Primero vamos a encontrar a los responsables de los ataques de Anbar y Antalya. Luego seguiremos con lo demás.

El presidente miró entonces al jefe del Estado Mayor Conjunto.

—Quiero que se cree de inmediato un plan de acción como respuesta —añadió—. Quiero ver un plan de ataque sobre mi mesa en las próximas dos horas. Quién, qué y dónde vamos a atacar en territorio del ISIS. El pueblo americano espera nuestra reacción.

—También el ISIS —replicó el jefe del Estado Mayor Conjunto.

—Entonces démosle a todo el mundo algo que no olviden jamás.

Cuando concluyó la reunión y los asistentes empezaron a desfilar, el jefe del Gabinete del Presidente le indicó por señas que volviera a la cabecera de la mesa de conferencias.

—¿Qué ocurre? —preguntó Porter.

—Ha llegado esto durante la reunión. No quería molestarle.

El mandatario miró el portátil de su jefe de Gabinete. El senador Daniel Wells de Iowa no solo había sacado un vídeo con una declaración sobre el asesinato del secretario Richard Devon, sino que los encargados de su campaña lo estaban utilizando sutilmente como mecanismo para recaudar fondos.

—No creía que pudiera caer tan bajo —comentó Porter.

—Normalmente le sugeriría que no le hiciéramos caso, pero esto es escandaloso.

—¿Dónde lo ha encontrado?

—He utilizado una dirección falsa de e-mail para suscribirme a su boletín de noticias.

—Entonces, en pocas palabras —dijo el presidente—, el vídeo solo lo van a ver sus adeptos.

—Por el momento. Pero le aseguro que todos los programas del domingo están suscritos a ese boletín de noticias.

—Ahora mismo, falta toda una vida para llegar al domingo.

—Puede que lo parezca, pero no es así. Créame.

—Y usted puede creerme a mí cuando le digo que pueden pasar muchas cosas de aquí al domingo.

12

Frankfurt, Alemania

Seguir la pista a Sacha Baseyev no era fácil. Nicholas había hecho un trabajo excelente. Había empezado revisando todos los vídeos de vigilancia del barrio donde Salá Abaaoud tenía su nido de amor. No encontró nada fuera de lo corriente, hasta que amplió su búsqueda.

A continuación revisó los vídeos de los alrededores de la casa y la clínica de Salá. Suponía que el asesino habría realizado una somera vigilancia antes de atacar. Su suposición era correcta. Pero Nicholas había estado a punto de pasarlo por alto.

Mientras buscaba, estaba aplicando una serie de algoritmos. Uno de ellos era una nueva tecnología biométrica llamada «reconocimiento de los andares», que evaluaba cómo caminaban los sujetos.

Baseyev era todo un profesional. Alteraba su aspecto de un modo completo. El hombre que vigilaba la clínica no se parecía en nada al asesino que entró en el edificio de apartamentos. Incluso los andares eran distintos. Pero fueron los andares precisamente lo que acabó por delatar a Baseyev.

Cambiar la manera de andar era una cosa, pero cambiarla de manera constante era muy distinto. La tecnología de reconocimiento de los andares era capaz de distinguir los cambios más leves. También buscaba modelos. Si te captaba una cámara con unos andares variables, te delataba. Así fue como Nicholas se dio cuenta de que las dos personas a las que había visto eran la misma.

Había seguido a un Sacha Baseyev disfrazado hasta un hotel de categoría media del centro de Bruselas. Cuando Baseyev apareció en cámara horas más tarde, llevaba un uniforme de Lufthansa e iba acompañado de otros cinco asistentes de vuelo.

Estos metieron el equipaje en un minibús que los condujo al aeropuerto. Baseyev pasó por seguridad con los demás, visitó un par de tiendas y luego abordó un avión con destino a Frankfurt.

Cuando el avión aterrizó, Nicholas volvió a ver imágenes de los pasajeros y los demás asistentes de vuelo, pero no de Baseyev. Había desaparecido.

Las personas no desaparecen por ensalmo, sobre todo en un importante aeropuerto internacional como el de Frankfurt. A menos que hubiera alguien más involucrado. Así pues, Nicholas había seguido buscando.

Hacerse pasar por asistente de vuelo era una tapadera excelente. Era mejor que fingir ser un hombre de negocios. A menudo el control de seguridad era más laxo con los asistentes de vuelo, podían ocultarse a plena vista, y en todos los aeropuertos el personal los consideraba «uno de los suyos».

Cuando EE.UU. se había enterado de la existencia de Baseyev, no se había mencionado nada sobre su tapadera. Tal vez el desertor de la inteligencia rusa no sabía cuál era. O quizá la tapadera se había establecido más tarde.

A Nicholas le daba igual. Lo tenía en su punto de mira. Y no iba a parar hasta apretar el nudo tan fuerte que Sacha Baseyev no pudiera respirar.

Para empezar, necesitaba un nombre. Volvió a repasar las imágenes del aeropuerto de Bruselas. Baseyev había comprado algo en una tienda antes de abordar su avión. Había pagado con tarjeta de crédito. Nicholas tardó menos de diez minutos en acceder a su sistema.

Al parecer, el asesino era un goloso. Había comprado seis tabletas de chocolate belga con una tarjeta Visa a nombre de Peter Roth.

Con ese nombre, Nicholas pasó a revisar la base de datos de la aduana y el servicio de inmigración belgas. Dos horas más tarde, tenía la imagen escaneada del pasaporte alemán de Peter Roth. Pasó entonces a trabajar en los sistemas de Lufthansa.

Lufthansa tenía una de las flotas de aviones de pasajeros más grandes del mundo. Operaba en casi doscientos destinos de 78 países, y transportaba cada año a más de cien millones de pasajeros.

Más de cien mil personas trabajaban en esa compañía aérea. Cuatro de ellas se llamaban Peter Roth. Todos vivían en Frankfurt, el aeropuerto principal desde el que operaba Lufthansa.

Cuando Nicholas consiguió acceder a los expedientes de los empleados y a sus fotos, pudo identificar cuál de los cuatro Peter Roth era el que buscaban, Sacha Baseyev. El nudo se apretaba.

Al parecer trabajaba solo a tiempo parcial y volaba solo en un puñado de rutas, la mayoría internacionales.

El salario de Baseyev se transfería directamente a una cuenta de Frankfurt. La dirección que daba como domicilio se correspondía con la de otros cinco empleados de Lufthansa. Nicholas se la pasó a Harvath.

Era tan solo un sitio para dormir, un zoo, como lo llamaban. Cuando era de los SEAL, Harvath había salido con algunas azafatas de las Scandinavian Airlines, y había visitado varios de ellos.

Se trataba de casas o apartamentos alquilados por un grupo de asistentes de vuelo que no vivían en la ciudad desde donde operaban sus vuelos, o viajaban tanto que querían ahorrar dinero repartiendo el alquiler con varios compañeros de apartamento.

A Baseyev, además, le ayudaría con su tapadera y prácticamente actuaría como casa franca.

Según la programación de horarios de Lufthansa, Baseyev no tenía asignado ningún vuelo hasta el mes siguiente. ¿Se ocultaría en el apartamento compartido hasta entonces? Solo había una manera de descubrirlo.

Harvath aparcó el coche al final de la manzana, apagó el motor y abrió el maletero.

13

Según Nicholas, los demás asistentes de vuelo de Lufthansa que compartían el apartamento estaban todos volando fuera del país. No se esperaba a ninguno de ellos aquella noche.

Harvath tenía el nombre de una calle y el número de un apartamento. Eso era todo. No tenía la menor idea sobre la disposición interior de la vivienda.

Hizo un discreto reconocimiento, fijándose en la entrada, las salidas, y qué apartamentos tenían las luces encendidas. Cuando estuvo preparado, usó una ganzúa para abrir la puerta posterior que daba al aparcamiento y se coló dentro.

Se detuvo en el vestíbulo y buscó el buzón del apartamento. Estaba vacío. Alguien había recogido el correo recientemente.

Encontró la escalera y subió al segundo piso. Buscó el número del apartamento. Las únicas viviendas en que había visto luces desde la calle estaban al final del pasillo. Pero no haber visto luces no significaba que no hubiera nadie en casa.

El *jet lag* era un riesgo laboral para pilotos y asistentes de vuelo. Las líneas aéreas, además, eran muy estrictas con las horas de sueño requeridas antes de volar. Muchos empleados colocaban cortinas que impedían el paso de la luz.

Harvath se acercó a la puerta mientras con la mano derecha

palpaba la Glock 22 calibre 40 que llevaba en la pistolera Sticky en la zona lumbar. La CIA se la había dejado en un pequeño hotel cerca del aeropuerto. En la mano izquierda llevaba un ramo de flores.

Repasando los horarios de quienes utilizaban aquel apartamento, Harvath se fijó en que a una de ellos le habían asignado un vuelo en el último momento. Tras una rápida revisión de su Facebook y su cuenta de Instagram, resultó obvio que a la atractiva joven le gustaba ir de fiesta y que tenía montones de amigos masculinos. No sería raro que hubiera olvidado cancelar una cita antes de salir de viaje.

Se paró frente a la puerta para escuchar un momento. No se oía nada. Llamó y esperó. Nadie respondió. Lo intentó una vez más. Nada.

Probó con el pomo, pero la puerta estaba cerrada. Sacó sus ganzúas y entró.

El tenue resplandor de las farolas de la calle iluminaba el apartamento. Sus ojos tardaron un momento en adaptarse.

Dejó las flores a un lado, sacó la Glock y empezó a recorrer las habitaciones.

La decoración era elegante y minimalista. Las obras de arte eran de buen gusto, pero de escaso valor. Parecía un anuncio de IKEA. El único lugar donde se había invertido dinero de verdad era la cocina.

Por los utensilios de Le Creuset y los caros cuchillos japoneses expuestos como piezas de museo, era obvio que a algún inquilino le gustaba cocinar.

Había una hilera de libros de cocina con títulos en alemán, francés e inglés. En un cajón encontró una pila de revistas de cocina. El frigorífico y los armarios contenían un amplio surtido de alimentos, entre ellos, caviar, trufas y *foie gras*.

Había ropa en los armarios y varios objetos personales esparcidos por las habitaciones, pero, por lo demás, el apartamento era más un hotel que un hogar.

En un segundo barrido, Harvath buscó sitios donde Baseyev pudiera tener un escondite de emergencia. Cualquier agente digno de tal nombre tendría uno cerca. Por lo general contenían dinero en efectivo, un teléfono desechable o tarjetas SIM limpias, y un arma. También podía haber medicinas, disfraces, incluso documentos de identidad falsos. Todo dependía de lo que el agente o su organización consideraran que iba a necesitar.

Harvath realizó un registro concienzudo, pero no encontró nada. Si Baseyev tenía un equipo preparado para emergencias, no estaba en el apartamento.

Todo el viaje a Frankfurt era un fiasco. Harvath estaba cabreado. Detestaba perder el tiempo y los callejones sin salida. Lo mejor que podía hacer la CIA era poner micros en el apartamento y esperar. Si Baseyev volvía, necesitaban un equipo listo para ponerle una capucha y llevarlo a un centro clandestino para una afable charla.

La CIA querría interrogar también a los compañeros de piso para ver qué sabían. Incluso el mejor agente podía cometer un error. Baseyev podía haberla cagado en algún momento y haber dejado escapar algo que pudiera ser útil.

Volvió a ponerlo todo exactamente como lo había encontrado, recogió las flores y abandonó el apartamento. Necesitaba informar a sus superiores. Pero la cadena de mando era un poco turbia.

Técnicamente, trabajaba para una organización privada llamada Grupo Carlton. Reed Carlton era un jefe de espías legendario que había creado el centro contraterrorista de la CIA. Él era la «vieja escuela».

Tras décadas de leal servicio, había abandonado la agencia. Ya no soportaba la burocracia ni a los arribistas. Veía un futuro real para una organización capaz de operar sin trámites burocráticos y fuera del alcance del Congreso. El Departamento de Defensa y la CIA acabaron siendo dos de sus mejores clientes. Ellos, a su vez, querían siempre a su mejor agente.

Carlton había enseñado a Harvath todo lo que sabía sobre el negocio del espionaje. Gracias a ello, y a su entrenamiento como SEAL, Harvath había escalado hasta lo alto de la cadena alimentaria. Era un depredador, un cazador que no tenía igual.

Escondido en un compartimento separado, estaba el hombre. Le gustaba su trabajo, seguramente demasiado.

El trabajo arrojaba una sombra sobre el resto de su vida. Y el problema con las sombras era que costaba mucho que crecieran.

Quería el sueño americano, y le habían encomendado protegerlo. Había lobos y a los lobos había que cazarlos. Aún le quedaba mucho por cazar.

Lo que no le quedaba era mucho tiempo para fundar una familia. Se le estaba escapando. Se había pasado toda su vida adulta siendo fiel a alguien. A todo el mundo menos a él mismo. En algún momento tendría que ceder el testigo. En algún momento tendría que dejar que alguien ocupara su lugar.

Pero no sería aquel día. Había demasiadas cosas en juego.

De vuelta en el coche de alquiler, Harvath utilizó su móvil codificado para enviar un SMS a la subdirectora de la CIA, Lydia Ryan. Esta era la mano derecha de Bob McGee en Langley y, al igual que McGee, había sido una extraordinaria agente de campo, elegida personalmente por el presidente para reconstruir la CIA desde dentro.

Utilizando el Grupo Carlton, la CIA podía traspasar las líneas rojas de sus competencias legales. También le permitía, al igual que al presidente, lo más importante: negar todo conocimiento sobre esas acciones si salían a la luz.

«Pozo seco —tecleó—. Ni rastro de Pitchfork.»

Pitchfork (Horquilla) era el nombre en clave que habían asignado a Baseyev.

«Permanezca a la espera», respondió Ryan.

Segundos después, sonó el móvil.

—¿Está vacío? —preguntó ella cuando Harvath activó la llamada.

—No. Está amueblado y en uso.

—¿Cuánto tiempo hace que ha estado ahí por última vez?

—Ni idea. Podríamos buscar cámaras de vigilancia y obtener las imágenes, si quiere.

—De acuerdo —dijo Ryan.

—También deberían instalar un equipo de vigilancia en el edificio.

—De acuerdo.

Harvath notó que ella no le estaba prestando atención.

—¿Quiere volver a llamarme en otro momento?

—¿Qué? No. Lo siento.

Pasaba algo.

—¿Qué sucede?

—Acaba de llegar más información sobre lo ocurrido en Turquía —respondió ella.

—¿Turquía? ¿Qué ha pasado en Turquía?

Una pausa.

—¿No se lo han dicho?

—¿Decirme qué? He estado trabajando.

Harvath la oyó exhalar un largo suspiro. Sonó como el aire que se escapa de un neumático.

—El secretario de Defensa ha muerto. Atacaron su comitiva.

—¿Dónde? ¿Cuándo?

—En Antalya. Hace unas cuatro horas.

Harvath conocía a Richard Devon y le caía muy bien. También conocía a varios miembros de su séquito de protección.

—¿Ha sobrevivido alguien?

—No —respondió Ryan—. Todos muertos.

Harvath no daba crédito a sus oídos.

—¿Cómo demonios ocurrió?

—No lo sabemos. Hay un montón de piezas sueltas. Estamos intentando encajarlas.

—¿Quién está detrás del ataque?

—Parece cosa del ISIS.

—Vamos, Lydia. ¿Primero Anbar y ahora esto? El ISIS no es tan bueno. Y nadie tiene tanta suerte. ¿Quién demonios les está ayudando?

—Esa es la pregunta que nos hacemos todos.

Harvath habría querido decir muchas cosas, pero ninguna de ellas sería útil, ni apropiada. Hizo un esfuerzo por contener la ira y formuló la única pregunta posible:

—¿Qué puedo hacer yo?

La subdirectora de la CIA no vaciló.

—Encuentre a Pitchfork —dijo—. Deprisa.

14

Oberursel
17 kilómetros al noroeste de Frankfurt

Si Baseyev utilizaba la Lufthansa como tapadera para moverse de un país a otro, por fuerza los rusos habían tenido a alguien dentro que les ayudara. Harvath había encargado a Nicholas que descubriera quién era.

El mayor obstáculo con que se enfrentaba Nicholas era averiguar cómo colocaba Lufthansa a sus pasajeros y cómo programaba los horarios de sus tripulaciones. En cuanto empezó a verlo con claridad, la búsqueda avanzó rápidamente.

Nicholas era una persona que manejaba datos y, como tal, estaba obsesionado con los patrones. Incluso cuando no había un patrón, había un patrón, solía decir. Y cuanto más estudiaba los viajes de Baseyev, más cosas descubría sobre él. Desde luego, tenía a alguien ayudándole desde dentro. Era alguien muy bueno ocultando su rastro. Muy bueno, pero no perfecto.

Ahora que tenían su número identificativo de empleado, podían seguir todos los viajes de Baseyev con Lufthansa como Peter Roth. Eso no solo incluía sus viajes de trabajo, sino también los vuelos que realizaba gratis como empleado de la aerolínea, o como «tripulación en traslado» hacia otro destino con el fin de incorporarse a un vuelo concreto. Había ocasiones incluso en las que aparecía en una ciudad cualquiera y tomaba un vuelo de Lufthansa sin que se indicara cómo había llegado hasta esa ciudad.

En todos estos viajes, Nicholas buscaba una constante, algo que se repitiera, algo que les indicara quién era el contacto de los rusos. Y al final lo encontró.

Jörg Strobl era un experto en IT que trabajaba en el departamento de gestión de tripulaciones. Supervisaba uno de los muchos equipos que se ocupaban de planificar los horarios. Aunque había enmascarado su participación con complejas maniobras, estaba claro que era la persona que programaba todos los vuelos de Baseyev.

Pero eso no era todo. La esposa de Strobl, Anna, era una Bundespolizei, una agente uniformada de la policía alemana destinada en el aeropuerto de Frankfurt. Al parecer, los rusos habían conseguido dos por el precio de uno con los Strobl.

La ciudad en que vivían era conocida como centro turístico y por sus importantes empresas de IT. Según su expediente, Jörg Strobl había trabajado en el Centro de Aviación de Lufthansa del aeropuerto hasta cuatro años antes, cuando empezó a trabajar desde casa.

El expediente de Anna en la Bundespolizei no tenía nada de especial. Se había graduado en la academia con notas mediocres y había pasado varios años protegiendo edificios federales antes de ser transferida al aeropuerto.

Lo que sí era impresionante era su fotografía. Se trataba de una mujer extremadamente atractiva, con lisos cabellos castaños, pómulos altos, y un cuerpo envidiable que ni siquiera el anodino uniforme conseguía ocultar.

Ella y su apuesto marido, el rubio Jörg Strobl, parecían hechos el uno para el otro. Según todos los indicios, se habían conocido en el aeropuerto. Y no parecía que tuvieran hijos.

Los Strobl vivían a las afueras de Oberursel, no lejos de la autopista A661. Su casa era muy fácil de encontrar.

El barrio era tranquilo, lleno de casas unifamiliares con jardín, separadas por setos. Algunas tenían garaje, otras aparcamiento techado.

Bajo el aparcamiento techado de los Strobl había una furgoneta Mercedes nueva, que le pareció una extraña elección hasta que vio una rampa junto a los escalones. Se preguntó si tal vez cuidaban de un anciano progenitor.

Eso podía explicar también por qué Jörg había empezado a trabajar desde casa. Pero no explicaba por qué trabajaba para los rusos.

Harvath se agachó por debajo del nivel de las ventanas y rodeó la casa en dirección a la parte de atrás.

No vio gran cosa, tan solo el débil resplandor de lo que parecía un televisor saliendo por una ventana de la planta baja.

En la parte posterior de la casa había un pequeño patio de ladrillo con tres escalones de piedra que llevaban hasta una puerta. Harvath subió hasta ella y se asomó por la ventana de la cocina. De repente captó un movimiento y retrocedió hacia la oscuridad.

Aun así seguía viendo el interior de la cocina, y observó la entrada de una figura en silla de ruedas motorizada. Estaba a punto de dar por correcta su suposición sobre un anciano progenitor cuando se dio cuenta de que era el propio Strobl.

En el expediente no había nada que sugiriera que era discapacitado. ¿Por qué iba en silla de ruedas? ¿Y dónde estaba su mujer?

Harvath esperó hasta que el hombre abandonó la cocina y luego se dispuso a forzar la puerta con una de sus ganzúas. La abrió lentamente. La casa no era muy grande y seguramente Strobl estaba en la habitación contigua, donde Harvath había visto el resplandor de la televisión.

Entró y cerró la puerta con cuidado. Había media botella de vino sobre la encimera. Al lado vio los restos de un envase de comida preparada para el microondas. Se oía música en la habitación contigua. Era un disco muy antiguo. Harvath tardó un momento en reconocer a la cantante. Sarah Vaughan.

Sacó la Glock y avanzó despacio y en silencio en dirección a la música.

Al llegar al otro lado de la cocina, volvió a ver el resplandor en la otra habitación. Después de tres pasos más, se dio cuenta de que no procedía de un televisor, sino de tres largas pantallas planas de ordenador dispuestas en semicírculo sobre una larga mesa.

Sentado frente a ellas había un hombre que no se parecía en nada a la foto del expediente que había visto. Jörg Strobl era delgado y frágil, una sombra de sí mismo. En la mano izquierda sostenía una copa de vino tinto. Tenía los ojos cerrados mientras escuchaba a Vaughan cantando *Don't Blame Me*.

—Interesante elección —dijo Harvath, dándole un susto de muerte.

Strobl dejó caer la copa, que se hizo añicos en el suelo. Hizo girar la silla de ruedas para encararse con Harvath.

—¿Quién es usted? —preguntó.

Harvath se llevó el dedo índice a los labios.

—¿Dónde está Anna?

—¿Qué quiere de ella?

—¿Dónde está?

—No lo sé.

Harvath no le creyó.

—Última oportunidad —dijo, apuntándole al pecho con la pistola.

—Está trabajando.

—¿Cuándo volverá a casa?

—Debería haber llegado hace una hora —respondió el hombre, encogiéndose de hombros—. A veces sale con sus colegas.

—¿No le llama primero?

Strobl accionó la palanca de la silla para acercarse al intruso.

—No se acerque más —le advirtió Harvath.

—¿Quién es usted y qué quiere de Anna? —volvió a preguntar el hombre.

—No he venido por Anna. He venido por usted, Herr Strobl.

—¿Por mí? ¿Por qué?

—Ha estado planificando los viajes de un hombre muy peligroso.

—Un hombre muy peligroso —repitió Strobl con una carcajada—. Es obvio que ha cometido usted un error.

—Yo no cometo errores. Usted es el hombre que busco y sabe perfectamente por qué estoy aquí.

—Ojalá pudiera ayudarle, pero no puedo.

—Puede ayudarme y lo hará.

—Voy a llamar a la policía —afirmó Strobl. Dio la vuelta a la silla y se dirigió a su escritorio.

Harvath agarró unos cables eléctricos de la silla y los arrancó. El artilugio se detuvo.

—Me está haciendo enfadar, Jörg.

—¡Y usted se equivoca de hombre! —insistió él, alzando la voz—. Quiero que se vaya. ¡Ahora!

—No hasta que me diga todo lo que quiero saber.

—No sé nada —afirmó el hombre, desviando la mirada.

—Jörg, cuanto más me mienta, peor se pondrán las cosas. Créame. No va a tener un tratamiento especial por su situación. Ha estado ayudando a un asesino. Quiero los detalles. Todos.

Strobl iba a hablar, pero fue interrumpido.

—Yo también quiero los detalles —dijo otra voz.

Al alzar la vista, Harvath vio a Anna Strobl en el umbral de la puerta, apuntándolo con una pistola.

15

Anna Strobl no era una gran policía, pero tampoco era mala. Como todo en la vida, el trabajo policial dependía de elegir el momento oportuno y del instinto.

Casi al llegar a casa, había decidido ir a repostar gasolina. Delante de ella, había visto un coche que disminuía la velocidad al pasar por delante de su casa. El coche no se detuvo, pero el conductor le había echado un largo vistazo a la propiedad antes de alejarse. Bastó para despertar sus sospechas.

Tras dejar atrás su casa, el coche había vuelto a una velocidad normal y había girado al llegar a la esquina. Ella lo observó y dejó que se alejara.

Aunque Anna hubiera conducido un coche oficial de la Bundespolizei con luces y sirenas en aquel momento, en lugar de su vehículo particular, lo que había visto no bastaba para justificar que parara al otro coche.

Al regresar de la gasolinera, aún estaba preocupada por aquel coche. Decidió dar una vuelta por los alrededores para buscarlo. Lo encontró aparcado delante de una iglesia, a dos manzanas de su casa. Al conductor no lo vio por ninguna parte. Algo raro pasaba.

Uno de sus vecinos se había ido de viaje y había pedido a Anna que le echara un vistazo a su casa. Anna aparcó en su entrada y atravesó el patio de atrás en dirección al suyo. No vio indicio alguno de que ocurriera algo en su casa, pero su instinto le decía lo contrario.

Cuando encontró la puerta de atrás abierta, sacó su arma, se quitó las botas y entró sigilosamente.

Había oído toda la conversación. Le fastidió que el intruso supiera su nombre, pero más aún que Jörg ni siquiera supiera mentir.

—Suelte el arma —dijo al hombre que apuntaba a su marido.

—Usted primero —replicó Harvath.

Anna inclinó el hombro para que él viera su insignia.

—Bundespolizei —dijo—. Vienen más policías de camino. Suelte el arma. Ahora.

—No, gracias. Esperaré a que lleguen.

—No se lo estoy pidiendo. Se lo estoy ordenando. Suéltela ya.

Harvath miró al hombre de la silla de ruedas.

—Mis superiores lo saben todo, Jörg. Saben por qué estoy aquí y lo que ha hecho usted. Si la Bundespolizei se implica en esto, estará acabado.

—¿Qué es lo que sabe, exactamente? —preguntó Anna.

—Pregúnteselo a su marido.

Ella miró a Jörg, que tardó unos instantes en devolverle la mirada.

—Todo lo que he hecho ha sido por ti —respondió finalmente.

—¿Qué has hecho?

—Quería asegurarme de que tendrías todo lo necesario.

—¿Qué has hecho? —repitió ella.

—Nada. Una tontería.

—Dímelo, Jörg. Ahora.

Él se mostró abatido, avergonzado. Clavó la vista en el suelo.

—He manipulado los turnos de las tripulaciones.

—¿Por qué?

—Por dinero. Para que puedas tener todo lo que necesites cuando yo ya no esté.

Anna no lo había entendido.

—¿Has aceptado dinero de las tripulaciones? ¿Para qué? ¿Para que les dieras los vuelos que querían? ¿Para tener más vacaciones?

—Si eso fuera todo —apuntó Harvath— yo no estaría aquí.

—Dime por qué está aquí este hombre, Jörg.

—Ya te lo he dicho. He aceptado dinero a cambio de manipular los turnos.

Anna desvió la vista hacia Harvath. No lo entendía. Harvath se lo aclaró.

—Ha aceptado dinero a cambio de ayudar a un asesino a viajar sin ser detectado por las fuerzas policiales internacionales.

—No tenía ni idea de... —balbuceó él.

—¿Cuánto? —lo interrumpió ella.

—Anna, tienes que creerme, yo...

—¿Cuánto?

—Doscientos mil euros.

—¡Dios mío! —exclamó ella—. Doscientos mil euros, ¿y no supusiste que era algo malo? ¿Que habría criminales involucrados?

—¡Me muero! —gritó él—. Lo he hecho por ti.

—No me culpes. Lo hiciste por ti mismo, porque te sientes culpable. Yo no necesito dinero.

Jörg Strobl se echó a reír.

—¿Y tu coche nuevo? ¿Y esa cara furgoneta en la que cabe mi silla de ruedas? ¿De dónde crees que han salido?

—Me dijiste que hacías trabajos de IT por tu cuenta.

—Pues ahora ya sabes la verdad.

Anna sacó el mando del coche del bolsillo y se lo arrojó a su marido, que no levantó las manos lo bastante rápido para atraparlo. El mando le golpeó en el pecho y aterrizó en su regazo.

Se produjo un silencio incómodo mientras los Strobl se miraban fijamente.

Harvath no tenía tiempo para quedarse allí plantado mientras ellos dirimían sus problemas.

—¿Cómo se acercaron a usted? —preguntó—. ¿Quién le paga? ¿Cómo se ponen en contacto?

Strobl miró a su mujer, que enfundó su arma.

—Creo que deberías responderle —afirmó ella. Luego se volvió hacia Harvath y añadió—: No vendrán más policías.

Harvath ya lo imaginaba. Le habían entrenado para interpretar microexpresiones de la cara, pequeños tics que hacen las personas inconscientemente cuando no dicen la verdad. Anna era una gran mentirosa. Su tic había sido casi imperceptible.

—Si hablo —dijo Jörg a Harvath—, me matarán. Si no hablo, usted me matará. No veo ninguna ventaja en esto.

—Si habla, le protegeré. A usted y a Anna.

Era un giro inesperado para Jörg, que reflexionó un momento antes de contestar.

—¿Cómo sé que puedo fiarme de usted?

—No lo sabe.

Jörg meneó la cabeza.

—Ni siquiera sé quién es.

—Y por eso precisamente podré protegerlos —replicó Harvath—. Bien, o empieza a hablar ahora mismo, o me voy y desaparecerá cualquier esperanza de seguridad para los dos. Usted elige.

—¿Podrías servirnos una copa de vino, por favor? —pidió Strobl, mirando a Anna.

16

Bahnhofsviertel
Frankfurt

El barrio conocido como Bahnhofsviertel incluía la estación de trenes principal, así como el «barrio rojo» de Frankfurt. También se encontraba allí el apartamento del hombre que había reclutado a Jörg Strobl.

Harvath no necesitaba ni quería a Anna Strobl allí, pero ella había insistido. También había sido convincente al argumentar que sería capaz de comprobar la veracidad de la información que él esperaba obtener.

Sigmar Eichel trabajaba en la logística del aeropuerto. Por tanto, tenía acceso a terminales, pistas, hangares y cualquier otra zona aeroportuaria. Podía entrar y salir de áreas restringidas sin despertar sospechas. Conocía todos los protocoles de seguridad, qué cámaras funcionaban y cuáles no. Anna también comentó que seguramente tenía acceso a las imágenes de seguridad y podía alterarlas.

Una ventaja de dejarse acompañar por ella era que se trataba de una agente de la policía federal. En cuanto Sigmar la viera, sabría que todo había acabado para él. Lo difícil sería convencerlo de que delatara a la gente para la que trabajaba.

Harvath no esperaba que los rusos trataran directamente con

Jörg Strobl. No era preciso. Utilizarían un intermediario, o «fusible», como se conocía en el negocio. Esa era la tarea de Eichel, transmitir las instrucciones a Strobl para que las siguiera.

Eichel ocupaba un nivel superior en la cadena, por lo que estaría más entrenado y seguramente tendría más que perder. Eso significaba que podría resultar un hueso más duro de roer.

Strobl le había explicado que había conocido a Eichel cuando trabajaba en el Centro de Aviación de Lufthansa. Mientras Strobl le informaba de su situación médica, Harvath adivinaba ya cómo se desarrollaría la historia del reclutamiento.

Poco después de que le hubieran diagnosticado esclerosis lateral amiotrófica, Eichel había empezado a tropezar con Jörg en distintos lugares, tanto en el trabajo como fuera del aeropuerto. No ocurría a menudo, pero sí bastante.

Al poco se hicieron amigos y empezaron a ir a tomar unas cervezas después del trabajo, y a hacer cosas juntos algún que otro fin de semana. Pero solía ocurrir cuando Anna estaba de servicio. Ella solo había visto a Eichel un par de veces.

Harvath supuso que, como policía, Anna debía de saber calar más o menos a la gente, de modo que le preguntó qué opinaba de Eichel. Su respuesta no le decepcionó.

En cuanto al físico, Anna recordaba a Eichel como un hombre con sobrepeso, corto de vista y de piel seca. Se vestía como un hombre que no tuviera ninguna mujer en su vida ni la deseara. En cuanto a la personalidad, tenía una opinión excesivamente elevada de su talento y valía para el aeropuerto. Sus bromas eran chovinistas y no demasiado ingeniosas.

Para acabar de rematarlo, Anna detalló que Eichel llevaba un zapato ortopédico en el pie izquierdo, por lo que seguramente su pierna izquierda era más corta que la derecha. Comentó también que, a causa de esa deficiencia, seguramente se burlaban de Eichel cuando era niño, lo que había afectado a su autoestima hasta convertirlo en un hombre con una personalidad desagradable y sin interés por su apariencia física.

Como apunte final, Anna comentó que quizás Eichel era un

capullo de nacimiento y que, por tanto, todo lo demás era solo secundario.

Harvath trató de disimularlo, pero no pudo evitar sonreír. Anna era una aguda observadora y le había proporcionado una valoración del sujeto realmente perspicaz.

A pesar de que Harvath había sentido la tentación de preguntarle el motivo de que se le hubieran pasado tantas cosas sobre su propio marido, finalmente se abstuvo. A menudo el amor era ciego, pero una enfermedad degenerativa del ser amado era como un combate a muerte de lucha libre. Los golpes se sucedían con tal rapidez y dureza que uno tenía suerte si lograba sobrevivir, incluso darse cuenta de todo lo que estaba sucediendo a su alrededor.

Era absurdo esperar que una persona que se encontraba en medio de un tsunami emocional percibiera cambios sutiles en su cónyuge y no los atribuyera a su enfermedad. Cada día era una nueva batalla. Cada día cabía esperar lo inesperado. Harvath comprendía a Anna y la compadecía. También él había pasado por una situación parecida.

—¿Usted no está casado? —preguntó Anna.

Harvath estaba junto a una ventana del sucio apartamento de Eichel, cerca de la Kaiserstrasse, esperando a que él regresara a casa.

—No —respondió—. No estoy casado.

—¿Por qué no?

Él sonrió.

—No lo sé.

—¿No le gustan las mujeres?

Harvath soltó una risita.

—Sí me gustan. Ese no es el problema.

—Entonces ¿cuál es?

—Supongo que estoy casado con mi trabajo.

—Eso es ridículo —replicó ella, meneando la cabeza.

—Mi trabajo es importante para mí.

Antes de abandonar su casa de Oberursel, Anna había sustituido el uniforme por unos tejanos, una camiseta y una chaqueta de cuero. Se quitó esta, la dejó sobre el brazo del sofá y se acercó a Harvath.

—¿Está con alguna mujer ahora? —preguntó.

Harvath oyó una alarma que se disparaba en su mente. Había estado con muchas mujeres. Muchas se habían ido sin siquiera cerrar la puerta.

—No estoy seguro —respondió.

—¿Qué significa eso?

—Vamos a vivir en ciudades diferentes.

—Pero ¿viven en la misma ciudad ahora?

—No.

Anna lo miró.

—Es complicado —admitió él.

Sin apartar la mirada, ella iba a replicar cuando él le indicó por señas que guardara silencio. Había oído algo.

—Viene alguien —susurró.

17

Eichel entró, cerró la puerta con el pie, arrojó las llaves en un cuenco que había sobre la mesa del comedor y dejó una bolsa de comida para llevar sobre la mesa de centro.

Colgó el abrigo en una percha y luego fue a la cocina. Se oyó cómo abría las puertas de la nevera y de un armario y luego las cerraba. Regresó a la sala con un vaso de tubo y una botella grande de cerveza.

En cuanto se arrellanó en el sofá, Harvath salió del dormitorio.

Eichel boqueó.

—*Scheisse!* —exclamó.

Harvath le apuntó con la Glock y le ordenó que cerrara la boca.

—¿Quién es usted? —preguntó él—. ¿Qué quiere?

—He venido a hablar sobre Peter Roth.

—No conozco a ningún Peter Roth —afirmó Eichel.

Harvath sonrió.

—No es eso lo que me ha contado Jörg Strobl.

—No conozco a ningún Jörg Strobl.

—O sea, que es así como quiere que sea. Por mí, perfecto.

Eichel lo observó mientras Harvath sacaba un rollo de cinta americana y se acercaba al sofá. El hombre sudaba ya, y el corazón se le había acelerado.

—¡No puede hacer esto! —exclamó.

—Lo estoy haciendo.

—Solo dígame qué quiere.

—Acabo de hacerlo —dijo Harvath—, pero usted ha decidido que quiere jugar. Me parece bien. Me gustan los juegos.

—Soy ciudadano alemán. No puede hacerme esto.

Aquel tipo gordo no parecía en situación de decirle a nadie qué podía o no podía hacer.

Cuando Harvath intentó atarle las muñecas, Eichel se resistió, así que le dio un puñetazo en la boca, haciéndole saltar las lágrimas.

—¿Por qué? —gimió.

—Ya sabe por qué. Y debería saber también que, cuanto más se resista, más doloroso va a ser. ¿Lo entiende?

Eichel no respondió, así que Harvath volvió a golpearlo.

—Vale... Pare. Lo entiendo.

Harvath le ató las manos con la cinta.

—¿Quién es Peter Roth? —preguntó.

—Ya se lo he dicho, no lo... —empezó Eichel, pero se interrumpió al ver que Harvath cerraba el puño y echaba la mano hacia atrás—. Vale, vale.

—Vale ¿qué? ¿Quién es Peter Roth?

—Trabaja para la Lufthansa.

—¿Para quién trabaja realmente?

—¡No lo sé!

Harvath volvió a golpearle, con más fuerza.

Eichel escupió un diente roto sobre la mesa de centro.

—Tiene que creerme. No tengo la menor idea de qué va todo esto.

Harvath echó el puño hacia atrás y Eichel cerró los ojos. Pero en lugar de darle un puñetazo, lo agarró por las muñecas atadas y lo arrastró hasta la cocina. Lo último que necesitaba era romperse la mano golpeando a aquel idiota en la cara.

Tiró al suelo a Eichel y revolvió en los armarios hasta que encontró lo que buscaba.

Antes de que el tipo pudiera gritar, Harvath le echó una bolsa de plástico por la cabeza y la cerró con fuerza. La privación de oxígeno solía mejorar el nivel de cooperación de forma milagrosa, por no mencionar la memoria.

Eichel yacía apoyándose en las manos atadas y no podía levantarlas para intentar zafarse de la bolsa de plástico. Mientras se retorcía en el suelo, Harvath se sentó sobre él, lo que aumentó la sensación de asfixia.

Cuando consideró que el tipo había tenido suficiente, esperó tres segundos más y le quitó la bolsa de la cabeza.

Eichel boqueó, pero no logró inspirar hasta que Harvath se levantó. En cuanto lo hizo, el gerente de logística del aeropuerto aspiró el aire como un sediento bebiendo en un oasis.

En cuanto logró recuperar el aliento, Harvath dijo:

—Ya basta. —E hizo ademán de volver a colocarle la bolsa sobre la cabeza.

Eichel sacudió la cabeza.

—No —logró decir con voz ronca.

—Ha tenido su oportunidad cuando le pregunté por Roth. Pero quería hacerse el listo. Esta vez la bolsa se quedará el doble de tiempo.

Eichel se debatió con mayor frenesí que antes.

—¡Por favor! —suplicó—. Pare, por favor.

Harvath conocía el juego. Suplicarle que parara no era lo mismo que responder a su pregunta. Eichel también lo conocía. Así que la bolsa volvió a cubrirle la cabeza.

En cuanto la notó, el tipo empezó a gritar un nombre.

—¡Malevsky! ¡Mijaíl Malevsky!

Harvath le quitó la bolsa y esperó a que el gordo recobrara de nuevo el aliento. Luego, lo incorporó hasta dejarlo sentado y lo apoyó contra la pared.

—¿Quién es Mijaíl Malevsky?

—Es ruso.

—No me diga. ¿Quién es?

—Es un hombre de negocios.

—¿Qué clase de negocios?

—No lo sé.

Harvath le pilló uno de los fofos carrillos y se lo retorció.

—Dígame quién es o le volveré a poner la bolsa y esta vez no se la quitaré.

—¡La mafia! —jadeó—. La mafia rusa.

Harvath le soltó la cara. La mafia rusa podía significar cualquier cosa. Estaba llena de agentes de la inteligencia rusa infiltrados. Algunos estaban retirados. Otros no. Todos mantenían buenas relaciones con Moscú. Al fin y al cabo, era el Kremlin quien organizaba el crimen organizado en Rusia.

—¿Dónde puedo encontrarlo? —preguntó Harvath.

—No puede. Es muy cauto. Su seguridad es impenetrable.

—Eso ya lo veremos. ¿Cómo se pone en contacto?

—Me envía un SMS con un código —contestó Eichel—. Yo lo descifro y luego hago lo que me dice.

—¿Qué más hace, además de manipular los turnos de las tripulaciones de la Lufthansa?

—Nada. Lo juro.

Mentía. Harvath adelantó la mano hacia la bolsa de plástico.

—A veces —se apresuró a añadir Eichel— ayudo a Herr Roth a moverse por ciertas zonas del aeropuerto.

—¿Para esquivar los controles de seguridad o de pasaportes?

—Sí.

—¿Qué más? —preguntó Harvath.

—A veces le ayudo a llegar a la zona de aviación privada.

Estas palabras atrajeron la atención de Harvath.

—¿Con qué frecuencia viaja Roth en avión privado?

—Unas cuantas veces al año.

—¿Por qué no con Lufthansa?

Eichel se encogió de hombros.

—No lo sé.

—¿Cuándo fue la última vez?

—Hace unos días.

Harvath lo miró.

—¿Adónde fue?

—A Turquía —contestó Eichel.

—¿A qué parte de Turquía? Concrete.

—Antalya.

18

Antalya
Riviera turca

El ataque contra el secretario de Defensa americano había sido espectacular. Todo había salido a la perfección.

Baseyev estaba preparado para perder a todos sus hombres, pero solo había perdido a tres. Eso significaba que tendría que ocuparse de eliminarlos.

Cuando los hombres regresaron al almacén, aún estaban bajo los efectos de las nuevas drogas que él les había dado por la mañana, pastillas que los volvían más agresivos y los ponía en estado hiperalerta.

Drogas para tranquilizarse la noche antes de un ataque y drogas para excitarse el día del ataque se habían vuelto habituales en los círculos terroristas. Baseyev les explicó que había llegado el momento de parar y relajarse. Si estaban nerviosos o sobrexcitados, no lograrían escapar.

Repartió botellas de agua y vasitos de plástico con una única pastilla. Los hombres sonreían por su victoria y entonaban cánticos:

—*Alá akbar!* —¡Alá es grande!

Hicieron preguntas a Baseyev sobre cómo sería la vida en Siria, en el califato. Él les pintó una imagen edulcorada.

Los alabarían, los considerarían héroes y leones. La noticia de su éxito había llegado ya al propio califa. Habían elegido lujosos apartamentos y esposas para todos ellos. Tendrían a otros hombres bajo su mando. Serían como estrellas del rock islámicas.

Y aún más importante, siguió explicando Baseyev, el propio Alá no solo estaría complacido, sino que había bendecido su operación. Él los había protegido. Él los había llevado a la victoria en la batalla. Toda la gloria le correspondía a Él.

Los hombres dejaron de felicitarse unos a otros para pedirle a Baseyev que dirigiera sus plegarias. Él aceptó, luego se aseguró de que todos se hubieran tragado su pastilla.

Después de practicar sus abluciones rituales y de extender las esteras de oración, Baseyev empezó.

A los musulmanes no se les permitía moverse ni mirar alrededor. Debían recitar sus oraciones como si estuvieran en presencia de Dios. Exigía un estado de concentración total.

En los momentos en que se permitía añadir versos del Corán, Baseyev recitó los más largos que recordaba.

Durante la oración, los hombres realizaron todas las posturas exigidas, desde tocar el suelo con la frente en *sujud* a echarse hacia atrás y sentarse sobre los pies en *tashahhud*.

Al cabo de un rato, sus movimientos se hicieron más lentos y lánguidos. Los párpados se volvieron pesados y las miradas empezaron a nublarse. Baseyev habló más despacio y bajó el volumen de voz.

Cuando terminaron las oraciones, pidió a los hermanos que permanecieran sentados. Sin explicarles por qué, inició un sermón sobre el padre de una de las esposas de Mahoma. Era uno de los temas más aburridos que se le ocurrían. Pronto los hombres cabeceaban, intentando no quedarse dormidos.

Baseyev continuó con su sermón paseándose alrededor de ellos. Ninguno se dio cuenta. Tenían la sangre saturada del narcótico que les había dado. Lo único más fácil que robarle el caramelo a un niño es dárselo.

Sacó una pistola SIG Sauer calibre 22 de entre la camisa y

ajustó el silenciador. El Mosquito, como se conocía, era más pequeño que su famoso hermano mayor, el P226, pero Baseyev no necesitaba más potencia. Tampoco necesitaba el ruido.

Con el silenciador ajustado, el único sonido que podría oírse sería la corredera del Mosquito al expulsar los casquillos usados y colocar cada nueva bala.

Había llegado la hora.

Ensalzando la sabiduría y la gloria del Profeta, recorrió la hilera, disparando a cada hombre en la nuca. Al llegar al último, se volvió y contempló su trabajo.

Todos los hombres estaban muertos, caídos hacia delante sobre sus esteras de oración, de cara a La Meca. Baseyev miró su reloj. Todo iba según lo programado.

Después de preparar los explosivos, realizó una última comprobación en el almacén antes de abandonarlo.

Cuando dieron permiso a su reactor privado para despegar, marcó un número en su móvil e inició la cuenta atrás.

Al despegar del aeropuerto, llegó a ver cómo explotaba el almacén. Fue una visión asombrosa.

Una gigantesca bola de fuego se elevó hacia el cielo nocturno de Turquía. Las autoridades podían peinar el sitio durante meses, y lo único que conseguirían encontrar sería lo que él quería que encontraran.

Se reclinó de nuevo en su asiento y meditó sobre lo que le esperaba a continuación. El mejor ataque, el más espectacular, aún no se había producido. Pero el riesgo sería mucho mayor, y el margen de error más estrecho. Con cada nuevo paso, los riesgos y el peligro se agravaban.

Baseyev no tenía miedo. De hecho, estaba deseando aprovechar esa oportunidad. Actuar en suelo americano iba a ser su mayor logro. Y con suerte, llevaría al poder militar más grande del mundo a abatirse sobre el ISIS.

19

Washington, D.C.

El senador Daniel Wells se volvió en la cama para alcanzar el iPhone que tenía sobre la mesita de noche.

—¿Qué hora es? —preguntó al responder a la llamada.

—Poco más de las tres de la madrugada —contestó su ayudante.

Se llamaba Rebecca Ritter y conocía los entresijos de Washington mejor que nadie. Era inteligente y agresiva, y jamás aceptaba un no por respuesta.

También era una mujer increíblemente atractiva. Y sabía realzar su aspecto o disimularlo, dependiendo de lo que exigiera la situación.

Rebecca podía mostrarse como una dulce y recatada joven provinciana de Iowa a la que cualquier hombre querría presentar a sus padres, o convertirse en una rubia despampanante con un sucinto vestido negro, que llevaría al marido más fiel a preguntarse si no valdría la pena correr el riesgo de engañar a su mujer por ella.

Sin embargo, Wells jamás la había tocado. Habría sido como mezclar alcohol y armas de fuego. La diversión estaba garantizada, pero hasta que dejara de ser divertido.

El senador tenía ambiciones más grandes que la de acostarse con aquella joven de veintiséis años, licenciada por la Escuela de Gobierno John F. Kennedy de Harvard, que se sentaba al otro lado de la puerta de su despacho. No obstante, cuanto más poderoso se volvía él, más lo deseaba ella. Cuando llegara a la Casa Blanca y tuviera un segundo mandato asegurado, quizá se permitiría un poco de diversión. Hasta entonces había mucho por hacer.

—¿Las tres de la madrugada? —replicó el senador—. Debes de tener algo bueno.

Rebecca había estado calentando la cama de un joven llamado Brendan Cavanagh, casualmente ayudante ejecutivo del director de la CIA Bob McGee.

—¿Quiere los detalles, o paso directamente a lo esencial?

Wells se colocó una almohada detrás de la cabeza y se acomodó en la cama. Su mujer, Nancy, estaba en Cedar Rapids, de modo que tenía la enorme cama y todo el apartamento para él solo.

—Dame detalles —pidió, echando mano a sus cigarrillos—. Regálame los oídos.

Rebecca se dispuso a desgranar todos los sórdidos detalles. Empezó con lo que llevaba puesto, sabiendo que a su jefe le gustaban esa clase de cosas... sobre todo las medias y los tacones altos. A pesar de los gustos de su marido, la señora Wells era mucho más discreta.

Rebecca describió la cena, las bebidas, y luego todo lo que había ocurrido en casa de Cavanagh. Se tomó su tiempo y fue especialmente expresiva en los detalles sexuales. Por fin, abordó el motivo real por el que había despertado a Wells a las tres de la mañana.

El senador le dio una calada al cigarrillo y se incorporó en la cama.

—¿Estás segura?

—Estaba allí. Oí toda la conversación.

—¿Y luego qué sucedió?

—Volvimos a follar en la ducha y él se fue corriendo a Langley.

Wells meneó la cabeza. Rebecca era incorregible.

—No estarás aún en su casa, ¿no?

—No le habría llamado si estuviera en su casa.

«Chica lista», pensó él. Levantó el reloj de la mesita para mirar la hora.

—Vete a dormir un poco.

—¿Qué va a hacer usted?

—Creo que iré a correr.

—¿Ahora?

—Necesito pensar —dijo Wells.

—De acuerdo. Nos vemos en el despacho dentro de unas horas.

—Bien. Por cierto, un trabajo excelente.

Ella no dijo nada. Simplemente colgó. Su jefe estaba contento y ella necesitaba dormir un poco. A las seis de la mañana, un Red Bull y una cara bonita solo la ayudarían hasta cierto punto.

Por el contrario, Wells sabía que no podría volver a dormir después de lo que acababa de oír. McGee debería ser más riguroso con la información que circulaba por los pasillos de la CIA.

De todas formas, seguramente Rebecca la habría conseguido igual. Era la empleada más inteligente que Wells había tenido nunca. Le daba igual que su mujer la detestara. Las mujeres como Nancy siempre detestarían a las mujeres como Rebecca, a las que veían como una amenaza. Pero en las manos adecuadas, eran minas de oro.

Rebecca era su gallina de los huevos de oro, con un cuerpo escultural. Ahora él tenía que hacer pública la información obtenida. La forma de hacerlo era harina de otro costal.

La información era demasiado buena para no usarla contra el presidente Porter. Pero era preciso proteger a Rebecca. Si lograban seguir la pista de la filtración hasta ella, se les acabaría el chollo. Sabrían que Cavanagh era la fuente de información y la CIA lo pondría de patitas en la calle. Entonces Wells tendría que limitarse a mirar desde fuera. Tenía que encontrar otro modo.

Se puso el equipo para ir a correr, abandonó su apartamento y bajó al vestíbulo en el ascensor.

Salió a la calle y miró a un lado y otro. Aún era de noche. Pronto saldría el sol, pero sabía que aquella era la hora más peligrosa del día. Los delincuentes eran como vampiros. Huían de la luz del sol, y justo antes del amanecer era cuando estaban más desesperados.

Decidió ir en paralelo a la Explanada Nacional. Había mucho tráfico. No pasaría nada.

Más relajado, echó a correr. Aquella era siempre la mejor parte del día para él. Sin llamadas de teléfono, sin e-mails, sin patéticos electores pidiendo dádivas. Solos el pavimento y él.

Siempre le asombraba el mal estado del parque. Las aceras estaban agrietadas, los bordillos se desmoronaban. Había malas hierbas y demasiada basura en general.

Desde luego no era una ciudad resplandeciente sobre una colina. Para ser la capital de la nación más poderosa del mundo, estaba asquerosa.

Limpiar Washington iba a ser una de las primeras cosas que hiciera como presidente. Mejor aún, haría que Nancy lo convirtiera en una de sus iniciativas como primera dama. De todas formas, su mujer necesitaría alguna causa que defender. La de limpiar Washington era buena e imparcial. Perfecta para ella.

En unos minutos había recorrido dos manzanas. El ritmo de su corazón era elevado y las endorfinas fluían libremente. Qué sensación tan maravillosa. En su opinión, el subidón de correr era casi tan bueno como el sexo. Casi.

Por lo general dejaba que su mente divagara mientras corría. Sin embargo, ese día necesitaba concentrarse. Había descubierto una posible grieta en la armadura del presidente. Estaba pidiendo a gritos que le clavaran un puñal en ella.

Pero antes de hacerlo, Wells debía asegurarse de que la información era fiable. ¿Y si Rebecca se equivocaba? ¿Y si no había entendido bien lo que había oído?

Había algo de cierto en la frase «Si algo suena demasiado bien para ser verdad, seguramente no lo es», sobre todo en Washington.

Mientras corría, Wells vio una figura solitaria sentada en un banco. Pensó que era un sintecho. Esa era otra cosa en la que podría involucrarse su mujer. Una buena forma de ganar puntos con la prensa y el público.

Al pasar por delante de la figura del banco se dio cuenta de que no era un sintecho. Era un hombre mayor con una gabardina abotonada hasta el cuello. Parecía salido de una película de espías. Sobre el regazo tenía un periódico doblado.

Fue entonces cuando se le ocurrió. Wells no necesitaba contrastar la información de Rebecca. Necesitaba que alguien lo hiciera por él. Y sabía quién sería la persona perfecta.

Sin embargo, esa persona no hacía nada de balde. Querría algo a cambio.

Wells miró su reloj y decidió regresar. Tenía muchas cosas por hacer.

20

Frontera germano-austriaca

Desde Frankfurt había cinco horas en coche, nueve si el tráfico era denso. Harvath lo hizo en cuatro. Y con un cuerpo en el maletero.

Lydia Ryan lo había tenido tanto tiempo esperando su respuesta, que al final lo había mandado todo al carajo, había subido al coche y se había largado. Cuando cada segundo contaba, muy a menudo las decisiones de la CIA tardaban horas.

Sin embargo, el nombre de Mijaíl Malevsky había hecho saltar las alarmas en Washington. Ahora era también una cuestión política. Malevsky estaba emparentado con el primer ministro ruso.

Eran primos segundos o terceros, en cualquier caso, lo bastante cercanos como para que Malevsky hubiera logrado que lo nombraran agregado comercial. Según todos los indicios, no era más que una farsa, pero le aseguraba el pasaporte diplomático. Y eso lo colocaba en una zona gris.

Se sospechaba que estaba involucrado en una operación de blanqueo de dinero en Múnich, que se realizaba a través de una empresa de inversiones inmobiliarias de propiedad rusa. Sus transacciones parecían legales, pero el origen del dinero no.

Las autoridades alemanas sabían que el dinero que entraba en su país estaba relacionado con el crimen organizado en Rusia. Demostrarlo era mucho más difícil. Por el momento, Malevsky estaba fuera de su alcance. Pero no del de Harvath.

Estados Unidos también sabía que Malevsky era un delincuente. Habían visto pruebas más que suficientes. Su relación con Sacha Baseyev era uno de los detalles más condenatorios. Sin embargo, sería difícil soslayar su estatus diplomático y sus vínculos familiares con el *premier* ruso.

Los rusos no se andaban con chiquitas. Si pillaban a Harvath, no solo sería hombre muerto, sino que se abriría la veda contra los diplomáticos estadounidenses en todo el mundo. Los rusos no eran de los que olvidaban.

En cualquier otra situación, la CIA habría encontrado un modo de trabajar evitando a Malevsky. Por desgracia, no se hallaban en cualquier otra situación. No había alternativa. El camino hacia Baseyev pasaba directamente por Mijaíl Malevsky. Era el villano. No tenían más remedio que dar vía libre a Harvath y confiar en que haría lo que mejor se le daba.

Y lo que mejor se le daba era obtener resultados. Por mucha seguridad o protección que tuviera Malevsky, Harvath llegaría hasta él. Lo que ocurriera después dependería enteramente de él. Pero, considerando el historial del ruso, Harvath no esperaba que quisiera cooperar.

Con el número de teléfono proporcionado por Eichel, Nicholas había conseguido localizar a Malevsky en una aldea pintoresca de los Alpes bávaros llamada Berchtesgaden. No fue difícil encontrar la casa. Era un enorme pabellón de caza de piedra, pintado de amarillo limón, con su acceso de entrada privado y verjas de hierro forjado.

En el exterior había un letrero de SE VENDE. Una comprobación en el registro de la propiedad alemán desveló que era propiedad de una empresa de inversiones inmobiliarias de Múnich, sita a dos horas de distancia.

Además de estar valorada en veinte millones de dólares, la

casa tenía una vista que valía otros doce. Daba al sur, mirando al valle en dirección a la tercera montaña más alta de Alemania, la Watzmann. Sus recortadas cumbres seguían cubiertas de nieve y, a sus pies, las ondulantes praderas alpinas estaban cubiertas de flores primaverales.

Sobre la aldea se cernía una montaña conocida como Hoher Göll. En su pedregosa ladera, Adolf Hitler había construido su lujosa residencia de vacaciones, el Berghof.

La aldea en sí era una hermosa sinfonía de edificios de tonos pastel, empinadas calles de adoquines y tejados a dos aguas. Aquí y allá, murales pintados a mano representaban escenas bávaras tradicionales. Las centenarias agujas de la iglesia se elevaban hacia el cielo.

El Aga Kan, los duques de Windsor, y Neville Chamberlain habían pasado por Berchtesgaden para visitar a Hitler. También habían ido Mussolini, Göring y Goebbels. Ahora la aldea era el hogar de Mijaíl Malevsky.

Resultaba difícil imaginar que un lugar de tal belleza pudiera albergar semejante mal. Pero Harvath sabía que el mal podía existir en cualquier parte. Y que el mal se sentía atraído por la belleza. Era como un imán, y él siempre se había preguntado por qué.

Suponía que era porque el mal era incapaz de crear nada, solo destruía. Y el mal valoraba y deseaba la belleza, que era la máxima expresión de la creación, por encima de todo, aparte del poder.

La belleza era una recompensa, una ilusión con la que se pretendía engañar al resto del mundo, para que creyera que el mal era otra cosa. Por eso la codiciaban los hombres realmente malvados. Era una adicción que irradiaba del centro mismo de su negra alma. «No me miréis, mirad esto. Ahora volved a mirarme. ¿Veis la belleza de la que soy capaz?»

Colecciones de arte, esposas, amantes, coches, casas, pistolas de oro, incluso motocicletas incrustadas de diamantes... El mal siempre quería más, más grande, más brillante, mejor. Era una necesidad que se autoperpetuaba y jamás podía satisfacerse del todo. Harvath lo había visto una y otra vez. Solo había una aterradora excepción, el yihadismo.

Los fundamentalistas islámicos rechazaban la belleza. Las mujeres debían cubrirse. Las representaciones de la figura humana estaban prohibidas. Los adornos y la ostentación también se prohibían. El suyo era un fanatismo monástico.

Y si bien sus salvajes actos eran incuestionablemente malvados, para su propia fe eran piadosos tributos a Dios. Eran guerreros que creían practicar la forma más auténtica del islam. Era el islam que creían que les había enseñado su Profeta, considerado el hombre perfecto. Era el islam que ellos leían en el Corán. No creían pervertir su religión, sino purificarla.

Los yihadistas se consideraban los auténticos protectores de la fe islámica. Su paso por este mundo era fugaz. Todo lo hacían al servicio de su dios. Cómo se vestían, cómo comían, cómo se bañaban, cómo rezaban... cada uno de sus actos, por nimios que fueran, era un escalón más hacia el Paraíso. Esa era su recompensa.

Cuanto más grandiosas eran sus acciones en este mundo en honor del islam, más aumentaban sus posibilidades de entrar en el Paraíso.

Era el peor enemigo con que se enfrentaba la civilización. Y la civilización nunca había sido más débil. Occidente se había retraído, se había vuelto blando e indiferente. Quedaban pocos que lo protegieran. Menos aún eran los dispuestos a arriesgar su carrera política tomando decisiones duras y de imprevisibles consecuencias.

El presidente de EE.UU. estaba dispuesto a correr ese riesgo. No tenía elección. La supervivencia del país dependía de ello.

Al dar luz verde a la operación contra Malevsky había hecho lo correcto. El sangriento rastro de cadáveres estadounidenses, incluyendo el del secretario de Defensa, había empezado con el ISIS, pero no terminaba ahí. Seguía hasta la mismísima puerta de los rusos. Harvath no tenía la menor idea de cuáles eran sus motivos, pero estaba empeñado en descubrirlo. También tenía la intención de ponerle fin. Era el momento de decir basta.

Harvath comprobó el GPS y siguió adelante. Solo quería echarle un rápido vistazo a la casa. Cuanto antes llegara a su destino y vaciara el maletero, mejor se sentiría.

21

La antigua granja se encontraba a veinticinco kilómetros de la aldea. Harvath giró para rodear el descolorido granero y aparcó. Le sentó bien apearse y estirar las piernas.

La localización no podía ser mejor. Escondida en la ladera de la montaña, las paredes de roca desnuda la rodeaban por tres lados. Desde la casa había un prado que descendía en pendiente, permitiendo una visión clara de la carretera. No tenía vecinos.

Harvath se asomó al interior del granero y vio un BMW Serie 7 negro. A su lado había apilados materiales para reformas caseras. No vio a nadie, de modo que se dirigió a la casa.

Era un chalet de dos plantas con maceteros de flores. El enorme tejado cubría el largo balcón de la segunda planta. La puerta de atrás no estaba cerrada. Harvath entró por allí.

Había un par de botas grandes en el suelo de baldosas. Una chaqueta de cuero colgaba de una percha de madera. Las paredes estaban revestidas de toscos tablones. El techo tenía vigas vistas. Desde el interior le llegó el olor y el crepitar del fuego de una chimenea.

Harvath sacó su *smartphone*. Quería ocuparse primero de la confirmación.

Avanzó, asomándose a todas las habitaciones al pasar. Los buenos hábitos no había que perderlos, independientemente de la situación.

En la sala encontró al dueño del BMW, un gigante de dos metros que parecía más un oso. Estaba sentado a una mesa cerca del fuego. Delante de él tenía un portátil, dos pistolas Beretta y una botella de cerveza.

Harvath tecleó «confirmado» y le dio a *enviar*.

Instantes después, en el ordenador del hombre sonó un tintineo.

—Me gusta —dijo por encima del hombro—. Hazlo otra vez.

—La mitad ahora. La otra mitad cuando el trabajo esté terminado —replicó Harvath—. ¿Hay algo para comer?

—En la cocina —gruñó el hombre.

La nevera estaba llena a rebosar de carne. También había varias docenas de huevos, agua embotellada y cervezas. Sobre la encimera había bolsas de frutos secos y lo que parecían paquetes de cecina alemana.

Harvath preparó un plato, abrió una botella de cerveza y regresó a la sala.

El gigante de la mesa se levantó para saludarlo. Ahora tenía la barba gris y los cabellos canosos y muy cortos.

—Has menguado —dijo.

—Tú también —bromeó Harvath, señalándole el vientre.

—Nada de carbohidratos, ni azúcar, ni diversión —replicó él. Luego miró la cerveza y añadió—: Vale, puede que un poco de diversión.

Harvath sonrió y se acercó. En cuanto dejó el plato encima de la mesa, el hombre le dio un abrazo de oso.

—Tienes buen aspecto —dijo—. Más viejo, pero sigue siendo bueno.

El nombre del oso era Herman Toffle. Había sido miembro de la famosa unidad contraterrorista alemana, el GSG 9. Se habían conocido durante unos ejercicios conjuntos cuando Harvath era un SEAL. Herman practicaba un humor irreverente y se habían hecho amigos casi al instante.

—¿Cómo está Diana? —preguntó Harvath cuando Herman lo liberó.

—Está bien. Te envía recuerdos.

—Dile que le agradezco que haya preparado todo esto.

—No ha sido nada —aseguró Herman—. La casa pertenece a una amiga suya de Múnich. Viene con su marido y sus hijos un par de veces en invierno para esquiar. Y puede que un par de veces en verano para nadar en el Königsee. Eso es todo. El resto del tiempo la alquilan a turistas.

—Espero que los honorarios cubran el alquiler.

El hombre se echó a reír.

—Más que de sobra.

Ahora que trabajaba bajo contrato, Harvath tenía acceso a una sustancial cuenta de gastos. Herman era un profesional, y debía cobrar en consonancia. No solo merecía una prima por su disponibilidad inmediata, sino un extra por todas las veces que había ayudado en el pasado sin recibir compensación alguna.

Era un buen amigo. Y ya que Harvath estaba en situación de poder pagarle, era lo menos que podía hacer.

Herman había tenido que abandonar el GSG 9 tras recibir un disparo que le había dejado una cojera permanente. Había pasado entonces a trabajar para un fabricante de armas alemán, y le iba muy bien tras invertir su dinero en varias empresas de éxito, entre ellas una compañía de seguridad privada.

Gracias a sus buenos negocios, su mujer Diana y él podían moverse entre un lujoso apartamento en Múnich y una impresionante casa en Berlín.

Hacía años que no se veían, pero retomaron su amistad justo donde la habían dejado, lo que daba fe de su autenticidad.

Herman preguntó por el buen amigo y antiguo jefe de Harvath, Gary Lawlor. Harvath preguntó por Max y Sebastian, dos comandos a los que Herman había reclutado para una misión anterior.

Sin embargo, la conversación pronto se centró en la misión actual de Harvath.

—He visto el equipo en el granero. ¿Era todo lo de la lista? —preguntó.

—He tenido que improvisar un poco —contestó Herman—. Creo que nos bastará.

Harvath confiaba en él.

—¿Dónde quieres poner a nuestro invitado?

—Si lo dejamos en el granero se morirá de frío.

—No me parecería mal.

Herman se encogió de hombros y echó un trago a su cerveza. La operación era de Harvath. Él se limitaría a hacer lo que le pidiera.

—Vamos a necesitar vigilancia —prosiguió Harvath—. Langley ha ordenado que se reprograme un satélite, pero quiero tener también un par de ojos.

—¿En qué estás pensando?

—Lo ideal sería presentarme como un comprador potencial y conseguir que me enseñen la propiedad.

Herman dio otro sorbo a la cerveza antes de responder.

—Pero una casa de un precio tan elevado solo se abrirá a compradores aprobados previamente. No solo vas a necesitar informes financieros, sino también contar con un agente inmobiliario bien situado.

Tenía razón, y Harvath ya había pensado en ello.

—Podría haber una forma de soslayarlo.

—¿Cómo?

—La CIA tiene agentes en todas partes, pero sobre todo en Estados Unidos.

—Pensaba que eso era ilegal —dijo Herman, mirándolo.

—Técnicamente no pueden llevar a cabo operaciones en Estados Unidos. Pero pueden reclutar a americanos para que colaboren en operaciones fuera del país.

—¿Y cómo nos ayuda eso?

—Hay una agencia inmobiliaria en Beverly Hills. Tienen una clientela muy exclusiva y se especializan en propiedades de lujo. La CIA los ha utilizado ya en otras ocasiones.

—¿Y responderán por ti como comprador?

Harvath negó con la cabeza.

—Como comprador no. Como alguien que trabaja para el

comprador. Alguien que está de paso y que cree que la casa podría ser perfecta para su jefe. Dejarán caer que me gustaría verla antes de volver a Estados Unidos.

—¿Y cuándo vuelves?

—Pongamos que pasado mañana. Si realmente quieren vender la casa, me la enseñarán.

—¿Y si no quieren? —preguntó Herman.

—Pasaremos al plan B.

—¿Cuál es?

Harvath sonrió.

—Aún no lo he pensado.

—Fantástico.

—Todo irá bien.

—Pues claro —dijo Herman, levantándose para ir a buscar algo de comer—. Creo que mis honorarios acaban de aumentar.

—En ese caso —dijo Harvath, arrojándole las llaves del coche—, te toca a ti vaciar el maletero.

—¿Dónde lo has aparcado?

—Detrás del granero.

—Le he prometido a Diana que no haríamos nada ilegal.

Harvath se echó a reír.

—No deberías mentirle a tu mujer —dijo, y empezó a comer—. Es malo para tu matrimonio.

Herman fue en busca de sus botas y su chaqueta.

—No dejes que se apague el fuego. Y no te vayas a ninguna parte. Cuando vuelva, quiero que tú, el solterón, me cuentes cómo funciona un matrimonio.

Harvath le mostró el dedo corazón.

Segundos después, oyó a Herman abrir la puerta para dirigirse al granero y gritó:

—¡Es bastante pesado! ¡Recuerda flexionar las piernas al levantarlo!

22

El maletero del coche de Harvath apestaba. No sabía si Malevsky tenía perros, pero, por si acaso, pensó que sería mejor llevarse el BMW de Herman. No necesitaba unos chuchos volviéndose locos por culpa del coche. Cuanto más tranquilo estuviera todo el mundo, mejor iría todo.

La dueña de la agencia inmobiliaria de Beverly Hills había hecho un excelente trabajo. Tenía suficiente experiencia con grandes fortunas para saber exactamente qué decir y qué no decir.

Se había concertado una cita. Harvath tenía que llegar con el coche hasta la verja y llamar al intercomunicador. Alguien le acompañaría en un recorrido por la propiedad. Si ese alguien sería Malevsky aún estaba por verse.

Harvath dejó su Glock a Herman, arrojó su maletín al asiento de atrás y volvió a Berchtesgaden. Necesitaba meterse de verdad en el papel, por si lo cacheaban o registraban su maletín (y esperaba ambas cosas). Si despertaba la mínima sospecha, las cosas se pondrían muy feas.

Harvath tenía una ventaja, la única, de hecho, y era que iba a tratar con Malevsky, un hombre de negocios. La mafia rusa tenía una propiedad exclusiva de la que necesitaba deshacerse. Cuando se vendiera, millones de dólares limpios volverían a su organización. Harvath solo necesitaba que le creyeran mientras durara la farsa. Lo que ocurriera después no era su problema.

Detuvo el coche junto al intercomunicador y apretó el botón plateado.

—*Da?* —contestó una voz, y al punto se corrigió y pasó al alemán—: *Ja?*

—Hola —replicó Harvath—. Soy Tommy Molteni. He venido a visitar la propiedad.

La voz no le dio la bienvenida ni le indicó dónde aparcar. Se oyó un tono corto, como el de la tecla de un teléfono al pulsarse, y luego las puertas de la verja empezaron a abrirse hacia dentro.

Harvath esperó a que se abrieran del todo y luego enfiló el sendero de acceso a la casa.

Los jardines estaban muy bien cuidados. Se fijó en la ubicación de las luces ornamentales, así como la cantidad de árboles que había. Desde el punto de vista de la seguridad, había un montón de cosas que Harvath habría hecho de forma diferente, pero desde el de un inversor, comprendía por qué Malevsky y los que dirigían la operación de blanqueo de dinero no habían querido realizar cambios. Si hubieran alterado excesivamente el aspecto natural de la propiedad, derribando árboles y cosas parecidas, habría sido más difícil de vender.

Al llegar al final, el sendero se abría, convirtiéndose en una amplia zona de estacionamiento. Harvath divisó dos Porsches Cayenne, un Rolls-Royce Silver Spirit clásico y un Audi R9 descapotable. Y a saber qué vehículos habría tras las puertas del garaje. Se preguntó si los coches también formarían parte de la operación de blanqueo.

Harvath esperaba matones por todas partes, y Malevsky no le decepcionó. Pero en lugar de tipos corpulentos con trajes de mala calidad, salidos de la versión moscovita de una agencia de cástings para extras, los hombres que vio estaban muy en forma e iban bien trajeados. ¿Serían de las Spetsnaz, las antiguas Fuerzas Especiales rusas? Desde luego lo parecían.

Los depredadores olían a otros depredadores a kilómetros

de distancia. Harvath evitó en todo momento mirarlos a los ojos. Esbozó una falsa sonrisa en su cara y pidió por señas que le indicaran dónde aparcar.

A los hombres pareció molestarles su presencia. Le señalaron con la mano que se desviara hacia un lado, y le hicieron dar media vuelta para que el coche quedara encarado hacia la salida. Antes de que pudiera ponerlo en punto muerto, un gorila se acercó a la ventanilla y le indicó que la bajara.

—Identificación, por favor —pidió cuando Harvath bajó el cristal.

Harvath se palpó los bolsillos.

—¿Una tarjeta de visita? Lo siento. No llevo. La agente de Beverly Hills debería haberles dicho que yo...

—Pasaporte —exigió el hombre, interrumpiéndole.

Cortés pero firme. Un profesional. Se le notaba su procedencia de las Spetsnaz.

—Claro —replicó Harvath, volviéndose para alcanzar el maletín en el asiento de atrás—. Tengo el pasaporte aquí mismo.

—Alto.

Harvath obedeció.

El hombre dio una orden a su colega y luego pidió a Harvath que apagara el motor y se apeara.

El otro hombre sacó el maletín del coche y se lo llevó al primero.

—Pasaporte —repitió este.

Harvath abrió la cremallera del compartimento delantero del maletín, sacó el pasaporte que le había procurado la CIA y se lo entregó.

El ruso lo examinó, miró la foto y a Harvath varias veces, y la información que contenía. Finalmente, se lo devolvió.

Harvath sonrió.

El otro guardia dijo algo en una radio de mano e indicó a Harvath que lo siguiera. Una vez más, este obedeció.

Recorrieron un sendero de piedra hasta la puerta principal, donde, tal como esperaba, comprobaron si llevaba armas. Otro guardia de seguridad atlético y con un traje hecho a medida agitó la mano con que sostenía un detector de metales portátil.

Cuando se aseguró de que Harvath no llevaba ningún arma, abrió la puerta, tecleó en un panel de alarma, y le hizo pasar.

Fue como entrar en una especie de Versalles. Todo estaba cubierto de pan de oro: las barandillas, las balaustradas, los muebles, los marcos de los espejos, los apliques, los capiteles de las columnas de mármol rosa, las molduras, las manijas de las puertas, incluso los grifos de un metro de altura del inicio de la escalera.

Decir que era «exagerado» sería muy poco. Harvath solo tenía una palabra para describirlo: «Uau.»

—Señor Molteni, bienvenido —dijo un hombre menudo con acento ruso. Tenía los cabellos negros y rizados, con la raya a un lado, y llevaba un polo y una chaqueta tipo *blazer* que no le quedaba bien—. Mi nombre es Jakob. Soy el administrador de la propiedad.

Harvath le estrechó la mano y le agradeció que lo recibiera.

Jakob paseó por el vestíbulo una mirada admirativa.

—¿No le parece increíble?

—Sí que es increíble, sí —replicó Harvath.

—¿Por dónde le gustaría empezar?

—Por donde usted guste. No quiero robarle mucho tiempo.

—Empecemos por el gran salón.

Harvath siguió al hombre y le escuchó mientras relataba la historia de la casa. La había construido en 1908 un ruso, el general Nikolas de Malzoff, que procedía de San Petersburgo.

Al mencionarse San Petersburgo, Jakob captó una expresión de reconocimiento en Harvath.

—¿Ha estado usted en Rusia? —preguntó.

Harvath había estado en Rusia en numerosas ocasiones, pero solo para cumplir alguna misión. Sonrió y asintió con la cabeza.

—En San Petersburgo, justamente.

A Jakob le agradó oír eso y charlaron unos minutos sobre la ciudad antes de continuar con la visita.

Retomando la explicación, habló de todos los artesanos que habían llevado allí para construir la Villa Malzoff. Mencionó en especial a los artistas italianos que pintaron los frescos del techo de todas las habitaciones.

Harvath jamás había oído hablar del general Nikolas de Malzoff, pero, fuera quien fuese, había gastado mucho dinero.

Cuando llegaron al gran salón, se hizo evidente por qué Jakob había querido empezar por allí. Era espectacular.

El gran salón se había convertido en una larga sala con seis zonas diferentes para sentarse. Pero su característica más impresionante era la vista.

Las ventanas iban del techo al suelo y podían retraerse al estilo de los porches hawaianos, abriendo la habitación al exterior, como en aquel mismo momento. La vista del Watzmann coronado por la nieve era imponente.

Era una de las mejores vistas que había tenido ocasión de observar Harvath en su vida. A Jakob también le agradó oírlo.

Mientras proseguían con la visita, resultó claro que Jakob adoraba aquella casa. No había ningún detalle con el que no estuviera familiarizado. Harvath preguntó si sus servicios como administrador estaban incluidos en el precio de venta. Jakob se sintió halagado, pero explicó que se desplazaba de una propiedad a otra según los requerimientos de su patrón.

Harvath intentó sonsacarle sobre su patrón, pero el otro no picó. Simplemente continuó con la visita.

Mientras recorría una habitación tras otra, Harvath estudiaba las medidas de seguridad de la Villa Malzoff. Hasta entonces, no había visto nada que no pudiera manejar.

Cuando terminaron con la casa, Jakob lo llevó a dar una vuelta por los jardines.

La propiedad tenía casi tres hectáreas. Incluía una piscina, con su pequeña casa, una casa de invitados y un edificio residencial para los empleados, con siete apartamentos.

En todo ese tiempo, Harvath no vio señal alguna del señor o la señora Malevsky, aparte de la ropa que colgaba en el armario del dormitorio principal.

Harvath esperaba que la mujer y los hijos estuvieran en Múnich. Eran una contingencia con la que no quería enfrentarse.

La última parada de la visita fue el pequeño pabellón del guardabosques. Parecía sacado de un cuento de hadas, de *Hansel y Gretel* o *Blancanieves*.

El pabellón era de piedra rústica. Tenía el tejado de paja, una gran chimenea, y pequeñas ventanas con cristales coloreados y postigos de madera.

Harvath estaba pensando que seguramente era ideal para que jugaran en ella los hijos de Malevsky cuando se abrió la puerta y recibió la mayor sorpresa de su vida.

23

—¿Estás seguro? —preguntó Herman, con la camisa manchada de sudor arremangada hasta los codos. Llevaba una Beretta metida en el cinto. Durante la última hora, había estado ocupado en un trabajo hecho a su medida.

Dejar a Eichel en Frankfurt era imposible. Podría haber causado muchos problemas.

Así pues, poniéndose de acuerdo con Anna Strobl, Harvath había llevado a Eichel hasta el coche, apuntándole discretamente con la pistola. Le había obligado a meterse en el maletero, donde lo había atado y amordazado con cinta de embalar. Después él y Anna habían vuelto a la casa de ella en Oberursel.

Habían charlado unos minutos en el sendero de acceso. La hermosa mujer irradiaba soledad. No llevaba bien la enfermedad de su marido.

El pronóstico no era bueno. La enfermedad había avanzado más deprisa de lo que esperaban. Anna confesó que jamás se le había muerto ningún allegado, ni siquiera entre sus colegas policías. Harvath había perdido a muchas personas y le habló de su experiencia, sobre todo del dolor de las pérdidas y de cuánto le afectaban. Animó a Anna a aprovechar al máximo el poco tiempo que le quedara con su marido.

Ella estaba asustada, pero también tenía fortaleza interior. Era una mujer fuerte, aunque ella misma no lo creyera. Era una guerrera, conseguiría superarlo, le aseguró Harvath. Anna se lo agradeció.

Cuando salió marcha atrás con el coche, la mujer se quedó en la rampa de entrada, mirándolo. Por el bien de ella y de Jörg, Harvath esperaba que pudieran encontrar algo de felicidad juntos.

Lo que había hecho Strobl estaba mal, muy mal, pero Harvath lo entendía. Querer asegurar el porvenir de su mujer cuando él hubiera muerto era un noble impulso. No había muchas opciones para un hombre en su estado, con las horas contadas. Aunque eso no justificaba su proceder, ni mucho menos.

No obstante, durante el tiempo que le quedaba a Jörg, quizás hubiera un modo de expiar sus pecados. Quizá pudiera ayudar a Harvath. Desde luego, Anna tenía madera para ser una valiosa colaboradora. Harvath tendría que pensar en ello.

Mientras tanto, Herman le había hecho un gran favor. En algún momento durante el trayecto desde Frankfurt, Eichel había necesitado ir al lavabo, pero iba atado y amordazado en el maletero sin poder comunicarse.

Ahora el coche de Harvath estaba limpio, y también Eichel. Llevaba lo que Harvath supuso que era un pijama de Herman. Con una capucha en la cabeza, estaba sentado, atado a una recia silla, en el granero.

Había plásticos colgando de las vigas y también cubriendo el suelo. Una persona corriente habría pensado que se iba a pintar algo. Mijaíl Malevsky no era corriente. Él sabría exactamente qué iba a ocurrir y para qué eran los plásticos.

—¿Estás absolutamente seguro? —preguntó Herman de nuevo, mientras Harvath volvía a comprobar las ligaduras de Eichel.

—¿Estás seguro de que no puede oírnos? —contestó Harvath, señalando al prisionero con la cabeza.

Herman echó la capucha atrás para mostrarle que Eichel no solo tenía los ojos vendados, sino también orejeras profesionales sujetas a la cabeza con cinta de embalar. Privación sensorial. Lo mantendría confuso y asustado. Con la cara destrozada, además, sería el atrezo perfecto. Cuando Malevsky viera el estado en que se encontraba, quizá se mostraría más dispuesto a cooperar.

—¿Que si estoy absolutamente seguro? —repitió Harvath un poco más relajado—. Por supuesto que sí. Me salvó la vida. No es alguien a quien se olvide.

Harvath revivió la escena en su cabeza. Hacía más de diez años de aquel suceso. Se encontraban a cinco kilómetros de la Casa Blanca. Alguien había ocultado un arma nuclear táctica en el Cementerio del Congreso. De no ser por ella, la bomba habría explotado y él habría muerto. Harvath había dudado de su lealtad, y ella había demostrado que se equivocaba.

—De acuerdo —dijo Herman—, digamos que estás en lo cierto. Es ella, después de tantos años. Pero ¿te ha reconocido?

—¿Después de todo lo que pasamos juntos?

—Me refiero a si ha dado muestras de reconocerte.

Harvath negó con la cabeza.

—Ha sido tan fría como el hielo. Una profesional.

—¿Y qué está haciendo aquí? ¿Por qué iba a hacer de niñera de un mafioso ruso?

—Malevsky no es un simple mafioso ruso.

—Lo sé —dijo Herman—. Está emparentado con el primer ministro. Pero aunque estuviera emparentado con el Papa, ¿por qué una agente de la SVR rusa iba a hacerle de niñera en Bavaria?

Era una buena pregunta. La SVR era la versión rusa de la CIA. Pitchfork, también conocido como Sacha Baseyev, era un producto del GRU, la versión rusa de la Agencia de Inteligencia de la Defensa. ¿Por qué iban a cruzarse los caminos de las dos agencias de esa forma? No tenía sentido.

—Tengo que descubrir por qué está aquí —replicó Harvath.

—Espera. ¿Qué?

—Ya me has oído.

—Después de apoderarnos de Malevsky —dijo Herman.

—¿Y si ella sabe algo?

—Entrar y salir. Eso me dijiste.

—Sé lo que dije. Pero eso fue antes de que ella me viera. No podemos llevarnos a Malevsky, al menos hasta saber qué está pasando. Si entramos allí a llevárnoslo, los rusos sabrán que estamos en el ajo.

—Siento tener que decírtelo, amigo, pero ya lo saben. ¿No crees que ella ya habrá informado de tu presencia?

—No sé lo que hará —respondió Harvath—. Por eso necesito hablar con ella. A solas. Esta noche.

Herman reflexionó un momento. Luego consultó su reloj.

—Pronto se hará de noche —dijo—. ¿Cómo quieres hacerlo?

Harvath no había visto indicio alguno de perros durante su visita a la Villa Malzoff. Eso no significaba que Malevsky no tuviera ninguno. Si los tenía, serían de protección personal y viajarían con él, no serían perros guardianes que vigilaran el perímetro. Eso le iría bien.

Otra ventaja para Harvath era que la propiedad no estaba cercada. No había muro ni valla, nada, solo la verja al final del sendero de acceso.

Había luces ornamentales, pero no reflectores. Había un sistema de seguridad inalámbrico dentro de la casa, aunque no demasiado sofisticado; consistía sobre todo en detectores de movimiento. No había visto cámaras.

Malevsky parecía confiar plenamente en sus guardias. Y si era así, sería mejor que Harvath no los subestimara.

Revisando las imágenes por satélite que le había proporcionado Langley, localizó las vías de acercamiento más probables y las tachó de su lista. Eran demasiado evidentes. Los guardias de Malevsky estarían ojo avizor a esos puntos.

El modo más difícil de entrar y, por tanto, el menos probable, era llegar por la parte posterior de la finca, desde el alto terreno pedregoso. A Harvath le gustó por diversos motivos.

Una estrecha franja boscosa ocultaba la visión de la casa. Eso significaba que no era una buena posición para colocar un francotirador. Tampoco había modo de acceder hasta allí con un vehículo. Los ladrones o secuestradores no querrían alejarse demasiado de su vehículo.

La única persona que se acercaría desde allí sería alguien que planeara matar a Malevsky, seguramente de cerca, en algún lugar de la propiedad.

Eso significaba que habría de ser un profesional, como Harvath, y que sería muy difícil saber que estaba allí.

Si los guardas procedían de las Spetsnaz, tenían entrenamiento militar y seguramente enfocaban los problemas buscando soluciones militares. En su lugar, Harvath habría colocado sensores de suelo y los habría sintonizado de manera que ignoraran cualquier cosa que pesara menos que los animales autóctonos más comunes. De ese modo, no se dispararían las alarmas cada vez que pasara por allí algún ciervo.

Sin embargo, con la cantidad de dinero que tenía Malevsky, podía permitirse un sistema aún más sofisticado. Posiblemente podían haber recurrido a algún sistema militar que no solo distinguiría automáticamente a los animales de los seres humanos, sino que también tendría una cámara sensible al movimiento que localizara al intruso y transmitiera imágenes en tiempo real.

Esas cámaras transmitían por conexión directa, satélite o radiofrecuencia. Basándose en lo que había visto, Harvath dudaba que se hubieran molestado en soterrar cables, sobre todo en una propiedad que disfrutaba Malevsky solo hasta que se vendiera.

Harvath apostaba por una señal de satélite o radiofrecuencia, y así se lo hizo saber a la CIA para que la detectaran, mientras él finalizaba su plan.

Cuando lo completó, se lo explicó a Herman.

—¿Dónde me coloco yo? —preguntó él.

Harvath trazó un círculo alrededor de la granja en el mapa que había sobre la mesa.

—Te quedas aquí con Eichel.

El corpulento alemán frunció el entrecejo.

—Mal plan.

—Es un buen plan. Funcionará.

—Hasta que no funcione —repuso Herman. Agarró su bolígrafo y le dio la vuelta al mapa—. Piensas abandonar la propiedad por el mismo sitio por el que vas a entrar en ella.

—¿Y?

—¿Y si el acceso está bloqueado?

Harvath miró el mapa antes de replicar.

—Daré la vuelta por aquí.

—Eso dobla la distancia hasta tu coche. ¿Y si estás herido?

—Improvisaré.

—¿Y si la policía local encuentra tu coche aparcado en la carretera? —preguntó Herman.

—No estará en la carretera. Estará oculto. Me aseguraré de que no lo encuentren.

—Pero ¿y si lo encuentran?

—Improvisaré.

—Ya lo veo —dijo Herman, extendiendo las manos—. Aquí yace el cuerpo de Scot Harvath: «Improvisó.»

Herman empezaba a ponerlo de los nervios. Harvath no necesitaba su ayuda. Sabía muy bien lo que hacía.

—Quiero que te quedes con Eichel.

—Eso no es problema —replicó Herman—. Puedo envolver a Eichel con mantas y cinta de embalar y meterlo en mi maletero. Te dejaré en la parte posterior de la propiedad y luego te recogeré donde me digas.

—¿Y si te encuentra la policía? ¿Con Eichel?

Herman sonrió.

—Improvisaré.

24

A la CIA le costó lo suyo conseguirle lo que quería. Pero al final no le fallaron. En realidad, fue una combinación de agencias la que no le falló.

Detectar si había o no dispositivos en el perímetro de la propiedad, y si los había, qué tipo de señal emitían, no era una tarea fácil. Los satélites no se quedaban suspendidos en un punto. Orbitaban en torno al planeta y sus oportunidades de recoger información eran limitadas.

Tras consultar con la Oficina de Exploración Nacional y la Agencia Nacional de Inteligencia Geoespacial, se cursó una petición al ejército alemán para que permitieran a un par de Falcons F-16 americanos de la base aérea de Spangdahlem modificar el plan de vuelo de sus maniobras de entrenamiento, con la excusa de que iban a probar un nuevo sistema de cartografiado del terreno y querían hacerlo sobre las montañas de Bavaria.

Los alemanes concedieron el permiso y al cabo de quince minutos ambos reactores habían despegado.

El sofisticado sistema que llevaban a bordo hacía mucho más que cartografiar el terreno. Los reactores eran como coches del *street view* de Google, pero mucho mejores. Absorbían hasta el último retazo de información eléctrica con que contactaban: señales de wifi, información de móviles, tráfico de radio y comunicaciones por satélite, incluso los códigos de radiofrecuencia de los mandos de apertura de los garajes. Era un sistema asombroso de alta tecnología.

Los reactores solo necesitaron una pasada a baja altura. Activaron sus dispositivos por encima de Berchtesgaden, y se habían ido antes de que nadie se diera cuenta de lo que había visto u oído.

Tras aterrizar en la base de Spangdahlem, se extrajeron los lectores, se codificaron los datos y se transmitió todo a EE.UU.

Harvath tenía razón. Había múltiples objetos en torno al perímetro de la propiedad que transmitían a una red de satélites.

Una vez supieron dónde estaban y qué eran, la Agencia de Seguridad Nacional puso manos a la obra para descubrir cómo interrumpir las transmisiones.

La operación estaba muy compartimentada, restringida a un puñado de personas. Eso era bueno para mantener el secreto, pero no tanto para la rapidez de la ejecución. Cuando por fin concluyeron, Harvath oyó una voz en su audífono.

—Norseman, aquí Round Top. Estamos listos para actuar cuando dé la orden. Cambio.

Harvath se había acercado a la propiedad tanto como se atrevía. Hasta que supiera que las señales de los sensores de suelo se habían interrumpido, no quería ir más allá.

—Recibido, Round Top —replicó. Hacía frío. Veía su aliento—. Permanezcan a la espera. Cambio.

—Recibido, Norseman. Round Top a la espera. Cambio.

Además de los materiales que aguardaban en el granero, Herman había proporcionado a Harvath equipo táctico.

Comprobó una última vez el equipo antes de decir:

—Round Top, aquí Norseman. A mi señal. Cambio.

—Recibido, Norseman. A su señal. Cambio.

Ajustándose las gafas de visión nocturna, contó hacia atrás en voz alta partiendo de cinco.

Cuando llegó a uno, la voz dijo en su audífono:

—Norseman, aquí Round Top. La señal por satélite se ha interrumpido. Repito, la señal por satélite se ha interrumpido. Tiene vía libre. Buena suerte, Norseman. Cambio.

Harvath no respondió, ya estaba en movimiento.

El terreno era escarpado, las piedras afiladas. Llevaba botas de montaña, tejanos oscuros y una chaqueta negra de North Face. Los sensores solo iban a estar desconectados breve tiempo. Tenía que moverse deprisa.

Perdió pie dos veces. Dos veces consiguió enderezarse. De no haber llevado los guantes de Herman, se habría lastimado las manos.

Al llegar al final de la cuesta pedregosa, echó a correr hacia el bosque. Cuando llegó a los árboles, envió un informe de situación.

—Round Top, aquí Norseman. Estoy en posición. Cierro comunicación. Cambio.

Round Top acusó recibo de que Harvath había llegado a los árboles y que quería silencio por radio, respondiendo con dos chasquidos que sonaron en el audífono. El juego había comenzado. Solo habría comunicación si la iniciaba él.

Harvath sacó la Heckler & Koch USP SD de 9 mm que le había dado Herman y ajustó un silenciador GEMTECH en la rosca de su cañón. Estaba cargada con munición subsónica y Harvath llevaba dos cargadores más. Pero si empezaban a zumbar las balas, sería porque algo había salido muy mal.

Su objetivo era penetrar en la casa: entrar, salir y no dejar rastro.

Era muy arriesgado. Si Malevsky descubría que había una brecha en su seguridad, sería mucho más difícil llegar hasta él. O añadiría nuevas medidas de seguridad, o se ocultaría bajo tierra. Cualquiera de las dos opciones dificultaría aún más la misión última de Harvath.

Sin embargo, aquella incursión era un riesgo aceptable, incluso necesario. Tenía que hacerse. Nadie en Langley se lo había discutido.

Con los guantes de Herman metidos en el bolsillo, Harvath empuñó el arma con ambas manos y atravesó el resto del bosque, preparándose para echar a correr hasta el primer edificio.

—Round Top, aquí Norseman —susurró—. Primera etapa completa. ¿Todo bien?

Esperó y oyó un chasquido. Todo iba bien. Mediante el satélite, no veían ningún obstáculo entre Harvath y su primer objetivo.

A través de las gafas de visión nocturna, Harvath miró a un lado y otro del estrecho prado que tendría que cruzar. Respiró hondo, contó hasta tres y salió a la carrera.

El terreno era desigual, pero casi todo cubierto de hierba y mucho menos pedregoso. Mientras no tropezara con ningún agujero, todo iría bien. Ya distinguía la residencia de los empleados. No había luces encendidas en el interior. Daba la impresión de que todo el mundo estaba...

De repente, le llegaron dos chasquidos digitales a través del audífono. Harvath se lanzó al suelo, desactivó sus gafas de visión nocturna y hundió la cara en la tierra. Alguien en EE.UU. había visto algo.

No movió un músculo. No respiró siquiera. Solo podía escuchar. No oyó nada. ¿Qué demonios habían visto?

Siguió tumbado en el frío suelo, dudando, hasta que el viento le trajo la respuesta. Mezclado con el olor a tierra fría y húmeda, empezó a detectar algo más: humo de cigarrillo.

Alguien se estaba tomando un descanso para fumar y debía de haberse acercado a él por casualidad.

Harvath respiró lentamente tratando de calcular la distancia a la que estaba el fumador, pero el olor se desvanecía. ¿El hombre se había alejado?

Casi como respuesta a su pregunta, recibió la señal de «despejado» de Round Top: tres chasquidos.

Volvió a colocarse las gafas, esperó a que sus ojos se adaptaran y luego alzó la cabeza lentamente y evaluó la situación. Nadie a la vista. El olor a tabaco también se había evaporado.

Se puso en pie y avanzó hacia el edificio. Deprisa. En silencio. Mientras lo hacía, movía la cabeza a derecha e izquierda en busca de amenazas, empuñando la pistola con silenciador, dispuesto a disparar.

La puerta principal de la residencia no estaba cerrada con llave y Harvath entró. Lo había memorizado todo, lo que había visto en cada habitación, qué miembros del personal había en cada apartamento. Ella no estaba allí. Malevsky y su mujer querrían que estuviera cerca de ellos, cerca de los niños. Ella estaría en la casa principal, pero había otra persona valiosa que sí dormía ahí: el chef.

Harvath lo había visto cuando visitó la cocina con Jakob. Se había fijado en los capilares de la nariz del cocinero, en el temblor de su mano, en la taza de café que tenía cerca, llena de algo que no era café.

Mientras Jakob le mostraba la residencia de los empleados, Harvath había localizado el apartamento del chef gracias a las fotos personales que había sobre la cómoda y los libros de cocina rusa del estante. La botella de vodka mal escondida en el cuarto de baño había confirmado sus sospechas.

Harvath se detuvo ante su puerta y oyó los ronquidos del cocinero. Sonaban como los fuelles de un alto horno. Aspirando y espirando, aspirando y espirando. Era como si alguien intentara aparcar un tren de carga de un kilómetro y medio de longitud.

Harvath probó el pomo de la puerta del chef. No estaba cerrada con llave. Empujó para abrirla despacio sin hacer ruido y entró.

El hombre no había logrado llegar a la cama. Yacía sin conocimiento sobre el sofá. Había un plato de comida sin terminar sobre la mesa de centro, acompañado por la taza de «café» con que antes lo había visto Harvath. Aún llevaba puesto el uniforme de cocinero.

Harvath meneó la cabeza y paseó la mirada por la habitación hasta que encontró lo que buscaba. El chef había dejado caer las llaves al suelo.

Las recogió con cuidado para no hacer ruido.

Ahora lo único que debía hacer era entrar en la casa, algo más fácil de decir que de hacer.

25

En sus tiempos, Harvath había organizado la seguridad de suficientes edificios, eventos y fincas como para saber que la clave estaba en limitar los puntos de entrada y salida.

En el caso de las fincas, lo normal era que los propietarios entraran y salieran por el garaje o por la puerta principal. Los criados iban y venían y normalmente recibían entregas a través de una discreta entrada para el servicio.

En el caso de la Villa Malzoff, era la gran cocina de estilo restaurante que había en la parte de atrás. Estaba conectada con la residencia del personal mediante un pequeño camino lateral que surgía del sendero de acceso.

Harvath utilizó los árboles para ocultarse al acercarse a la casa principal. Durante la visita, había visto al personal entrando y saliendo por la puerta de la cocina.

Al contrario que en las demás puertas de la propiedad, el sistema de alarma no sonaba cada vez que se cerraba o se abría. Seguramente estaba tan transitada que la habían desactivado.

Pero ¿la reactivaban por la noche? Esa era la principal duda de Harvath en aquel momento.

Daba igual que tuviera las llaves y que seguramente una de ellas abriera la puerta en cuestión. Si al abrirla se disparaba la alarma, el juego habría acabado.

Revisó el recorrido de cinco metros que habría de hacer corriendo hasta llegar a una hilera de cubos de basura que había cerca de los escalones de la cocina. Harvath se detuvo detrás del último árbol y solicitó un informe de situación. Le respondieron con tres chasquidos. Todo estaba despejado.

En la cocina había un par de luces encendidas, pero no vio señales de actividad. El resto de la casa estaba en silencio, con las ventanas a oscuras. Harvath decidió pasar a la acción.

Al contrario que en su carrera a campo abierto, esta vez no se produjo incidente alguno. Apoyó la espalda contra el muro exterior de la casa, se agachó entre dos cubos de basura y esperó.

Había dos cosas que siempre se podía esperar de los rusos: el tabaco y el alcohol. El chef se había emborrachado hasta perder el sentido, tal como Harvath esperaba. Por lo que había visto durante su visita, no había ceniceros en la casa ni olía a tabaco. Seguramente Malevsky había prohibido fumar dentro de la casa, pues quería mostrarla con su mejor aspecto.

Ahora Harvath solo necesitaba que alguien saliera a fumar un cigarrillo. Cuando usaran la puerta de la cocina, descubriría muchas cosas sobre su seguridad.

Transcurrieron veinte minutos. La temperatura seguía bajando. El aire era glacial. Era como una sierra de hielo que traspasaba cualquier ropa.

Hacía rato que había abandonado la postura en cuclillas. Era demasiado para sus rodillas. Nadie podía aguantar tanto tiempo en esa posición.

Siguió esperando sentado, con las rodillas pegadas contra el pecho. Mientras tanto, empezó a idear un plan B. Si no salía nadie, ¿qué haría? ¿Se arriesgaría a probar la puerta? ¿Abortaría la misión?

Evaluaba las opciones cuando oyó que alguien abría la puerta de la cocina. Rápidamente se agachó.

Un hombre apareció en el umbral con un cigarrillo apagado colgando de la boca. Sacó un Zippo del bolsillo, abrió la tapa y movió la rueda del pedernal contra la pierna. Luego encendió el cigarrillo. Harvath estaba tan cerca que casi podía oler el líquido del encendedor.

A continuación, el hombre cerró la tapa con un giro de muñeca. Dio una larga calada. Se llenó los pulmones y echó la cabeza atrás, saboreando el subidón de nicotina.

Salió al exterior y cerró la puerta de la cocina. Harvath se fijó en que no se había oído nada en el panel de la alarma que había dentro, junto a la puerta. Al parecer, no corría riesgo alguno entrando por allí.

El hombre era más fornido que los guardias de seguridad que había visto antes. Era calvo y de cuello grueso. Solo le faltaba el mostacho para parecer el forzudo de un circo. Cuando Harvath se imaginaba a los matones de baja estofa de la mafia rusa, esa era exactamente la clase de persona en que pensaba... alhajas de oro incluidas.

El hombre parecía de unos cincuenta años, quizá más. Era difícil adivinarlo. Los rusos llevaban una vida dura y envejecían mal, sobre todo los criminales.

Harvath permaneció agachado, tratando de controlar la respiración. No quería que el vapor de su aliento elevándose en la fría noche lo delatara.

El hombre dio un par de caladas más al cigarrillo y luego lo apagó. Pero en lugar de arrojar la colilla al sendero del servicio o a la hierba, echó a andar hacia la hilera de cubos de basura.

«Joder —maldijo mentalmente Harvath—. ¿Qué pretende este idiota?» ¿Iba a tirar la colilla a la basura? Pero cuando el hombre abrió la tapa del primer cubo, Harvath solo tardó unos segundos en comprender qué pasaba.

Oyó el sonido de cristal cuando el ruso sacó una botella de vete a saber qué del cubo de basura y desenroscó el tapón.

No debía de contener gran cosa, porque la botella volvió rápidamente a la basura y el ruso pasó al siguiente cubo.

Ahora estaba cerca de Harvath. Demasiado cerca. «Joder.» A pesar de la munición subsónica de su H&K con silenciador, la pistola de 9 mm seguía haciendo mucho ruido. Y aún sonaría más fuerte tan cerca de la casa. Seguro que alguien lo oiría. Y quienquiera que fuera, saldría a investigar. «Joder.»

Intentó pensar. «Improvisa», se dijo mirando alrededor. Oyó al hombre sacando otra botella del cubo de basura que había a dos cubos de donde se escondía él.

Iba a tener que dispararle. No había forma de evitarlo. El tipo parecía empeñado en hurgar en todos los cubos de basura antes de volver a la casa. «Alcohol y tabaco —pensó Harvath—. Putos rusos.»

Apoyado contra la pared, se cambió el arma de la mano derecha a la izquierda. Aquel imbécil iba a joderlo todo. Tendría que encontrar un lugar donde esconder el cuerpo y rogar que eso le dejara tiempo para hacer lo que debía hacer en el interior de la casa.

Tendría que hallar el modo de echarle la zarpa a Malevsky y sacarlo de allí. Detestaba la idea, pero iba a tener que usar a uno de los hijos del mafioso. «Mierda.»

El ruso estaba ya a un cubo de él. En unos segundos llegaría al hueco entre los dos últimos cubos y lo vería.

Harvath tendría que moverse deprisa. Para amortiguar el sonido de su arma, sería preciso apoyarla en el cuerpo del hombre. Pensaba dispararle en la nuca o el corazón, un par de rápidos tiros. Luego arrastraría el cadáver hacia el otro lado de la casa y lo ocultaría a la vista.

No era así como se suponía que iban a ir las cosas. Tenía que haber un modo mejor. «Piensa», se dijo. Pero era demasiado tarde. Tenía que actuar. El hombre ya estaba a su altura.

Dándose impulso desde la posición en cuclillas, Harvath se abalanzó sobre él como un ariete. Le lanzó un puñetazo demoledor al escroto.

El ruso se quedó sin aire y se dobló sobre sí mismo. Harvath aprovechó para pasar por su lado, darse la vuelta e hincarle violentamente el codo en la nuca. El hombre acabó de desplomarse en el suelo.

Harvath se dispuso a patearle la cabeza, pero se detuvo. El tipo yacía boca abajo sin moverse.

Supuso que había perdido el conocimiento. Se inclinó y le apoyó la pistola en la nuca, mas cuando iba a apretar el gatillo reparó en sus ojos. Estaban abiertos, pero el hombre no respiraba.

Le palpó el cuello en busca del pulso. No tenía. Estaba muerto. El olor a alcohol que rezumaba le dio una idea.

Agarró al fornido matón por las axilas, lo arrastró hacia el tramo de seis escalones de piedra que conducían colina abajo, y lo llevó hasta el fondo. Colocó allí el cuerpo lo mejor que pudo y volvió corriendo hasta los cubos de basura para sacar una botella de licor.

Regresó junto al cuerpo y entremetió la mitad de la botella debajo. Luego apoyó una rodilla sobre el cadáver y aplicó su peso hasta que la botella se rompió.

La escena del accidente estaba completa. Que convenciera a Malevsky era otra cuestión.

Harvath solo sabía que había tenido suerte. No esperaba volver a tenerla. Subió rápidamente los escalones de piedra en dirección a la puerta de la cocina.

Se coló dentro, cerró la puerta y sigilosamente subió por la escalera de atrás. Estaba convencido de saber cuál era el dormitorio de ella.

La puerta no estaba cerrada con llave. Harvath la abrió despacio.

A pesar de la hora, ella no estaba dormida. Ni siquiera se había acostado. Empuñaba una pequeña pistola semiautomática. Lo miró cuando entró en la habitación y dijo:

—No deberías haber vuelto.

26

Sala de Emergencias de la Casa Blanca
Washington, D.C.

El presidente Porter asintió con la cabeza y se atenuaron las luces. El sello presidencial que brillaba en las pantallas fue sustituido por la negra bandera de ISIS. Se oyó sonido de viento. Lentamente, la bandera empezó a ondear.

Una persistente música en árabe brotó de los altavoces. Apareció una fotografía del secretario de Defensa en medio del negro.

Siguió una serie de retratos de los últimos treinta años de la vida pública de Richard Devon. Cada uno se materializaba más deprisa que el anterior.

A medida que la velocidad de aparición de las fotos iba *in crescendo*, también aumentaba el ritmo de la música. Luego hubo un fundido en negro.

Todos en la Sala de Emergencias se prepararon para lo peor.

Pero, como en una película de terror, era un truco con el que se pretendía mantener a los espectadores en vilo.

La voz del secretario Devon llenó la sala. En las pantallas chisporroteó una nieve digital, como si intentara captar una señal lejana. Luego la imagen se aclaró.

Era la ceremonia de toma de posesión en el Pentágono. Devon estaba pronunciando el juramento de aceptación ante el vicepresidente.

Pero pronto el vídeo de la toma de posesión fue reemplazado por imágenes de guerra y masacres. Se mostraban tanques, soldados y aviones americanos entremezclados con cadáveres desmembrados de hombres, mujeres y niños de Oriente Medio. Mientras tanto, no dejaba de oírse al secretario Devon recitando su juramento con orgullo y seguridad en sí mismo.

Se oyeron aplausos cuando el vicepresidente lo felicitó y las pantallas pasaron de nuevo a negro. Ahora vendría lo peor.

Una fracción de segundo más tarde, el vídeo volvió sonoramente a la vida. La comitiva del secretario estaba siendo atacada. Los atacantes gritaban «*Alá akbar!*» al irrumpir en la calle disparando sus rifles automáticos.

El ataque se cubría desde numerosos ángulos. No eran solo las imágenes de las cámaras GoPro que llevaban los terroristas, sino también otras imágenes de la carnicería desde lo alto. Debían de haber colocado cámaras en las ventanas y azoteas.

El vídeo era profesional, bien producido. Parecía salido de una película de acción de Hollywood.

Era angustioso de ver.

Nadie dijo nada en la Sala de Emergencias. A todos les entristecía y repugnaba lo que estaban viendo. Todos sabían cómo terminaba, pero nadie podía apartar la vista. Estaban todos hipnotizados, habían quedado presas de la violencia y la barbarie que se desarrollaba ante ellos.

Cuando llegó el momento final y explotaron los primeros coches bomba, la imagen pasó a cámara lenta. Si se dieran Óscar a la maldad, ISIS se lo habría llevado de calle. Era como si el demonio mismo se hubiera metido en el negocio del cine.

El vídeo terminaba con una figura enmascarada de pie en el desierto, mofándose del presidente. Hablaba un inglés estadounidense. Era distinto de los portavoces británicos y australianos que el mundo había visto en ocasiones anteriores.

«Formad vuestra coalición. Movilizad a vuestros ejércitos.

Exigid vuestra venganza —pedía—. Ya sabéis dónde encontrarnos. Os estaremos esperando.»

Y tras estas palabras, la imagen se reducía a un único punto de luz que desaparecía, como si se apagara un viejo televisor.

Volvieron a encenderse las luces en la sala. Los miembros del Consejo de Seguridad Nacional estaban estupefactos. Se habían quedado sin palabras.

De repente todos empezaron a hablar a la vez, como si hubiera sonado el pistoletazo de salida. Los ánimos estaban exaltados.

Porter pidió silencio y ordenó al director de la CIA, McGee, que pusiera a todos al corriente de las últimas novedades.

—El vídeo que acaban de ver lo han lanzado los responsables de comunicación de ISIS hace menos de dos horas —explicó el director de la CIA—. Ahora mismo estamos analizándolo. Mientras tanto, quiero informarles de lo que sabemos sobre la explosión de anoche en Antalya, Turquía.

McGee puso en marcha su presentación. En las pantallas apareció una diapositiva que mostraba dos imágenes. Una era de los restos humeantes de unos quince vehículos. La otra parecía el cráter provocado por una potente bomba.

—La fotografía de la izquierda —explicó McGee— se tomó en el sitio donde atacaron la comitiva del secretario Devon con coches bomba. La fotografía de la derecha es de una explosión, a unos seis kilómetros y medio, que se produjo unas horas más tarde.

—¿Suponemos que ambos hechos están relacionados? —preguntó el vicepresidente. McGee asintió.

—El FBI ha enviado ya equipos forenses a Antalya para recoger pruebas sobre el terreno. Cuando ocurrió la segunda explosión, un pequeño contingente de técnicos del FBI aceptó ayudar a la policía turca en su investigación.

»La explosión arrasó la mitad de una manzana de la ciudad. Era una zona industrial, de almacenes en su mayor parte. Aún no sabemos si ha habido víctimas.

—¿Cuál es la conexión?

—Los hallazgos preliminares del FBI indican que la impronta de ambas explosiones coincide —respondió McGee—. Creemos que ISIS utilizaba uno de los almacenes para fabricar bombas.

—Y a juzgar por el tamaño de ese cráter —afirmó el jefe del Estado Mayor Conjunto—, aún les quedaban grandes cantidades de ingredientes.

—La inteligencia turca supone que planeaban nuevos ataques en Turquía. Consideran que se trata de una importante escalada. Ismet Bachar, el jefe de la Plana Mayor, ha cancelado sus vacaciones y ha regresado a la capital.

—Bien —intervino el asesor de Seguridad Nacional—. Si se hubieran tomado en serio el problema de ISIS desde el principio, quizás el secretario Devon seguiría vivo.

Quizá, pero McGee no quería meterse en hipótesis.

—En este momento, se desviven por darnos todo lo que necesitamos.

—¿Qué hay del hombre del vídeo? —preguntó el secretario de Estado—. Por su acento parece estadounidense. ¿Alguna idea sobre quién es?

—Todavía no.

—¿Y sabemos cómo consiguieron la información? —preguntó el fiscal general—. ¿Hemos encontrado el origen de la filtración?

—Todavía no.

—¿Y qué hay de los tres turcos que liquidó la escolta del secretario Devon durante el ataque? ¿Hemos descubierto algo más sobre ellos? ¿Algo que pueda sernos útil?

McGee negó con la cabeza.

—Nada todavía.

—¿Ha tenido suerte la Agencia de Seguridad Nacional aislando la parte de la nube a la que subieron los atacantes las imágenes de sus GoPro?

El director de la CIA meneó la cabeza. Era desmoralizador para todos. El silencio se adueñó de nuevo de la sala.

El secretario de Estado decidió aprovechar la pausa.

—Señor presidente, si me permite la pregunta, ¿sigue pensando en renunciar a reconocer las fronteras establecidas por el Acuerdo Sykes-Picot?

Porter esperaba la pregunta.

—Sí —contestó.

—¿Ha decidido cuándo?

—No. ¿Por qué?

—Se producirá un caos sin precedentes —dijo el secretario de Estado—. Hará que la Primavera Árabe parezca una excursión del colegio. Israel es nuestro aliado. Merecen algo más que un aviso. Necesitan tiempo para prepararse, para atrincherarse. Y si nosotros...

Porter le hizo una seña para que callara.

—Le dije que yo me ocuparía de Israel y eso haré. Sé que son nuestros aliados. También sé que esto va a ser difícil para ellos. Pero vamos a asegurarnos de que tengan el palo más grande en el patio de juegos.

—No le entiendo.

—Ya lo entenderá —dijo Porter—. Mientras tanto, creo que el jefe del Estado Mayor Conjunto tiene algo para nosotros. ¿Listo?

—Sí, señor presidente —respondió él.

Porter asintió, animándolo a hablar.

—Dando por sentado que ISIS es el responsable del ataque contra el secretario de Defensa, y como represalia por el ataque al equipo SAD de la CIA en Anbar, el presidente pidió al Pentágono que trazara un plan de respuesta.

El jefe hizo una seña a un ayudante, que cargó un mapa de objetivos en las pantallas mientras él seguía hablando.

—Se le ha dado el nombre en clave de Iron Fury. El ataque se concentra en los centros conocidos de mando y control del ISIS, instalaciones de entrenamiento y, sobre todo, infraestructuras petrolíferas.

El secretario de Estado estudió el mapa y luego preguntó:

—¿Y cuándo se lanzará?

El jefe miró al presidente, que volvió a asentir.

—Ahora mismo —respondió el jefe.

El ataque de tres horas de duración, con el nombre en clave de Operación Iron Fury, se había iniciado con dos oleadas de aviones furtivos Spirit B-2, cada uno con una carga de ochenta bombas Mark 82 de 225 kilos.

Mientras los aviones destruían una serie de refinerías petrolíferas de importancia crucial, se dispararon misiles Tomahawk desde un destructor situado en el norte del golfo Pérsico, y desde un submarino nuclear clase Los Ángeles en el mar Rojo.

Los misiles alcanzaron objetivos de Siria y el oeste de Irak. Mientras, drones Reaper armados con misiles Hellfire y acompañados por aviones de combate Raptor F-22 aniquilaron cientos de camiones cisterna en múltiples puntos a lo largo de la frontera siria, cuando estos se preparaban para introducir petróleo de contrabando en Turquía e Irak.

Desde la última guerra del Golfo, nadie en la Sala de Emergencias había visto un ataque aéreo tan impresionante.

Cuando acabó y todos los pilotos abandonaron el espacio aéreo sirio, permanecieron sentados en silencio durante varios minutos.

Luego el presidente Porter ordenó a su jefe de Gabinete que encargara al secretario de Prensa la preparación de una declaración, y luego dio la reunión por terminada.

Mientras los asistentes recogían sus papeles y abandonaban la sala, Porter señaló al director de la CIA y le pidió que esperara un momento.

Una vez a solas, invitó a McGee a sentarse a su lado y él mismo volvió a sentarse.

—Ahora —dijo el presidente— quiero oír la verdad. ¿Qué novedades hay sobre la filtración?

—La misma lista de nombres. No ha cambiado.

—Todavía.

El director de la CIA inclinó la cabeza.

—Sé que parece que no se está haciendo nada, pero tenemos muchos engranajes en movimiento. Créame.

—Lo sé. Es solo que tengo un mal presentimiento.

—¿Sobre la filtración?

—Sobre todo esto —dijo el mandatario—. No creo que hayamos visto aún lo peor. Ni mucho menos.

27

Guadalupe, México

La habitación no era gran cosa, pero no necesitaba más. Sacha Baseyev solo estaba de paso.

Había agua embotellada en la nevera, además de unas cuantas cervezas. Pero no las suficientes para emborracharse y hacer algo estúpido. Seguramente una decisión inteligente por parte del casero. Su negocio no era de los que uno quería que llamaran la atención.

Un mexicano fornido con sombrero blanco de cowboy le había dejado la cena sin decir nada.

La comida procedía de un restaurante de la misma calle. Sabía a guiso de cabra. Baseyev comió unos bocados y la apartó. No tenía mucho apetito.

Llegó un médico que le hizo un examen. Era un viejo que apestaba a tequila. Le auscultó el corazón y los pulmones, le tomó la presión sanguínea y le hizo soplar en un espirómetro.

Le ordenó caminar de un lado a otro de la habitación, hacer una serie de sentadillas y unas flexiones. Luego le formuló varias preguntas en un pésimo inglés. Baseyev respondió con mentiras.

El médico lo anotó todo en un pequeño cuaderno azul.

Cuando terminó, dio una palmada a Baseyev en el hombro e hizo la señal de la cruz sobre él. Había superado la prueba.

Un par de horas más tarde, el mexicano del sombrero de cowboy regresó e indicó a Baseyev por señas que lo siguiera. Tenía un camión esperando. Subieron a él.

El hombre lo condujo a un viejo taller mecánico. Entraron por la parte de atrás y solo encendieron un par de luces. Era fuera del horario laboral y no había nadie más allí.

En la zona de trabajo principal había un equipo de buceo sobre una mesa sucia. Cerca había un viejo televisor y un VCR aún más viejo.

El del sombrero de cowboy señaló una silla plegable. Baseyev se sentó. El hombre encendió el televisor, insertó una cinta VHS en el polvoriento aparato y le dio al *play*.

La pantalla cobró vida con un vídeo de demostración de buceo que parecía filmado en la década de 1980. Baseyev intentó explicar que no necesitaba ver el vídeo, pero el hombre del sombrero fue muy insistente. Al parecer, su organización tenía sus normas.

El vídeo duró cuarenta y cinco inútiles minutos. Cuando acabó, el hombre hizo que Baseyev se pusiera el equipo de buceo.

Le indicó por señas que demostrara que conocía el equipo, que sabía cómo purgar la máscara y despejarse los oídos. Baseyev hizo lo que le pedía.

Luego el otro sacó una cinta métrica y le tomó medidas. Las introdujo en un SMS en su móvil y envió el mensaje. Había terminado.

A continuación llevó a Baseyev de vuelta a su habitación y lo dejó allí, todo sin pronunciar una palabra.

Eso a Baseyev le parecía bien. No pagaba para conversar. De hecho, cuanto menos hablaran otras personas con él, mejor.

El hombre del sombrero había señalado su reloj para indicar a qué hora volvería y luego le había indicado que durmiera un poco.

Dormir parecía una buena idea. Iba a necesitar todas sus energías para lo que le esperaba.

Se quitó la ropa y se tumbó en la cama. Había abierto un poco la ventana para que corriera el aire. Oyó truenos en la distancia.

Habían apuntado la posibilidad de tormentas en el parte meteorológico, pero Baseyev esperaba que amainaran antes de llegar a aquella parte de México. Ya había llovido demasiado. Si la siguiente tormenta era lo bastante fuerte, podría dar al traste con todo.

Sus pensamientos se atropellaban en su cabeza mientras yacía en la cama, algo que por lo general no permitía que ocurriera. Notó que las paredes se cerraban sobre él, que el aire se le escapaba del cuerpo. Claustrofobia.

Cuanto más intentaba controlar sus pensamientos, más frenéticos se volvían.

Se levantó, sacó una pastilla que llevaba consigo y la partió en dos. Bastaría para ayudarlo a dormir.

Abrió una botella de agua, se tragó la mitad de la pastilla y volvió a tumbarse. El problema persistía.

Jamás había hablado de su claustrofobia. No era asunto de nadie. En su profesión, nunca le había supuesto ningún problema.

En lo personal, era otra de las profundas cicatrices que había dejado en él aquel espantoso día en Beslán. Sabía que todo estaba en su cabeza, que era una secuela por haber estado encerrado en el gimnasio, con el intenso calor y tantísima gente. Luego el fuego. Luego la estampida. Y perder a su hermana, Dasha. Y a su mejor amigo, Grigori.

Era su psique, lo poco que entendía de ella, pugnando por salir. Un modo de protegerse a sí misma, de protegerlo a él, del trauma.

Baseyev aprendió a vivir con ello, como con todo lo demás. Las cosas eran como eran. Podía adaptarse y superarlo, o consumirse y morir. Estaba demasiado enfadado para morir. Aún le quedaban muchas cosas por hacer. Necesitaba que fluyera agua helada por sus venas.

Él había sobrevivido, pero toda su familia, sus amigos y sus profesores habían muerto. Tenía la responsabilidad, la obligación, de perseverar.

Al final el sedante le hizo efecto y se tranquilizó lo suficiente para dormirse, pero fue un sueño irregular.

Cuando llamaron a la puerta, se sentía peor que si no hubiera dormido nada. El hombre del sombrero de cowboy le traía tamales y un tazón de café, e indicó que volvería después.

Baseyev sabía que era importante comer. Dejó el café a un lado y se concentró en la comida.

Después de acabarse la mitad del plato, limpió la habitación y el diminuto cuarto de baño. Tanto si alguien llegaba a enterarse de que había estado allí como si no, no le gustaba dejar huellas de su paso.

Terminaba de comer cuando regresó el hombre. Recogió el café, una botella de agua y sus escasas pertenencias, lo siguió escaleras abajo y subió al camión.

Estaba oscuro, pero Baseyev vio que el suelo estaba mojado. Había llovido mucho durante las pocas horas que él había dormido. A pesar del aire frío, empezó a sudar.

El trayecto duró más de tres horas. Se dirigían al norte, hacia Laredo y la frontera mexicana con Texas. Su destino era una región llamada Llanos Esteparios Noreste.

En la zona se hallaban el lago Venustiano Carranza y los ríos Salado y Sabinas Hidalgo, así como los arroyos Camarón y Galameses. También albergaba la única entrada conocida de una red natural de cuevas que se extendían bajo Río Grande hasta más allá de la frontera de Estados Unidos. Se accedía a ella mediante un túnel excavado en un rancho privado.

El hombre del sombrero condujo el camión hasta una verja de servicio, se bajó para quitar la cadena y luego volvió al camión para cruzar la entrada. Después volvió a cerrar la verja y prosiguieron.

Tardaron veinte minutos por una pista de tierra que parecía interminable, hasta que vieron lo que andaban buscando.

Las apiñadas dependencias del rancho estaban hechas de bloques y chapa ondulada. El hombre del sombrero aparcó delante de la más larga, pero solo el tiempo suficiente para activar la gran puerta, que se abrió hacia arriba, permitiéndoles pasar.

Había un viejo Jeep CJ7 aparcado en el interior. El que sería guía de Baseyev estaba descargando todo el equipo del *jeep*.

El mayor riesgo con que se enfrentaba Baseyev, además del síndrome de descompresión y el ahogamiento, era perderse en la red de cuevas. De ahí el guía.

La mayor parte de la red de cuevas estaba inundada. Tendrían que pasar por angostos pasadizos, por lo que llevarían botellas de aire comprimido al estilo «lateral», pegadas a las caderas, en lugar de a la espalda. Y serían más pequeñas que las que usaban normalmente los buceadores en aguas abiertas. Tendrían que ser muy juiciosos con el consumo de aire.

Esa había sido una de las mayores preocupaciones de Baseyev. Si había llovido demasiado y las partes secas de la red de cuevas se habían llenado de agua, no tendrían suficiente aire para realizar el recorrido en su totalidad.

Cuando todo el equipo quedó apilado en una carretilla con plataforma, el hombre del sombrero sacó un juego de llaves y abrió una puerta en el otro lado del garaje.

El túnel artificial zigzagueaba en curvas cerradas y lo iluminaban bombillas protegidas por cestos de alambre. El dinero no se había invertido en adornos, solo en excavar el túnel y sortear la red de cuevas.

El rancho y, por tanto, la red de cuevas, pertenecía a los Zetas, comandos que habían desertado del ejército mexicano para convertirse en matones del cártel del Golfo. Al final habían fundado su propia organización criminal. El gobierno americano lo consideraba el cártel más peligroso, sofisticado y tecnológicamente avanzado de los que operaban en México.

Cuando el dueño anterior del rancho había encontrado las

cuevas por casualidad, imaginó que los Zetas querrían aprovechar la oportunidad para pasar las drogas a través de las cuevas. Pero los estrechos pasadizos bajo el agua no servían para eso. Sin embargo, eso no significaba que los Zetas no tuvieran otras ideas.

Fueron lo bastante inteligentes como para darse cuenta de que ciertas personas pagarían mucho dinero por una entrada garantizada a Estados Unidos, sobre todo personas que consideraran demasiado arriesgado utilizar un guía para cruzar la frontera clandestinamente por tierra. Baseyev era una de esas personas.

Podría haber utilizado su alias de Lufthansa, pero no quería que quedara ninguna constancia de su entrada en EE.UU, teniendo en cuenta lo que se proponía. Era demasiado arriesgado. Tenía que hacerlo así para no dejar ningún rastro. No tenía alternativa.

Al final del túnel había una rampa que descendía hasta un estanque de aguas cristalinas y desaparecía bajo la pared del fondo de la cueva.

Baseyev notó que se le aceleraba el corazón.

El guía, de dieciocho o diecinueve años de edad, le lanzó un traje seco de buceo y le dijo que se lo pusiera. Baseyev se metió en la boca una de sus pastillas y se la tragó con el resto del agua.

Mientras se preparaba, su joven guía desenrolló un mapa impermeable y le mostró la ruta que iban a seguir. Acordaron unas señas con las manos y repasaron una lista de cosas, incluyendo una triple comprobación del equipo.

Cuando todo quedó preparado, el guía intercambió unas palabras con el hombre del sombrero, encendió su foco de buceo y se metió en el agua. Baseyev lo siguió mientras el del sombrero regresaba por el túnel con la carretilla.

Baseyev respiró hondo varias veces para llenar los pulmones, se metió el regulador en la boca y se hundió bajo el agua.

En ese momento, la claustrofobia empezó a rodear y estrechar su pecho con helados brazos. Se dijo que debía concentrarse en lo que le esperaba, en Estados Unidos y lo que iba a lograr allí.

Se deslizó por el agua, moviendo las piernas en tijera. Su corazón empezó a latir con normalidad, su cuerpo empezó a calentarse y el sedante circuló por su corriente sanguínea. Lentamente el pánico disminuyó.

Entonces se despejó su mente y empezó a pensar en qué haría con su guía cuando llegaran al otro lado.

28

Berchtesgaden, Alemania

—Lárgate —dijo Alexandra Ivanova cuando Harvath entró en su dormitorio—. Ahora.

Él hizo caso omiso de su orden, así como de la pistola con que lo apuntaba.

—Primero tenemos que hablar.

—No tenemos nada de qué hablar.

Harvath cerró la puerta tras él.

—Tenemos muchas cosas que hablar. Empezando por lo que haces tú aquí.

—¿Qué hago yo aquí? Y ¿qué haces tú aquí?

—Busco una casa para comprar.

—Lárgate —repitió Alexandra, amartillando su pistola CZ de fabricación checa—. Antes de que arruines mi misión.

—¿Te importaría decirme en qué consiste?

—Déjame pensar —respondió ella. Y añadió—: Pues sí.

Harvath había olvidado lo bien que sonaba el inglés hablado por una rusa, sobre todo cuando era tan atractiva.

Alexandra siempre había sido una mujer impresionante, pero ahora la veía más guapa incluso de cómo la recordaba. Era alta, con una larga melena rubia y una figura atlética.

—Quizá podamos ayudarnos mutuamente —sugirió.

—Lo dudo.

—Vamos, Alex.

—¿Tienes idea del tiempo que me ha llevado acercarme tanto a Malevsky? ¿Lo que he tenido que aguantar? ¿Los riesgos que he asumido?

—¿Riesgos? ¿De qué estás hablando? Malevsky es uno de los tuyos.

Alexandra le lanzó una mirada fulminante.

—¿Estás seguro de que hablamos del mismo Malevsky?

—¿Y tú?

—Mijaíl Malevsky. De la mafia de Moscú.

—Correcto —confirmó Harvath.

—¿Y cómo sabes tú que es la persona que buscas?

—Porque he interrogado a dos tipos que actúan a sueldo para él.

—¿Rusos?

Harvath negó con la cabeza.

—Alemanes. Uno trabaja en la Lufthansa, el otro en logística en el aeropuerto de Frankfurt.

—Lo sabía. Sabía que tenía que haber gente dentro trabajando para él.

—Pues sí. Bien, ¿podrías dejar de apuntarme, por favor?

Alexandra bajó la pistola.

—Así que utiliza el aeropuerto de Frankfurt y no el de Múnich.

Él asintió.

—Sois peores que nosotros. ¿Es que no hablan vuestras agencias entre sí?

—¿A qué te refieres?

—A la SVR y el GRU. ¿No os comunicáis entre vosotros?

—¿Qué tiene que ver el GRU con Malevsky? —preguntó Alexandra frunciendo el ceño.

«Joder —se dijo Harvath—. Es verdad que no se comunican entre sí.»

—Malevsky trabaja para ellos.

—¿Haciendo qué?

—No tengo toda la información. Por eso estoy aquí.

—Pues dime la que tengas —replicó Alexandra.

Harvath era reacio a hablar demasiado pronto. Aunque ella y él tuvieran un pasado común, jugaban en equipos contrarios.

—El GRU tiene un agente que nos interesa.

—¿Eso es todo? —preguntó ella viendo que él no daba más explicaciones. Fingiendo buscar su arma, añadió—: ¿Dónde he dejado mi pistola?

Harvath la conocía demasiado para tragárselo. Alex sabía dónde tenía el arma exactamente.

—¿Te has enterado de lo del secretario de Defensa?

—Sí —contestó ella, asintiendo—. Lo siento.

—Creemos que el agente del GRU que estamos buscando estuvo involucrado.

Alexandra se quedó atónita.

—¿Crees que el GRU estaba detrás del asesinato de vuestro secretario de Defensa? Eso es absurdo.

Tal vez, pero en el pasado Rusia había maquinado cosas mucho peores... que Harvath y Alexandra habían esclarecido juntos. Harvath le lanzó una mirada que decía esto y más.

—Hipotéticamente —dijo ella—, supongamos que estás en lo cierto. ¿Por qué te interesa Malevsky?

—Es el intermediario. Es el vínculo entre el agente y el GRU.

—Y eso lo has descubierto interrogando a los de Lufthansa y el aeropuerto.

—En parte —dijo él—. Ahora dime tú lo que no sé. ¿Qué demonios haces aquí?

Alexandra respiró hondo y dejó escapar el aire despacio.

—ISIS.

Harvath aguardó un momento para ver si continuaba.

—Sigue —pidió finalmente.

Ella bajó la cabeza. ¿Vergüenza? ¿Bochorno? Harvath no estaba seguro, pero en ese momento le daba igual. Lo que quería eran respuestas.

—El contingente más numeroso de combatientes de ISIS

que no son árabes está compuesto por personas que hablan ruso. De Chechenia, Daguestán... Podría seguir, pero ya te haces una idea.

Desde luego Harvath se hacía una idea. Yihadistas extranjeros, chechenos sobre todo, habían inundado Irak durante la guerra como una llaga purulenta que se hubiera reventado con una aguja al rojo.

Los chechenos habían enseñado a la resistencia iraquí todas las técnicas retorcidas y mortíferas que habían desarrollado luchando contra los rusos. Se habían convertido en un factor determinante que había cambiado las reglas del juego, y las bajas de estadounidenses se habían multiplicado. Personas a las que Harvath conocía, personas que eran importantes para él, habían muerto. Harvath odiaba a los putos chechenos.

Los chechenos se habían desplazado por todo Irak adquiriendo experiencia bélica real, y luego habían regresado a Rusia para matar.

—Es una repetición de lo de Irak —dijo Harvath—. Os preocupa que regresen y causen problemas.

—Sería muy malo para Rusia —asintió Alexandra.

—¿Malo para Rusia? ¿O para el gobierno ruso?

—Cuando rusos inocentes son asesinados, es malo para Rusia. Eso es lo que a mí me importa. Al gobierno ruso que le den.

No había cambiado a pesar del tiempo transcurrido. Seguía siendo la misma mujer. El gobierno había jodido a su padre, que también era un agente secreto, y ella no les había perdonado. Amaba a su país y se preocupaba por sus compatriotas. El gobierno podía irse al infierno o, como ella decía, ya podían darle.

Con suerte, Harvath aún podía confiar en ella.

—Sigo esperando a que me cuentes algo que no sepa. ¿Por qué estás aquí? ¿Qué te llevó a acercarte a Malevsky?

Ella tardó un momento en ordenar sus pensamientos antes de contestar.

—Es parte de su mecanismo financiero.

—¿Malevsky?

—Les ayuda a conseguir cosas que necesitan —explicó Alexandra, asintiendo—. Medicamentos, gafas de visión nocturna, piezas para sus aeronaves.

—¿Qué gana él?

—Una fuente inagotable de antigüedades de valor incalculable.

Harvath sintió que se le formaba un nudo en el pecho.

—¿Qué quieres decir?

—¿Lo preguntas en serio? —repuso ella, meneando la cabeza—. La mafia de Moscú ha estado moviendo miles de millones en piezas valiosísimas para ISIS. Las sacan de Siria e Irak y las introducen en Europa y Rusia.

Harvath se sintió como si le hubieran abierto un agujero en el pecho de un puñetazo.

—Contrabandistas.

—De los mejores.

—¿Qué más mueven? —preguntó él. Alexandra sonrió.

—Armas... montones de armas. Y no solo piezas corrientes como rifles y RPG. También mueven productos de alta tecnología. Misiles tierra-aire, misiles aire-aire... Es una operación de altos vuelos.

El nudo que tenía Harvath en el pecho se iba expandiendo.

—¿Cómo lo hacen?

Alexandra reflexionó unos instantes.

—La mayoría de las piezas pasan por Turquía ocultas en camiones cisterna de petróleo de ISIS.

—No; me refiero a las armas. ¿Cómo mueven las armas?

Ella rio.

—Han sido muy inteligentes, la verdad. Supuestamente tienen a sueldo a un médico musulmán que utiliza como tapadera innumerables misiones y convoyes humanitarios. De la Media Luna Roja, de las Naciones Unidas... lo que se te ocurra.

Harvath, que no había tenido jamás problemas estomacales, sintió unos repentinos deseos de vomitar.

29

Todo estaba ocurriendo demasiado deprisa. Lo que ella le pedía era demasiado peligroso, una estupidez colosal. Tenían que hacer una pausa, dar un paso atrás y tomar aire. Dedicar un momento a analizarlo. Pero no tenían un momento.

—Solo te voy a dar una oportunidad —dijo Alexandra—. Así que aprovéchala.

Harvath echó la mano atrás y acto seguido la golpeó con fuerza. Ella cayó contra la cama y la mesita de noche. La nariz le sangró profusamente.

Él se agachó y le arrancó los pantis de un tirón. Se los metió en el bolsillo y luego le arrancó el sujetador y lo dejó caer a un lado. Alexandra le había dicho cómo quería que se le corriera el pintalabios y él ya la había complacido. Era lo mínimo que podía hacer.

Harvath se limpió el pintalabios de la boca con la manga, abandonó la habitación y bajó por la escalera de servicio. Una vez en el exterior, encontró el cadáver del hombre calvo donde lo había dejado. Metió los pantis de Alexandra en uno de los bolsillos del hombre. Y, tras recibir por el audífono la confirmación de que todo estaba despejado, echó a correr como alma que lleva el diablo.

Al llegar jadeante cerca del perímetro de la finca, volvió a contactar con Estados Unidos.

—Round Top, aquí Norseman.

—Adelante, Norseman.

—Voy a salir.

—Recibido, Norseman. A su señal.

—Ahora.

—Recibido, Norseman —replicó el centro de mando, y procedió a interceptar la señal de satélite de los sensores de suelo—. Ya puede salir.

Harvath trepó por la ladera pedregosa, notando los afilados cantos de las rocas, pero mantuvo el equilibrio y siguió avanzando.

Cuando llegó a lo alto y emergió entre los árboles, pilló a Herman por sorpresa.

—¡Vámonos! —ordenó—. ¡Cagando leches!

—¿Estás bien? —preguntó Herman—. ¿Qué ha pasado?

Harvath se dejó caer en el asiento del acompañante y cerró la puerta del coche.

—Conduce —dijo.

—Pero...

—¡Conduce, coño!

Herman obedeció.

Herman condujo hasta la granja respetando los límites de velocidad, deteniéndose donde se indicaba y sin dar ningún motivo a la policía para que los pararan.

Aparcó junto al coche de Harvath, detrás del granero.

—Bien, ¿vas a decirme qué ha pasado o qué?

—No.

Eso fue todo lo que dijo. Se bajó del coche, cerró la puerta con fuerza y se dirigió a la casa.

Herman se quedó sentado en el coche unos minutos preguntándose qué debía hacer. Finalmente, apagó el motor y fue tras su amigo.

Lo encontró sentado junto a la chimenea; en la mano tenía un vaso con dos dedos de *bourbon* con hielo.

—¿Listo para hablar?

Harvath no respondió.

El gigante meneó la cabeza, fue a la cocina y se sirvió una copa.

Regresó a la sala, acercó una silla y se sentó. Le daba igual que Harvath no quisiera hablar. Podían permanecer en silencio durante horas. Su amigo no debía quedarse solo.

Harvath apuró su *bourbon* e hizo ademán de levantarse. Herman le indicó que se quedara sentado.

El alemán regresó instantes después con la botella y una cubitera llena de hielo. Harvath volvió a servirse. Al parecer, esa noche no iban a ponerle una bolsa en la cabeza a Mijaíl Malevsky. Así pues, Herman también volvió a servirse.

Continuaron bebiendo hasta vaciar la botella. Herman la arrojó al fuego. Se hizo añicos y las llamas aumentaron.

—¿Música? —propuso Herman, ya mareado.

Harvath no respondió y siguió contemplando el fuego. Herman sacó su iPhone y activó una lista de reproducción al azar. Segundos después, sonaba *American Pie* de Don McLean.

Harvath cerró los ojos y Herman temió haber cometido un error.

—¿Por qué has elegido esa canción? —preguntó Harvath.

—No lo sé. Me gusta. Es una buena canción.

—¿Sabes de qué trata? —preguntó Harvath sin abrir los ojos. Herman se encogió de hombros.

—Del día en que murió la música. La muerte de Buddy Holly.

—En realidad era una advertencia.

—¿Una advertencia? ¿Sobre qué?

—Sobre el futuro y lo que se avecinaba si América no despertaba.

—¿Qué demonios ha pasado esta noche? —preguntó Herman, mirando a su amigo.

Harvath no respondió. Parecía contentarse con escuchar la música. Herman decidió dejarlo tranquilo. Echó otro leño al fuego y luego se sentó y siguió bebiendo. Cuando Harvath quisiera hablar, hablaría.

Transcurrió media hora y de pronto Harvath se puso a contar con los dedos.

—¿Qué haces? —quiso saber Herman.

—Contar.

—Eso ya lo veo. ¿Qué cuentas?

—A cuántas personas he matado.

—¿A lo largo de tu carrera o solo recientemente?

—Solo recientemente —respondió Harvath, impávido.

—¿Y cuántos son?

—Trece. Y subiendo.

—Y subiendo —repitió Herman—. ¿Quiere decir que sigues en la lucha?

Harvath asintió.

—¿Qué demonios ha pasado esta noche? —preguntó su amigo, inclinándose hacia delante.

Por un momento, dio la impresión de que Harvath no tenía la menor idea de cómo contestar a esa pregunta. Su mente estaba en otra parte.

—Me la han jugado —explicó finalmente.

—¿Jugado? ¿De qué estás hablando?

—Me he cargado la regla número uno en el juego del espionaje: que no te la jueguen.

—Sigo sin saber de qué estás hablando —dijo el alemán, mirándolo fijamente.

—Tenía lo que creía que era un confidente increíble —repuso Harvath, sacudiendo la cabeza—. Un médico de África del Norte. Trabajaba también como contrabandista. Salá Abaaoud. Nos proporcionó informaciones importantísimas. Pues resulta que trabajaba para Malevsky.

—Y por lo tanto, para el GRU.

Harvath asintió.

—El equipo de la CIA que enviamos a Anbar para liquidar a un objetivo de ISIS de alto valor se decidió basándose en información proporcionada por Salá.

—¿Para qué querrían los rusos que eliminaran a un equipo de la CIA?

—No solo fue el equipo de la CIA. Salá está muerto. Su amante está muerta. El secretario de Defensa y todo su séquito de protección están muertos.

Herman aún no lo entendía.

—Pero ¿por qué?

—No lo sé. Solo sé que es culpa mía.

—¿Por qué culpa tuya?

—Porque no lo vi. Estoy entrenado para ver y no lo vi.

Herman le ofreció rellenarle el vaso y Harvath lo apartó.

—Los rusos pueden ser inteligentes —sugirió el alemán—. Muy inteligentes. No dejes que te obsesione.

—¿Que no me obsesione? Los rusos han iniciado una puta carnicería y es culpa mía. ¿Cómo no voy a obsesionarme?

Herman alzó las manos en gesto de frustración y se reclinó en su silla.

—Tómate tu tiempo. Enfurécete. Cuando estés preparado para desquitarte, avísame.

Harvath clavó la vista en la chimenea y observó las ardientes llamas azules que lamían los gruesos leños secos. Debajo ardían las brasas sobre las grises cenizas.

Echó un trago de *bourbon* y pensó en los hombres y mujeres que habían muerto. Y al pensar en ellos, creció su ira.

Odiaba a los chechenos, pero a los rusos aún más. Por muchas veces que los hubieran machacado, ellos no dejaban de resurgir. Eran una amenaza tan grave como los yihadistas. Y ahora, al parecer, usaban a estos para que les hicieran el trabajo más increíblemente sucio.

Apuró el último trago de *bourbon* y notó que le quemaba la garganta.

—Solo veo un modo de resolver esto —dijo, volviéndose hacia Herman.

—Te escucho.

—Pero hay un problema.

—¿Cuál?

—A tu mujer no le va a gustar —respondió Harvath—. Vamos a volver a hacer algo ilegal. Muy ilegal.

30

Washington, D.C.

Lilliana Grace era una mujer atractiva que rayaba en los cuarenta. Cabellos castaños, dentadura perfecta y la cantidad justa de maquillaje. Había triunfado en su profesión siendo el doble de inteligente y mostrándose el doble de ávida que cualquiera de los periodistas del *Washington Post.*

No le gustaba ir por ahí a escondidas, pero de vez en cuando era una parte necesaria de su trabajo. El senador Wells había elegido el lugar. Un sórdido bar en el sudeste de Washington.

—¿Está segura? —preguntó Wells—. ¿Al cien por cien? —Mientras hablaba, daba golpecitos en los cubitos de hielo de su cóctel con una pajita verde.

Estaban sentados en un pequeño y sucio reservado con cinta de embalar cubriendo los desgarrones de los asientos. La mesa que los separaba estaba llena de quemaduras de cigarrillo. Las luces eran tenues y el local olía a cerveza rancia y desinfectante sanitario.

—¿Celebra muchas reuniones aquí, senador? —preguntó Grace, señalando el mal iluminado bar.

—Solo las importantes. Ahora, hable bajo y responda a mi pregunta.

—Ya se lo he dicho. No he encontrado a nadie.

—¿Ni a una sola persona?

—Esa suele ser la definición de «nadie» —replicó ella, y tomó un sorbo de su gin-tonic.

—Mierda.

—Eso no significa que la información que le dieron no sea cierta. Solo significa que ninguno de mis contactos sabe nada.

Wells había sobrevivido tanto tiempo en Washington gracias a su cautela. Quería creer que Rebecca estaba en lo cierto, que lo que había oído en el apartamento de su novio de la CIA era verdad, pero era demasiado arriesgado.

Si el presidente y la CIA conocían la amenaza contra el secretario Devon en Turquía y no hicieron nada al respecto, la historia era muy gorda. Pero él no podía hacerla pública... Demonios, ni siquiera podía sugerirlo, a menos que estuviera seguro de que era cierto.

Grace era la corresponsal de inteligencia del *Washington Post*. Antes de eso había estado destacada en el Pentágono. Tenía las mejores fuentes de la ciudad. Si ella no encontraba pruebas de lo que afirmaba Rebecca, no valía la pena hacerlo público.

—Creo que tiene algo para mí —dijo ella, al ver que Wells guardaba silencio y jugueteaba con el hielo de su copa.

—¿Perdón?

—Teníamos un trato. Yo investigaba su rumor y a cambio usted me proporcionaba el trasfondo de lo ocurrido en Anbar.

—Cierto —dijo Wells, volviendo a centrarse en la conversación—. Anbar.

Grace sacó bolígrafo y bloc. Sabía que era imposible que el senador le permitiera grabar sus palabras.

—Era una operación de la CIA. Iban a la caza de peces gordos del ISIS —empezó Wells—. Se cometieron muchos errores.

La conversación no duró mucho. El senador Wells no tenía mucha información.

Tan solo estaba al corriente de Ashleigh Foster, la agente de la CIA en la embajada estadounidense de Jordania. McGee había enviado un memorando para explicar que Foster salía con un miembro del equipo SAD de la CIA. Ella había convencido a las otras dos mujeres de la embajada para que la acompañaran a Anbar. Había sido un tremendo error de juicio de principio a fin.

—¿Eso es todo? —exclamó Grace cuando Wells calló y volvió a remover el hielo de su copa.

El senador asintió.

—¿Qué hay de los nombres de los miembros del ISIS que buscaba la CIA? Parece que enviaron a un equipo de alto nivel. Y dos helicópteros encubiertos. Debían de saber algo sobre los hombres que buscaban.

—Ni idea —dijo Wells, que alzó su vaso vacío e hizo una señal al barman para que le sirviera otro—. El director de la CIA no me lo dijo.

—Se refiere a que no se lo dijo al comité.

—No; me refiero a mí. Personalmente. No se informó a mi comité, ni al comité del Congreso.

—¿Perdón? —repuso Grace, inclinándose hacia delante.

—El director McGee vino a verme después del ataque a Anbar.

—Eso no tiene sentido. Incluso cuando el presidente decide que es necesaria una acción encubierta, tiene que firmar una orden presidencial autorizándola. Y esa orden ha de presentarse ante ambos comités antes de que se emprenda ninguna acción.

—Eso no ocurrió.

Grace reflexionó un momento.

—Si no recuerdo mal, el presidente puede retrasar la información, pero solo en circunstancias excepcionales. También puede limitar a quién se informa. Como mínimo, debería informarse a los líderes de cada partido en el Congreso y el Senado, así como al presidente y al miembro prominente de cada Comité de Inteligencia. ¿Se les informó?

Wells asintió.

—Pero vagamente, y después de los hechos, sin explicar el retraso.

—Interesante —replicó la periodista, mientras el barman depositaba la bebida del senador sobre la mesa—. No, gracias —añadió cuando el barman señaló su vaso.

A Wells le costaba interpretar sus reacciones. Había sangre en el agua. Ella debería haberla olido. Era un tiburón de los medios.

—¿Y bien? —preguntó el senador.

—Como he dicho, es interesante.

—¿Lo bastante como para publicar un artículo?

Grace dejó el bolígrafo.

—Va a presentarse como candidato a la presidencia.

—No he tomado esa decisión.

Ella sonrió.

—Una historia como esa perjudicaría a su adversario.

—También podría generar unos excelentes ingresos para su organización, y sería bueno para su carrera —replicó Wells.

—Quizá.

¿Quizá? ¿De qué demonios estaba hablando? Él le estaba ofreciendo una primicia. Detestaba ver su rostro inescrutable. Al senador no le gustaba no poder calar a las personas.

—A lo mejor he cometido un error acudiendo a usted —dijo.

—Ha cometido un error, pero no por acudir a mí —replicó ella—. Su error ha sido pensar que yo aceptaría lo que me contara y lo publicaría.

Él se inclinó hacia delante y sonrió.

—¿Alguna vez le he dado información errónea en el pasado?

No, no lo había hecho. Pero aquello era distinto. El senador se estaba preparando para una posible candidatura a la presidencia. Cualquier cosa que le ofreciera que pudiese perjudicar a la administración vigente tenía que analizarse desde esa perspectiva.

Grace sacudió la cabeza.

—Siempre me ha proporcionado información fehaciente.

—Y ahora lo vuelvo a hacer.

—¿Qué es exactamente lo que cree que trama la Casa Blanca? ¿Por qué se hacen los remolones con el Congreso?

—¿Extraoficialmente? —preguntó el senador.

—Extraoficialmente —aceptó ella.

Wells se inclinó aún más hacia delante.

—Creo que el presidente Porter, en connivencia con el director de la CIA, está llevando a cabo su propio programa de operaciones secretas, y que se lo ocultan al Congreso intencionadamente.

La periodista recogió su bolígrafo y le hizo una seña al barman para indicarle que al final sí iba a necesitar otra copa. Iba a ser una noche muy larga.

31

Berchtesgaden, Alemania

El tipo calvo al que había matado en la finca era un invitado de Malevsky llamado Valery Kumarin.

Era un borracho y un mujeriego. También era una figura muy influyente en el crimen organizado. Malevsky y él formaban parte de la misma organización, pero en ramas distintas que a menudo se encontraban enfrentadas, sobre todo en lo tocante a los territorios.

Kumarin había acudido desde Moscú para hablar sobre arrebatar a ISIS parte de su negocio. El hecho de que hubiera muerto mientras visitaba a Malevsky iba a causar problemas. Y muy gordos.

Era muy posible que a Malevsky le preocupara un ataque y se ocultara. Si lo hacía, no se llevaría consigo a su mujer y sus hijos. Encontraría otro lugar para ellos.

Ese otro lugar incluiría a Alexandra. Si había algún modo de impedirlo, ella tenía que intentarlo.

Cuando Harvath le había explicado lo ocurrido fuera de la casa, Alexandra tuvo ganas de matarlo. En unas horas, Harvath había arruinado más de dos años de trabajo de la SVR. Alexandra tenía que trazar un plan rápidamente.

Con Kumarin muerto, tenía pocas opciones. La clave estaba en reforzar la historia de que había sido un accidente.

Todos los hombres de Malevsky habían visto a Kumarin lanzando miraditas a Alexandra. Incluso la esposa de Malevsky se había dado cuenta. El mafioso ruso no había sido muy sutil. Alexandra decidió explotarlo.

Kumarin estaba borracho. Había entrado en su dormitorio a la fuerza. La había golpeado en la cara y había intentado violarla. Ella se había resistido y le había dado un rodillazo en los testículos para librarse de él. Él se había ido gimoteando.

Esa fue la historia que contó Alexandra cuando los hombres de Malevsky derribaron su puerta y la encontraron acurrucada y sollozante en el suelo del cuarto de baño.

Todos coincidieron en que la situación era mala, y a todos les pareció obvio lo que había ocurrido. Kumarin era un cerdo. Había traspasado todos los límites al intentar forzar a Alexandra. Y luego había tomado la vía de escape más fácil al caerse por la escalera y romperse el cuello. De no ser así, Malevsky lo habría matado con sus propias manos.

Eso los dejaba con un último cabo por atar: el cadáver. Si llamaban a la policía, provocarían todo tipos de problemas. Si no lo hacían, provocarían otra clase de problemas. En cualquier caso, Malevsky estaba jodido. La única salida era pasar la responsabilidad a alguien que estuviera por encima de él.

A sus jefes de Moscú no les hizo ninguna gracia. Malevsky había tomado todas las precauciones al establecer contacto, pero lo que tenía entre manos era un cadáver, en su propiedad, en otro país. Aunque fueran criminales, no habían llegado donde estaban por su estupidez. Malevsky los había colocado en una posición muy difícil.

Sus superiores le devolvieron la pelota. ¿Y si, sugirieron, no había sido un accidente y alguien intentaba tenderle una trampa? Eso no ayudó demasiado a calmar la ansiedad de Malevsky. Si ocultaba el cuerpo, podía meterse en problemas. Si no ocultaba el cuerpo y acudía a las autoridades, quizás acabaría metiéndose en problemas igualmente, sobre todo si alguien intentaba tenderle una trampa.

Le dijeron que no se alejara del teléfono. Volverían a llamarlo. Malevsky buscó vodka, pero no lo encontró. Se les había acabado. Puto Kumarin.

Por fin sonó el teléfono. Se había tomado una decisión. Tenía que deshacerse del cuerpo. Y en cuanto estuviera hecho, querían que Malevsky regresara a Moscú para interrogarlo en persona. Eso podía significar varias cosas distintas, algunas de ellas malas. Muy malas. Puto Kumarin.

Malevsky se ocupó de que se deshicieran del cuerpo y luego preparó una bolsa de viaje. Desde que colgara el teléfono le rondaba la idea de huir. Tenía dinero suficiente escondido en distintos bancos de distintos países. Podría vivir muy bien.

Pero si huía, sería una admisión de culpabilidad. Él no era culpable. No había hecho nada. Si hubiera querido matar a Kumarin, desde luego no habría sido tan estúpido como para hacerlo en su propia casa. Y tampoco como para no tener una coartada irrefutable.

Iría a Moscú, expondría su caso y regresaría a casa. No iba a huir.

Estaba sopesando llevarse a la niñera consigo para que fuera ella quien explicara lo sucedido, pero al final decidió no hacerlo porque le haría parecer débil. Su palabra debería bastar.

Si exigían una corroboración, dos de sus guardas de seguridad prestarían declaración. Se llevaría a uno de los hombres que habían encontrado a la niñera en el suelo del cuarto de baño, y a uno de los que habían encontrado a Kumarin al pie de los escalones. Había sido un desgraciado accidente, pero accidente al fin y al cabo.

En cualquier caso, el cabrón de Kumarin se lo había buscado por borracho. No había nadie en Moscú que no supiera lo que llegaba a beber. Malevsky dudaba de que fuera la primera vez que el viejo estúpido se hubiera caído. De hecho, seguramente había tropezado y se había caído innumerables veces.

Si eran sinceros consigo mismos, muchos en Moscú tendrían que admitir que era un milagro que Kumarin no hubiera muerto antes. El problema con Moscú estaba en que pocas veces eran sinceros consigo mismos.

Mijaíl Malevsky salió de la casa con la bolsa de viaje en la mano, y encontró a sus hombres paseándose alrededor del Rolls-Royce.

—¡Vámonos! —ordenó en ruso.

El mafioso de metro setenta y cinco y pecho fornido había sido luchador en su juventud. Ahora, con cuarenta y tantos años, sus rubios cabellos raleaban y se estaban volviendo grises, sufría de psoriasis y tenía que tomar Viagra para conseguir una erección.

Esos factores, combinados con su desagradable personalidad, lo volvían colérico, agresivo y predispuesto a actos de extrema violencia. Ni siquiera los epítetos que le dedicaban sus enemigos le hacían justicia.

Para empeorar su humor, había costado lo suyo conseguir un avión para llevarlo de vuelta a Rusia. Detestaba volar en líneas comerciales, pero no tenía modo de justificar la propiedad de un avión privado. Así pues, había optado por un término medio, y había invertido en una compañía de aviones privados.

Como era típico en las organizaciones criminales, conocía a un tipo que conocía a otro tipo, y de él fue de quien aceptó el consejo.

La compañía en la que había invertido Malevsky estaba bien para viajes planeados con semanas de antelación. Pero si uno tenía que volar de inmediato, era un desastre. Casi le había dado un aneurisma al teléfono, gritándole a la persona de atención al cliente que intentaba encontrarle un avión.

Al final habían dado con un Gulfstream G650. Y no solo habían aceptado condonarle el gasto extra por una aeronave tan exclusiva, sino que también iban a recogerlo en Salzburgo, en lugar de que él tuviera que ir en coche a Múnich, mucho más lejos.

«Respeto —había pensado Malevsky al colgar el teléfono—. Algunas personas lo esperan, otras lo exigen.»

Iba a parecer una estrella del rock viajando en ese avión. No solo para los hombres que viajarían con él, sino también para quien fuera a buscarlo al aeropuerto de Moscú. Y él se aseguraría de que habría gente esperándolo en Moscú. Solo un idiota desaprovecharía una oportunidad para hacer semejante entrada.

Cruzaron la verja de hierro forjado de la finca, giraron a la derecha y se dirigieron a la aldea.

En el fondo, Malevsky se alegraba de que el antiguo pabellón de caza no se hubiera vendido aún. Su mujer y sus dos hijos estaban muy contentos allí. Era un ritmo de vida más sencillo. Más limpio y menos bullicioso que Múnich.

Tampoco había musulmanes. No le importaba hacer negocios con ellos en sus propios países, pero desde luego no quería criar a sus hijos con musulmanes alrededor. Eran animales, sucios y sin civilizar. Al menos en Rusia sabían cómo tratarlos. Rusia era muy consciente de la amenaza que representaban.

Malevsky se recostó en el asiento de cuero acolchado y trató de no pensar en los musulmanes, ni en Kumarin, ni en que tendría que responder ante sus superiores en Moscú. Se encontraba en uno de los lugares más bellos del mundo, circulando en un Rolls-Royce para ir a embarcarse en un avión de sesenta y cinco millones de dólares. Había llegado muy lejos en la vida, y aún le quedaba camino por recorrer.

Si tenía tiempo, había una chica en Moscú a la que quería ver, una bailarina. Era lo opuesto a su mujer. No se quejaba. Le gustaba divertirse. Y tenía un culo prieto. Oh, ese culo... Tendría que encontrar el momento para ir a verla.

Malevsky cerró los ojos un momento para imaginársela. Al hacerlo, notó que el coche reducía la velocidad.

—*Chyort voz'mi* —dijo el conductor—. Maldita sea.

—¿Qué pasa?

—*Politsiya*. La policía.

Les hacían parar.

Por la mente de Malevsky cruzaron también las palabras *chyort voz'mi*, pero de su boca salieron otras muy distintas.

—Puto Kumarin —dijo, y echó mano a su pasaporte diplomático.

32

Había dos puntos en el plan de Harvath de los que se arrepentía. Hubiera preferido hallar un modo mejor de hacerlo, pero el tiempo corría en su contra.

Los SMS de Alexandra habían sido esporádicos. Todos en la finca parecían haber creído su historia: Kumarin estaba bebido y había intentado violarla. Habían encontrado su cadáver fuera, al pie de los escalones de piedra.

Daba igual que se hubiera golpeado la cabeza o se hubiera roto el cuello. Estaba muerto. Habían decidido no llamar a la policía y se habían deshecho del cuerpo ellos mismos. Los jefes de Malevsky le habían ordenado que volviera a Rusia para que diera explicaciones de lo ocurrido.

En la organización existía inquietud por un posible conflicto interno. Malevsky no era popular. Era muy posible que la gente de Kumarin quisiera vengarse. La familia mafiosa intentaría impedir el enfrentamiento antes de que se produjera.

Si hubiera sido otra persona la que estuviera infiltrada en lugar de Alexandra, Harvath no se habría enterado de nada. No obstante, su misión estaba potencialmente en peligro, Alexandra seguía recogiendo información y se la transmitía.

Lo que Harvath le había contado sobre Malevsky, el GRU y el agente llamado Sacha Baseyev era muy grave. Con excesiva frecuencia, la ambición de los militares rusos iba mucho más allá de lo que era bueno para el resto del país.

Alexandra estaba dispuesta a ayudar a Harvath, pero solo hasta cierto punto. Tendría que ser una carretera de doble sentido. Podía contar con ella, siempre que él también siguiera cooperando.

Después de que Alexandra hubiera contado la historia del supuesto ataque de Kumarin, Harvath no podía regresar a la finca para secuestrar a Malevsky. Inmediatamente sospecharían que ella había tenido algo que ver. Era demasiado peligroso.

Herman no había encontrado ninguna alternativa. Harvath sí.

No tenía ningún problema en ir a por el mismo villano dos veces, solo que en distinto lugar. Tendría que echarle el guante a Malevsky fuera de la finca.

Alexandra había confirmado que los guardaespaldas de Malevsky eran antiguos miembros de las Fuerzas Especiales rusas. Harvath había hecho bien en no subestimarlos. No eran tipos con los que quisiera enfrentarse cara a cara a menos que fuera absolutamente necesario. Sería mejor superarlos en astucia. Lo que llevó a Harvath a los dos puntos de su plan que lamentaba.

El primero involucraba a Anna Strobl. Si ella se hubiera negado, Harvath lo habría comprendido. Pero sabía que en el fondo Anna deseaba reparar el daño hecho por su marido, aunque eso significara ponerse en peligro. Veinte minutos después de recibir la llamada de Harvath, se hallaba en la carretera.

El segundo era el elemento impredecible. Era el paso más arriesgado de su plan y el que menos le gustaba. Al contrario que Anna, los participantes en aquella fase no tendrían elección.

Encontraron un coche de la policía estatal bávara a veinte minutos de Berchtesgaden. Dos jóvenes agentes retiraban un ciervo muerto de la carretera.

Harvath les arrebató los cinturones de servicio y las radios a punta de pistola. Luego los llevó al bosque y les obligó a esposarse en torno a un grueso árbol.

Los dejó con un par de botellas de agua y regresó a la carretera. Herman se había ido ya con el coche patrulla.

Harvath se quitó el pasamontañas y subió a su coche. Introdujo las coordenadas del sitio en la aplicación GPS de su móvil y luego siguió a Herman. Quería asegurarse de que enviarían a las autoridades al lugar correcto.

De vuelta en el granero, Anna inspeccionó el vehículo.

—Seguramente no debería preguntar de dónde lo han sacado.

—Seguramente no sería buena idea —replicó Harvath.

—Yo no me quitaría los guantes —apuntó Herman.

—Sabe que la Landespolizei utiliza un sistema de seguimiento de todos sus coches, ¿no?

—Este no —dijo Harvath, mostrando un par de alicates.

—¿Dónde está Eichel?

—En el maletero de mi coche —contestó Herman—. No vamos a ninguna parte sin él.

—¿Sigue vivo? —preguntó Anna—. ¿O eso también es algo que no debería preguntar?

—Sigue vivo —afirmó Harvath.

—¿Qué va a hacer con él?

—Eso depende de lo que ocurra con Malevsky.

—En otras palabras, ahora mismo no tiene ningún plan.

Harvath sonrió y luego señaló a Anna y Herman con un movimiento de cabeza.

—Todo va a depender de vosotros.

Herman se encargó de repasar los siguientes pasos con ellos.

Harvath notó que su móvil vibraba y lo sacó del bolsillo. Era un mensaje de Alexandra.

—Malevsky está a punto de salir —anunció tras leerlo—. En marcha.

Anna se puso al volante del coche patrulla. Llevaba su uniforme de la Bundespolizei, pero le había quitado la cinta con su nombre. Herman se sentó a su lado. Harvath salió del granero y subió al BMW de Herman.

Solo había una ruta hasta el aeropuerto de Salzburgo y, aunque el equipo de seguridad de Malevsky realizara maniobras de detección, Harvath no temía perderlos. Le preocupaba más el lugar donde iban a tenderles la trampa.

Tenían que hacerlo antes de la frontera con Austria, y Harvath quería que fuera en una zona sin testigos. Además de esos dos parámetros, la Policía Estatal pronto empezaría a buscar a sus dos agentes desaparecidos y su coche. Cuanto antes acabara todo, mejor.

Divisaron el Rolls-Royce de Malevsky cuando atravesaba Berchtesgaden y lo siguieron hasta las afueras. Antes de llegar a la siguiente aldea, la carretera atravesaba una zona de tierras de cultivo. Ahí era donde los detendrían.

Harvath se había mantenido rezagado para no despertar sospechas. También actuaba como pantalla para que no detectaran el coche patrulla que iba detrás de él.

A unos kilómetros del lugar elegido, Harvath redujo la velocidad y Anna lo adelantó para ponerse delante.

Anna siguió al Rolls-Royce un rato antes de aumentar la velocidad para acortar distancias. Una vez preparada, activó las luces del coche patrulla y les hizo parar.

Harvath, que se había mantenido bastante alejado, aparcó en la cuneta. Solo veía las luces intermitentes más adelante.

Habían decidido no correr el riesgo de que uno de los hombres que acompañaba a Malevsky hubiera estado de servicio cuando Harvath visitó la finca. Si lo reconocían, el plan se iría al traste. No querían que hubiera sobresaltos.

Herman había prometido mantener su micrófono abierto. Harvath tendría que contentarse con escucharlo todo.

Harvath conocía a suficientes policías como para saber que en el trabajo policial ninguna parada de tráfico estaba exenta de riesgos. Lo que estaban haciendo era muy peligroso.

Lo que desconocían era si los hombres de Malevsky iban armados. Su pasaporte diplomático garantizaba que podría cruzar la frontera sin problemas.

Tenían que dar por supuesto que había armas en el Rolls. No solo eso, también que las armas estarían al alcance de la mano y que los hombres de Malevsky estarían dispuestos a usarlas en caso necesario.

Pero los hombres de Malevsky eran profesionales. Sabrían que la policía daría su número de matrícula por radio antes de bajarse del coche patrulla. Además, se dirigían a la frontera. Si se veían involucrados en un tiroteo y mataban a una policía, iba a serles muy difícil cruzarla.

Se lo tomarían con calma, al menos mientras pudieran. Harvath estaba seguro de eso. Descubrirían por qué les había parado la policía y luego tomarían una decisión sobre qué hacer.

—Vamos a acercarnos —dijo Herman por radio.

El plan era que Anna se acercara por el lado del conductor y Herman por el del acompañante.

Harvath oyó el viento y el frufrú de la ropa por el audífono cuando Herman echó a andar. Instantes después, Anna se identificó como Bundespolizei. Herman, que iba vestido de calle, se identificó como miembros de la «Kripo», abreviatura de Kriminalpolizei, la sección de investigaciones criminales de la Landespolizei.

Había muchas operaciones conjuntas de las fuerzas del orden en Alemania. Si era necesario, eso explicaría por qué una agente uniformada de la Policía Federal utilizaba un coche de la Policía Estatal.

El conductor del Rolls-Royce preguntó por qué los paraban. Anna contestó pidiendo la documentación a todos. Malevsky sacó su pasaporte diplomático e intentó hacerse con el control de la situación.

Había algo más que Harvath sabía gracias a sus amigos policías: la primera prueba en cualquier encuentro con las fuerzas de la ley es la actitud. Si fallabas en eso, no hacías más que empeorar las cosas.

Mientras Anna recogía los documentos, siguió interrogando al conductor. ¿De dónde venían? ¿Adónde iban? ¿Cuánto tiempo habían estado en Alemania? ¿A qué se dedicaban? ¿De quién era el vehículo? ¿Qué transportaban?

Malevsky se impacientó y empezó a increpar a Anna, pero

ella se mantuvo firme. Con cara de pocos amigos, lo miró y le ordenó que se apeara.

Al negarse él, Anna abrió su puerta, puso la mano derecha sobre su pistola y volvió a ordenárselo.

Uno de los hombres de Malevsky hizo un movimiento que a Herman no le gustó. Se echó la chaqueta atrás y desenfundó a medias su arma.

—Quietos —ordenó—. Las manos donde yo pueda verlas.

—Fuera del coche —repitió Anna a Malevsky.

—¿Sabe quién soy? —preguntó él—. ¿Sabe quién es mi familia?

Anna empuñó su arma.

—Ahora —ordenó. Su tono autoritario no dejaba dudas sobre quién mandaba allí.

—Se arrepentirá de esto. ¿Me ha entendido, niñata? —espetó él, al tiempo que salía del vehículo.

—Ponga las manos sobre el techo y separe las piernas.

—Esto es un ultraje. Soy diplomático. No tiene derecho a hacer esto.

—Según las leyes de Alemania, tengo todo el derecho de hacer esto. Coloque las manos sobre el techo y separe las piernas.

Malevsky habló rápidamente en ruso a los hombres del coche. Uno de ellos bajó las manos.

Herman desenfundó su arma y apuntó al interior del Rolls.

—Le dispararé al próximo que se mueva. ¿Está claro?

Todos se quedaron quietos.

La voz de Harvath sonó en el audífono de Herman.

—Viene un coche. Tenéis que acabar de una vez.

Herman miró a Anna y dijo:

—Creo que deberíamos continuar esta conversación en comisaría.

—¿Comisaría? Tengo que subir a un avión —protestó Malevsky.

—Podrá subirse al siguiente —replicó Anna, poniéndole las esposas—. Sus hombres pueden seguirnos en su vehículo. Lo solucionaremos todo en comisaría.

Malevsky estaba cabreado y gritó a su séquito en ruso mientras Anna lo conducía hacia el coche patrulla.

Herman esperó a que Anna lo metiera en el asiento de atrás y luego retrocedió sin apartar la vista de los hombres del Rolls. Se sentó junto a Anna, cerró la puerta y miró hacia atrás. Harvath ya se había ido.

—Da media vuelta y regresemos.

—¿Estás seguro? —preguntó ella. Herman asintió.

—No van a seguirnos.

33

Tres kilómetros más adelante, el Rolls-Royce paró en la cuneta. Se le habían deshinchado las dos ruedas posteriores.

Durante la parada, Herman y Anna habían clavado un tornillo especial en el neumático que cada uno tenía en su lado. Eran tornillos huecos y tenían un agujero en la cabeza para dejar escapar el aire.

Una vez el Rolls-Royce se quedó atrás, pararon el coche patrulla, pusieron una capucha a Malevsky, lo ataron bien con cinta de embalar y lo metieron en el maletero.

Cuando llegaron al granero, Harvath ya estaba listo. Eichel, desnudo, seguía atado a la misma silla de antes, rodeado de plásticos. Las ventanas del granero se habían cubierto con bolsas de basura negras.

Cuatro pares de focos de mil vatios montados sobre trípodes iluminaban a Eichel. A pesar de su luz cegadora, no servían para calentar el viejo edificio lleno de corrientes de aire. El miedo, el agotamiento y el frío hacían temblar a Eichel. Eso era lo que Harvath quería.

Anna había metido el coche patrulla en el granero para que no se viera desde el exterior o desde el aire. Quería quedarse, pero las cosas iban a ponerse desagradables.

A Malevsky sería más difícil doblegarlo que a Eichel. No era la clase de cosas que Anna necesitara ver. Su ayuda para detener el Rolls había sido inestimable. Su trabajo había sido perfecto. Pero ahora, lo mejor era regresar a Frankfurt. Harvath se haría cargo del resto.

Se despidieron dentro del granero. Acompañarla hasta su coche no era lo más conveniente... A Harvath le gustaba Anna, y eso le molestaba. Le molestaba porque ella estaba casada. Y no solo eso, además, su marido tenía una enfermedad incurable. No sería correcto. También le molestaba porque sentía que le era infiel a Lara. Su situación era irregular, pero no habían terminado definitivamente. ¿O sí?

Meneó la cabeza al pensarlo. ¿Y qué otra cosa significaba? Ella había elegido su carrera y lo mismo había hecho él. Eso los situaba en ciudades distintas: Boston y Washington. ¿Podía funcionar? Cualquier cosa era posible. ¿Funcionaría? Esa era la verdadera cuestión.

Si tu carrera era el motor principal de tu vida, lo que te definía, ¿cuánto tiempo ibas a dedicarle a una relación a larga distancia, por mucho que amaras a la otra persona?

Se suponía que el amor todo lo superaba, pero ¿soportaría los innumerables controles de seguridad, los vuelos retrasados y todo el tiempo perdido en viajes? Mantener una relación geográficamente problemática no parecía tener mucho sentido. Sería distinto si se tratara de algo temporal, una rutina provisional mientras hallaban el modo de reunirse en la misma ciudad. Pero Harvath y Lara ya habían pasado por eso. De hecho, habían empezado a salir de esa rutina, pero ahora se veían arrastrados de nuevo a ella.

Eran muchas las cosas buenas de tener cerca a la persona amada. Poder entrar en la cocina y ver su rostro. Pasar el domingo por la mañana sin hacer nada más que leer el periódico juntos. Un sábado por la noche viendo una película antigua delante de la chimenea.

Cada persona tenía sus necesidades. Y, generalmente, las necesitaba en su momento. Reunirse cada dos fines de semana, con suerte, además de las vacaciones, no era una relación. Al menos, no el tipo de relación que él buscaba.

Harvath amaba a Lara. Pero no le gustaba la idea de amarla a distancia. Como pareja, se movían hacia atrás.

—Tiene buen instinto —dijo Herman.

Harvath estaba en la puerta del granero, observando la marcha de Anna. La voz de su amigo lo devolvió a la realidad.

—Con el entrenamiento adecuado, seguramente se convertiría en una buena agente —prosiguió Herman—. Está desperdiciando sus posibilidades en la Bundespolizei.

Anna Strobl era muy prometedora, en muchos sentidos, pero Harvath no quería pensar en eso. Ahora no. Necesitaba concentrarse en Malevsky.

Se alejó con Herman para que no le oyeran sus cautivos y le explicó cómo pensaba actuar.

Cuando lo tuvieron todo preparado, sacaron a Malevsky del maletero del coche patrulla.

Harvath asintió y Herman le quitó la capucha. El mafioso ruso parpadeó varias veces hasta que se le acostumbraron los ojos.

Miró a un lado y otro. Vio al otro prisionero, desnudo y atado a una silla, temblando y con una capucha en la cabeza. Perplejo, Malevsky fulminó a sus captores con la mirada.

Harvath se acercó a él y de un tirón le arrancó la cinta de embalar de la boca. En cuanto lo hizo, Malevsky empezó a insultarlo en ruso. Harvath esperó a que terminara.

Pero Malevsky no terminaba. No había hecho más que empezar.

Harvath hablaba algo de ruso, aunque no tanto como le habría gustado. Entendió unas cuantas palabrotas aquí y allá. El resto lo adivinó por el tono del mafioso.

Cuando Malevsky vio que no conseguía cabrear a Harvath en ruso, pasó al alemán. Ahí Harvath era más diestro, lingüísticamente hablando, pero no mucho más. A Herman, en cambio, las amenazas de Malevsky le hicieron gracia y se rio de las más creativas.

De pronto, Harvath le dio un puñetazo en la boca.

Salió disparada una salpicadura de sangre y la fuerza del

golpe derribó al ruso hacia atrás en la silla. Su cabeza dio contra el suelo.

Harvath lo dejó caído mientras encontraba una toalla para limpiarse la mano. Estaba estableciendo las pautas. Quería que Malevsky supiera que podía seguir así todo el tiempo que quisiera. No tenía prisa.

Malevsky gruñó algo que no entendió.

—En inglés, por favor —pidió Harvath.

—¡Que le den a su puta madre!

Harvath sonrió. Iba a ser una auténtica batalla de voluntades. Malevsky era un matón callejero. No entendía más que la fuerza bruta. Hablaría, simplemente se trataba de ver cuánto sufrimiento estaba dispuesto a soportar primero.

—Es hombre muerto —añadió Malevsky—. Muerto.

Repitió la palabra como si eso la hiciera más amenazadora. No tenía la menor idea de con quién estaba hablando. Pronto lo sabría.

Harvath repasó una hilera de herramientas que había colocado sobre una larga mesa. Se detuvo frente al martillo de bola que había comprado Herman y lo levantó. Tenía un mango amarillo con empuñadura de goma negra. Lo sopesó en la mano.

—¿Rodilla izquierda o derecha? —preguntó.

—¡Que le den a su puta madre! —espetó Malevsky.

Harvath volvió el martillo de lado y lo pasó por la pierna izquierda del ruso. Cuando llegó a la rodilla, le dio un par de golpecitos.

Malevsky levantó la cabeza para soltarle otro improperio, pero Harvath fue más rápido. Con la velocidad del rayo, descargó el martillo contra la rodilla del hombre.

El ruso aulló como un poseso y se le saltaron las lágrimas.

Harvath devolvió el martillo a la mesa.

—Hábleme de Sacha Baseyev.

Malevsky soltó una nueva ristra de insultos en ruso.

Harvath hizo una seña a Herman para que levantara la silla e incorporara al mafioso. Cuando Malevsky estuvo sentado correctamente, Harvath repitió la pregunta.

—Es hombre muerto —replicó el ruso—. Hombre muerto.

—¿Ha estado en Irak alguna vez, señor Malevsky? —preguntó Harvath, examinando sus herramientas.

—¡Que le jodan!

Harvath hizo una pausa. Luego sonrió y eligió la siguiente herramienta.

—Hace años, un diplomático ruso fue secuestrado. El gobierno iraquí intentó localizarlo sin éxito durante una semana. La embajada rusa envió a un equipo de «especialistas». Hombres, imagino, como usted. Ellos averiguaron rápidamente quién era uno de los secuestradores y fueron a su casa. Por supuesto, el secuestrador no estaba allí, pero su familia sí. Se apoderaron de su hermano y se lo llevaron. Una hora más tarde, la familia iraquí oyó un golpe en la puerta. Cuando la abrieron, había una caja pequeña en el suelo. Contenía una oreja del hermano. Cada hora les enviaron un trozo del hermano, la nariz, un dedo, los labios, la otra oreja... hasta que soltaron al diplomático ruso. De ese modo, los rusos consiguieron en un día lo que los iraquíes no habían conseguido en toda una semana.

Harvath cogió una navaja de afeitar.

—¿Cuántas partes de su cuerpo serían necesarias para que su familia cooperara?

Un destello de pánico cruzó el rostro de Malevsky. Solo tardó una fracción de segundo en enmascararlo, pero la microexpresión lo había delatado.

Eso le dio una idea a Harvath.

34

Harvath no quería usar a los hijos de Malevsky si podía evitarlo. No era culpa suya que tuvieran a un cabrón como padre. Eran inocentes, y por mucho que Harvath forzara los límites de la ley y a menudo los quebrantara, seguía habiendo algunos que no quería traspasar.

Si había algún modo de dejar a los hijos de Malevsky al margen, lo prefería. Pero no lo había. De hecho, era el propio Malevsky quien había abierto la puerta a su inclusión.

El hombre era como un bloque de granito ruso. Harvath podía cortarlo en pedazos, pero iba a tardar su tiempo en doblegarlo.

También existía el riesgo de que Malevsky entrara en *shock*, o que muriese. Esas cosas ocurrían. Kumarin era un buen ejemplo. La ley de Murphy solía manifestarse cuando menos lo esperabas.

Malevsky estaba metido en una trampa que él mismo se había tendido. El dolor y el sufrimiento que iba a causarle solo era el principio.

Harvath no tenía ningún escrúpulo en cortarle en pedacitos durante todo el día, si de eso se trataba. Malevsky tenía información que necesitaba. Malevsky había ayudado a un asesino que había matado a estadounidenses.

Harvath quería a ese asesino y Malevsky iba a contarle todo

lo que sabía de él. Usando a sus hijos, Harvath esperaba lograrlo más rápido.

—Tiene dos hijas adorables, señor Malevsky. De unos cinco y siete años —dijo Harvath—. ¿Correcto?

De nuevo la expresión del ruso lo delató fugazmente.

—Si toca a mi familia... —siseó— lo mataré. ¿Me ha entendido? Lo mataré, hijo de puta.

Harvath no hizo caso de su amenaza.

—¿Quién es Sacha Baseyev?

—Voy a verle morir. Luego voy a buscar a la gente que le importa y voy a verlos morir.

Harvath le dio un bofetón.

—Sacha Baseyev —repitió—. ¿Quién es?

Malevsky lanzó al suelo un escupitajo de sangre.

—No sé de quién está hablando.

Harvath hizo un gesto a Herman, que se acercó a Eichel y le quitó la capucha.

—¿Y qué? —dijo el ruso, impávido.

Harvath volvió a golpearlo, más fuerte aún.

—Eichel nos lo ha contado todo. Ahora le toca a usted.

Malevsky miró a Harvath, con la sangre brotándole por la nariz y la boca y cayéndole en la camisa, y sonrió entre dientes.

Harvath se dispuso a golpearlo otra vez, pero se detuvo. Se alejó, se limpió las manos con la toalla y sacó el móvil.

—¿Tienen mascotas sus hijas, señor Malevsky?

El ruso no quiso responder. Harvath envió un rápido SMS y luego se apoyó en la mesa mientras esperaba la respuesta. Cuando sonó el móvil, lo miró y leyó el mensaje en voz alta.

—Su hija mayor es alérgica a los gatos. Pero tienen dos peces dorados.

La sonrisa petulante de Malevsky apenas vaciló.

—Con suficiente dinero, uno puede descubrir cualquier cosa. Gatos, peces. Podría decirle incluso de qué color es la ropa interior que lleva su mujer.

Harvath le devolvió la sonrisa y envió otro mensaje.

Transcurrieron unos minutos. Finalmente, su móvil volvió a sonar. Harvath leyó el mensaje y abrió el archivo adjunto.

Le mostró el móvil a Malevsky. Era una fotografía de sus dos hijas. Sostenían unos dibujos que acababan de hacer. Uno era de un martillo amarillo; el otro, de un granero. La sonrisa desapareció del rostro del ruso.

—¿Satisfecho? —preguntó Harvath—. ¿O quiere saber de qué color es la ropa interior que lleva su mujer ahora mismo?

—Usted. Usted es el americano que vino a ver mi casa. ¿Qué le ha hecho a mi familia?

—Lo único que importa es lo que voy a hacerle. Todo lo que pueda ocurrirles será por su culpa. Si coopera, los dejaremos marchar.

—¿Quiénes los dejarán? ¿Estados Unidos?

Harvath ahuecó la mano y lo golpeó en la oreja izquierda. El golpe produjo un sonoro ruido de ventosa y el mafioso gritó de dolor.

—Yo hago las preguntas aquí. Usted responde. De lo contrario, daré instrucciones a mis colegas para que se ocupen de su familia. ¿Está claro?

Malevsky asintió.

—No le oigo.

—Sí —dijo el ruso, cediendo—. Está claro.

—Bien. ¿Quién es Sacha Baseyev?

35

Washington, D.C.

Aparte del ataque sufrido durante su infancia, recorrer la red de cuevas buceando había sido una de las cosas más aterradoras que había experimentado Sacha Baseyev en su vida. Nunca más volvería a hacer algo así.

La crecida provocada por la lluvia había sido un grave problema. Varias zonas que deberían haber contenido bolsas de aire respirable habían quedado completamente sumergidas. En una de las pocas en que habían podido emerger, el guía había propuesto volver atrás. El joven temía que no pudieran llegar hasta el final.

Baseyev pensó en matarlo y hacerse con sus botellas de aire. Había cuerdas guía y líneas que señalaban el camino. Podía recorrerlo sin él. A menos que surgiera algún imprevisto.

Indeciso, presionó al joven para terminar el recorrido. El joven mexicano era reacio a continuar, pero debió de ver algo en Baseyev. Debió de comprender que su propia vida pendía de un hilo muy fino en aquel momento. Sensatamente, eligió continuar.

Cuando emergieron en el lado estadounidense, les esperaba un contrabandista con barritas energéticas, botellas de agua y ropa seca para Baseyev.

Aunque Baseyev se había puesto un traje de buceo, había empapado en sudor la ropa que llevaba debajo.

Se lavó en las frías aguas de la cueva, se puso la ropa seca y siguió al contrabandista hasta una destartalada camioneta Ford-150.

En aquel momento, todas sus pertenencias se encontraban en una pequeña bolsa impermeable que había llevado bajo el traje de buceo. Contenía dinero en efectivo, tarjetas de crédito, documentación falsa y un *smartphone* con tarjetas SIM de repuesto.

El contrabandista lo condujo hasta la población más cercana, Laredo, en Texas, y lo dejó en la estación de autobuses de la avenida Salinas. A partir de ahí, Baseyev se quedaba solo.

En varias tiendas cercanas pudo comprar cuanto necesitaba. Una vez completadas sus compras, paró un taxi y se dirigió al aeropuerto. Un avión privado Cessna Citation M2 lo estaba esperando.

Tras estrechar la mano al piloto, subió a bordo y guardó su bolsa.

El interior era reducido, pero los asientos de piel color caramelo eran cómodos y podían reclinarse totalmente. Baseyev solo pensaba en dormir. En cuanto el avión despegó, él cerró los ojos. En unos minutos se había dormido.

Cuando despertó, el avión se acercaba al aeropuerto regional de Manassas, Virginia. Había dormido durante todo el vuelo.

Se aseó en el lavabo del aeropuerto, y luego se tomó una taza de café mientras esperaba su vehículo Uber.

La eclosión de aplicaciones como Uber y Airbnb había sido un regalo del cielo para los que hacían un trabajo como el suyo. Fuera cual fuese su misión, como espía, asesino o terrorista, podía prescindir de una engorrosa red de casas francas, coches y puntos de recogida. Y cuando sí necesitaba transporte, sobre todo en EE.UU., le bastaba con un clic en el móvil.

Las tarjetas de crédito y cuentas bancarias que utilizaba se vinculaban a empresas y direcciones falsas de todo el mundo, que estaban vacías o simplemente no existían. Intentar localizarlo a través de su actividad financiera era inútil. El GRU había creado un laberinto de puntos muertos y callejones sin salida.

Y considerando lo que Baseyev estaba a punto de realizar, el GRU esperaba que los americanos examinaran hasta la última transacción con lupa. Pero para entonces, sería demasiado tarde. El daño ya estaría hecho.

La distancia del aeropuerto de Manassas al centro de Washington era apenas de cincuenta kilómetros, pero tardaron casi dos horas por culpa del tráfico.

Baseyev pidió al conductor que lo dejara en el Marriott Marquis de la avenida Massachusetts. Era el edificio contiguo al centro de convenciones donde supuestamente iba a asistir a una conferencia sobre directores de recursos humanos.

En el vestíbulo, buscó un botones para dejar su bolsa en la consigna de equipajes. Luego salió del hotel por otra puerta.

Antes de llegar, creía que Washington, el centro de poder de EE.UU., le produciría una impresión distinta. Esperaba que lo dejara maravillado. No fue así.

Giró hacia la derecha y caminó por la avenida de Nueva York. Le sorprendió la cantidad de cámaras que había. Las cámaras eran útiles para resolver delitos, pero no necesariamente para impedirlos.

Dicho esto, se había desarrollado un *software* capaz de detectar si se había dejado una bolsa abandonada, o para encontrar cosas como «un hombre en una bicicleta amarilla». Sin embargo, los ordenadores no iban a impedirle cumplir con su plan.

La avenida de Nueva York terminaba en la calle 15 y Baseyev llegó a la avenida Pennsylvania. Al instante notó que se adueñaba de él una gran excitación.

Allí se vio rodeado por las defensas y las medidas de contraataque, cosas en que la mayoría de la gente corriente jamás repararía. Los extremos a que habían llegado los americanos eran ridículos. «Todo esto para proteger a un hombre. A un edificio.»

Pero ese hombre y ese edificio eran simbólicos, hecho del que Baseyev era muy consciente.

Cuando llegó a la altura de la Casa Blanca, tuvo que detenerse a mirar. Ahora sí estaba impresionado. La Casa Blanca y todo lo que representaba se encontraba al otro lado de la verja de hierro forjado. Era espectacular.

Un turista que estaba cerca le pidió que le hiciera una foto con su familia. Él rehusó educadamente y echó a andar de nuevo.

Cuatro manzanas después, sacó el móvil y comprobó su GPS. Alzó la vista y vio el edificio que buscaba.

Ni demasiado cerca ni demasiado lejos. Era perfecto. Cuando los americanos consiguieran descubrir para qué se había utilizado, él ya estaría muy lejos de allí.

36

Berlín, Alemania

Mijaíl Malevsky había identificado a su supervisor: Viktor Sergun. Harvath no sabía si ese nombre equivaldría a «un puto dolor de cabeza», pero eso era exactamente ese hombre.

El coronel Viktor Sergun era el agregado militar ruso en Alemania, destinado en la embajada rusa en Berlín.

Malevsky también había confirmado que Sergun era asimismo el supervisor de Sacha Baseyev. El GRU solía colocar a sus agentes como agregados militares a fin de proporcionarles estatus diplomático. Si los descubrían realizando actividades de espionaje, el país anfitrión solo podía expulsarlos.

Sin embargo, Sergun no se había limitado al espionaje. También había estado involucrado en acciones terroristas... como el asesinato del secretario de Defensa de EE.UU. y sus guardaespaldas.

En opinión de Harvath, eso lo privaba de cualquier protección, igual que a Malevsky. Sin embargo, no era él quien debía tomar la decisión. Debía provenir de Washington.

Ir a por Sergun aumentaría de nuevo los riesgos de manera espectacular. Los rusos podían considerarlo un acto de guerra.

Si bien podrían haber reaccionado igual en el caso de Malevsky, no habrían conseguido nada. Sobre todo, porque los alemanes tenían abierta una investigación sobre sus prácticas criminales, y también EE.UU. tenía pruebas suficientes para acusarlo de mafioso. Sergun era un caso muy distinto.

Harvath había partido desde la base para llegar hasta Sergun. Pero lo único de que disponía para implicar al coronel era una confesión obtenida mediante torturas del mafioso Malevsky.

Rusia podía negarlo todo y afirmar que Malevsky era un criminal al que habían pillado y diría cualquier cosa para conseguir un trato.

Sería un error hacerlo público, y EE.UU. no tenía intención de hacerlo. A Harvath le habían encomendado trabajar fuera del sistema, cualquier sistema, y así iba a seguir.

Cuando le llegaron las órdenes de Washington, Harvath se puso en marcha. Tendría que moverse deprisa. Si Sergun no sabía que Malevsky había desaparecido, pronto lo sabría.

Después de limpiar el granero, dejaron el coche patrulla de la Policía Estatal en una cuneta e informaron a la policía bávara de manera anónima sobre el lugar donde podían encontrar a sus agentes. Luego Harvath y Herman se dirigieron a Berlín, cada uno en su coche.

Harvath pasó las más de seis horas de viaje al teléfono, enzarzado en conversaciones cifradas con EE.UU. Había estado aislado de cualquier fuente de noticias y no sabía que el ISIS había emitido un vídeo del ataque al secretario de Defensa. Se detuvo en un área de descanso y lo vio junto con Herman.

Volvió a sentirse abrumado por el sentimiento de culpa. Todo estaba relacionado. De algún modo, él era un factor de la ecuación. Estaba seguro.

Más cabreado que nunca, volvió a su coche y enfiló de nuevo la Autobahn. Durante un rato no quiso hablar con nadie. Enterarse de que habían asesinado al secretario de Defensa y sus guardaespaldas había sido duro, pero verlo le resultó desgarrador.

Siguió rumiando su ira un rato más y luego intentó volver a centrarse en su cometido. No fue fácil. La ira le corroía como un ácido.

Volvió a ponerse al teléfono y trató de desviar sus pensamientos hacia la estrategia que sería preciso trazar. Lentamente empezó a surgir un plan.

No obstante, había elementos confidenciales que no podían discutirse ni siquiera mediante comunicación cifrada. Tendrían que esperar a que Harvath llegara a Berlín y pudiera hablar directamente con el jefe de la CIA destacado allí.

También debía decidir qué iba a hacer con Eichel y Malevsky, que iban en el maletero del BMW de Herman. No podían soltarlos. Pero quedarse con ellos, no solo suponía un riesgo, sino un monumental estorbo.

Al acercarse a Berlín y ver las primeras indicaciones para ir al aeropuerto, una posibilidad se abrió paso en su mente. Tendrían que ocurrir muchas cosas entre ese momento y lo que estaba pensando.

Miró el retrovisor y vio que Herman le hacía luces. Harvath se apartó para dejarlo pasar.

Herman también había pasado buena parte del trayecto al teléfono. No quería tener a los prisioneros en su casa de Berlín. Era imposible. Había prometido a Harvath que encontraría otro lugar, y había cumplido su promesa.

Harvath lo siguió cuando Herman abandonó la autopista para dirigirse a un antiguo barrio de la zona este de Berlín, el Friedrichshain. Cuando se erigió el Muro en 1961, la frontera entre el sector estadounidense y el soviético discurría precisamente a lo largo de su perímetro. Durante la Segunda Guerra Mundial, Friedrichshain había sido una de las zonas de la ciudad más bombardeadas, ya que los Aliados pretendían destruir sus fábricas.

Ahora era un barrio de moda, lleno de jóvenes y artistas. Había cafés, pubs y clubes, tiendas de móviles, sucursales bancarias y edificios de apartamentos. No obstante, a pesar de su aburguesamiento, aún tenía zonas de edificios decrépitos y deshabitados. Era uno de esos edificios el que Herman había conseguido.

Con barrotes en las ventanas y los muros cubiertos de grafitis, el edificio parecía haber albergado a un distribuidor de productos. En cuanto Herman entró en la zona de carga, se oyó el ruido de una manivela y la persiana metálica empezó a subir.

Dentro había cuatro hombres de aspecto rudo vestidos con negras botas de combate, tejanos y las chaquetas *bomber* que solían llevar los *skinheads*.

Pero aquellos hombres no eran *skinheads*. Lucían cortes de pelo de estilo militar y llevaban relojes tácticos negros. Harvath habría dicho que eran antiguos comandos, igual que Herman.

Siguió al gran BMW hasta el interior y aparcó al lado. Se apeó y se reunió con su amigo.

Herman estrechó la mano a los cuatro hombres y luego les presentó a Harvath.

Se llamaban Adler, Kluge, Bosch y Farber. Habían sido miembros de la unidad antiterrorista de Herman, y ahora trabajaban para su empresa de seguridad privada. Al hacerse más peligrosa y compleja la misión, a Herman le había parecido buena idea disponer de apoyo.

Tres de los hombres, Alder, Kluge y Bosch, habrían encajado en cualquier lugar de Europa o Estados Unidos. Sin embargo, Farber destacaba de los demás.

Tenía piel cetrina, cabellos oscuros y ojos negros. Habría pasado desapercibido en las calles de Riad o Teherán.

—¿Qué tal su árabe? —preguntó Harvath.

—*Bimilá al rahman al Rahim* —replicó él. «En el nombre de Dios Misericordioso.»

Harvath conocía la frase. Todos los versículos del Corán, excepto el noveno, empezaban con ella.

—*Ash-hadu an laa ilaaha illalá* —prosiguió—. *Wa ash-hadu anna Muhammadan rasululá.* —«Soy testigo de que no hay más dios que Alá. Soy testigo de que Mahoma es el mensajero de Alá.»

Herman miró a Harvath y sonrió.

—No está mal, ¿eh? Padre judío alemán y madre libanesa. Se conocieron en Hamburgo.

No estaba nada mal. De hecho, su árabe era excelente. Perfecto para lo que había planeado Harvath. Lo único que importaba era que los testigos se lo creyesen. Que los rusos se lo tragaran ya era otra cuestión.

Harvath consultó su reloj. Iba a encontrarse con el jefe de la CIA en Berlín en un bar. Estaba a pocos kilómetros de la embajada y quería llegar allí el primero. Pero tenía que repasar un par de cosas con Herman antes de marcharse.

El hombre llamado Bosch les mostró el edificio rápidamente. No había mucho que ver.

Los prisioneros se encerrarían en dos obsoletas cámaras frigoríficas prácticamente insonorizadas y que podían cerrarse desde fuera.

Se había instalado un sistema de diminutas cámaras inalámbricas en el interior del edificio, así como en el perímetro exterior. Se controlarían las veinticuatro horas del día.

Se habían acondicionado dos oficinas con catres y sacos de dormir. Los lavabos funcionaban e incluso había una ducha, aunque sin agua caliente.

Una vez visto todo, establecieron un procedimiento para las comunicaciones. Luego Harvath abandonó el edificio.

Caminando por las calles de Berlín tuvo una incómoda sensación de *déjà vu*. Mucha sangre se había derramado allí... la que había derramado él mismo y la que se había derramado por su causa. Incluso uno de los hombres de Herman había sido asesinado.

A Harvath no le hacía ninguna gracia que los rusos lo hubieran vuelto a atraer hasta allí. Por mucho que los castigaran, ellos seguían volviendo a por más. Su deseo expansionista de reconstituir la gloria de la Unión Soviética era tan malo como el de los islamistas queriendo construir su califato.

A Harvath le recordó lo necesario que era enfrentarse con ambos. Sin un contrapeso, no le cabía duda de que el mundo se sumiría en la oscuridad y el caos.

Pero ¿cuál era el juego de Rusia ahora? ¿Qué tenían que ver

con ello Salá, ISIS, Sacha Baseyev, Sergun y los demás? ¿Cuál era su objetivo?

Al llegar al número 4 de Mansteinstrasse, Harvath esperaba obtener algunas respuestas.

Cuando empujó la puerta del pub Leydicke y entró, fue como retroceder en el tiempo hasta el corazón de la mismísima Guerra Fría.

37

Hacía más de cien años que la familia Leydicke poseía y dirigía el E. & M. Leydicke. Era un pub alemán tradicional, oscuro, con pesadas mesas de roble y mucha madera tallada. Sin embargo, su característica principal apenas era visible.

Detrás de la barra había una típica jarra de cerveza. Un trozo de alambre de púas rodeaba la base. El alambre se había cortado del muro de Berlín en plena noche. En la jarra estaban grabadas las palabras *Für die Sicherheit*, «Para la seguridad». Era el lema de una unidad de élite americana encargada de operaciones encubiertas altamente confidenciales, destinada en Berlín durante la Guerra Fría.

Sus miembros se hacían pasar por berlineses corrientes. Habían ocultado armas, monedas de oro, explosivos y equipos de radio por toda la ciudad. Si los rusos hubieran llegado a sobrepasar el Muro, su trabajo habría consistido en lanzar una guerra de guerrillas.

El Leydicke había sido el cuartel general oficioso de la unidad. Como parte de su iniciación, a todos los agentes se les pedía que se acercaran a escondidas al Muro usando gafas de visión nocturna, cortaran un trozo de alambre de púas y regresaran sin ser atrapados por los soviéticos.

Todos recibían entonces su propia jarra de cerveza numerada con el trozo de alambre de púas rodeando la base. Hellfried Leydicke, el dueño del bar, recibió su propia jarra especial como agradecimiento por apoyar a la unidad.

Que Harvath supiera, aún había cosas enterradas en el sótano y detrás de las paredes de yeso. Todo el local era una cápsula del tiempo.

El último viaje de Harvath a Berlín había tenido como objetivo rescatar a un miembro de la unidad. Habían transcurrido muchos años y la unidad se había desmantelado, pero se había vuelto a activar. En el proceso, habían tomado como rehén a un buen amigo de Harvath, un hombre que había sido como un segundo padre para él.

Un complejo rastro de pistas lo había llevado hasta el número 4 de Mansteinstrasse y Hellfried Leydicke, un hombre bajo y calvo con gafas de montura metálica, vientre abultado que rebosaba el delantal y poblado bigote. Tenía fama de ser un hombre con el que no se podía jugar, y era severo con los clientes que en su opinión no bebían lo suficiente.

El día que llegó Harvath, Leydicke se las hizo pasar canutas. Fingió no saber de qué hablaba, ni de quién era el hombre al que buscaba. Todo cambió en cuanto Harvath señaló la jarra de cerveza y dio a conocer su significado.

Al mirar ahora alrededor, Harvath sufrió una decepción. Leydicke no se veía por allí. El pub estaba medio lleno de parroquianos habituales que ocupaban toda la barra.

Harvath encontró una mesa pequeña al fondo. Tenía una vista medianamente buena de la puerta de entrada, y le permitiría mantener una conversación privada.

Aunque en realidad quería una taza de café, juiciosamente se abstuvo de pedirla. Pidió una cerveza y preguntó si estaba Herr Leydicke.

—*Nein* —respondió el camarero, antes de irse a buscar su bebida. Era bueno ver que el servicio a los clientes no había cambiado.

Cuando el camarero regresó con su cerveza, Harvath se dispuso a esperar a que apareciera el jefe de la CIA en Berlín.

Helen Cartland apareció veinte minutos antes de la hora acordada. Entró, se quitó la gorra que llevaba y paseó la mirada por el pub.

Era una mujer atractiva de cuarenta y tantos años, corto cabello castaño, que vestía con estilo. Con sus botas y su chaqueta de caza verde, parecía más británica que americana.

Cartland se acercó a la atestada barra, pidió un vino blanco y se tomó su tiempo. Había visto a Harvath, pero no tenía prisa por ir hacia él. Era una profesional. Primero quería sopesar el ambiente y estudiar a la clientela.

Cinco minutos más tarde, se acercó a Harvath con su copa de vino en la mano.

—Perdone, ¿no nos conocimos el año pasado en Múnich, en la Oktoberfest? —preguntó.

Harvath la examinó unos instantes.

—Creo que sí. Fue en la tienda de Käfer, ¿verdad?

Cartland asintió.

—¿Le parece si le acompaño?

—Por favor —contestó él, poniéndose en pie, y ella se sentó enfrente. Una vez sentada, Harvath le dio las gracias por reunirse con él.

—Washington no me ha dado muchas opciones. ¿Le importaría decirme qué está pasando?

—Le contaré lo que me sea posible —dijo Harvath.

—¿Por qué no empieza por decirme quién es usted?

—Puede llamarme Phil.

Cartland hizo una pausa antes de repetir:

—Phil. —Era obvio que no le creía. Eso daba igual. No necesitaba saber su verdadero nombre. Cuanto menos supiera, mejor—. De acuerdo, Phil. Supongo que es usted una especie de tejón verde, ¿no?

«Tejón verde» era el apelativo utilizado para los agentes libres que contrataba la CIA. Harvath asintió.

—¿De una corporación o independiente? —preguntó ella.

—¿Importa?

—Podría ayudarme a entender el alcance de todo esto.

Harvath apuró el último sorbo de cerveza y levantó la jarra vacía cuando el camarero pasó cerca.

—¿Quiere otro? —preguntó, señalando el vino de ella.

Cartland negó con la cabeza.

Harvath indicó al camarero que solo él quería otra jarra y luego volvió a centrar su atención en la jefa de la CIA.

El Directorio de Inteligencia de la CIA y su Servicio Nacional Clandestino estaban llenos de trabajadores independientes. Muchos eran agentes ya retirados que volvían a trabajar con contratos especiales por los que les pagaban mucho más.

—¿Está pensando en cambiar? —preguntó Harvath.

—¿Yo? —dijo ella—. Solo era por curiosidad.

Estaba interesada, y eso era peligroso. No había nada malo en que alguien pensara en el futuro de su carrera. Pero que el jefe de una delegación lo hiciera abiertamente era inquietante.

Harvath desvió la conversación hacia el motivo de su encuentro.

—¿Qué puede decirme sobre Sergun?

Cartland le recitó su historial de memoria.

—Divorciado. Buena educación. Cincuenta y ocho años. Sin hijos.

—¿Novia?

Ella sacudió la cabeza.

—¿Novio?

—Ninguna relación romántica en Berlín que nosotros sepamos.

—¿Domicilio?

Cartland sacó un paquete de cigarrillos del bolso y lo dejó sobre la mesa.

—Aquí dentro hay una tarjeta SD. Contiene toda la información que obtuvimos sobre él cuando lo destinaron aquí.

—¿Fotografías?

Ella asintió.

—¿Cómo se desplaza hasta el trabajo? ¿Tiene chófer?

—No —respondió Cartland—. Los rusos son célebres por su tacañería. Solo el embajador tiene chófer a tiempo completo.

Cualquier otro que lo necesite, tiene que solicitar un Volkswagen de los pocos vehículos de que disponen en la embajada.

—¿Entonces va a pie? ¿En bicicleta? ¿Taxis?

—A pie. Su apartamento no está lejos de la embajada.

Eso eran buenas noticias. Llevarse a Sergun de un vehículo, con o sin chófer, sería problemático.

—¿Algo más? —preguntó Harvath—. ¿Pasatiempos? ¿Le gustan los deportes? ¿Es bebedor?

Cartland rio.

—¿Qué ruso no es bebedor? —En eso tenía razón.

—Me refiero a si hay alguna cosa que pudiera servirnos —aclaró Harvath—. ¿Frecuenta algún garito?

—Pasternak.

—¿Como Boris Pasternak? ¿El escritor?

—El restaurante Pasternak —dijo ella, asintiendo—. Sirven especialidades rusas. Muchos de los empleados de la embajada rusa más viejos van allí a cenar y beber los viernes. Sergun suele acompañarlos.

—¿Y después?

—Vuelve a su casa haciendo eses.

—¿Quiere decir borracho?

—Puede que lleve un par de copas, pero sigue lúcido. Sigue una buena pauta de detección de vigilancia para asegurarse de que no lo siguen. Siempre está alerta, así que tenga cuidado. No lo subestime.

—No lo haré —replicó Harvath, mientras un plan cristalizaba en su mente—. ¿Qué puede decirme sobre los alrededores del restaurante?

—¿En un viernes por la noche? Hay mucha gente. No es buen sitio para ir si uno no quiere ser visto. Pasar desapercibido por allí es casi imposible.

«Bien», pensó Harvath. El camarero regresó con su cerveza. Pasar desapercibido era lo último que quería. Quería que su actuación tuviera testigos, como en Viena.

Pero le preocupaba si realmente podían permitirse esperar hasta el día siguiente por la noche. Necesitaban apoderarse de

Sergun cuanto antes. Él era la clave para encontrar a Baseyev. Cuanto más esperaran, más posibilidades había de que ocurriera algo.

Harvath consultó su reloj e hizo sus cálculos. Podían intentarlo por la mañana, pero Sergun era un soldado. Si era de los que estaba en su puesto por la mañana antes que nadie, tal vez no tuvieran el público que necesitaban.

Lo mejor sería cogerlo cuando volviera a casa desde la embajada, o mejor aún, desde el restaurante.

Harvath sabía que no tenía muchas opciones. Simplemente rezaba para no tener que lamentar su decisión.

38

Viernes
Washington, D.C.

Baseyev había elegido a Zainab porque era una mujer. Joven y atractiva, también era rápida. Muy rápida.

Se habían conocido en Siria. Ella había ido a unirse a la yihad y luchar por ISIS y el califato. El reclutador con el que se había puesto en contacto era muy inteligente: enseguida supo que enviar una mujer como Zainab a primera línea sería un error imperdonable.

Cuando Alá te bendecía con semejante regalo, era porque quería que se usara del modo apropiado. A Zainab la colocaron en una casa protegida, manteniéndola alejada de los otros reclutas hasta que se tomara una decisión.

Los líderes habían consultado a Baseyev, como hacían cada vez con mayor frecuencia. Y como les había demostrado en numerosas ocasiones anteriores, tampoco esta vez les decepcionó su estrategia.

Zainab tenía la doble nacionalidad estadounidense y kuwaití. Era una estudiante de la Universidad de Georgetown que había regresado a Kuwait con su pasaporte americano y luego había viajado a Siria con su pasaporte kuwaití.

A todos los efectos, su historial estaba limpio. Los americanos no tenían cómo saber que hubiera ido a otro sitio que no fuera Kuwait, para visitar a sus parientes. Era una oportunidad demasiado buena para dejarla pasar.

Baseyev y varios líderes de ISIS habían dedicado un tiempo considerable a entrevistarla. Necesitaban estar seguros de que estaba entregada a la causa. Había logrado llegar a Siria dispuesta a luchar, pero ¿qué ocurriría cuando regresara a EE.UU.? ¿Perdería su determinación? ¿Cambiaría de parecer?

Tras muchas deliberaciones, se decidió que su compromiso era extremadamente firme y que podía contarse con que cumpliera su misión.

Cuando se decidió cuál sería esta y se completó su entrenamiento, la devolvieron a EE.UU. y le dijeron que esperara. Y ahora estaba allí.

Zainab solo tenía que recorrer treinta metros. Desde la verja hasta después de la fuente. Si conseguía ir más allá, mejor que mejor, pero en ninguna circunstancia, ni siquiera si encontraba la puerta abierta de par en par, debía entrar en la Casa Blanca. Si lo hacía, lo estropearía todo. Tenía que quedarse fuera, a la vista de las cámaras.

Baseyev sabía que el Servicio Secreto no dispararía. Tampoco le soltarían los perros. Políticamente, la Casa Blanca era una zona muy sensible. Imágenes de una joven manifestante, procedente de Oriente Medio, tiroteada o atacada por los perros en los jardines no quedaría nada bien en la televisión.

Treinta metros. Eso era todo lo que Baseyev necesitaba. Ella le había prometido que no fallaría.

A pesar del sol radiante, era un fresco día de abril que no superaba los 10 °C de temperatura. Todo el mundo llevaba chaqueta, incluyendo Zainab. Mientras caminaba, le llegó el dulce aroma parecido al de los cerezos que empezaban a florecer alrededor de la ensenada, la Tidal Basin. Era un buen presagio. Alá había bendecido aquel día.

El estandarte que llevaba era una obra de arte. Estaba hecho de seda y ondearía perfectamente tras ella mientras corriera por los jardines de la Casa Blanca. Todos los ojos del mundo estarían puestos en ella. Era la oportunidad más increíble que le habían dado en su vida. Estaba emocionada y muy nerviosa al mismo tiempo. «Solo treinta metros», se recordó.

Baseyev había estudiado el Servicio Secreto. Había visto todos los vídeos y leído todos los artículos existentes sobre brechas en la seguridad de la Casa Blanca. Y después de analizarlos, se los había mostrado a Zainab. Para que ella tuviera éxito, necesitaba saber a qué se enfrentaba y cómo hacerlo.

Tomaron té juntos una última vez. Fue en el apartamento que él había alquilado a escasa distancia de la Casa Blanca. Hablaron durante horas, deteniéndose solo para rezar solicitando la protección y guía de Alá.

Tras dar a Zainab una pastilla para ayudarla a dormir, Baseyev se acomodó en el sofá y esperó despierto el resto de la noche por si ella cambiaba de opinión. No cambió.

A la mañana siguiente, él se levantó temprano, se afeitó y se puso una camisa nueva que había comprado en Texas.

Cuando Zainab entró por fin en la cocina, él le sonrió cordialmente y le ofreció una taza de café. La droga que le había dado la noche anterior era fuerte, y la mente de Zainab tardó unos minutos en despejarse.

Baseyev sacó un pequeño pastillero y le ofreció otra píldora distinta.

—Es algo que les ha sido muy útil a los hermanos y hermanas en Siria e Irak —dijo, empujando la gruesa pastilla hacia ella—. Proporciona el coraje de un león y la fuerza de diez hombres.

Zainab no discutió. Se puso la droga en la lengua y la tragó con un sorbo de café.

—¿Hay algo que deba hacer aquí? —preguntó después. Movió la mano para abarcar el apartamento.

—¿Te refieres a limpiar tus huellas? —replicó Baseyev—. Yo me ocuparé. Tú concéntrate en la hazaña que estás a punto de realizar.

Rezaron juntos una vez más y Baseyev le dijo que había llegado la hora de prepararse.

Era un día muy especial, por lo que tenía que ejecutar ciertos rituales adicionales, incluyendo el modo en que debía bañarse.

Una vez vestida, Zainab volvió a la sala para que Sacha pudiera echarle un último vistazo.

Todo estaba perfecto. Ella era perfecta. No le defraudaría. De eso él estaba seguro.

Se habían hecho buenos amigos durante su estancia en Siria, por lo que Baseyev no temió demostrarle su afecto. Como un hermano o un primo, depositó un leve beso en su frente, al tiempo que le ponía dos pastillas más en la mano izquierda.

—Tómate estas justo cuando salgas.

Intercambiaron unas palabras más y luego él se fue.

Sentada sola en la cocina, Zainab fijó la mirada en el reloj del microondas. Era casi surreal. Saber lo que estaba a punto de ocurrir, cuando nadie más lo sabía, era emocionante. Las drogas no hicieron más que aumentar su excitación, haciéndola sentir casi eufórica.

Cuando llegó la hora acordada, estaba impaciente por ponerse en marcha. Llenó un vaso de agua del grifo, se tragó las pastillas que le había dado Ibrahim, se subió la cremallera de la chaqueta y salió del apartamento.

Le habían dicho que no alterara su ruta a menos que creyera que la estaban siguiendo. No hubo nada que le diera esa impresión, de modo que continuó.

«No me verás —le había dicho Baseyev—, pero estaré cerca. Estaré protegiéndote.»

Zainab lanzaba miradas de reojo de vez en cuando mientras caminaba, a los lados y detrás de sí, esperando echarle un último vistazo. Pero él hizo honor a su palabra y no se dejó ver.

No obstante, las nuevas pastillas habían agudizado sus sentidos. Aunque ella no pudiera verlo, le pareció notar su presencia. Él estaba en todas partes, rodeándola.

Zainab siguió la ruta marcada hasta el parque de la plaza Lafayette, justo enfrente de la Casa Blanca, cruzando la calle. Allí vio a un grupo permanente de manifestantes, esperando todos captar la atención del presidente y de los medios. Ella estaba a punto de enseñarles cómo conseguirlo.

No necesitó recordar que debía sonreír. Irradiaba un brillo que simplemente no podía contener. Se sentía más viva y más segura que nunca de sí misma y de su propósito en la vida.

39

Berlín, Alemania

Viktor Sergun abandonó el edificio de su apartamento a las siete en punto de la mañana, caminó hasta la esquina y giró a la izquierda.

Vestía un traje gris y una gabardina azul marino. Llevaba unos brillantes zapatos negros y el pelo pulcramente peinado. Un trocito de papel higiénico señalaba el pequeño corte que se había hecho esa mañana al afeitarse.

Las instrucciones de Harvath habían sido muy claras. No quería que siguieran a Sergun. Solo quería confirmación.

Cuando Sergun desapareció tras la esquina, Adler informó a Kluge por radio. En cuanto Kluge vio a Sergun entrando en la embajada, informó a Herman por radio. La operación estaba en marcha.

Eran seis hombres en total. Dos tendrían que quedarse con los prisioneros, lo que significaba que habría cuatro agentes operativos en cualquier momento.

Vigilar una embajada no era tarea fácil. Vigilar la embajada rusa en concreto era una invitación a ser descubierto.

A pesar de sus defectos, los rusos no eran estúpidos. Ni descuidados. Además de haber instalado dispositivos defensivos electrónicos, dedicaban mucho tiempo a las mejores técnicas tradicionales de espionaje.

La embajada se encontraba junto a la Puerta de Brandenburgo, al este, en el gran bulevar Unter den Linden, una de las zonas más populares y bulliciosas de Berlín.

Además de estar llena de tiendas, cafés, oficinas y diversas atracciones turísticas, había un sendero flanqueado de árboles y bancos, que discurría por el centro del bulevar, lo que ofrecía múltiples lugares donde apostarse para vigilar.

Para impedirlo, esporádicamente la embajada enviaba equipos de observadores itinerantes, por lo que eran difíciles de detectar. Difícil, pero no imposible. Su aspecto los delataba, se notaba que eran de Europa Oriental. Un observador casual quizá no se diera cuenta, pero los hombres de Herman sabían lo que debían buscar.

Habían estado entrando y saliendo de la zona por turnos. Cada vez, uno de ellos mantenía la embajada vigilada evitando ser detectado por las videocámaras y los observadores.

Hacia mediodía, Harvath y Herman se encaminaron al restaurante Pasternak. Se tomaron su tiempo para buscar un sitio donde aparcar, conduciendo por el barrio para familiarizarse con él.

Había numerosos puntos donde se producían atascos y pasos estrechos, pero también muchas vías laterales y oportunidades para desaparecer. Tenía sus ventajas y sus inconvenientes, pero ambos estuvieron de acuerdo en que, considerándolo en conjunto, el sitio era adecuado.

El restaurante se hallaba en una esquina de extraña configuración, en la que se cruzaban varias calles. Una larga terraza exterior de estilo parisino rodeaba la fachada. Al otro lado de la calle, una vieja torre de agua convertida en bloque de apartamentos se alzaba en medio de un frondoso parque.

Se sentaron a una mesa bajo el toldo rojo de la terraza y pidieron comida. Herman pidió cerveza; Harvath, Red Bull.

Mientras observaban a los transeúntes, comentaron en voz baja cómo sería el barrio por la noche y qué clase de problemas podrían encontrar.

Les sirvieron sus platos, comieron, y luego visitaron por

turno los servicios para examinar el interior del restaurante.

Después dieron la vuelta a la manzana para ir en busca del BMW de Herman y volvieron al viejo almacén de Friedrichshain, donde Farber y Bosch terminaban su turno vigilando a los prisioneros.

Harvath abrió una vista panorámica de Berlín en el portátil de Herman y les mostró lo que había visto. Discutieron rutas principales y rutas alternativas, así como lo que debería ocurrir si se involucraba la policía, o si no pudieran regresar al almacén. Todos sabían que cualquier cosa era posible.

La clave del éxito estaba en prepararse para todo. Eso incluía trazar un plan de apoyo por si Sergun no iba al restaurante. Si eso ocurría, tendrían que apoderarse de él en su apartamento.

Considerando los pros y los contras, su apartamento era una opción menos arriesgada, pero no les permitiría dar un espectáculo público. Harvath quería testigos para que la gente hablara. Si daba la impresión de que a Sergun lo habían secuestrado personas que hablaban árabe, los rusos no sabrían qué pensar y mucho menos qué hacer. Quizá pensaran que se trataba de un ardid, pero no estarían seguros, y eso los mantendría en vilo, vacilantes.

La segunda capa de la cebolla eran el chófer y los guardaespaldas de Malevsky en Berchtesgaden. Según Malevsky, nadie en su organización sabía que trabajaba para Sergun y el GRU.

Harvath opinaba que eso era muy improbable. De hecho, sabía que solo era cuestión de tiempo que llegara a Moscú la noticia del secuestro de Malevsky. Cuando finalmente se enteraran, los rusos se preguntarían infructuosamente si Alemania estaba involucrada, y si el secuestro tenía que ver únicamente con las actividades de blanqueo de dinero de Malevsky.

Solo tenían que mantenerlos ocupados el tiempo suficiente para que Harvath se apoderara de Sergun. Una vez estuviera en sus manos, le daría igual lo que supieran o no los rusos. Llegados a ese punto, ya no tendrían nada que hacer.

Cuando Harvath terminó de hablar, Farber formuló varias

preguntas y lanzó un par de sugerencias. Dos cámaras de seguridad señaladas por Harvath le preocupaban. Dado que llevarían máscaras y tomarían otras precauciones, no le preocupaba que los identificaran. Lo que sí le preocupaba era que pareciera todo demasiado profesional.

Debía parecer que había sido un golpe afortunado. Que eran buenos, pero no increíbles. No podían dar la impresión de que todo estaba demasiado bien organizado. Debían creérselo no solo los servicios de seguridad alemanes, sino también los rusos cuando les mostraran las imágenes de las videocámaras.

Debía haber algo de arena en los engranajes, un par de errores, un par de movimientos de novatos que ningún profesional cometería. Tenía que parecer obra de yihadistas de cabo a rabo. Harvath se mostró de acuerdo y ya se había adelantado a Farber.

Expuso sus ideas y luego las discutió con Farber y Bosch. Finalmente, se pusieron de acuerdo.

Algunas de las cosas que había sugerido Harvath implicaban que la operación durara más de lo que debería, lo que le daría mayor verosimilitud.

Lo más difícil sería olvidarse de los años de entrenamiento. Algunas de las cosas que les habían inculcado las hacían sin siquiera pensar en ellas. Simplemente sabían cómo hacerlas instintivamente.

Pero esa noche tendrían que cambiar algunas de esas cosas.

Lo que más contaba a su favor era que todos habían pasado innumerables horas diseccionando vídeos tácticos. Tanto de los malos como de los buenos. Sabían lo que buscarían los profesionales. Y esperaban que eso les diera ventaja. Mientras todos cumplieran con su papel tal como estaba previsto, saldría todo exactamente como ellos querían.

El último punto que abordó Harvath fue el del calzado. Era un detalle pequeño pero importante. No quería que ninguno de ellos llevara botas tácticas.

También tenían que despojarse de sus grandes relojes negros. Cualquier cosa que pudiera identificarlos como profesionales, siquiera remotamente, estaba fuera de lugar. Le daba igual lo que hubiera llevado algún terrorista en el pasado. No podían llevar nada de eso en su operación.

Farber y Bosch estuvieron de acuerdo. No valía la pena arriesgarse. Todo el equipo se había despojado ya de sus características botas y chaquetas para asumir un aspecto más corriente. Estaban bien entrenados y sabían que necesitaban pasar desapercibidos entre la gente para vigilar la embajada rusa.

Una vez trazados sus planes, Harvath se disponía a situarse en su puesto cuando sonó su teléfono. Era Lydia Ryan llamándolo desde Langley.

—Hola —respondió—, ¿qué ocurre?

—Encienda la televisión —contestó la subdirectora de la CIA.

—No tengo.

—¿Y portátil?

—Un momento —respondió Harvath. Abrió el portátil de Herman—. ¿Qué pasa?

—La Casa Blanca acaba de sufrir un ataque.

40

Harvath no quería creerla, pero sabía que Ryan no bromeaba.

—Cuénteme qué ha ocurrido —dijo, abriendo el navegador del portátil para acceder a una *web* de noticias por cable.

—Una suicida con bomba —replicó la subdirectora de la CIA—. Ha saltado la verja de la avenida Pennsylvania y...

—Espere —la interrumpió él—. ¿Una? ¿Era una mujer?

—Sí. Ha cruzado todo el jardín por la parte norte y ha detonado la bomba en el sendero de acceso de vehículos, delante mismo del pórtico norte.

—¿Cómo demonios ha conseguido llegar tan lejos?

—Alguien la ha cagado —admitió Ryan.

—Desde luego que alguien la ha cagado, maldita sea. ¿Algún herido?

—Por el momento, tres bajas. Todos agentes uniformados del Servicio Secreto. Se acercaban a ella para detenerla cuando hizo detonar la bomba. Ni siquiera hemos podido calcular aún el número de heridos.

—Maldita sea —repitió Harvath. El Servicio Secreto lo había reclutado cuando pertenecía a los SEAL. Había sido guardaespaldas presidencial—. ¿El presidente estaba allí? ¿Él está bien?

—Estaba en el Ala Oeste. Lo han evacuado al refugio subterráneo. No ha resultado herido. Están decidiendo si debe quedarse donde está o hay que trasladarlo a las instalaciones del COG. —Las siglas en inglés de Gobierno de Continuidad. Ryan se refería a unas instalaciones seguras que se utilizaban como último recurso para alojar al presidente en caso de ataque o emergencia nacional.

—¿Cuánto hace que se ha producido el ataque? —preguntó Harvath.

—Cinco minutos.

Harvath veía ahora en el portátil un vídeo en directo desde Washington. Herman, Farber y Bosch se apiñaban en torno a él.

—*Mein Gott!* —exclamó Herman.

Todos miraron con asombro mientras la cámara mostraba la icónica fachada de la Casa Blanca dañada por la explosión.

—Eso no es todo —añadió Ryan—. Segundos antes de detonar la bomba, ha desplegado un largo estandarte negro.

—Déjeme adivinar. ¿Con una inscripción blanca en árabe?

—Sí. No se detuvo en ningún momento, siguió corriendo.

Harvath respiró hondo.

—¿Han confirmado que ha sido un ataque de ISIS?

—¿Públicamente? No. ¿Internamente? Desde luego.

—¿Creen que está relacionado con nuestro hombre?

—¿Pitchfork? —replicó la subdirectora—. No lo sabemos, pero puede añadirlo a la lista de preguntas que debe hacerle al que lo dirige.

—¿Entonces aún sigue en pie la operación?

—Al cien por cien. Ahora es aún más importante. Hagan todo lo que tengan que hacer. ¿Entendido?

—Entendido —confirmó Harvath, y Lydia Ryan colgó.

Harvath sabía que sería un error grave, quizás incluso fatídico, dejarse llevar por la ira. Aun así, echaba humo.

ISIS había atacado el corazón de Washington y había matado a más americanos.

Habían atacado uno de los mayores símbolos de Estados Unidos. Era un objetivo que codiciaban desde hacía años. Y ahora habían cumplido sus amenazas.

La ira de Harvath se mezclaba con la sorpresa. Su progreso era exponencial. Cada vez eran mejores. Cada ataque era más espectacular que el anterior. Aún no tenía pruebas, pero sabía que los rusos también estaban implicados en este ataque.

Primero Turquía y ahora Washington. Harvath no quería pensar en lo que podría venir a continuación. Razón de más para coger a Sergun y obligarlo a hablar cuanto antes.

Sin embargo, el ataque de Washington hizo que Harvath dudara de su plan. Todas las televisiones en Berlín, en realidad todas las televisiones del mundo, se habían llenado de imágenes de lo ocurrido en la Casa Blanca. Todo el mundo lo sabía.

Eso no significaba que los terroristas del mundo fueran a tomarse la noche libre, pero el secuestro público de un agregado militar ruso en Alemania no pasaría por coincidencia.

Ahora recibiría una cobertura informativa mucho más grande de la que habría recibido siendo un incidente aislado. Los medios de comunicación se alimentaban del miedo. Ya se lo estaba imaginando: «Primero Antalya, luego Washington, ahora Berlín. ¿Cuál será el próximo objetivo político de los terroristas?»

Harvath empezaba a pensar que quizá deberían cancelar todo el plan y limitarse a entrar en el apartamento de Sergun, apoderarse de él en la oscuridad y llevárselo. A la mierda los testigos. Que los rusos pensaran lo que quisieran. Daba igual. Sergun desaparecería.

Harvath lo habló con Herman.

—¿Tú qué opinas?

El alemán se encogió de hombros.

—Es tu misión.

—Eso no es una respuesta.

—Tienes razón.

Harvath esperó, pero su amigo no dijo nada más.

—Si nos lo llevamos de su apartamento, los rusos sospecharán que Alemania tiene algo que ver.

Herman volvió a encogerse de hombros.

—No es problema mío.

Harvath había visto esta actitud en otros lugares de Europa. Veía a muchas personas descontentas con el modo en que se estaban desarrollando los acontecimientos. Y mientras que algunos presionaban para que se produjeran cambios drásticos que enderezaran las cosas, otros se habían rendido, resignándose a la idea de que los mejores tiempos de sus respectivas naciones habían quedado atrás.

Harvath se negaba a pensar así. Mientras uno pudiera luchar, seguía en la lucha, y eso significaba que la lucha no había terminado. Nada era imposible.

Hasta cierto punto, para él era más fácil sentirse así. EE.UU. no era Alemania. Tampoco era Europa. A pesar de los trágicos ataques sufridos por EE.UU., las cosas eran distintas. La cuestión era cuánto tiempo seguirían siendo así.

Tras cada nuevo ataque, se reclamaba mayor seguridad. Lo que acababa de ocurrir en la Casa Blanca iba a conmocionar el corazón de los americanos.

Pero Harvath conocía al presidente Porter. Su instinto no le llevaría a atrincherarse, sobre todo a expensas de las libertades individuales de los ciudadanos. Querría tranquilizar al pueblo estadounidense, aumentar su confianza en sí mismos, e infundir en ellos la sensación de que pese a todo estaban seguros. El Gobierno no era la respuesta, y él no fingiría que lo fuera.

Aun así, el pueblo reclamaría al presidente que hiciera algo. Así era como reaccionaba la gente ante situaciones de pánico. Ha de hacerse algo. Hacer algo era la panacea.

Daba igual que ni la propuesta más drástica hubiera logrado impedir un atentado así, porque muchos seguirían exigiendo que se llevara a cabo. Había que hacer algo, cualquier cosa. Simplemente se trataba de que la gente se sintiera más segura.

Harvath recordó una cita atribuida a Benjamin Franklin: «Los que renunciarían a un poco de libertad a cambio de un poco más de seguridad, no merecen ninguna de las dos cosas y perderán ambas.»

Tal vez el presidente fuera capaz de tranquilizar a su pueblo. Tal vez no. Pero Harvath sabía que, si no llegaban al fondo de los atentados e impedían que ocurriera otro más, el clamor no haría más que aumentar, y que cada vez se exigirían más cosas.

Habían muerto demasiadas personas. Se había perdido ya demasiado. Había que decir basta.

Harvath miró a Herman. La decisión estaba tomada.

41

Viernes noche

Cuando Viktor Sergun entró en su apartamento, lo primero que notó fue que no funcionaban las luces.

«Edificio vetusto de Alemania del Este —se dijo—. Cableado vetusto.» Era ruso. Estaba acostumbrado a que las cosas no funcionaran.

Llegó a la cocina. El cuadro eléctrico se encontraba en la despensa. También la linterna. Había otra en el dormitorio, pero no le apetecía caminar en la oscuridad.

Conocía el apartamento lo bastante bien para moverse por la cocina sin luz. Era como los demás apartamentos baratos en que lo había colocado su Gobierno a lo largo y ancho del mundo.

En realidad, no podía quejarse. Había vivido en sitios mucho peores. Al menos estaba en Europa.

Dejó la chaqueta colgada en el respaldo de la única silla que había junto a la mesa de la cocina y se dirigió a la despensa. Con suerte, sería solo un fusible fundido. Tenía una caja pequeña con repuestos en un estante.

Abrió la puerta de la despensa y *¡pop!*

Sergun oyó el ruido al mismo tiempo que vio la luz roja

de un láser apuntándole al pecho. Eso fue lo último que recordaría antes de que un agudo dolor le recorriera todo el cuerpo.

Aún empuñando la pistola eléctrica, Harvath emergió de la despensa al tiempo que el cuerpo de Sergun se desplomaba en el suelo.

Le dio la vuelta, le sujetó las muñecas con bridas de plástico y tiró con fuerza para apretarlas. Luego hizo lo mismo con los tobillos.

Terminó arrancando un trozo de cinta de embalar del rollo que llevaba en el bolsillo de la chaqueta y se lo pegó en la boca al agregado militar. Alzó la vista y asintió.

Herman empezó a enviar órdenes por radio a sus hombres mientras extendía una bolsa negra de plástico para cadáveres en el pasillo. Le habían hecho pequeños orificios para que Sergun pudiera respirar.

Cuando se agacharon para moverlo, el ruso empezó a forcejear. Harvath indicó a Herman que se apartara y volvió a apretar el gatillo de la pistola eléctrica.

La dolorosa descarga eléctrica recorrió el cuerpo del ruso como una lluvia de añicos de cristal, y se quedó completamente rígido.

A continuación lo levantaron del suelo, Harvath por los hombros y Herman por los pies. Lo sacaron al pasillo y lo colocaron sobre la bolsa, que tenía la cremallera abierta. Harvath lo registró, palpándolo, revisando los bolsillos, el cinto, las costuras de los pantalones, todo. Los agentes de la inteligencia rusa eran célebres por los materiales de escape y evasión que llevaban siempre encima.

Además de su pasaporte, las tarjetas de crédito y un fajo de billetes, Harvath encontró una ganzúa para esposas, una pequeña cuchilla de afeitar y un cordón incrustado de diamantes para cortar ataduras.

Tras quitarle esos objetos, Herman y él lo envolvieron con cinta de embalar. Cuanto menos pudiera moverse, mejor.

Cuando quedó inmovilizado, Herman hizo saber a sus hombres que podían ir a buscarlos. Cerraron la cremallera de la bolsa y esperaron que llamaran a la puerta del apartamento.

Segundos más tarde, oyeron unos suaves golpes. Herman hizo pasar a Bosch y Farber, cada uno agarró un asa de la bolsa y salieron del apartamento, que dejaron cerrado.

Bajaron rápidamente por las escaleras desde el tercer piso hasta la planta baja.

En cuanto salieron a la calle, Adler detuvo delante de la puerta el BMW de Herman y abrió el maletero.

Harvath miró a un lado y otro de la calle. Nadie a la vista. Asintió con la cabeza y dio la orden de ponerse en marcha.

Pasaron entre dos coches aparcados y arrojaron a Sergun al interior del maletero.

Herman lo cerró y subió al asiento trasero del coche con Harvath y Farber. Bosch ocupó el asiento del acompañante y Adler arrancó. Toda la operación no había llevado más de diez minutos.

42

Sábado
Malta

El trayecto de Berlín a Frankfurt duró poco más de una hora, poniendo mucho cuidado en no superar el límite de velocidad. Cuando llegaron al aeropuerto, faltaba poco para el amanecer.

En cualquier aeropuerto, mover antigüedades de contrabando y personas requería toda una red de empleados sobornados, sobre todo en uno tan importante como el de Frankfurt. Eichel los había señalado a todos.

Con la esperanza de lograr la libertad, Eichel había dado los nombres y números de teléfono de todos lo que trabajaban para él en el aeropuerto. Pero tendría que hacer mucho más que delatar a sus compinches, y Harvath se lo explicó. Eichel asintió y luego empezó a hacer llamadas de teléfono.

Había una pequeña entrada con un puesto de control en el extremo noreste del aeropuerto. Cuando llegaron, no había nadie.

Al cabo de unos segundos, los amarillos bolardos de cemento de la calzada descendieron, la verja se abrió y subió la barrera de rayas rojas y blancas.

—Ábrete sésamo —comentó Herman, que conducía. Entraron en el recinto del aeropuerto y se dirigieron a la zona de aviación civil.

En el exterior de un hangar gris sin ventanas, un agente alemán de Aduanas e Inmigración estaba sentado en un Mercedes blanco, esperándolos.

Cuando pararon a su lado, el hombre bajó la ventanilla y Harvath le tendió un sobre. Después de contar el dinero, el agente les deseó un buen vuelo, subió la ventanilla y se alejó con su coche.

—Vale la pena conocer gente —comentó Herman, observando cómo se alejaba el Mercedes—. Nunca había pasado por la seguridad de un aeropuerto tan rápido.

No había sido barato. El agente sobornado por Eichel era corrupto, pero no estúpido. Se aseguraba de recibir una jugosa compensación por el riesgo que corría.

Helen Cartland, la jefa de la CIA en Berlín, se había negado tajantemente a entregar a Harvath el dinero que le pedía. Había tenido que llamarla Lydia Ryan desde Langley y ordenarle personalmente que lo hiciera.

Cuando Cartland fue al antiguo almacén con el dinero, también mostró un recibo a Harvath y le pidió que lo firmara. No quería que le pidieran cuentas de una suma tan elevada.

Harvath meneó la cabeza y firmó.

—¿En serio? —preguntó ella al leer la firma—. *¿Justin Credible?*

Harvath le guiñó un ojo y Bosch la acompañó de vuelta a su coche, mientras los demás preparaban a los prisioneros.

Cuando lo tuvieron todo listo, los metieron en el maletero del BMW. Bosch y Farber iban detrás en el vehículo de Harvath, que devolverían en su nombre.

Dentro del hangar les esperaba un reluciente avión corporativo Bombardier Global 6000 propiedad de la CIA. Herman y sus hombres ayudaron a Harvath a llevar los prisioneros a bordo. Los tres iban con los ojos vendados, capucha y orejeras.

Herman se ofreció a ir con él por seguridad, pero Harvath

rehusó su oferta. El vuelo era corto. Todo iría bien. Se despidieron al pie de la escalinata del avión. Harvath dio las gracias por su ayuda a Herman y sus hombres.

Quince minutos más tarde, tenía un tazón de café caliente en la mano, la potente aeronave circulaba por la pista y el sol empezaba a despuntar.

Harvath se recostó en el asiento y miró por la ventanilla mientras los pilotos ponían rumbo sur en dirección al Mediterráneo.

En circunstancias normales, Harvath habría aprovechado el vuelo para dormir un poco, pero con los prisioneros a bordo no cabía ni pensar en ello. Pasó el rato entregado a la reflexión. Aún había muchas preguntas para las que no tenía respuesta.

En cuanto empezó a enumerarlas, chocaron unas contra otras como coches en un accidente múltiple. Tenía preguntas sobre Salá, Malevsky y Sacha Baseyev. Lo que sabían los rusos. Lo que no sabían. Qué harían a continuación y quién era el responsable.

Tuvo que contenerse para no empezar a interrogar a Sergun allí mismo, en el avión. Pero Lydia Ryan había sido tajante sobre el modo en que debía hacerse. Las instrucciones procedían de su jefe el director McGee. Y Harvath sabía que McGee había dado las órdenes basándose en los deseos del presidente. Tendría que esperar a llegar a Malta.

Mientras observaba el cielo azul oscuro volviéndose naranja, pensó en Lara. Hacía días que no hablaba con ella. Ya estaría de vuelta en Boston. Conociéndola, seguramente había pasado algún tiempo con su familia y luego había vuelto directamente a su oficina, sin preocuparse por el *jet lag*.

Tomó un sorbo de café, mirando las tres figuras encapuchadas que iban al fondo del avión. No podía decir que aquello fuera mejor que estar en Boston con Lara. Por un momento, trató de imaginar cómo sería mudarse a Boston. Su carrera estaba en Washington. Al menos eso se había dicho siempre a sí mismo.

Trabajar en el Carlton Group tenía muchas ventajas. Su jefe era una leyenda en el mundo del espionaje, ganaba mucho dinero y, aunque el viejo no lo había dicho directamente, estaba preparando a Harvath para que ocupara su sitio algún día.

¿Qué significaba eso? Era una pregunta de la que ya conocía la respuesta, pero nunca había pensado en ello en realidad.

Significaba dirigir el negocio. Codearse con políticos. Estrechar la mano a directores de agencias gubernamentales. Conseguir contratos.

Cambiaría el trabajo de campo por el papeleo, las operaciones encubiertas por las salas de conferencias.

Conocía a muchos tipos que lo habían hecho. Hombres que habían cambiado las Fuerzas Especiales por la lista de las 500 mayores empresas. O que habían levantado un negocio propio. A cambio, habían obtenido una apariencia de estabilidad. Liberados del ritmo frenético de los agentes de élite, tenían la oportunidad de disfrutar del sueño americano. Compraban barcos y residencias de verano. Se tomaban largas vacaciones y realizaban excursiones de caza o pesca. Realmente vivían su sueño.

Pero cuando bebían un par de copas, te decían que echaban de menos la acción, que no había nada que se le pudiera comparar, que por mucho que les gustara su nuevo trabajo y estar con la familia, su antigua vida no dejaba de atraerles. Era un picor que no desaparecía rascándose.

También estaba el sentido de tener un propósito en la vida. Ninguno de los agentes que había conocido Harvath lo hacía por dinero. Lo hacían porque creían en la misión encomendada y en los hombres que luchaban a su lado. Era una vocación y, como tal, muy difícil de abandonar.

Harvath tomó otro sorbo de café y volvió a mirar por la ventanilla.

Jamás había pensado que Reed Carlton pudiera apartarlo del trabajo de campo antes de que él estuviera preparado para dejarlo. Era extraño que no se le hubiera ocurrido antes. Cuando el viejo estuviera listo para retirarse, se retiraría. Daría igual dónde creyera Harvath que podía ser más valioso o dónde quisiera estar. Carlton ya habría tomado una decisión.

Lo tendría todo pensado. Habría tenido en cuenta todas las

objeciones que pudiera plantearle Harvath. Le haría una oferta fantástica. Y conociendo a Harvath, también tendría preparada una justificación irrefutable.

El viejo apelaría al sentido del deber y el patriotismo de Harvath. Le explicaría por qué el país necesitaba que abandonara el trabajo de campo para ponerse al timón del Carlton Group. Finalmente, apelaría a su sentido de la lealtad.

Nada de todo aquello sería agradable y, francamente, Harvath no tenía la menor idea de cómo iba a reaccionar. Lo que sí sabía era que, una vez recibiera la oferta, su relación con Carlton cambiaría para siempre. No habría modo de volver atrás. Así funcionaba Carlton. Era increíblemente obstinado y resuelto en lo tocante a los negocios y a lo que creía que servía mejor a las necesidades del país.

O seguías sus consejos, o te aconsejaba que salieras por la puerta. Todo era blanco o negro. No había grises. Pero si bien para el viejo no había grises, para la Agencia sí. De hecho, había verdes... y en más de un sentido.

Harvath recordó su conversación con Helen Cartland en el pub de Berlín. Ella le había preguntado qué clase de tejón verde era él. ¿Independiente o de una corporación?

Trabajando para la CIA, Harvath había conocido a un tipo de agente híbrido. Algo que llamaba SpecTal, una combinación de alguien que a veces era independiente y a veces pertenecía a una corporación.

Para que eso ocurriera, sería necesario que Carlton quisiera que siguiera en la empresa. Si Harvath rechazaba el liderazgo de la compañía, dudaba mucho que pudiera conservar esa opción. El viejo cortaría todos los vínculos. Así era él.

Si Harvath quería seguir haciendo trabajo de campo, seguir el camino de agente independiente podría ser la respuesta. Renunciaría a muchas cosas si abandonaba el Carlton Group, pero ganaría muchas otras.

A la CIA le daría igual que viviera en Boston o en Bangladesh. Solo les importaría que, cuando llamaran, respondiera al teléfono.

Convertirse en agente independiente para la CIA le permitiría seguir haciendo lo que más le gustaba, y desde Boston.

Tendría que renunciar a su casa. Y también existía la posibilidad de que al presidente no le agradara su decisión, pero ¿importaría eso?

No iba a colgar las botas. Simplemente usaría un vestuario distinto. Si el presidente lo quería para algo, siempre podría encontrarlo. Simplemente no estaría viviendo al lado.

Cuanto más pensaba en ello, mejor encajaban las piezas. Por un momento, tuvo que detenerse y preguntarse si eso era realmente lo que quería hacer. ¿De verdad iba a abandonar el Carlton Group?

Estaba cansado. No pensaba con claridad. Era una idea absurda. Y desde luego no era algo en lo que pensar en medio de una operación. Sopesar su futuro no era algo que pudiera permitirse en aquel momento. Tenía que concentrarse en el presente.

Volvió a pensar en todas las preguntas que habían estado amontonándose en su cerebro como en un choque en cadena. Tiró del hilo aquí y allá, tratando de descubrir qué significaba todo aquello.

Iba por la tercera taza de café y no estaba más cerca de hallar respuestas cuando el avión empezó a descender. Harvath miró por la ventanilla.

Sobrevolaban el mar, al sur de Sicilia. Comprobó las ataduras de los prisioneros, regresó a su asiento y se ajustó el cinturón de seguridad.

Se sentía extraño regresando allí. Su última visita se había producido durante una época muy oscura para él. Había permanecido borracho durante días, incluso le había disparado al hombre con el que ahora estaba a punto de reunirse.

Esperaba que todo aquello hubiera quedado atrás. Si Harvath hubiera querido matarlo, lo habría hecho. Solo había sido un disparo de advertencia. Pero había personas muy rencorosas. Sobre todo, personas a las que les habían pegado un tiro.

43

El edificio para interrogatorios se encontraba a una media hora de la ciudad de Valetta. Lo habían construido de modo que pareciera la típica granja maltesa. El corazón de las instalaciones se encontraba bajo tierra, en una serie de túneles y celdas sin ventanas a la que llamaban «el Solárium».

Un hombre llamado Vella dirigía el programa. Era doctor en psiquiatría y neuroquímica, y en el negocio lo consideraban uno de los mejores interrogadores.

Era él a quien Harvath había disparado. Vella y su equipo los estaban esperando cuando el avión aterrizó y siguió rodando hasta el interior del hangar privado.

En cuanto los pilotos apagaron motores e hicieron descender la escalinata, Vella y su equipo subieron a bordo.

—¿El vuelo bien? —preguntó Vella mientras sus hombres se hacían cargo de los prisioneros—. ¿Algún problema?

Harvath negó con la cabeza.

—Bien. Tengo el coche fuera —añadió Vella e indicó a Harvath la salida.

Era unos cinco centímetros más bajo que Harvath, flaco, cabello negro y gafas. No parecía una especie de científico loco, sino un contable.

Harvath recogió su bolsa y lo siguió.

—¿Hambriento? —preguntó cuando subieron al Jaguar plateado.

Sí, Harvath estaba hambriento.

—¿Podemos pillar algo por el camino? Quiero empezar con el interrogatorio lo antes posible.

—No se preocupe. Tenemos tiempo.

Cuando a Harvath le habían dado permiso para transportar a Sergun y los otros dos al Solárium, el viejo había dejado claro que Vella dirigiría el interrogatorio. Harvath debía seguir sus instrucciones.

—¿Desayuno o comida? —preguntó Vella, mientras abandonaban el aeropuerto y enfilaban la carretera principal.

—Comida.

Vella asintió, apretó el botón para abrir el techo corredizo y apretó el acelerador.

Harvath bajó la ventanilla. El sol brillaba con fuerza y fuera hacía calor. Le llegaba el olor del océano. Era agradable estar cerca del mar.

Veinte minutos más tarde enfilaron una pista de tierra. No había casas ni tiendas, nada. Se encontraban en medio de la nada. Harvath se puso alerta, hasta que por fin lo vio.

Era una especie de cabaña en la playa, rodeada por una valla descolorida. En la playa, dos ancianos reparaban una gran red de pesca.

Vella aparcó el coche y le indicó que lo siguiera al interior.

La fachada principal del restaurante daba al océano. Los acompañaron a una pequeña mesa y les ofrecieron sendos menús.

—¿Hay algo que no coma? —preguntó Vella.

—Cerebros e intestinos.

Vella se echó a reír y pidió en maltés por los dos.

—Escuche —dijo Harvath cuando la camarera se fue—. Le debo una disculpa.

—No, no me debe nada —repuso Vella, levantando la mano.

—Le disparé.

—Si hubiera querido darme, ¿lo habría hecho?

Harvath asintió.

—Entonces no me disparó a mí. Disparó cerca de mí. Es diferente. En su caso es una diferencia sutil, pero sigue habiendo diferencia.

—Le pido disculpas.

—Es agua pasada —zanjó Vella—. Hablemos del presente.

—¿Qué quiere saber?

—Cómo quebrantó a Eichel y Malevsky. Y luego qué es exactamente lo que quiere que le sonsaque a Sergun.

—¿Le han enviado mis informes? —preguntó Harvath.

—Lo he leído todo —dijo Vella, asintiendo—. Solo quería saber qué más podía proporcionarme. A veces incluso las cosas pequeñas, cosas que podrían parecen insignificantes, pueden ayudar.

Harvath empezó a hablar, pero se interrumpió cuando la camarera regresó con las bebidas. Cuando volvió a marcharse, prosiguió. Vella no anotó nada. Se limitó a escuchar, interrumpiéndole tan solo cuando quería aclarar algo.

Cuando llegó la comida, Harvath le había contado todo lo que recordaba sobre los tres prisioneros.

La comida fue exquisita. *Carpaccio* de gambas frescas, *aljotta*, que era una sopa de pescado tradicional, y como plato principal, chuletas de ternera con setas.

Cuando Harvath terminó de comer, se sentía aún más cansado que durante el vuelo. Vella pidió café, uno doble para Harvath, y pagó la cuenta.

Cuando acabaron el café, regresaron al coche y continuaron en dirección al Solárium.

A pesar de los conocimientos de árabe de Harvath, los letreros de la carretera le resultaron difíciles de leer. El maltés era una lengua interesante, cuando menos.

Al llegar a la granja, Vella registró los datos de Harvath, le extendió una tarjeta de visitante y lo acompañó a su habitación.

—Empezaré con Malevsky —dijo el interrogador—. Quiero recoger tanta información como sea posible antes de ponerme con Sergun. ¿De acuerdo?

—Su casa. Sus reglas —replicó Harvath.

Vella sonrió.

—Deme dos horas y luego baje.

—Muy bien.

El hombre salió y cerró la puerta. Harvath arrojó su bolsa sobre la cama y empezó a sacar sus cosas. Luego envió un breve SMS a Lydia Ryan para ponerla al corriente de todo, y a continuación tomó una larga ducha caliente.

Después de afeitarse y cambiarse de ropa, puso la alarma de su teléfono y se tumbó en la cama. Al cabo de unos segundos se había dormido.

Una hora más tarde sonó la alarma. Aunque le habría ido bien dormir mucho más, al menos se sentía algo más descansado.

Sacó una botella de agua de la pequeña nevera que había en la habitación, bebió la mitad y se encaminó a las escaleras para bajar. Conocía el camino de la anterior vez que había estado allí.

Era el final de su última misión. Le habían dado una lista de objetivos que abatir. Eran personas que pertenecían a la élite, intocables diseminados por Europa. Eran los responsables de la terrible pandemia que había asolado el planeta.

La última persona de la lista era un sudafricano. Harvath lo había llevado a Malta en persona. El sudafricano trabajaba para las élites. Había contribuido a hacer posible su plan. Había matado a docenas y docenas de inocentes. Era el último eslabón de la cadena y Harvath lo había matado con sus propias manos.

Luego había echado a todo el mundo del Solárium y se había emborrachado. Había continuado borracho durante días. Era la única forma de soportar lo que había visto y lo que había hecho.

Cuando Vella fue a comprobar cómo estaba, le disparó. Treinta y tres horas después, un amigo entró en la celda donde Harvath había acampado y se sentó. Bebieron y charlaron. Permanecieron sentados allí hasta que Harvath estuvo listo para marcharse.

Ciertamente, fue uno de los puntos más bajos de su vida.

Había hecho lo que era preciso hacer, lo que le habían encomendado hacer. Cuando se sintió preparado, volvió a casa.

Lara y él se habían ido a Alaska con los padres y el hijo de ella. Harvath tenía allí unos amigos que disponían de una cabaña de pesca. Era un buen lugar para pasar las cuatro semanas siguientes, un lugar seguro y remoto donde escapar a la infección.

Luego la enfermedad desapareció tan rápidamente como había aparecido, consumiéndose por sí sola.

Todos los países habían sufrido, algunos más que otros. Lo asombroso era la rapidez con que la vida había vuelto a la «normalidad». La naturaleza enviaba un castigo a la humanidad, pero la humanidad parecía hallar siempre el modo de recuperarse.

No obstante, Harvath no se libró de sus demonios interiores. Veía el rostro de los muertos y moribundos. Se sentía responsable, como si él pudiera haber cambiado las cosas. Como si hubiera podido impedir que sucediera.

Pero, basándose en lo que había averiguado y en lo lejos que había tenido que llegar para conseguir respuestas, no podría haber impedido nada. Los engranajes se habían puesto en movimiento, el virus se había liberado antes de que nadie supiera lo que estaba pasando. Los hombres responsables del ataque no enviaron anuncios corteses para atraer la atención sobre lo que se avecinaba. No era culpa de Harvath.

Pero ¿y lo de Anbar? El equipo SAD estaba allí por la información que había recibido de Salá. Estaban tan convencidos de que era auténtica, que habían puesto toda la carne en el asador. Y entonces habían liquidado al equipo SAD y los helicópteros.

Después se había producido el asesinato del secretario de Defensa y sus guardaespaldas, y el ataque suicida a la Casa Blanca. Todo ello conducía desde Salá hasta Sacha Baseyev, y ahora al hombre que ya ocupaba una celda del Solárium, el coronel Viktor Sergun. Era el hombre que tenía las respuestas que quería Harvath.

Teniéndolo en cuenta, seguramente era mejor que Vella se ocupara del interrogatorio. Harvath no habría sido sutil, sino brutal.

La muerte de Valery Kumarin había sido un accidente. Harvath no pretendía matarlo al introducirse en la finca de Malevsky, pero ese había sido el resultado. Tal vez Washington trataba de asegurarse de que no habría más accidentes.

Fuera cual fuera el razonamiento, se había tomado una decisión. Ahora él era un observador. Vella tenía el mando. Sería él quien dirigiera el interrogatorio. Harvath actuaría en consonancia.

Mientras bajaba por la escalera, estaba impaciente por observar el interrogatorio de Viktor Sergun.

44

La Casa Blanca
Washington, D.C.

Habían transcurrido casi veinticuatro horas desde el atentado suicida con bomba. El pórtico norte, que se utilizaba como acceso principal a la Casa Blanca, estaba muy dañado. Se había levantado un andamio para ocultarlo a la vista. Una ondeante bandera estadounidense lo adornaba.

Siguiendo una tendencia tan inquietante como la reticencia del Servicio Secreto a aplicar la máxima fuerza contra los intrusos, el presidente se había negado a ser evacuado.

Al estallar la bomba, el mandatario se encontraba en el Ala Oeste. Su guardia de corps lo había conducido inmediatamente al búnker subterráneo, antes conocido Centro de Operaciones Presidencial de Emergencia. Vieron el caos que producía la bomba gracias a las cadenas de televisión y cable cuyas cámaras acampaban permanentemente en el jardín norte.

Cuando se hizo evidente que se trataba de una terrorista suicida y pasaron varios minutos sin que se produjera un nuevo ataque, Porter quiso abandonar el búnker para atender a los heridos. El Servicio Secreto no tuvo necesidad de detenerlo. Todo su gabinete saltó a la vez para bloquearle la salida.

—Ni hablar —dijo su jefe de Gabinete—. Ni pensarlo.

Cuando el presidente trató de apartarlo, habló el director de Seguridad Nacional:

—Ya sabe cómo funciona esa gente. La primera bomba atrae a todo el mundo. La segunda los liquida a todos.

—Fíjense en las imágenes —insistió Porter, señalando los monitores de televisión—. Los servicios de emergencia ya están ahí. No hay una segunda bomba.

—Eso no lo sabemos —replicó el vicepresidente—. Por favor, Paul, esperemos.

—Es nuestra gente la que está ahí fuera —le espetó él—. No voy a permitir que se diga que el presidente de Estados Unidos se escondía en un búnker como un cobarde cuando necesitaban ayuda.

Fue el turno de la secretaria de Prensa:

—Nadie lo va a decir, señor presidente. Ahora mismo es necesario que usted permanezca a salvo. La nación querrá oírle hablar.

El agente que dirigía su equipo del Servicio Secreto, un hombre llamado Chudwin, llevó aparte al jefe de Gabinete y le instó a evacuar al presidente a las instalaciones del Gobierno de Continuidad en Virginia Occidental.

Porter los vio hablando y metió baza.

—Agente Chudwin —dijo—. No vamos a movernos de aquí y no hay más que hablar. ¿He sido claro?

Chudwin miró al jefe de Gabinete y luego al comandante en jefe.

—Sí, señor.

Lo que al presidente aún le gustaba menos que esconderse en el búnker era abandonar el barco. Zanjada la cuestión, miró a su secretaria de Prensa.

—Quiero dirigirme a la nación.

—¿Cuándo? —preguntó ella.

—Lo antes posible. Solo serán unos breves comentarios para demostrar a todo el mundo que seguimos aquí, y para garantizar al pueblo americano que responderemos a este ataque.

La secretaria de Prensa consultó su reloj.

—Deme veinte minutos para redactarlo.

—Y quiero hacerlo desde el Despacho Oval.

La mujer miró al encargado del Servicio Secreto. Chudwin negó con la cabeza.

—No creo que sea buena idea, señor.

—Tomo nota —replicó Porter, y volvió a mirarla para añadir—: Lo haremos desde el Despacho Oval.

Una hora y media después, cadenas de todo el mundo interrumpieron su programación para emitir el comunicado del presidente.

Porter era un gran orador y supo darle el tono adecuado. Ensalzó al Servicio Secreto por su valor, extendió sus sinceras oraciones a las víctimas y los heridos, así como a amigos y familiares, y luego anunció su férrea determinación de vengar el atentado.

Fueron unas palabras cuidadosamente escogidas. Algunos de sus predecesores habían preferido anunciar que llevarían a los autores ante la justicia. Llevar a los autores ante la justicia era lo que se hacía con los rateros o los ladrones de bancos.

Aquel ataque no había sido un acto delictivo, sino un acto de guerra. Porter no quería a los autores en prisión, sino bajo tierra, si, una vez los encontraran, quedaban trozos suficientes para justificar el uso de un féretro.

Cuando terminó su declaración, el presidente se reunió con el Consejo de Seguridad Nacional en la Sala de Emergencias. Prácticamente habían estado viviendo allí desde el ataque.

Gracias a la red de cámaras de seguridad de Washington, el FBI había podido recoger una importante información. Tenían ya imágenes de la terrorista suicida recorriendo varias manzanas en dirección a la Casa Blanca, aunque el punto de salida no estaba claro.

El recorrido de la mujer se había iniciado en una zona donde no había cámaras. Suponían que había salido de algún edificio o un vehículo.

La zona en cuestión abarcaba dos manzanas y había sido

vallada. Agentes del FBI la estaban peinando metódicamente, lo que significaba que la búsqueda iba muy lenta.

Al FBI le preocupaba especialmente que, si encontraban un coche, una furgoneta o un apartamento que pertenecieran a la suicida, el lugar podría estar lleno de explosivos. Por ello utilizaban robots, perros y otros elementos seguros.

Mientras tanto, habían identificado el estandarte de la terrorista: era la bandera de ISIS, cosa que ya imaginaban.

La gran pregunta ahora era si ISIS había sido solo una inspiración para la terrorista o si actuaba bajo sus órdenes.

En cualquier caso, al presidente Porter se mostró implacable y no hizo distinciones. Mientras ISIS llamara a atacar a Occidente en general y a Estados Unidos en particular, la responsabilidad la tenían ellos.

Pero ¿y los rusos? Harvath había logrado vincular a su confidente asesinado en Bélgica con el GRU. Había descubierto incluso que un agente del GRU había volado de Frankfurt a Antalya alrededor de la fecha del atentado contra el secretario Devon.

Sin embargo, eso no significaba que los rusos hubieran estado involucrados. Para acusarlos de algo tan grave, y más aún para tomar represalias contra ellos, el presidente necesitaba pruebas. Pruebas irrefutables.

Ahora mismo, lo más urgente era responder a ISIS. El ataque a la Casa Blanca había copado las portadas internacionales durante las últimas setenta y dos horas. El teléfono no paraba de sonar. Lo llamaban todos los líderes mundiales.

En el Pentágono se hallaba reunido el Estado Mayor Conjunto. Estaban conectados con el búnker mediante una señal segura de videoconferencia.

Porter se dirigió al jefe del Estado Mayor Conjunto.

—¿Alguna idea sobre una posible respuesta, general?

El general dio unos golpecitos con el lápiz sobre el cuaderno de notas que tenía delante.

—En mi opinión, este ataque estaba planeado antes de que lanzáramos la Operación Iron Fury.

—Estoy de acuerdo.

—Y toda la información que recibimos nos asegura que les dimos lo suyo. Podemos preparar cualquier respuesta que nos pida, señor presidente. Pero necesitamos saber qué es lo que pretende.

—¿Qué quiere decir?

—Quiero decir —contestó el general—, ¿pretende una respuesta proporcionada o desproporcionada?

Era una pregunta justa, sobre la que Porter ya había reflexionado.

—Supongamos que queremos enviar un mensaje igualmente simbólico. ¿Qué se necesitaría para volar la puerta principal del cuartel general del ISIS?

—Bueno, para empezar, primero tendríamos que encontrar su cuartel general.

—¿Y si lo conseguimos? —insistió el presidente.

—Si lo conseguimos, podremos darle la respuesta más increíblemente simbólica que quepa imaginar.

45

Malta

—Lo jodió bien —dijo Vella cuando Harvath se reunió con él en su despacho—. Tiene la rodilla destrozada. Seguramente quedará cojo para el resto de su vida.

Harvath tomó el escáner y lo miró.

—¿También hace exámenes dentales?

—Hacemos un chequeo a todos los que llegan aquí. No queremos que ningún problema médico imprevisto estropee un interrogatorio.

A pesar de algunas de sus repugnantes prácticas, el Solárium era altamente científico. Harvath comprendía la necesidad de hacer chequeos a los prisioneros. No solo contribuía a diagnosticar problemas potenciales, sino que también proporcionaba puntos de referencia, lo que les permitía saber si sus técnicas funcionaban.

—¿Malevsky le ha contado algo útil? —preguntó Harvath.

—Un par de cosas. Contexto, sobre todo, pero creo que podría ser útil. Mientras tanto, necesito una prueba de vida actualizada. ¿Puede pedirle a su contacto que haga unas fotos? —Tras consultar sus notas, añadió—: Quiere una foto de cada niña en la cocina junto a su electrodoméstico favorito.

—¿Qué significa eso?

—Él dice que las niñas lo entenderán.

Harvath sacó el teléfono para enviar un SMS a Alexandra.

—¿Cuál es la contraseña para su wifi?

Vella se la dio, Harvath la introdujo en su móvil y envió el mensaje.

—Se lo haré saber en cuanto me conteste. Bien, ¿qué hay de Sergun?

Vella agarró un mando a distancia y encendió uno de los televisores colgado de la pared. En él se veía a una figura encapuchada con los pies encadenados al suelo y las muñecas esposadas a una guía que discurría por el centro de una mesa de acero inoxidable.

—¿Qué está esperando? —preguntó Harvath.

El interrogador abrió un cajón de su escritorio, sacó lo que parecía un pequeño frasco de pastillas y se lo entregó a Harvath.

—Ábralo.

En cuanto Harvath lo hizo, lo lamentó. Solo le llegó un leve olorcillo de lo que contenía, pero bastó para que sintiera una opresión en el pecho y el pulso se le acelerara. Volvió a tapar el frasco y se lo devolvió a Vella.

—Es horrible.

—Ahora ya sabe a qué huele el miedo.

Harvath sacudió la cabeza para librarse del olor, que se le había quedado pegado a las fosas nasales.

—¿De qué está hablando? ¿Qué es eso?

—Es sintético.

—Pero ¿qué es?

Vella se lo pensó un momento antes de responder.

—Ciertas especies son capaces de excretar sustancias químicas que pueden desencadenar reacciones en otras especies.

—Feromonas —afirmó Harvath.

—Exactamente. Y cuando liberan esas sustancias químicas, influyen en el comportamiento del individuo que las recibe. Hay muchos tipos de feromonas en el mundo animal que alteran el comportamiento y la fisiología. Feromonas de alarma, sexuales, incluso feromonas del miedo.

»Estas últimas son especialmente interesantes, sobre todo en lo referente a los seres humanos, tanto en grupo como individualmente. En esencia, lo que hemos descubierto es que el miedo puede inducirse químicamente. Y que se puede hacer a través del olfato.

Desde luego, aquella gente estaba loca por su trabajo. No dejaban de desarrollar nuevas técnicas de interrogación, formas de quebrantar a las personas y hacer que obedecieran.

—Déjeme adivinar —dijo Harvath—. Ahora mismo la sala de interrogatorios está llenándose de esas feromonas.

—¿Bromea? En ese caso no podría trabajar ahí dentro.

—Pues entonces ¿cómo las está introduciendo?

Vella se acercó al monitor y señaló la capucha que llevaba Sergun.

—¿Ve esta parte de aquí, alrededor de la nariz y la boca?

Harvath miró con atención. La tela le pareció más oscura.

—¿Qué es?

—Es un bolsillo. Hemos colocado trocitos de tela en el interior empapados en la feromona sintética.

—Así que la está respirando.

Vella asintió.

—¿Y de verdad funciona? —preguntó Harvath.

—Ahora lo veremos.

Quince minutos más tarde, Vella subió el volumen del monitor y se disculpó. Harvath se quedó en el despacho para observarlo todo.

Instantes después, oyó a Vella descorriendo el pesado cerrojo de la sala de interrogatorios, y luego el chirrido de los goznes cuando abrió la puerta.

Uno de los guardias cerró y volvió a echar el cerrojo cuando Vella entró.

A Harvath le interesaba ver cómo conducía un interrogatorio aquel experto. Por lo general, era él quien lo hacía. No tenía muchas ocasiones de observar el trabajo de un especialista.

Vella se tomó su tiempo. Se dirigió silenciosamente a la esquina más alejada de la sala, se apoyó en la pared y observó al prisionero.

Al ruso le habían retirado la venda y las orejeras. La única privación que sufría ahora eran las ataduras y la capucha que le cubría la cabeza.

Durante el chequeo médico, le habían colocado sensores adhesivos en diferentes partes del cuerpo. Ahora, aparte de Harvath, en alguna parte del Solárium un técnico estaría siguiendo sus constantes vitales en otro monitor de televisión.

El ritmo cardíaco había aumentado desde que Vella había entrado en la sala. Sergun era muy consciente de su presencia. Pero Vella no hizo nada. Permaneció en el rincón, apoyado en la pared, observando.

Harvath trató de imaginar lo que pasaba ese momento por la mente de Sergun. Seguramente intentaba recordar todo su entrenamiento. Negar, negar, negar y defenderse con acusaciones. Eso era lo que enseñaban a todo buen espía.

Al cabo de cinco minutos, Vella se acercó. Se detuvo junto al ruso, casi pegado a él. Harvath se inclinó hacia delante para averiguar qué estaba haciendo. Entonces Vella le quitó la capucha y retrocedió.

Sergun tenía cincuenta y ocho años y le sobraban sus buenos veinte kilos. Tenía un rostro macilento, redondo y abotargado. Le temblaban los carrillos mientras sus ojos se adaptaban a la luz. Movió la cabeza a izquierda y derecha. Llevaba los grises cabellos rapados al estilo militar.

—Tengo entendido que habla inglés —dijo Vella.

Los ojos de Sergun se posaron en su interrogador. Asintió.

—Bien —prosiguió Vella—. ¿Sabe dónde está?

Sergun negó con la cabeza.

—Tiene muchos nombres. Algunos lo han comparado con el séptimo círculo de Dante, donde sumergen a los violentos en un río abrasador de sangre y fuego. Sin embargo, otros lo han comparado con el Paraíso, un lugar donde sus plegarias por fin reciben respuesta. Donde encuentran la liberación.

El ruso permaneció callado, con el rostro pétreo e impávido. Pero sus ojos sí que hablaban. Harvath lo vio incluso a través de la cámara. Y si él podía verlo, evidentemente Vella también.

—¿Qué le gustaría lograr aquí? —preguntó Vella.

Era una pregunta extraña, más propia de una entrevista de trabajo o un seminario de autoayuda.

Vella volvió a retirarse al rincón de la sala, se apoyó en la pared y esperó. No tenía prisa.

Harvath miró el gráfico de las constantes vitales de Sergun. Su ritmo cardíaco había vuelto a aumentar.

Al final Sergun se animó a hablar.

—¿Qué quiere? —preguntó. Vella sonrió.

—Quiero que pague por sus pecados.

—No he cometido pecados.

La sonrisa del interrogador no vaciló.

—Todos los cometemos, Viktor. Todos debemos expiarlos. Estoy aquí para ayudarle.

—No está aquí para ayudarme —replicó el ruso, cada vez más alterado. Los latidos de su corazón se dispararon y le falló la voz—. Suélteme. Quiero irme.

—Todo el mundo quiere irse.

—¡Suélteme!

Harvath observó cómo aumentaba la angustia del ruso. Veía el blanco de sus ojos, desorbitados por el miedo. La feromona funcionaba.

Vella se apartó de la pared para acercar una silla y se sentó junto al prisionero.

—Tengo entendido que en Rusia se lee a Dante. ¿Recuerda el *Inferno*?

Sergun empezó a temblar.

—¿Qué había en el noveno círculo, Viktor?

—El demonio —susurró él—. Lucifer.

—Eso es. Ahora está con el demonio. Y nadie sabe que está aquí. Nadie va a venir a salvarlo. Puede gritar. Puede chillar. Pero solo le oiré yo.

Vella tomó unas tenazas y ordenó:

—Extienda los dedos.

La mesa de acero inoxidable a la que estaba esposado Sergun era como un potro medieval. La guía del centro era mecánica.

Cuando el ruso se negó a obedecer, Vella apretó un botón que tiró de sus muñecas hacia delante mientras sus tobillos seguían encadenados al suelo.

El ruso empezó a chillar.

Veinte minutos más tarde, el ruso era un hombre quebrantado. Vella alzó la vista hacia la cámara de la sala en un sutil saludo a Harvath.

Luego volvió a fijar la vista en Sergun y dijo:

—Hábleme del GRU, Viktor. Déjeme ayudarle a marcharse. Déjeme ayudarle a volver a casa.

46

Harvath utilizó la pequeña sala segura del Solárium, desde donde se transmitían las informaciones secretas, para enviar un informe completo a Washington. Estuvo varias horas.

Nadie quería creerle. El propio Harvath no quería creerlo. Pero cuando se disipó la sorpresa provocada por las revelaciones de Sergun, empezaron a discutir sobre la respuesta que debían dar.

Debían tomarse decisiones graves. Entre ellas, si Estados Unidos debía declararle la guerra a Rusia. El presidente quería deliberar en privado con sus asesores. Se decidió que volverían a reunirse todos una hora más tarde.

Al salir de la sala de transmisiones cifradas, Harvath vio a Vella y le indicó que se acercara.

—¿Qué tal ha ido? —preguntó el interrogador.

Harvath necesitaba un puñado de aspirinas. Se apretó el puente de la nariz para aliviarse el dolor de cabeza.

—No muy bien —contestó.

Vella había arrancado una asombrosa confesión a Sergun. Los rusos no solo tenían un topo en los servicios de inteligencia americanos, sino que también habían orquestado el ataque contra el equipo SAD en Anbar, el asesinato del secretario de Defensa y el ataque a la Casa Blanca.

Todas aquellas acciones se habían planeado con la intención

de llevar a EE.UU. a una guerra sin cuartel sobre el terreno contra ISIS. Los rusos habían estado jugando al despiste con los medios de comunicación, fingiendo no haberse involucrado plenamente en el conflicto de Siria, cuando lo cierto era que estaban metidos hasta el fondo. Necesitaban que ISIS fuera derrotado, pero no podían hacerlo ellos solos.

Para los rusos, había dos elementos fundamentales en juego. Uno fuera de su territorio y otro doméstico.

La única base naval de que disponían en aguas cálidas se hallaba en la ciudad costera de Tartús, en Siria. Desde ese puerto del Mediterráneo, los rusos podían lanzar su poderío naval a cualquier parte del mundo. Los demás puertos de que disponían se helaban durante buena parte del año, o bien requerían que los navíos rusos atravesaran estrechos controlados por otros países.

Si ISIS se apoderaba de Siria, no había forma de saber qué ocurriría con el tratado que hacía posible la base naval rusa en Tartús y la base aérea situada al norte de allí. A los rusos les interesaba que la situación no variara. Pero, para ello, tenían que concentrar la mayor parte de sus esfuerzos en derrotar a los rebeldes apoyados por la CIA que intentaban derrocar al gobierno sirio. No podían permitirse abrir un segundo frente contra ISIS. Estados Unidos, en cambio, sí podía.

EE.UU. solo necesitaba un empujón lo bastante fuerte. Si se humillaba al país repetidamente ante todo el mundo, no tendría más remedio que actuar. Incluso los ciudadanos recelosos de la guerra acabarían exigiendo que se hiciera algo. Los rusos estaban seguros de eso.

El atentado contra la Casa Blanca era la guinda del pastel. Serviría para que ISIS creara un nuevo y espectacular vídeo de propaganda, pero su auténtico propósito era constituir una afrenta contra el patriótico sentido del honor de los americanos, una provocación que no podía ser ignorada.

La otra razón por la que los rusos querían destruir a ISIS era interna. La mayoría de los no árabes que viajaban a Siria e Irak para unirse a ISIS hablaban ruso.

Llegaban a miles desde países satélites de los rusos como Chechenia, Ingusetia, Daguestán y Abjasia.

Luchando a las órdenes de ISIS, adquirían una amplia y dura experiencia de combate. Aprendían a fabricar artefactos explosivos improvisados, así como bombas nucleares, biológicas y químicas.

Al cabo de un tiempo, muchos volverían a sus inestables regiones de origen. Entrenarían a otros, fomentarían la agitación social y darían origen a revoluciones. Y en cuanto estallara una revolución, otras la seguirían. Los rusos se verían desbordados, incapaces de responder. Era una perspectiva de pesadilla, para la que solo veían una salida: involucrar a Estados Unidos.

Era estúpido, indignante, peligroso, mortífero e, indudablemente, un acto directo de guerra. Durante la videoconferencia cifrada que había mantenido Harvath en la sala segura, nadie lo había discutido. Lo que discutieron fue la respuesta apropiada.

En opinión de Harvath, la única respuesta apropiada era golpear a los rusos con tanta fuerza que jamás volvieran a intentar nada parecido. Pero eso era lo que EE.UU. creía haber hecho una década antes, cuando habían descubierto pequeños misiles nucleares portátiles, ocultos por todo el país. Sin embargo, el mensaje no parecía haber llegado a los rusos, de modo que tendrían que pensar en algo más radical.

Por el momento, el problema era descubrir hasta dónde llegaba el alcance de la conspiración. ¿Se limitaba al GRU únicamente? ¿O había sido una operación aprobada desde lo más alto, desde el interior del Kremlin?

Harvath solo veía un modo de descubrirlo. Y quería ser él quien lo hiciera. Pero antes, quería saber cómo había podido Vella quebrantar a Sergun tan deprisa y de una forma tan completa.

—El sentido del olfato puede acceder directamente a la parte del cerebro que almacena los recuerdos —explicó este—. También puede alterar el estado de ánimo y la conducta, y lo hace sin pedir permiso a la mente consciente.

»En esencia, lo que hemos creado es un caballo de Troya químico. Nos introduce en el cerebro, concretamente en la amígdala, donde se almacenan los recuerdos del miedo y se evalúan las amenazas potenciales. Cortocircuita la parte de la «lucha» del mecanismo de «luchar o huir». Al sujeto solo le preocupa sobrevivir. Se vuelve muy colaborador, maleable.

—¿Por qué le hablaba sobre Dante? —preguntó Harvath.

—Cuando interrogué a Malevsky, mencionó que a Sergun le gustaba alardear de lo culto que era, de los libros que leía. Hablaba mucho sobre Dante, así que lo he utilizado.

—¿Cómo?

Vella sabía que Harvath era muy inteligente. También sabía que la ciencia podía resultar aburrida, de modo que utilizó la analogía más sencilla que se le ocurrió.

—El miedo es como un picahielo —dijo—. Cuanto más profundamente puedo introducirlo, más aguda es la sensación. Si puedo trabajar con imágenes que ya están en la mente del sujeto, me ayuda a acelerar el proceso. Por eso intento obtener tanta información previa como me es posible.

—¿Funcionaría en un desconocido?

—Supongo —dijo Vella—. Pero seguramente se tardaría más.

Harvath le dio las gracias y se dirigió a la escalera. Quería tomar un poco de aire fresco antes de regresar a la sala segura.

Un plan empezaba a tomar forma en su mente, y esperaba que dar un corto paseo por la propiedad le ayudaría a encajar todas las piezas.

47

La Casa Blanca
Washington, D.C.

El presidente Porter esperó a que los demás abandonaran la Sala de Emergencias y luego hizo que acompañaran hasta la sala a Reed Carlton, que aguardaba arriba. El director y la subdirectora de la CIA, McGee y Ryan, fueron los únicos a quienes se pidió que se quedaran.

Cuando estuvieron todos sentados a la mesa de conferencias, el presidente preguntó:

—Y bien, ¿qué opinan?

—Creo que se puede hacer —respondió Carlton en primer lugar—. Harvath ha actuado en Siria en numerosas ocasiones.

—Apoyado por combatientes *peshmerga* kurdos —aclaró Porter.

—Sí, señor. Correcto.

—Así que no actuaba cien por cien solo.

—No, señor.

—La Agencia tiene una red local bastante fiable —ofreció McGee—. Podemos introducirlo en ella.

—¿Qué quiere decir «bastante fiable»? —preguntó el presidente, mirándolo.

—En el caso de Siria, significa que es lo mejor que se puede conseguir.

—Es decir, lo mejor que se puede comprar con dinero.

El director de la CIA asintió.

—¿Se podría introducir a un equipo con él?

—Un tipo blanco —respondió Ryan—, un problema. Muchos tipos blancos, muchos problemas.

—Pero podría hacerse, ¿no?

—Cualquier cosa es posible. Sí, señor.

Porter volvió a mirar a Carlton.

—Obviamente me preocupa, y me sentiría mejor sabiendo que tendrá refuerzos. Pero en última instancia usted decide. Es su hombre.

Carlton apreció la sinceridad del comandante en jefe.

—Gracias, señor presidente. Sin duda, es arriesgado, pero creo que cuanta menos presencia en el país, mejor. Sé que él le diría lo mismo.

—Esto no será como Berlín —dijo Porter, expresando sus temores una última vez—. Estamos hablando de uno de los mejores del GRU. Harvath no tendrá apoyos fiables en Damasco.

—Correcto. No será como Berlín. Pero tendremos algo que no teníamos allí.

—¿El qué?

—Un cebo.

El presidente se reclinó en su butaca para sopesar las opciones. No era una tarea fácil. Su trabajo no venía con manual de instrucciones. No había un índice que lo enviara a la página *Y* cuando se enfrentara a la crisis *X*.

Cuando surgían los problemas, parecía que llegaban todos juntos a la vez, como una granizada, o más bien como un tsunami.

Había reducido su círculo de asesores a las personas que se hallaban con él en la sala en ese momento. No podía confiar en nadie más. Sobre todo tratándose de un asunto tan delicado, y sin haber identificado aún la fuente de las filtraciones, lo que le llevó a preguntar a McGee:

—¿Cómo va a introducir a Harvath en la red de la Agencia en Siria sin que se filtre nada de todo esto?

Era una pregunta acertada, que el director de la CIA ya había previsto.

—Con una pantalla.

—¿Pantalla?

—Haremos circular un memorándum por algunos de nuestros canales internos. Dirá que tenemos razones para creer que numerosas fuentes de información de la CIA en Siria han quedado comprometidas. Hasta nuevo aviso, cualquier informe procedente de una fuente siria se considerará sospechoso.

»Si ese memorándum se filtra a los rusos, tendrán la impresión de que no tenemos las cosas claras en lo que se refiere a Siria. También creará una pantalla de humo para Harvath. Si se informa de que está en Siria, automáticamente el informe se considerará sospechoso.

»Y para hacerles dudar más aún, distribuiremos un segundo memorándum en un círculo aún más reducido y de mayor rango. En él avisaremos de que vamos a enviar especialistas para evaluar todas las fuentes sirias, y que deben mantenerlo en absoluto secreto.

—¿No le molestará a su gente que les mientan así? —preguntó Porter.

—No tanto como me molestará a mí tener que hacerlo. Pero en el juego del espionaje, algunas veces es preciso hacerlo.

Carlton y Ryan asintieron, mostrándose de acuerdo.

—¿Y qué hay de la filtración en sí?

—Aún estamos trabajando en ello. Pero ahora mismo, puede que Harvath acabe siendo nuestra mejor baza para descubrirla.

—Es decir, para conseguir un nombre —puntualizó el presidente.

—Un nombre, una dirección de e-mail, un número de móvil. Me conformaría con saber qué marca de champú usa. Al menos tendríamos algo por donde empezar. Porque ahora mismo, no tenemos nada.

A Porter no le gustó oír eso, pero así estaba la situación.

A las personas que lo rodeaban en ese momento no les pagaban para que le mintieran.

—¿Y qué hay de la segunda parte de la operación de Harvath?

—Obviamente, eso dependerá de si tiene éxito en Damasco —replicó Carlton.

—Basta con decir que, si lo de Damasco sale mal —añadió Ryan—, no nos quedará ninguna opción.

El presidente sopesó estas palabras durante unos instantes. Se hizo el silencio en la sala.

—Entonces —dijo al fin—, será mejor que hagamos cuanto podamos y recemos para que tenga éxito.

48

Amán, Jordania

Introducir a Harvath en Siria fue el primer desafío que hubieron de afrontar McGee y Ryan. En el norte del país había una pista de aterrizaje secreta que el Pentágono había estado utilizando, pero se hallaba a cientos de kilómetros de Damasco.

Sopesaron la posibilidad de llevarlo en avión hasta Irak y que atravesara el desierto, pero eso planteaba muchos problemas, incluyendo la posibilidad de entrar en contacto con gente del ISIS.

La mejor apuesta era que el avión lo dejara en Amán, Jordania, que solo estaba a doscientos kilómetros al sur de Damasco. Solo tendrían que lograr que cruzara la frontera siria.

Un reactor Embraer Legacy 600 blanco con rayas carmesí llevó a Harvath de Malta a Amán en menos de tres horas. A su llegada, un agente encubierto de la CIA llamado Williams lo recibió en el aeropuerto.

Williams era un NOC, un agente que opera sin cobertura diplomática. McGee lo conocía desde hacía décadas y aseguró a Harvath que podía confiar en él.

Williams lo llevó a un pequeño apartamento que la CIA mantenía en secreto. Tras instalar un fondo blanco, tomó una fotografía frontal de Harvath, y luego una de perfil. Le dijo que se sirviera lo que encontrara en la cocina. Volvería por la mañana con un nuevo pasaporte y lo llevaría en su coche hasta la frontera.

El diminuto apartamento era sofocante y seguramente no se había utilizado en bastante tiempo. Harvath abrió un par de ventanas y fue a la compacta cocina. Buscando en los armarios, encontró una botella de *bourbon* Bulleit. No acertaba a comprender cómo Williams había podido hacerse con ella en un lugar como Amán, pero eso era lo que hacía que un NOC fuera un NOC. Tenían muchos recursos.

Harvath se sirvió una copa, cogió unos trozos de pan de pita y un tarro de humus, y volvió a la sala de estar.

El ruido de motocicletas, bocinas de coches y radios iba y venía a través de las ventanas abiertas como una marea. La música era claramente árabe.

Apagó las luces, se sentó en una silla y lo asimiló todo mientras comía.

Se refería a momentos así como de «precompresión». Era una manera de decir que se metía de lleno en el juego, que se concentraba en dónde estaba y lo que tenía que hacer. Era lo contrario de la «descompresión», que ocurría después de completar una misión, cuando intentaba sacársela de la cabeza y dejarla atrás.

Se levantó para servirse otra copa y volvió a sentarse junto a la ventana una hora más para empaparse de todo, sobre todo de las conversaciones en árabe de los transeúntes que pasaban por la calle.

Se encontraba en un mundo totalmente distinto. Personas distintas, motivaciones distintas, papeles distintos. A pesar de todas las veces que lo habían enviado a Oriente Medio, siempre se sentía ajeno a él. No había otra forma de describirlo. Y no había otro lugar en el mundo que fuera igual.

Después de darse una ducha, se tumbó en la cama. Un viejo ventilador de techo giraba lentamente sobre él, moviendo apenas el aire.

Esperaba que el *bourbon* lo ayudara a dormir, pero sus pensamientos derivaron hacia Lara.

—¿Casado? —le había preguntado ella al conocerse—. ¿Hijos?

—No —contestó él.

—¿Divorciado?

—No.

—Lo sabía. El peinado y el traje son una clara señal.

—¿De qué? —Harvath llevaba el pelo corto y un caro traje de Brooks Brothers.

—No te pongas a la defensiva. Boston es una ciudad progresista. Tenemos polis gais en el Cuerpo.

—No soy gay —replicó él, riendo.

—¿Cuál es tu problema entonces? ¿Inmadurez? ¿Síndrome de Peter Pan?

—Simplemente no he conocido a la chica adecuada.

—No deberías buscar a una chica. Deberías buscar a una mujer.

Por supuesto, ella tenía toda la razón.

—Si has llegado hasta este punto de tu vida sin encontrar a la persona adecuada —observó Lara—, el problema no son ellas, eres tú.

Esas palabras le habían cambiado la vida por completo.

Lara le recordó que la mujer perfecta no existía, lo que en aquel momento era casi gracioso viniendo de una mujer tan atractiva como ella. Pero él acabó entendiendo lo que quería decir.

—Aunque no sea perfecta, si quieres a una persona que de verdad te quiera —añadió ella—, no deberías dejarla escapar.

Lara tenía razón. También era una mujer asombrosa. Harvath sabía que jamás volvería a conocer a otra como ella. Y entonces supo por fin lo que iba a hacer cuando terminara aquella misión.

Williams apareció al amanecer con dos cafés de Starbucks y una gran bolsa.

—Lo siento —dijo, tendiéndole un café—. El Dunkin' Donuts de pega aún no estaba abierto.

Harvath sonrió y le quitó la tapa a su café. Hacía tiempo que no visitaba Amán.

—¿Cuál tiene el mejor café?

—No me gusta que se hayan apropiado de una marca americana, pero tienen un café realmente bueno. Y más barato. Los donuts no están mal —dijo Williams.

—¿Qué lleva en la bolsa?

El NOC sonrió.

—Un tipo sofisticado como usted merece un *muffin* —contestó. Metió la mano en la bolsa y le lanzó uno.

—Gracias. ¿Algo más?

William miró dentro de la bolsa como un Santa Claus en una fiesta de empresa.

—No lo sé. Déjeme mirar. ¿Ha pedido un nuevo juego de maletas Louis Vuitton?

—No son de mi estilo.

—Eso pensaba —replicó el hombre de la CIA, sacando un maletín rígido Pelican que depositó sobre la mesa—. Aquí tiene. Entrega especial.

Harvath abrió la tapa y reconoció el logo del interior. El Palafox Solutions Group era una compañía con sede en Gulf Breeze, Florida. La dirigía un SEAL que se había retirado siendo suboficial mayor, había entrado en el sector privado y ahora tenía todo tipo de contratos interesantes. Uno de ellos consistía en fabricar «equipos de competencias» para la CIA.

Los equipos de competencias tenían todo lo que un agente secreto o contraterrorista podía necesitar, y con lo que no podría entrar en un país extranjero.

A veces Harvath solo necesitaba un arma; a veces necesitaba más cosas. No había una única solución que sirviera para todo.

En primer lugar, Harvath sacó una pistola Palafox 9 mm SIG Sauer P226 modificada. Tenía miras verdes TRUGLO de tritio y fibra óptica noche/día que permitían localizar el objetivo rápidamente con independencia de la cantidad de luz. Partes de la corredera se habían rebajado para disminuir el peso del arma. También contribuía a evitar que el cañón se levantara al disparar y a dominar el retroceso.

La pistola se acompañaba de una funda adherente, cargadores y varias cajas de munición TNQ frangible de 9 mm.

También había una Taser X26P negra ultracompacta, una linterna, una brújula y un pequeño botiquín para traumas. Era un equipo de primera clase.

Finalmente, Harvath sacó un imponente cuchillo de Daniel Winkler llamado *Spike*. Era obvio que en Palafox sabían lo que se hacían, porque el cuchillo llevaba una vaina de cuero. El cuero no solo afilaba la hoja cada vez que se desenvainaba, también era silencioso. El Kydex tenía un aspecto genial, pero sonaba mucho.

A continuación, William le entregó un pasaporte y un sobre lleno de papeles: recibos, una tarjeta de embarque usada, un puñado de tarjetas de visita que parecían haber pasado cierto tiempo en una cartera. Todo ello serviría para respaldar su nueva identidad.

Harvath miró el pasaporte y memorizó la información. Era canadiense, de Ottawa. Williams le entregó una serie de artículos que llevaban la firma de su supuesto nombre, en los que se hablaba de zonas de conflicto y crisis humanitarias.

Los artículos se vinculaban con un falso blog que la CIA había creado en un servidor comercial de Canadá. La foto que Williams le había tomado la noche antes era la foto del perfil.

Luego entregó a Harvath una credencial de prensa internacional plastificada con un cordón de la Associated Press. Era lo mejor que había podido obtener la Agencia en tan poco tiempo.

Harvath le echó un vistazo, sabiendo que no necesitaba ser perfecta. Simplemente había de servirle para cruzar la frontera.

Cuando estuvo preparado, siguió a Williams escaleras abajo hasta su coche.

49

El paso fronterizo de Nasib señala la frontera internacional entre Jordania y Siria. Se encuentra justo en la autopista de Amán a Damasco, y desde hacía tiempo era uno de los pasos fronterizos más utilizados entre los dos países. Sin embargo, si bien los jordanos habían logrado mantener el control de su lado, los sirios no habían tenido tanto éxito.

En el lado sirio, el control había cambiado de manos tantas veces durante la guerra civil, que no había forma de saber quién podría estar a cargo al pasar por él, o si «técnicamente» estaría abierto siquiera.

Pero en Jordania, igual que en Siria y en todas partes, con el suficiente dinero se abrían todas las puertas.

Williams lo había dispuesto todo para que un camionero sirio llevara a Harvath hasta Damasco. La Agencia lo había usado en múltiples ocasiones.

—Es fiable. —Eso fue lo mejor que Williams pudo decir sobre él—. No espere que corra ningún riesgo.

Harvath solo esperaba llegar a Damasco.

Williams se desvió hacia una pequeña gasolinera y cafetería, a un lado de la carretera, a pocos kilómetros de la frontera. Tenía algo más que darle a Harvath.

Tendió un brazo hacia atrás para agarrar una cámara en una funda de nailon gris y se la entregó.

—La cámara es para reforzar su tapadera, pero las fotos que pueda hacer serán bienvenidas en la Agencia.

—De acuerdo.

—Hay dos sobres en el compartimento externo. Todos los guardias fronterizos saben cuál es el precio normal por permitir el paso. Un sobre es para los jordanos, el otro para los sirios.

—¿Y el resto del dinero?

—Dentro de la correa —dijo Williams.

Harvath palpó el relleno. Habían hecho un buen trabajo colocando los billetes entre las delgadas piezas de espuma del relleno.

—Llévelo consigo en la cabina del camión —prosiguió Williams—. Y también la mochila. La pistola y todo lo demás irán atrás, en un compartimento secreto.

Harvath ya lo suponía. Por eso se había hecho ya con el cuchillo e iba a llevarlo encima. Si lo pillaban, bueno, qué remedio. Por su cultura, para los jordanos y sirios, llevar un cuchillo no era gran cosa. Una pistola o una Taser, en cambio, sí lo era.

—Si quiere ir al servicio —dijo Williams, poniendo punto muerto y apagando el motor—, ahora sería un buen momento.

Harvath asintió y lo siguió al interior de la gasolinera. Mientras Williams iba en busca de su contacto, Harvath utilizó los servicios.

Sacó la cámara de la bolsa y comprobó que la batería estaba cargada y que llevaba una tarjeta de memoria. Tras ver que todo estaba en orden, salió del servicio, compró una botella de agua en el mostrador y volvió al aparcamiento.

Williams estaba charlando con un sirio fornido que llevaba una camiseta verde manchada de sudor, pantalones grises de poliéster y sandalias marrones. Cuando vio a Harvath, le hizo señas de que se acercara.

—Yusuf, este es Russ. Russ, este es Yusuf.

Los dos hombres se estrecharon la mano y Williams charló un poco más con Yusuf en árabe.

Cuando terminó, Williams miró a Harvath y dijo:

—Mucha suerte con su artículo. No se olvide de hacer muchas fotos.

—Descuide. ¿Qué hay del resto de mi equipo?

—Ya está todo arreglado —replicó Williams. Luego atrajo a Harvath hacia sí para darle un abrazo y añadir en voz baja—: Falso compartimento sobre las últimas ruedas. Lado del acompañante.

—De acuerdo —dijo Harvath. Williams se apartó y le indicó el camión con un gesto de la mano.

—¿Listo? —preguntó Yusuf.

Tenía los dientes amarillentos y unos grandes ojos saltones. Los desplazaba de un lado a otro, estudiando continuamente su entorno.

—Listo —respondió Harvath.

Subieron a la cabina del camión, que apestaba a tabaco. El cenicero estaba a rebosar de colillas. Varios collares de cuentas colgaban del retrovisor.

La mochila de Harvath ya estaba colocada detrás de su asiento. La bolsa gris con la cámara la dejó a sus pies.

Yusuf puso en marcha el camión y abandonaron el aparcamiento. Luego encendió un cigarrillo y señaló al cielo por la ventanilla.

—Buen día para conducir.

—Sí —dijo Harvath, asintiendo—. Buen día. ¿Dónde aprendió inglés?

—En la universidad. En Alepo.

—¿Qué estudió?

Con el cigarrillo colgando de los labios, Yusuf cambió de carril y contestó:

—Ingeniería de Transporte. Ahora conduzco camión.

—¿Tiene familia?

El hombre asintió.

—Por eso conduzco camión.

—Algún día acabará la lucha.

—*Insha'Allah.*

—*Insha'Allah* —repitió Harvath.

—*Hal tatakallamu alloghah alarabiah?* ¿Habla árabe?

—*Qualeelan*. Solo un poco.

Yusuf sonrió y le dio una calada al cigarrillo.

—¿A qué va a Siria?

Harvath sacó su credencial de prensa de debajo de la camisa y se la mostró.

—Soy periodista.

Los dos sabían que no era cierto.

—¿Por qué Siria? —insistió el camionero.

—Busco a unas personas.

—¿Malas personas?

Harvath asintió.

—En Siria hay muchas de esas —replicó Yusuf. Se sacó el cigarrillo de la boca y se quitó un trocito de tabaco de la lengua.

—¿Y usted, Yusuf? ¿Es usted un mal hombre o un buen hombre?

Yusuf reflexionó un momento antes de mostrar sus dientes amarillentos en una sonrisa.

—Depende del día.

A Harvath le cayó bien y le sonrió.

—¿Cuántos son en la familia?

La sonrisa de Yusuf se desvaneció cuando divisó el control fronterizo jordano un poco más adelante.

—Hablamos después de cruzar —dijo.

Harvath asintió.

—¿Tiene el dinero?

Harvath volvió a asentir.

—Deme a mí.

Harvath abrió el compartimento lateral de la bolsa de la cámara, sacó el primer sobre y se lo entregó.

—No hable —le advirtió Yusuf—. Nada de árabe. Nada de *Insha'Allah*.

Harvath comprendió. Mejor sería que guardara silencio. Que hablara Yusuf. Para eso le pagaban.

Al llegar al puesto, los rodearon cuatro soldados jordanos

de aspecto severo. Yusuf les mostró su amarillenta sonrisa de oreja a oreja.

Hablaron solo unos instantes. Luego Yusuf pasó discretamente el sobre por la ventanilla.

Tras echar un vistazo al interior del sobre, el soldado de mayor rango se lo metió en la guerrera, sonrió y les indicó con la mano que pasaran.

Yusuf puso primera y aceleró.

Cuando dejaron atrás el puesto militar, Harvath miró por el retrovisor de su lado.

—Ha sido fácil —comentó.

Yusuf aplastó su cigarrillo en el cenicero y rápidamente encendió otro.

—Jordania siempre es fácil —dijo—. Ahora viene lo difícil. Ahora viene Siria.

50

Amplios y verdes campos intercalados con concertinas y largos muros de bloques de cemento creaban una tierra de nadie que separaba Jordania de Siria. Harvath divisó el siguiente control fronterizo.

—Dinero —dijo Yusuf, extendiendo la mano.

Harvath sacó el segundo sobre y se lo entregó.

—Gracias. No hable. ¿De acuerdo?

Harvath asintió. Yusuf aminoró la velocidad al acercarse al control.

Las cosas tenían un aspecto muy distinto al del lado jordano. Todos los edificios mostraban huellas de la guerra, todos estaban salpicados de marcas de bala. Muchos habían sido pasto del fuego o las explosiones. Indudablemente entraban en una zona de guerra.

Ocho hombres armados se apiñaron en torno al camión, que se detuvo bajo un gran tejadillo de cemento. Yusuf volvió a sonreír.

Los hombres iban sin afeitar, con los uniformes sucios y arrugados. Sujetaban los Kalashnikovs con el dedo en el gatillo. Eran descuidados, indisciplinados. El control era como un barril de pólvora esperando que cayera una chispa. Harvath empezó a sentir un mal presentimiento.

Su árabe era bueno, pero no tanto como para entender el

veloz diálogo que se había entablado. Desde luego, las cosas no iban tan bien como en el otro lado.

Finalmente, Yusuf asintió y puso primera. Harvath no había visto que el dinero cambiara de manos.

—¿Qué pasa? —preguntó.

—Quieren que pare un poco más adelante para registrar camión.

«Maldita sea», pensó Harvath. Sabía que cabía esa posibilidad, pero esperaba que no ocurriera.

Cuando el camión se detuvo a un lado, los guardias lo rodearon. A Yusuf le dijeron que apagara el motor y bajara. Abrieron la puerta de un tirón y ordenaron a Harvath que también bajara.

Un hombre con un aliento fétido se acercó a Harvath y exigió ver su pasaporte. Este levantó la credencial de prensa plastificada que colgaba de su cuello. El guardia la apartó de un manotazo y repitió en inglés, con un marcado acento:

—Pasaporte. Pasaporte.

Lentamente, Harvath sacó su pasaporte canadiense.

El hombre se lo arrebató y dio un paso atrás. Miró la foto y a Harvath varias veces. Uno de sus compañeros se acercó y se paró junto a él. Al hombre parecía preocuparle alguna cosa. Dirigió la atención de su colega a la foto y luego a Harvath. Después se dio un tirón en el pelo.

«Mierda —pensó Harvath—. Esto no es nada bueno.» Al tipo no le gustaba que la foto fuera tan reciente.

—Periodista —volvió a decir Harvath, tratando de calmar los ánimos—. ¿Foto? —preguntó, haciendo el gesto de usar una cámara. Se dio la vuelta y alargó el brazo hacia el interior de la cabina para agarrar la cámara.

A los dos guardias no les gustó su súbito movimiento.

—¡Oh, oh! —gritaron al unísono, y le apuntaron con sus armas.

Harvath alzó las manos, mostrando las palmas.

—¿No foto? Bien. No problema. Periodista —repitió, señalándose a sí mismo y la credencial plastificada—. Periodista.

Fueran quienes fueran, aquellos hombres no habían recibido un buen entrenamiento. Alargar la mano hacia la bolsa de la cámara había sido un movimiento inteligente. Con ello había logrado que se acercaran más.

Los tenía tan cerca que podría haberlos desarmado a ambos y disparar al resto antes de que pudieran reaccionar.

Miró a su izquierda y vio que Yusuf había apartado al jefe. Estaban a un lado discutiendo de algo. Seguramente de dinero.

Todos en Oriente Medio daban por sentado que los occidentales eran ricos. Y, en realidad, para ellos lo eran, lo que los convertía en un excelente objetivo para el secuestro y el chantaje.

Si por alguna razón el dinero del segundo sobre resultaba insuficiente, Harvath tenía más en la correa de la funda de la cámara. Pero se suponía que ese dinero debía servirle para el resto de la misión. Si se presentaba en Damasco sin dinero, tendría serios problemas.

Harvath observó su lenguaje corporal. La conversación de Yusuf con el jefe no parecía ir bien.

Cuando el jefe se dio la vuelta para alejarse, Yusuf le sujetó el brazo. En el acto, el jefe se volvió y lo golpeó, tan fuerte que lo dejó sin sentido. Yusuf cayó al suelo y su cabeza se impactó contra el pavimento.

Harvath hizo ademán de ir a ayudarlo, pero los dos guardias lo sujetaron por los brazos y lo retuvieron.

La situación no había hecho más que empeorar. Entonces el jefe se acercó.

Harvath vio claramente que era el macho alfa de aquella manada. Tenía ojos negros y fríos. Su rostro moreno y curtido mostraba tantas cicatrices que parecía un mapa de carreteras. Lucía un poblado bigote, tan negro que por fuerza era teñido.

Los hombres que tenían el pasaporte de Harvath se lo entregaron a su jefe. Este comentó en árabe el aspecto de Harvath en la foto y examinó detenidamente la foto y a Harvath. Luego hizo lo mismo con la credencial de prensa.

Mientras tanto, Harvath seguía sopesando la situación. Llevaba encima el cuchillo Winkler, metido en el cinturón, a la espalda. Los hombres que lo sujetaban no eran profesionales. Podría desasirse fácilmente, agarrar al jefe y ponerle el cuchillo en la garganta. Entonces las tornas cambiarían. Pero existían muchas posibilidades de que alguno de aquellos novatos indisciplinados, por exceso de celo, cometiera alguna tontería.

Qué no habría dado Harvath en aquel momento por tener un francotirador en el lado jordano, cubriéndole las espaldas.

El jefe alzó la vista del pasaporte y miró a Harvath a los ojos. Era obvio que había algo que no le gustaba. Desde luego, el sentimiento era mutuo.

Harvath bajó los ojos para mirar a Yusuf, que seguía tirado en el suelo, sin conocimiento. Sintió deseos de derribar al jefe y volvió a mirarlo. El jefe le sostuvo la mirada unos segundos más y, sin apartar la vista, ordenó a sus hombres en árabe que abrieran el remolque del camión.

Todos se dispersaron, excepto los dos que sujetaban a Harvath. Abrieron las puertas del remolque de par en par y se encaramaron al interior. Cuando uno asomó la cabeza para informar de lo que habían encontrado, el jefe les gritó que lo vaciaran.

En lugar de viajar de vuelta a Siria con el camión vacío, Yusuf había comprado mercancía, esperando obtener beneficios vendiéndola en Damasco. Había cajas de aguas, sacos de harina y arroz, pilas, papel higiénico, jabón y champú; lujos por los que ciudadanos de un país desgarrado por la guerra habrían pagado un buen precio. Ahora se lo estaban quitando todo. Yusuf contaba con perder parte de la mercancía, era el coste de hacer negocios. Todo el mundo sacaba tajada. Pero no esperaba perderlo todo.

Mientras los hombres descargaban el camión, la presión arterial de Harvath no hacía más que aumentar. Una esquina del sobre blanco que le había entregado Yusuf asomaba bajo la guerrera del jefe. El hombre lo había aceptado, pero quería más, el muy avaricioso.

Harvath estaba cabreado. Quería partirle el cuello a aquel tipo. Odiaba a los hombres como él, hombres que se aprovechaban de los débiles. Sin embargo, no podía hacer nada al respecto. Tenía que aguantarse y tragar.

Cuando el camión quedó vacío, el jefe ordenó que registraran la cabina. Los buitres aún no habían terminado. Pero justo cuando se encaramaban a la cabina, otros dos camiones se acercaron desde el lado sirio.

Los hombres se detuvieron y miraron a su jefe. Este observó los camiones. Se notaba que iban cargados, lo que significaba que llevaban mercancías al lado jordano. También llevarían dinero para que les permitieran pasar. Para los guardias iba a ser un buen día.

El jefe le devolvió el pasaporte a Harvath, pero lo retuvo un segundo más de lo debido al tiempo que le clavaba su mirada glacial.

Finalmente, soltó el pasaporte y con un gesto indicó a sus hombres que lo liberaran. Luego dieron media vuelta y se dirigieron al puesto de control para desplumar a sus siguientes víctimas.

Harvath se metió el pasaporte en el bolsillo y se acercó a Yusuf, que lentamente recobraba el conocimiento.

—¿Está bien? —le preguntó, ayudándolo a ponerse en pie.

El sirio asintió, pero se tambaleaba y Harvath tuvo que sostenerlo. Lo ayudó a volver a la cabina del camión y a sentarse en el asiento del acompañante.

—¿Qué hace? —preguntó Yusuf.

—No se preocupe. Necesita descansar.

—¿Puede conducir camión?

—*Insha'Allah* —replicó Harvath, y cerró su puerta.

51

El paisaje era desolador. Árboles escuálidos y enfermos salpicaban el pardo terreno pedregoso. No había más vida que alguna que otra cabra atada junto a viviendas ruinosas de adobe. La autopista de cuatro carriles por la que circulaban estaba llena de baches; había conocido tiempos mejores.

Cuando Harvath consideró que se hallaba a suficiente distancia del control fronterizo, paró en la cuneta.

—¿Qué hace? —preguntó Yusuf.

—Quiero examinarlo. Asegurarme de que está bien.

—Estoy bien.

—De todas formas...

—No —insistió el sirio. Abrió su puerta y se apeó.

Harvath hizo lo propio.

Yusuf se dirigió a la parte posterior del camión y abrió las puertas. Ya sabía que se lo habían quitado todo, pero necesitaba verlo por sí mismo.

Estuvo allí un buen rato, contemplando la caja vacía. Bajo su ojo derecho empezaba a formarse un gran moretón oscuro. Harvath permaneció a su lado, sin decir nada.

—Ahora no tengo nada —dijo Yusuf.

—Recuperará el dinero.

El hombre negó con la cabeza.

—Esta era mi última oportunidad.

—¿Qué quiere decir?

—No tengo más dinero. Usé todo lo que teníamos para comprar productos en Jordania. Ahora no tengo nada.

—Ya se le ocurrirá algo.

—No creo —replicó Yusuf—. Debo mucho dinero a muchas personas.

Sacó un paquete de cigarrillos, encendió uno y paseó la mirada por los campos.

—Siria —dijo, meneando la cabeza.

Harvath se sentía fatal, pero no podía hacer nada por él. Le dejó tranquilo un rato más, y luego lo ayudó a cerrar las puertas del camión.

—Conduciré yo —dijo Yusuf.

—¿Seguro que está bien?

El sirio intentó sonreír.

—*Insha'Allah*.

Antes de volver a subir a la cabina, Harvath le pidió que abriera el compartimento secreto donde iba oculta la pistola con todo lo demás.

Después de cargarlo todo en su mochila, subieron al camión y reanudaron la marcha.

Yusuf no tenía muchas ganas de hablar. Harvath lo entendía perfectamente y guardó silencio, que no duró mucho. Diez minutos más tarde, Yusuf habló.

—Antes de la frontera, ha preguntado por mi familia.

Harvath, que iba mirando por la ventanilla, se volvió hacia él.

—Tengo esposa —explicó Yusuf—. Un hijo y dos hijas.

Yusuf bajó su visera, sacó una foto del bolsillo y se la tendió.

Harvath miró a la familia de Yusuf. Eran más bien rollizos, como él, y sonreían de oreja a oreja. La foto se había tomado cerca del mar. Parecían felices.

—Son muy guapos —afirmó—. ¿Qué edad tienen sus hijos?

—El chico tiene nueve y las chicas once y trece.

Harvath le devolvió la foto.

—Seguro que está muy orgulloso de ellos.

Yusuf miró la foto y sonrió brevemente. Era obvio que seguía muy alterado por el robo de su mercancía.

—Ya se le ocurrirá algo —repitió Harvath—. No se rinda.

—Usted no lo entiende —dijo Yusuf, meneando la cabeza.

—¿El qué?

—Da igual. Hábleme de Ottawa.

Harvath rio de buena gana.

—Es la capital de Canadá. Ahora hablemos de su situación.

Yusuf sacó otro cigarrillo, se lo puso entre los labios y echó mano al encendedor.

—El dinero perdido hoy lo necesitaba de verdad.

—Eso es lo mejor del dinero, siempre se puede encontrar la manera de recuperarlo.

El sirio le dio una larga calada al cigarrillo y retuvo el humo en los pulmones antes de expulsarlo hacia la ventanilla parcialmente abierta.

—Tengo cáncer de pulmón.

Harvath le compadeció. La vida en Siria ya era bastante dura sin el cáncer.

—Lo lamento, Yusuf. ¿Cuál es el pronóstico?

—Sin tratamiento no se puede saber. Seis meses tal vez.

—¿Para eso era el dinero?

El sirio asintió y dio otra calada.

—¿Sabe?, quizá debería dejar el tabaco.

Yusuf exhaló otra nube de humo por la ventanilla.

—¿Ahora qué más da?

Seguramente el hombre tenía razón, pero a Harvath no le pareció sensato.

—Hábleme de su esposa. ¿Qué hace?

El rostro de Yusuf se animó con una sonrisa fugaz.

—Antes tenía una tienda de ropa.

—¿Y ahora?

—Tienda ha desaparecido. Como todo en Alepo. Llevé a mi familia a Damasco para buscar trabajo. Mi esposa aún sigue buscando.

Harvath no era un sentimental, pero aquel tipo le estaba partiendo el corazón. Aunque él se ganaba la vida apretando el gatillo, detestaba la guerra. La aborrecía.

Durante los últimos veinte minutos del trayecto, Yusuf desvió la conversación a Ottawa. Harvath sabía poca cosa de la ciudad, así que el resto tuvo que inventárselo. No le hizo gracia mentir a Yusuf, pero tampoco se daría cuenta.

A medida que se acercaban a Damasco, todo se volvió más verde y próspero. Sin duda, se hallaban en la sede del poder sirio. O mejor dicho, en la sede del poder que no era ISIS.

Pasaron por delante de un bonito edificio nuevo que parecía una escuela, y Yusuf soltó un bufido despectivo.

—Iraníes.

—¿Son los dueños de esa escuela?

—Es una madrasa —informó Yusuf—. Las han construido por toda la ciudad.

—¿Para qué? ¿Tantos iraníes hay?

Yusuf meneó la cabeza. Se detuvieron en un semáforo.

—Los iraníes vinieron a ayudar al régimen. Quieren convertir a todo el mundo al chiísmo. Construyen madrasas y mezquitas, compran inmuebles y traen a otros chiíes a vivir aquí. Por eso el gobierno sirio pidió ayuda a los rusos. No les importa la religión. Solo les interesa el poder.

El hombre no se imaginaba lo acertado de sus afirmaciones.

Cuando entraron en la ciudad, el paisaje se volvió más bello aún. Había árboles sanos y robustos por todas partes. La hierba cubría las medianas y las palmeras flanqueaban las aceras. Había tiestos rebosantes de flores.

Había altos edificios de apartamentos, cafés, tiendas y taxis. Había coches por todas partes, así como bicicletas y gente a pie.

A Harvath le recordó un poco a Washington. Por muy mal que estuvieran las cosas en el resto del país, Damasco había logrado seguir adelante como si no pasara nada. Era asombroso.

Sin embargo, Harvath sabía que los barrios controlados por los rebeldes a las afueras de la ciudad, como Douma en el noreste, tenían un aspecto muy distinto. El régimen los bombardeaba con frecuencia y tenían el aspecto de Berlín en 1945.

—No esperaba esto, ¿verdad? —dijo Yusuf, que reparó en que Harvath lo devoraba todo con la vista.

—No.

—¿Había estado antes en Damasco?

Harvath negó con la cabeza.

—He estado en otras zonas de Siria, pero en Damasco no.

—¿Buscando malas personas?

—Ajá.

Yusuf giró en una esquina.

—Nos acercamos. ¿Dónde quiere que lo deje?

Williams había entregado a Harvath un móvil sirio de prepago. Lo encendió y mandó un mensaje con el número que le habían dado.

—Pare aquí —pidió, indicando una zona lo bastante amplia para el camión.

Mientras Harvath aguardaba respuesta a su mensaje, Yusuf aparcó el camión. Segundos después, sonó el tono de un mensaje en el móvil.

—¿Dónde estamos? —preguntó a Yusuf tras leerlo.

El sirio se lo dijo y Harvath respondió con otro mensaje.

—¿Tiene planeado otro viaje? —preguntó Harvath.

—¿Por qué? ¿Necesita que lo lleven?

—Puede. ¿Tiene acceso a otra clase de vehículos?

—Sí —respondió Yusuf—. Pero se suponía que este era mi último viaje.

—¿Por el tratamiento?

El hombre asintió.

—¿Cómo puedo ponerme en contacto si lo necesito?

Yusuf le dio su número de móvil.

—Gracias —dijo Harvath, y alargó el brazo hacia atrás para recoger su mochila.

—¿Está seguro de bajarse aquí? No es un buen barrio.

—No pasará nada —le aseguró Harvath con una sonrisa—. Sé lo que me hago. Soy periodista.

El sirio rio.

—Es usted un buen hombre —añadió Harvath, tendiéndole la mano.

—Depende del día —replicó Yusuf, ofreciéndole la suya.

Con la mochila y la bolsa de la cámara en la mano, Harvath abrió la puerta y se apeó. Se colgó la mochila del hombro y sonrió una vez más a Yusuf con la mano en la puerta.

—Mantenga el móvil encendido —dijo.

Luego cerró la puerta, dio media vuelta y se adentró en el bullicioso barrio.

52

Washington, D.C.

El senador Wells salió de peluquería y maquillaje para volver a la sala de espera del programa *Meet the Press*, y se sirvió una Coca-Cola Diet. Conocía a la mayoría del resto de invitados y charló con ellos brevemente sobre lo que iban a tratar.

La semana anterior, los programas dominicales no habían hecho más que hablar sobre el ataque a personal estadounidense en Anbar y el espantoso vídeo de la violación de las empleadas de la embajada. Esta semana solo se hablaba del asesinato del secretario de Defensa y de la terrorista suicida en la Casa Blanca.

Con el rabillo del ojo, Wells reparó en que su ayudante hablaba en privado con uno de los nuevos productores del programa. Antes había trabajado en *NBC News* en Nueva York. Rebecca no había perdido el tiempo y ya se había dado a conocer. Wells detectó la tensión sexual que desprendía desde el otro lado de la sala. Aquella mujer era una fuerza de la naturaleza. En unos segundos tenía a cualquier hombre comiendo de la palma de su mano.

Una joven asistente de producción interrumpió sus pensamientos. Se acercó para avisar que faltaban cinco minutos y luego subió el volumen en los monitores para que todos pudieran seguir el programa.

—Tiene un aspecto estupendo —dijo Rebecca cuando el productor se fue y ella se acercó al senador—. Muy presidencial.

—¿Ha hecho un nuevo amigo?

—Está casado, así que ya veremos —contestó ella con una sonrisa recatada.

—No quiero saberlo —dijo Wells, alzando las manos.

—Ya, claro —susurró ella, inclinándose para quitarle una pelusa del traje. Incluso en una sala llena de gente, se mostraba incorregible—. Van a empezar con usted. Será el primero en el bloque A.

»Obviamente, quieren hablar sobre el secretario Devon y lo que ocurrió en la Casa Blanca. También quieren discutir sobre lo que pasó en Anbar y sobre el artículo de esta mañana en el *Washington Post* sobre la posibilidad de que el presidente Porter haya emprendido una operación secreta desde el Despacho Oval.

El día anterior, Lilliana Grace había informado al senador sobre ese artículo. Bajo el titular «América atacada», el *Post* publicaba extensos reportajes sobre el asesinato de Devon y la suicida de la Casa Blanca.

También se hacía un seguimiento del atentado de Anbar y se relacionaba todo con el artículo de Grace sobre la supuesta operación encubierta del presidente.

La periodista había dedicado los dos últimos días a seguir todas las pistas de que disponía. Había hablado con miembros de la Banda de los Ocho, el estrechísimo círculo de congresistas y miembros del Comité de Inteligencia a quienes el presidente estaba obligado a informar. Todos confirmaron que les habían informado sobre Anbar.

De manera extraoficial, Grace había logrado verificar buena parte de lo que le había contado Wells, lo suficiente para redactar un impactante artículo.

En rápida sucesión, Grace explicaba la importancia de la Ley de Seguridad Nacional de 1947, la Enmienda Hughes-Ryan de 1974, la Ley de Supervisión de los Servicios de Inteligencia de 1980 y la Ley de Competencias de los Servicios de Inteligencia de 1991, y sus efectos en las relaciones entre el Congreso, el Despacho Oval y los propios servicios de inteligencia.

En lugar de utilizar un árido lenguaje político o legalista, había logrado dar un toque intrigante a su artículo, como salido de una película de espías llena de acciones arriesgadas y espectaculares. Era una periodista con mucho talento. La entrevista iba a ser fantástica.

—Ya ha estado con Alan Gottlieb muchas veces —recordó Rebecca al senador—. Es un gran presentador, pero no es su amigo. ¿De acuerdo?

—Llevo haciendo esto desde antes de que usted naciera, Rebecca. Sé cómo manejar a la prensa.

Ella iba a responder cuando un hombre con cascos y una camiseta de *Star Wars* entró en la sala de espera.

—¿El senador Wells? —preguntó.

—Aquí —dijo Rebecca, haciéndole señas.

—Hola, senador. Soy Abe, de audio. Solo quiero ponerle el micrófono, si es posible.

—Claro, Abe de audio. Lo que necesite —respondió Wells.

En cuanto el técnico colocó el micrófono en la solapa del senador y el transmisor sujeto a su cintura, le pidió que contara hasta diez.

Wells así lo hizo y Abe dio el visto bueno alzando los pulgares.

—¿No necesito pinganillo? —preguntó el senador, señalándose la oreja.

Abe consultó a la sala de control y recibió la respuesta a través de los cascos.

—No, señor. No habrá vídeos que tenga que oír. Hablará directamente con Alan en el plató. ¿Preparado?

—Preparado.

—Suerte —dijo Rebecca cuando Abe condujo al senador fuera de la sala de espera y lo llevó por el pasillo hasta el estudio.

En el plató intensamente iluminado, Alan Gottlieb, un encantador periodista veterano con un peinado de cien dólares y un traje de mil quinientos, repasaba su monólogo inicial.

Abe de audio acompañó al senador a su asiento. Un asistente de producción llevó una taza de agua con el logo del programa y la colocó delante del senador.

Gottlieb alargó el brazo y estrechó la mano a Wells.

—Me alegro de volver a verlo, senador. Gracias por acompañarnos esta mañana.

—Treinta segundos —anunció el regidor.

Todos los del equipo ocuparon su lugar, se ajustaron las cámaras una última vez y en segundos estaban en directo.

Mientras Gottlieb leía su presentación en el teleprompter, Wells observó el videomontaje que estaban viendo los espectadores en sus casas.

Era un popurrí de imágenes de noticias mezcladas con vídeos de propaganda de ISIS emitidos tras el ataque a Anbar y el asesinato del secretario Devon en Turquía. Concluía con imágenes del ataque a la Casa Blanca.

Se encendió el piloto rojo de la cámara 1 y Gottlieb dio la bienvenida a los espectadores del programa. Tras presentar al senador Wells, presidente del Comité de Inteligencia del Senado, dio comienzo la entrevista.

El parlamentario estableció el tono adecuado desde el principio. Expresó su pesar por las víctimas, transmitió el pésame a sus allegados, y prometió que no permitirían que hubieran muerto en vano. Parecía hablar directamente desde el Despacho Oval. No podía ser más perfecto.

Aunque en realidad no conocía mucho al secretario Devon, hizo hincapié en el respeto que sentía hacia él y en la «amistad» que les unía. Rebecca le había dado el nombre de la esposa e hijos de Devon, y el senador los soltó como si hubieran pasado juntos todos los fines de semana.

Wells era un maestro de la manipulación, un político profesional. En la sala de espera, Rebecca no miraba los monitores. Observaba a los demás invitados, que miraban los monitores. Todos estaban cautivados, pendientes de las palabras del senador.

Rebecca sonrió. «Joder, es bueno», se dijo. Iban a llegar a la Casa Blanca juntos. Estaba convencida.

Al final de la entrevista, Gottlieb hizo una última pregunta:

—Finalmente, senador, quería pedirle que nos comente un asunto.

—Adelante, Alan.

—Tenemos entendido que es posible que su comité tenga información de que la Casa Blanca conocía de antemano la existencia de una posible amenaza contra el secretario Devon en Turquía. ¿Es cierto? Y ¿qué sabía la Casa Blanca exactamente, cuándo lo supo y qué hicieron al respecto?

«El productor picó», se dijo Rebecca sonriendo. Estaba segura de que mordería el anzuelo en cuanto se enterara de que una cadena rival estaba detrás de la historia.

No les gustaba dar pábulo a chismes o especulaciones, pero aquella primicia era demasiado importante para no ser el primero en darla. Al productor solo le había preocupado cómo formular correctamente la pregunta para que no hubiera represalias contra Gottlieb y su equipo.

En el plató, el senador apretó los dientes. Tenía ganas de preguntarle a Gottlieb dónde lo había oído, pero lo sabía muy bien. Rebecca se lo había dicho a alguien. «Maldita sea.» Tendría que charlar largo y tendido con ella cuando acabara la entrevista.

Sin hacer una pausa, Wells respondió:

—El ISIS ha dejado muy claro que consideran a todos los americanos objetivos potenciales. Cada vez que el presidente, un miembro del Gabinete o el Congreso viajan al extranjero, el riesgo aumenta.

—Pero ¿está usted al tanto, señor, de si existía alguna amenaza concreta contra el secretario Devon en su viaje a Antalya, Turquía?

Gottlieb lo tenía entre la espada y la pared. Si decía que sí y la información de Rebecca, que aún no había podido confirmar, resultaba falsa, estaría en un buen lío. Si decía que no y la información de Rebecca resultaba cierta, daría la impresión de que no estaba al corriente de lo que sucedía. La piedra angular de su campaña era la seguridad nacional, y se basaría en su experiencia como presidente del Comité de Inteligencia del Senado.

Así pues, dio la única respuesta que podía dar.

—Al, por desgracia no estoy autorizado para hablar sobre lo que pueda o no pueda estar investigando el comité. A la luz de todo lo ocurrido durante los últimos diez días, estoy seguro de que lo comprenderá.

—Por supuesto, senador —replicó el presentador—. Gracias por haber estado hoy con nosotros.

Tras presentar el siguiente segmento, pasaron a publicidad y el regidor dio el visto bueno.

Wells se quitó el micrófono e inmediatamente fue en busca de su ayudante.

En el cuartel general de la CIA en Langley, Virginia, Brendan Cavanagh tenía encendido el televisor de su despacho.

No necesitaba rebobinar y volver a verlo. Sabía exactamente qué había dicho el senador Wells.

Agarró su móvil, marcó la lista de llamadas recientes y le dio a «rellamada».

—Estamos a punto de abandonar el estudio, ¿puedo volver a llamarle?

—No —dijo Cavanagh—. Tenemos que hablar ahora mismo.

53

Damasco, Siria

En tiempos mejores, los gemelos Thoman y Mathan podrían haber pasado por DJs o por propietarios de un local nocturno de moda.

Los atractivos jóvenes estaban cerca de la treintena. Tenían piel aceitunada y ojos marrones. Llevaban los cabellos oscuros lo bastante largos para echárselos por detrás de las orejas.

Su padre era un político que había sido brutalmente torturado y ejecutado por el régimen sirio. Sus hijos trabajaban para la oposición desde entonces.

Aunque eran jóvenes, McGee había asegurado a Harvath que los hermanos Hadid eran dos de los mejores agentes de la CIA en aquel país. Antes de la guerra, estudiaban en la universidad. Ahora Thoman conducía un taxi y Mathan dirigía un pequeño taller mecánico.

Harvath encontró el taxi de Thoman parado a tres manzanas de donde lo había dejado Yusuf. Subió al asiento trasero y dijo:

—Me gustaría visitar la mezquita de Umayyad.

—A esta hora del día —replicó el joven— es mejor visitar la capilla de San Pablo.

—¿Qué me dice del zoco de Midhat Pachá?

—Siempre es un buen momento para visitar el zoco.

Una vez completada la verificación, Harvath se reclinó en el asiento y Thoman se incorporó al tráfico.

El joven siguió una larga y sinuosa ruta. Harvath observó mientras recorrían un barrio tras otro, echando un vistazo al GPS de su móvil de vez en cuando para ver dónde estaban.

Once minutos más tarde, hizo que Thoman se detuviera y girara a la derecha. Al hacerlo, una motocicleta blanca pasó de largo velozmente.

—Nos ha estado siguiendo las últimas seis manzanas —dijo Harvath.

—Lo sé —replicó el joven sirio.

Siguieron circulando otros quince minutos. El tráfico era denso. Autobuses, coches, camiones, taxis... y todos hacían sonar la bocina. La hacían sonar para cambiar de carril, para señalar su posición y para permitir que otros les adelantaran. A Harvath le recordó El Cairo, donde hacían exactamente lo mismo.

Había gente por todas partes. Muchos eran fumadores. Tanto hombres como mujeres parecían preferir la moda occidental. La mayoría de las mujeres se cubrían la cabeza con el pañuelo conocido como jiyab. Algunas también se tapaban el rostro.

Muchos de los edificios por los que pasaban estaban deteriorados, aunque algunos parecían abandonados. Un gran rascacielos parecía haber permanecido inacabado durante décadas. Damasco no era una ciudad próspera. Se estaba desangrando. Estaba moribunda.

Aparcaron en un barrio tranquilo y continuaron a pie. El joven sirio llevaba zapatillas deportivas de lona, tejanos negros y chaqueta de cuero. Debajo lucía una camiseta con el rostro del cómico Bill Murray llevando unas gafas de 3-D.

Caminaron en silencio por un estrecho callejón hasta unas altas puertas de madera. En algún momento las habían pintado de azul, pero hacía tiempo que la pintura estaba desconchada.

Thoman sacó una anticuada llave maestra y abrió las puertas. Olía a basura antigua y cajas de cartón. Apoyada en la pared estaba la motocicleta blanca que Harvath había visto antes.

Había una pequeña escalera de hierro forjado iluminada por un agrietado tragaluz varios pisos más arriba. Thoman indicó a Harvath que lo siguiera.

Subieron hasta el tercer piso, donde Thoman llamó a una pesada puerta metálica. Apareció una sombra en la mirilla. Se descorrieron unos cerrojos y la puerta se abrió.

Mathan los recibió vestido con tejanos, botas y una camiseta que proclamaba: KEEP CALM AND CHIVE ON. En el cinto llevaba metida una pistola Browning Hi-Power de 9 mm.

Se hizo a un lado para que pasaran y luego cerró la puerta y corrió los cerrojos. Thoman hizo las presentaciones. Además de árabe, ambos hermanos hablaban inglés y francés.

—¿Tiene hambre? —preguntó Mathan mientras los conducía al interior del apartamento.

Era largo y estrecho, con paredes de ladrillo desnudas y vigas de madera. No había habitaciones, solo una amplia estancia. La cocina estaba compuesta por un hondo fregadero, una pequeña nevera, un microondas y un infiernillo conectado a una bombona de propano.

Sobre estantes metálicos había alimentos no perecederos y otros artículos como velas, pilas y papel higiénico. En el suelo había apiladas cajas de agua embotellada.

—Sí, gracias —replicó Harvath. No había comido desde antes de abandonar Amán.

Había una vieja mesa de madera con sillas de plástico dispares. Thoman apartó una e invitó a Harvath a sentarse.

Mathan sacó varias cosas de la nevera y las metió en el microondas. Luego, en breve sucesión, dejó sobre la mesa un plato de pan de pita caliente, hojas de parra rellenas, y un plato de albóndigas de carne de cordero con salsa de tomate. Tenían mucha suerte de no encontrarse en una de las zonas rebeldes asediadas por el régimen. Thoman ofreció a Harvath una botella de agua a temperatura ambiente, que él aceptó de buen grado. Cuando Mathan dejó el último plato sobre la mesa y se sentó también, indicó a Harvath que empezara a servirse.

Mientras comían, los Hadid le hicieron preguntas sobre lo que había visto durante su trayecto. Harvath lo explicó todo, incluyendo el altercado en el lado sirio de la frontera.

Cuando Harvath terminó de hablar, preguntó a los hermanos sobre la fortaleza de la oposición y cómo iba su lucha.

—El aumento de la intervención rusa lo ha cambiado todo —dijo Mathan mientras preparaba té—. Están aquí por una única razón, para proteger al régimen y sus propios intereses. No les importa nada más. Nada.

—Son increíblemente brutales —añadió Thoman—. Veinticinco soldados del régimen podrían morir en un ataque y ellos no harían nada. Pero si un trozo de cristal le hiciera un rasguño a un ruso, desencadenarían una masacre.

—Así son los rusos —dijo Harvath, asintiendo—. Nunca olvidan y jamás perdonan. Conocen el viejo chiste, ¿no?

Los dos hermanos lo miraron.

—¿Qué chiste? —preguntó Mathan.

—Un ángel se aparece a tres hombres: un francés, un italiano y un ruso, y les dice que al día siguiente se acabará el mundo.

»El ángel pregunta qué quieren hacer durante su última noche en la tierra. El francés dice que conseguir una caja del mejor champán y pasar la noche con su amante. El italiano dice que visitar a su amante y luego tomar una última cena con su mujer y sus hijos.

—¿Y el ruso?

Harvath enarcó una ceja y adoptó un fuerte acento ruso para continuar.

—El ruso dice: «Quemar el granero de mi vecino.»

Los Hadid rieron. Era un buen chiste para explicar cómo eran los rusos.

—Bueno —dijo Thoman—, usted ha venido para darles lo suyo a los rusos.

—Y esperemos que también al ISIS —respondió Harvath.

—¿Cómo?

—Lo primero es lo primero —dijo Harvath, alzando una mano—. Hablemos de la persona que pedimos que pusiera su gente bajo vigilancia.

Los Hadid le explicaron todo lo que habían averiguado sobre el sujeto en cuestión. Le mostraron un mapa de su barrio, fotografías que habían tomado los suyos y una lista de las mejores opciones.

Harvath lo asimiló todo en silencio. Estaban a punto de llevar a cabo una operación sumamente delicada. No podían dar nada por sentado. Todos los pasos que dieran habían de ser perfectos.

Cuando los hermanos terminaron su informe, Harvath solo tenía una pregunta.

—¿Cuándo podemos ponernos en marcha?

54

A pesar de ser un orgulloso miembro de las Fuerzas Armadas de la Federación Rusa, el teniente general Oleg Proskurov no llevaba uniforme. Tampoco los cuatro hombres de las Spetsnaz asignados para protegerlo. Circulaban en ropa de calle y vehículos civiles blindados. Se suponía que debían pasar desapercibidos. Pero en Siria, las pandillas de rusos destacaban sin remedio.

Lo que no destacaba nada era el edificio al que llamaban «el Salero».* Durante el interrogatorio en Malta, Viktor Sergun había desvelado su propósito y su ubicación.

En parte era una casa franca y en parte se destinaba a interrogatorios. Proskurov lo había elegido porque estaba cerca de la embajada rusa y era de fácil acceso, aunque en una parte de la ciudad conocida por su hostilidad hacia los iraníes. Teherán tenía fama de espiar a todo el mundo. Cuantas menos oportunidades tuvieran los iraníes de encontrar las instalaciones o ponerles vigilancia, mejor.

El Salero no era más que un radio en la rueda de una operación del GRU mucho más amplia. A Proskurov le habían en-

* En EE.UU., *saltbox* es un salero, pero también es el nombre que se da coloquialmente a las casas con dos plantas en la parte frontal y una planta en la parte posterior. *(N. del T.)*

comendado eliminar el ISIS. Utilizar a Sacha Baseyev para infiltrarse en sus filas había sido idea suya. Hasta entonces, la operación había ido mejor de lo planeado. Baseyev era un agente con un talento asombroso, y eso hacía que el e-mail que había recibido del coronel Sergun resultara muy perturbador. De repente, Sergun tenía dudas sobre Baseyev.

Utilizando un falso pasaporte estadounidense que le habían dejado en Washington, Baseyev había volado a Roma. Desde allí se había desplazado a Atenas y luego a Chipre. Allí le aguardaba un avión para llevarlo a Siria. El ISIS estaba impaciente por felicitarlo y celebrar sus ataques terroristas contra los americanos.

Dado que Baseyev iba a volver a Siria, Proskurov consideró que sería buena idea sentarse a hablar con él. Quería evaluar por sí mismo si la lealtad de Baseyev flaqueaba o no. Así pues, había respondido a Sergun con un e-mail cifrado, ordenándole que preparara la cita.

Proskurov no imaginaba que en realidad no se había comunicado con Sergun en Berlín, sino con una persona de pequeña talla del norte de Virginia, llamada Nicholas.

Nicholas caminaba sobre una capa de hielo muy fina. Acceder a la cuenta de correo electrónico de Sergun no era problema, y tampoco comunicarse con él en ruso, ya que era su lengua materna. El problema era elegir las palabras adecuadas. Ahí había intervenido Vella.

El interrogador había trabajado con sumo cuidado para obtener la información correcta de Sergun, incluyendo cualquier código que debería usar para indicar si estaba siendo coaccionado.

Todo parecía haber ido sobre ruedas. Proskurov había pedido reunirse con Baseyev el domingo por la noche en el Salero. A partir de ahí, todo dependía de Harvath.

El primer problema y el más importante eran los guardaespaldas de Proskurov. Su única ventaja sería el elemento sorpresa. Los Spetsnaz eran agentes de élite, mucho mejor entrenados que cualquiera de los hombres que pudieran enviar Thoman o Mathan.

Solo tendrían una oportunidad de apoderarse de Proskurov. Y esa oportunidad había de ser tan abrumadora que sus guardaespaldas no tuvieran la menor posibilidad de sobrevivir.

El problema estaba en cómo eliminar a los guardaespaldas sin matar al propio Proskurov. Para lo que había planeado Harvath, necesitaba a Proskurov, al menos durante un tiempo.

El otro tema a tener en cuenta era el equipo. La CIA solo había proporcionado cierto armamento a los rebeldes. Las armas que Harvath quería eran imposibles de conseguir. Y aunque pudiera conseguirlas, no tenía dinero suficiente para pagarlas. En el estado en que se encontraba Siria, nadie iba a aceptar pagarés, sobre todo para los sofisticados productos que quería Harvath. Tendría que conformarse con lo que los Hadid aportaran.

Además de radios y AK-47 suficientes para todo el equipo, tenían una escopeta de calibre 12, un rifle iraní Sayyad-2 de calibre 50 con mira de visión nocturna, unas cuantas gafas térmicas individuales, una caja de viejas granadas de mano soviéticas F-1, y dos lanzacohetes manuales Avispa yugoslavos.

A Harvath no le hacía ninguna gracia que el éxito de su operación dependiera de granadas de mano de la época soviética y de lanzacohetes de la antigua Yugoslavia, pero no disponían de otra cosa.

Su única opción para atrapar a Proskurov era hacerlo cuando estuviera circulando. Y cuando circulaba, lo hacía en Land Cruisers blindados. El plan de Harvath tendría que funcionar.

Pensando en el casco de Mathan, que tapaba toda la cara y tenía un visor oscuro, le pidió prestada la motocicleta. Solo tendría una oportunidad de pasar por delante del Salero, y le pareció que ese sería el mejor modo de hacerlo.

Thoman lo guio con su taxi por las atestadas calles de la ciudad. Harvath lo siguió en la motocicleta.

Cuando se encontraban a dos manzanas de distancia, Thoman paró el taxi y bajó la ventanilla. Harvath se detuvo a su lado.

—En el siguiente cruce doble a la izquierda. El edificio está a mitad de la manzana, a la derecha. No tiene pérdida. Yo le espero aquí.

Harvath continuó hasta el cruce y giró. Manteniendo una marcha baja, recorrió la calle lentamente. Intentó asimilarlo todo. Habría sido estupendo disponer de una discreta cámara de vídeo.

El barrio era una mezcla de tiendas y viviendas. Si lanzaban el ataque en la calle, era muy posible que muriera gente inocente.

No era la primera opción de Harvath, pero mientras seguía adelante con la motocicleta, no encontró ninguna otra. Tenían que coger a Proskurov y habría que hacerlo en la calle.

Entonces, cuando llegaba a la altura del Salero, vio sus macizas puertas de metal. No era un simple edificio. Era un recinto.

La acera se había eliminado para crear una especie de camino de entrada. Los patios eran un rasgo arquitectónico característico en todo Oriente Medio. Si bien a menudo tenían una fuente, Harvath supuso que aquel patio lo usarían como aparcamiento.

Era lógico. Si uno sacaba y metía personas clandestinamente del país, querría ocultar sus actividades. Y una de las últimas cosas que uno querría, en una nación hostil como Siria, era arriesgarse a dejar un vehículo en el exterior para que alguien lo manipulara. Lo más seguro era mantener el coche a resguardo.

Aun tratándose de Siria, el alquiler de aquella propiedad debía de ser muy alto. Pero había algunas cosas por las que incluso los tacaños rusos estaban dispuestos a pagar.

Harvath siguió circulando lentamente hasta la esquina y dio la vuelta a la manzana para volver junto a Thoman.

A continuación quería subirse a alguna de las azoteas cercanas.

Después de hallar un sitio donde aparcar, encontraron un edificio a seis puertas del Salero que parecía abandonado. Thoman se quedó de guardia, mientras Harvath forzaba la cerradura. En menos de un minuto la había abierto y se metían en el edificio.

El interior de la vacía estructura estaba cubierto por una gruesa capa de polvo. Olía a cerrado. Había una desvencijada escalera de madera con cuatro tramos hasta una estrecha puerta que conducía al tejado.

Allí Harvath disfrutó de una asombrosa vista de los tejados de Damasco. Era un océano de antenas parabólicas, tanques de agua y paneles solares, que se extendía hasta donde alcanzaba la vista.

Los edificios eran colindantes, por lo que Thoman y él pudieron pasar de una azotea a la otra hasta llegar lo bastante cerca como para tener una vista perfecta de las dos plantas del Salero.

Al mirar hacia abajo, lo primero que vio Harvath le dio la razón. Había un patio pavimentado justo en el centro, lo bastante grande para dar cabida a dos o tres todoterrenos, pero no más.

También reparó en algo más. No había puerta de atrás, al menos para los vehículos. Tendrían que salir por las puertas metálicas, el mismo sitio de entrada. Pero en el caso de las personas, la cosa cambiaba.

Ninguna casa segura tenía una única salida o entrada. Siempre había una salida adicional. A veces más. Podía ser a través de los edificios contiguos. O por el edificio lindero de la parte de atrás. Podía ser a través de un túnel o un sistema de alcantarillado que no conociera nadie. O por la misma azotea en la que Harvath estaba en ese momento. O a través de una combinación de todo lo anterior. No había modo de saberlo con certeza. Tendrían que cubrir todas las posibilidades.

El alcance efectivo de sus lanzacohetes era de 350 metros. Harvath giró sobre los talones lentamente, observando los edificios de alrededor. Cuando divisó la posición perfecta, la señaló y dijo:

—Ahí pondremos las Avispas. Los tiradores tendrán una

visión perfecta del patio desde allí y podrán encargarse de los dos todoterrenos blindados de Proskurov.

Thoman miró el edificio que le señalaba y luego otra vez a Harvath.

—Solo hay un problema —dijo.

—¿Cuál?

—Ninguno de mis hombres ha disparado jamás una Avispa.

55

Si bien el manejo de un lanzacohetes Avispa no era exactamente a prueba de tontos, estaba diseñado para serlo. Daba igual lo potente que fuera un arma si el que la manejaba no sabía dar en el blanco.

En el estrés del combate, muchas cosas podían salir mal. Todo dependía del entrenamiento.

Dos hombres de los Hadid tenían una gran experiencia disparando RPG. Harvath los eligió para las Avispas.

Por lo general, el equipo de una Avispa estaba compuesto por dos personas, una para cargar y la otra para disparar. Sin embargo, no podían permitirse el lujo de emplear tantas manos.

Además de los dos hombres que manejarían las Avispas, el mejor francotirador de los Hadid tendría que servirles de cargador. Una vez disparados los cohetes, el francotirador empuñaría su rifle de calibre 50 de un solo disparo. Uno de los que hubiera disparado una Avispa, utilizaría unos prismáticos para hacerle de observador.

El otro abandonaría la posición y se acercaría al Salero hasta un punto en que pudiera tender una emboscada a los refuerzos que pudieran acudir más deprisa de lo previsto.

Harvath creía a pies juntillas en el dicho de que todo lo que pudiera salir mal saldría peor, así que era mejor prevenirlo.

Proskurov y sus guardaespaldas no pedirían ayuda a los sirios, sino a su gente, a la embajada rusa. Pero eso no significaba que la policía de Damasco y los militares sirios no fueran a acudir rápidamente en cuanto se escucharan explosiones y disparos. Iba a ser como dar una patada a un avispero.

Una vez reunidos en el edificio abandonado, Harvath repasó el plan, que Mathan iba traduciendo al árabe.

A cada hombre se le entregó una foto impresa de Proskurov.

—Este es nuestro objetivo —dijo Harvath—. No nos sirve de nada muerto. Regla número uno: no dispararle. ¿Queda claro?

Todos asintieron con la cabeza.

—Haz que lo digan todos en voz alta —pidió Harvath a Mathan.

Este obedeció. Hizo que cada uno de los ocho hombres que habían reunido, además de su propio hermano, prometiera no herir a Proskurov.

—Regla número dos —prosiguió Harvath, mientras Mathan traducía—. No me disparen a mí.

Los hombres se echaron a reír, pero se interrumpieron cuando se dieron cuenta de que hablaba en serio. A Harvath le daba igual cuánto tiempo llevaran combatiendo, ni en qué acciones hubieran participado. No eran profesionales, y él no había llegado tan lejos para que lo matara fuego «amigo».

Miró a Mathan, que luego miró a cada uno de los hombres y les hizo repetir la regla número dos. Cuando terminó, Harvath pasó al meollo del plan.

El Salero tenía una salida a la azotea similar a la del edificio en que se encontraban. Harvath suponía que estaría cerrada. En casa de los Hadid, había enseñado a los hermanos cómo sobrecalentar cera de velas, añadir perdigones y llenar cartuchos de escopeta con la mezcla para obtener munición con la que derribar puertas. Si se hacía correctamente, podían arrancar una puerta del marco.

El plan era que seis hombres entraran por la escalera de la azotea. Harvath y los Hadid formarían un equipo. Tres hombres elegidos por Thoman formarían el otro.

Harvath y los Hadid serían la principal fuerza de asalto. El segundo equipo solo tenía una misión: defender la escalera y asegurarse de que a Harvath y los Hadid no los rodeaban.

Cuanto más pensaba en ello Harvath, más se convencía de que el plan B de los rusos era la azotea. Si no podían salir por la puerta principal, intentarían escapar por allí. Así pues, esperaba que subieran hacia la azotea mientras los Hadid y él bajaban, sobre todo teniendo en cuenta cómo iba a empezar su ataque.

Lo primero que necesitaban hacer era cerrarles el paso a los vehículos blindados, que eran como habitaciones del pánico con ruedas. Era extremadamente difícil acceder a ellos sin dañar a los ocupantes. Y, conociendo a los rusos, los coches irían equipados con importantes medidas defensivas.

Por eso Harvath había decidido destruir ambos vehículos con las Avispas. En cuanto oyeran las detonaciones, derribarían la puerta de la azotea y lanzarían su ataque descendiendo por la escalera.

En el improbable caso de que los guardaespaldas de Proskurov interpretaran la destrucción de los vehículos como el resultado de obuses rebeldes caídos accidentalmente, Harvath apostó en el exterior a los dos hombres restantes de los Hadid. Cuando empezaran los fuegos artificiales deberían disparar a cualquier ruso que vieran, salvo a Proskurov.

Con los todoterrenos destruidos y los hombres apostados en la calle, los hombres de las Spetsnaz se apresurarían a llevar a su protegido a la azotea. Dejarían a un par de hombres para que respondieran al fuego de los tiradores, lo que daría ventaja al resto del equipo, pero, sin duda, pasarían al plan B.

Solo quedaba una cosa más. Apretó un poco más el audífono que llevaba en la oreja y preguntó:

—¿Voy a tener lo que necesito?

—Eso creo —contestó Nicholas desde el norte de Virginia.

—«Eso creo» no es suficiente. Necesito seguridad al cien por cien.

—Estoy en el noventa y nueve coma nueve. Dame unos segundos más.

Aunque Harvath solo hubiera tenido que enfrentarse con un Spetsnaz, habría querido toda la ventaja posible. Tratándose de cuatro, su única posibilidad de éxito era hacer trampas. Ahí entraba Nicholas.

—¿Ya? —insistió Harvath.

—Un segundo más.

Harvath se lo imaginó en su sala segura, moviendo sus dedos diminutos sobre el teclado.

—¡Lo tengo! —exclamó Nicholas finalmente.

—¿Crees que lo tienes, o estás seguro de que lo tienes?

—Te pago una cena si me equivoco.

—Una apuesta segura para ti —replicó Harvath—. Si te equivocas, no estaré ya para reclamarte el pago.

—Entonces, por tu bien, será mejor que no me equivoque.

Harvath sonrió y meneó la cabeza. Humor negro. Los SEAL lo practicaban sin pudor. Cuanto más difícil era una situación, más bromas gastaban. Era igual en el ejército y en los marines, incluso en la policía. Era un mecanismo de defensa, una válvula de escape.

Contemplar la posibilidad de una muerte probable provocaba un gran estrés. El humor ayudaba a continuar.

Con Nicholas conectado y todos los hombres de Hadid debidamente instruidos, lo repasaron todo una vez más.

Estaban todo lo preparados que podían estar. Harvath miró su reloj, se volvió hacia Thoman y Mathan y habló con un fuerte acento ruso:

—Adelante, quememos el granero del vecino.

56

El general Oleg Proskurov era un hombre cuidadoso, un planificador. Sabía que hasta el detalle más nimio podía dar al traste con la más grande empresa. La Historia estaba repleta de hombres brillantes derrotados por elementos aparentemente minúsculos.

Por ello, la preocupación de Sergun acerca de Baseyev lo inquietaba. Baseyev era demasiado importante para perderlo.

Tal vez dependían demasiado de Baseyev. Tal vez este estaba notando el estrés de haber pasado demasiado tiempo sobre el terreno. El ritmo de sus misiones había sido frenético. Se le había exigido que realizara una espectacular hazaña tras otra. Eso habría afectado a cualquiera.

Proskurov había estado pensando en la mejor manera de tratar con él. Si Baseyev empezaba a flaquear, ¿debían mantenerlo en activo? ¿Le ayudaría a recuperarse si le dieran unos días libres? ¿Necesitaría más? ¿Una semana? ¿Podían permitirse el lujo de apartarlo de la operación, en la etapa en que se encontraba?

Los americanos estaban a punto de intervenir. Lo sabía. Lo notaba en los huesos. Solo era cuestión de tiempo.

El atentado en la Casa Blanca había sido una afrenta contra su exagerado sentido del honor patriótico. EE.UU. podía lanzar mil misiles de crucero, pero no serviría para aliviar la ira y la humillación que sentían sus ciudadanos.

Durante las dos últimas semanas, Proskurov había estado viendo los noticieros de la televisión estadounidense. Sabía lo que pensaban y sentían los americanos. Incluso los más blandos de ellos admitían que el ISIS se había convertido en un problema demasiado grave para ser ignorado. Ahora reclamaban que su gobierno acabara con ISIS de una vez por todas.

Sin embargo, el presidente seguía sopesando sus opciones. Proskurov sabía por qué. No quería precipitarse. Los ciudadanos de EE.UU. pedirían sangre. Exigirían una respuesta rápida y decisiva. Una masacre. Nada más. Nada de reconstruir una nación. Se trataría de ir al nido de víboras, matarlas a todas y volver a casa. No tenían estómago para una ocupación.

Era perfecto. Rusia tampoco quería una ocupación americana. Necesitaban un exterminador, no un compañero de habitación.

En cuanto los americanos derrotaran al ISIS, Rusia podría aplastar a la oposición siria. Luego, con el régimen sirio reforzado, podría ampliar sus ambiciones territoriales en la región. Rusia ocuparía el espacio que dejaría EE.UU. al retroceder.

El general Proskurov se acercaba a los setenta años de edad. Hasta entonces, no había imaginado que viviría para ver algo así. La idea de una Rusia en ascenso no cabía en la imaginación hacía apenas unos años. Después ocurrió lo de Ucrania, y ahora lo de Siria. En lugar de menguar, la influencia rusa estaba creciendo.

Pero Proskurov sabía que, con ese crecimiento, era importante mantener la estabilidad del país. Una de las mayores amenazas internas con que se enfrentaba Rusia eran los radicales islámicos. Por eso era tan importante que Baseyev siguiera en el juego.

Que hubiera conseguido infiltrarse en el núcleo del ISIS era una gran hazaña del GRU. Pero su misión aún no había concluido. El GRU seguía necesitándolo para obtener información sobre todos los hablantes de ruso que iban a entrenarse y combatir con ISIS.

¿De dónde procedían? ¿Cuántos habían regresado a casa?

¿Cuántos se habían quedado luchando? ¿A cuántos habían matado o herido? ¿Cómo los reclutaban? ¿Quién se encargaba del reclutamiento? ¿Existían planes concretos para realizar ataques terroristas en suelo ruso? ¿Cuáles y quiénes eran sus objetivos? ¿Cómo se comunicaban los miembros de una célula terrorista entre sí? ¿Cómo se financiaban? Y mucho más.

Eran informaciones de importancia vital, y no había nadie en mejor situación que Baseyev para obtenerlas. Proskurov diría y prometería cuanto fuera necesario. Era fundamental que Baseyev completara su misión.

El general miró por el grueso cristal a prueba de balas de su Land Cruiser mientras recorrían las calles de Damasco. Era una ciudad intrigante, exótica, y con servicios modernos suficientes para sentirse cómodo. Le gustaba más que Moscú, aunque eso no significaba gran cosa. Cualquier sitio le gustaba más que Moscú.

El único lugar que le disgustaba más aún era su ciudad natal, Dzerzhinsk, núcleo principal de la industria química rusa. Y con las empresas de productos químicos habían llegado los programas de armas químicas. Parecía de lo más apropiado que a la ciudad le hubieran dado el nombre del primer jefe de la policía secreta rusa. El suelo y el agua estaban contaminados. Los defectos de nacimiento y el cáncer alcanzaban niveles de escándalo. Se decía que el número de defunciones en Dzerzhinsk triplicaba el de nacimientos. Solo Chernóbil era más tóxico. Proskurov se estremeció al pensarlo. Se alegraba de haber salido de allí.

Pero, aunque él le hubiera dado la espalda a Dzerzhinsk, la ciudad no lo había abandonado a él.

Un año después de celebrar su primer matrimonio, se había enterado de que era estéril. Los médicos no habían dado con la causa. Pero él sabía exactamente qué le impedía tener descendencia: Dzerzhinsk. El odio que sentía hacia su lugar de nacimiento no hizo más que aumentar.

Su mujer acabó dejándolo por culpa de la esterilidad. Fue un golpe demoledor. Había ahogado sus penas en vodka, como solo un ruso sabe hacerlo, y se había centrado en su carrera militar.

Volvió a casarse años más tarde. Ella no tenía hijos ni quería tenerlos. Era una buena compañera. No le importaba que él permaneciera largas temporadas lejos de casa.

Cuando estaban juntos, cocinaba para él y hacían el amor. Le habría salido más barato alquilar un pequeño apartamento y visitar de vez en cuando a las prostitutas de Moscú. Pero saber que estaba unido a otro ser humano en el mundo hacía que sus misiones en el extranjero fueran más soportables.

Sin embargo, no las hacía más fáciles. Sobre todo la que ahora tenía entre manos.

Rusia había puesto toda la carne en el asador en Siria. Y después, aún más. No iban a permitir que los turcos, los saudíes o cualquier otro los echaran de allí.

Además del *Moskva*, un crucero de clase Slava para lanzar misiles guiados que había llegado recientemente, y dos buques de asalto anfibios de clase Ropucha con base en Tartús, el único portaaviones ruso, el *Almirante Kuznetsov*, se hallaba ahora en el Mediterráneo junto con el *Almirante Chabanenko*, un destructor de clase Udaloy II.

Luego estaban los aviones.

A noventa kilómetros al norte de Tartús se encontraba la base aérea de Hmeimim, accesible solo para personal ruso. En los últimos dos días había llegado a la base una flota de cazas Su-35S polivalentes y altamente maniobrables. Eran los aviones de combate más modernos que tenían la Fuerzas Aéreas rusas, y era la primera vez que operaban fuera de sus fronteras.

También habían enviado dos Tu-214R. Este era el avión de reconocimiento y vigilancia más avanzado de que disponían los rusos. Con sus sistemas de radar operativos bajo cualquier condición climática, y sus sensores electro-ópticos altamente sofisticados, era un avión espía increíblemente eficaz para localizar objetivos ocultos o camuflados. También podía recoger y monitorizar comunicaciones y señales eléctricas enemigas.

Y para terminar, se habían enviado a Siria sistemas antimisiles S-400 de última generación, para proteger los activos rusos.

El mensaje que Rusia enviaba al resto del mundo era claro: «No vengáis a jodernos.»

Era una apuesta increíblemente arriesgada, lo que hacía que la misión de Proskurov fuera aún más importante. No iba a ser el hombre que defraudara a su país. Al llegar al Salero, uno de los guardaespaldas se apeó y abrió las puertas. Cuando los todoterrenos entraron, volvió a cerrarlas. En el patio, los vehículos dieron la vuelta para encarar la salida, listos para marcharse cuando terminara la reunión de Proskurov.

El agente de las Spetsnaz abrió la puerta del general, que salió con el portátil colgado del hombro y una pequeña caja de cartón. La caja contenía té y unos cuantos artículos rusos que agradarían a Baseyev.

Sacó unas llaves del bolsillo, abrió una de las puertas que daban al patio y entró. En la cocina había un samovar. Quería encenderlo y poner agua a calentar para el té.

Preparar té al modo antiguo le resultaba relajante. También sabía mejor que el té calentado con un hervidor eléctrico.

Su té favorito era el Caravan ruso, una mezcla de oolong, Keemun y Lapsang souchong. Tenía un sabor ahumado que imitaba el sabor del té importado de China a Rusia mediante caravanas de camellos en tiempos antiguos. Durante el largo viaje, a veces de un año o año y medio, el té absorbía su característico sabor de las fogatas de la caravana.

Colocó el samovar en el fregadero y lo llenó de agua. Luego sacó el saco de charamusca que guardaba en el armario y llenó el cilindro central con la cantidad justa.

Se palpó los bolsillos y se dio cuenta de que se había dejado los cigarrillos y el encendedor en el coche. Pero debía de haber una caja de cerillas en alguna parte.

Tras mirar en varios cajones, finalmente las encontró en un armario junto a las tazas de café.

Colocó el samovar sobre un fogón y sacó una cerilla de la caja, pero vaciló antes de encenderla.

De repente se le había erizado el vello de la nuca. No sabía qué era, pero algo iba mal.

Dejó la cerilla y la caja en la encimera y se dio la vuelta para salir de la cocina. En ese momento se produjo una enorme explosión en el patio, que rompió los cristales de las ventanas y provocó una gran onda expansiva que recorrió el edificio.

57

La primera Avispa había entrado con un intenso silbido y provocado una explosión tan fuerte que ni siquiera se dieron cuenta de que se había lanzado el segundo cohete hasta que impactó en el otro todoterreno y la explosión lanzó una enorme bola de fuego hacia el cielo nocturno.

—¡Ahora! —ordenó Harvath a Nicholas.

Nicholas, que había hackeado la red eléctrica de Damasco, cortó el suministro eléctrico en un radio de diez manzanas. Todo el barrio se quedó a oscuras.

Harvath llegó a la azotea del Salero y dio la señal para que los Hadid y sus hombres lo siguieran.

Se lanzó contra la puerta de la escalera y con la escopeta apuntó hacia abajo en un ángulo de cuarenta y cinco grados. Quitó el seguro y miró a Thoman, que lo cubría.

Thoman asintió. Harvath apretó el gatillo y uno de los pesados cartuchos impactó entre la cerradura y el marco de la puerta. Luego se volvió y dio una patada hacia atrás a la puerta, que no se movió. Volvió a darse la vuelta y disparó contra los goznes. El arma produjo un ruido atronador y Harvath descerrajó tres tiros más.

Esta vez, cuando la pateó, la puerta cayó hacia dentro. Thoman se asomó a la escalera empuñando su arma, dispuesto a contrarrestar cualquier amenaza que pudiera aguardarles al otro lado. Estaba vacía.

Harvath cedió la escopeta a otro y empuñó el rifle. Dio unos toquecitos a Thoman, que se apartó para que Harvath encabezara el grupo e iniciara el descenso.

Vista a través de las gafas de visión térmica, la escalera desprendía un brillo espectral. Harvath no tenía la menor idea de si los rusos disponían de un equipo similar. Según el equipo de vigilancia, solo Proskurov había salido del coche, portando una bolsa colgada del hombro y una pequeña caja. Si los Spetsnaz tenían gafas térmicas o de visión nocturna, Harvath esperaba que las hubieran dejado en los todoterrenos, donde habrían desaparecido con las explosiones.

Al llegar al segundo piso, Harvath movió su AK de lado a lado.

Todas las ventanas que daban al patio estaban destrozadas. Había cristales esparcidos sobre las alfombras persas. Los fuegos en el exterior eran tan intensos que Harvath notó el calor en la cara. El polvo y el humo llenaban el aire. El edificio pronto quedaría engullido completamente por las llamas.

Harvath hizo señas al equipo B para que se pusieran a cubierto y mantuvieran la posición. Luego indicó a los Hadid que lo siguieran. Evitando pisar los cristales, avanzaron rápidamente por el pasillo.

Pasaron por delante de dos dormitorios vacíos. Al llegar a la escalera que conducía a la planta baja, Harvath tomó una decisión.

—Esperen aquí —dijo.

Antes de que los Hadid pudieran objetar nada, Harvath había desaparecido escaleras abajo, sumergiéndose en el humo cada vez más denso.

Cuando llegó a la planta baja, paseó la mirada por el lugar. Las gafas térmicas le permitían ver a pesar del polvo y el humo. Distinguió una mesa volcada, sillas y un sofá. No vio a ningún ruso.

Entonces oyó disparos en el exterior, a los pocos segundos convertido en un tiroteo. Proskurov y sus guardaespaldas debían de haber intentado huir saliendo a la calle.

Dada la posición de los dos sirios apostados fuera, Harvath

sabía que los rusos estaban acorralados. Los hombres de Hadid se hallaban perfectamente escondidos. Podían seguir disparando a los rusos durante toda la noche sin quedar al descubierto. Pero entonces ocurrió algo.

En cuanto Harvath oyó la explosión, supo lo que era: alguien había lanzado una granada. Ninguno de los sirios de fuera llevaba granadas. Tenía que ser de los rusos. «Maldita sea.» No iban a volver al interior del edificio. ¡Iban a escapar a pie!

Harvath empezó a gritar instrucciones por radio y salió corriendo al patio.

Había fragmentos de metal retorcidos y llameantes por todas partes. Columnas de humo negro como el carbón ascendían en espiral hacia el cielo. Aún sonaban disparos, pero parecían proceder de una única arma.

Harvath se detuvo junto a la pared del patio e hincó una rodilla en tierra. Empuñando el rifle, se asomó por el extremo del muro y echó un rápido vistazo.

Al final del camino de acceso, junto a las puertas, había un hombre disparando un arma corta automática. Su atención estaba centrada en el otro lado de la calle, donde estaban apostados los hombres de Hadid.

Desde aquella distancia, daba la impresión de que disparaba un subfusil Bizon SMG de 9 mm, muy popular entre las unidades contraterroristas rusas.

Se encargaba de cubrir la huida de Proskurov y el resto de los guardaespaldas. Debería haber vigilado su espalda.

Harvath disparó sin vacilar y lo mató allí mismo. Uno menos.

Oyó un ruido tras él, se volvió y vio a los Hadid saliendo al patio.

—¿Dónde está el resto de tus hombres?

—En las azoteas —contestó Thoman, señalando.

Mathan llevaba un fino portátil.

—¿Dónde ha encontrado eso? —preguntó Harvath.

—Dentro, en el suelo. Creo que es de la bolsa que llevaba Proskurov.

Harvath asintió y consultó su reloj. Cuando los rusos comprendieron que los estaban atacando, uno de ellos habría llamado a la embajada para pedir refuerzos. En un mundo perfecto, tendrían diez minutos de margen. Pero en el mundo real, Harvath supuso que serían menos de cinco. Y si el ejército sirio aún no había acudido, pronto lo haría.

Corrió hacia las puertas, hasta el Spetsnaz al que había abatido. Lo miró. El hombre seguía vivo. Eso era un problema. Tenía un pinganillo en la oreja, un micrófono por dentro de la chaqueta, y balbuceaba en ruso.

Harvath le pegó dos tiros más a quemarropa. Fin del problema.

Se apoderó de su radio, salió y echó un vistazo a la calle. En la acera había otro Spetsnaz tirado en medio de un gran charco de sangre. No se movía. Los hombres de Hadid habían logrado liquidar a uno. Bien por ellos.

—¿Por dónde se han ido? —preguntó Harvath.

—El equipo de vigilancia dice que por la izquierda —respondió Mathan, señalando con la mano.

Harvath se llevó la radio al oído y escuchó. Un equipo de respuesta se acercaba, en efecto. Acababan de salir de la embajada. «*Shest minuty*», dijo una voz. Seis minutos.

Cuando Harvath asintió, los Hadid salieron a la calle y apuntaron en direcciones opuestas para darle cobertura.

Tras asegurarse de que el ruso de la acera estaba muerto, Harvath cruzó la calle y se puso a cubierto entre dos coches muy dañados. Los dos sirios designados para cubrir las puertas principales del Salero habían volado en pedazos.

Apoyó su arma en el capó del coche tras el que se apostó e hizo una seña a Mathan para que se acercara. Su hermano también se reunió con ellos. Luego se desplazaron por la acera agachados, con sumo cuidado.

Casi habían llegado a la esquina cuando Thoman y Mathan dijeron al unísono:

—¡Alto!

Uno de sus hombres decía algo por radio, hablando rápidamente en árabe.

—Los tenemos —dijo Thoman.

—¿Dónde? —preguntó Harvath.

—Ese edificio de apartamentos.

—¿Los están viendo?

Mathan asintió.

—Ittak es el hombre que disparó una de las Avispas y luego vino como refuerzo. Ha seguido a los rusos.

«Ha sido inteligente al mantenerse al margen del tiroteo», pensó Harvath.

—Bien, dile que se mantenga fuera de la vista y que siga vigilando.

Mathan lo hizo mientras seguían moviéndose.

Justo antes del cruce, se detuvieron en la parte posterior del edificio.

Harvath examinó la zona a través de sus gafas térmicas. Distinguió al equipo B agachado tras el parapeto del tejado al otro lado de la calle.

—¿Qué tal su puntería a esta distancia? —preguntó a Thoman, señalándolos.

El hombre alzó el pulgar, pero lo volvió hacia abajo.

—No son francotiradores.

—Puede que no lo necesiten —replicó Harvath, y señaló el bulevar que partía de la esquina y añadió—: El del rifle y su observador...

—Outha y Koshy.

—Como se llamen —dijo Harvath, meneando la cabeza—. La embajada rusa ha enviado un equipo. Se detendrán delante del edificio en cualquier momento para recoger a su gente. Sus hombres han de estar preparados para liquidarlos. Y lo mismo si aparece el ejército o la policía. ¿Entendido?

Thoman asintió y transmitió las órdenes a sus hombres por radio.

—¿Y nosotros? —preguntó Mathan, mirando a Harvath.

—¿Qué tal su hermano y usted de cerca con pistolas?

58

Alumbrándose con *smartphones*, los hermanos Hadid de pelo largo, camisetas y zapatillas deportivas, entraron en el vestíbulo del edificio de apartamentos como si vivieran allí.

En cuanto lo hicieron, los rusos se les echaron encima.

—¡Las manos! ¡Las manos! —ordenaron los dos Spetsnaz que quedaban en un árabe chapurreado, apuntando a los hermanos a la cara con sus linternas.

Estos obedecieron y alzaron las manos.

—¡Al suelo! —ordenó uno de los soldados.

Mathan lo miró.

—¿Al suelo?

—¡¡Al suelo!! —bramó de nuevo el soldado en árabe. No tenía ni idea de quiénes eran aquellos dos hombres, ni le importaba. No estaba para bromas. El equipo de respuesta rápida llegaría en cualquier momento. Cuando llegaran, podrían escapar. Hasta entonces, él estaba al mando y aquellos dos sirios iban a obedecer.

—Pero vivimos aquí —protestó Thoman en árabe—. En el cuarto piso.

El ruso le puso el cañón de su arma en la cara.

Mathan pidió calma y animó a su hermano a cooperar. Lentamente, los Hadid se tumbaron en el suelo boca abajo.

—¿Quién demonios son ustedes? ¿De qué va todo esto?

—Cierra el pico —gruñó el ruso.

En ese momento, en un móvil de los hermanos sonó el tono de un mensaje. Era la señal de Harvath.

—Esto es una gilipollez —dijo Mathan, haciendo ademán de levantarse.

—Una gilipollez total —convino Thoman, imitándolo.

Los rusos se acercaron y uno de ellos se dispuso a patear al Hadid que le quedaba más cerca. Al hacerlo, un disparo resonó en el vestíbulo revestido de mármol.

Harvath había disparado al Spetsnaz con su SIG Sauer. La bala le dio justo encima de la oreja izquierda y le traspasó el cerebro, matándolo en el acto.

Antes de que el otro pudiera reaccionar, Thoman y Mathan habían sacado sus pistolas y empezado a disparar. El ruso no tuvo la menor oportunidad.

Los hermanos siguieron disparando hasta vaciar sus armas. Entonces se quedaron alelados, contemplando la carnicería.

—¡Vámonos! —ordenó Harvath, sacándolos de su ensimismamiento.

Había estado vigilando el vestíbulo antes de que los Hadid entraran y se acercó para sacar a rastras a Proskurov de la escalera donde sus guardaespaldas lo habían escondido.

—Por la puerta de atrás —dijo—. ¡Vamos!

Los Hadid recargaron sus armas y lo siguieron.

Harvath hincó el cañón de su pistola en la fofa nuca del general ruso.

—Sé que habla inglés —dijo, empujándole para que avanzara—. Si se resiste, lo mato. ¿Está claro?

Proskurov asintió. Había entrenado a innumerables soldados sobre cómo comportarse si eran capturados. Sin embargo, percibía que aquello era distinto. Y conocía muy bien lo que los americanos eran capaces de hacer. Tendría que procurar mantenerse con vida a cualquier precio.

Una vez en la calle, Harvath se alejó del gran bulevar encaminándose de vuelta al Salero. Las cosas estaban a punto de ponerse muy feas.

Habían recorrido apenas la mitad de la manzana cuando oyeron los vehículos de la embajada rusa deteniéndose con un chirrido frente al edificio de apartamentos que acababan de abandonar.

En cuanto el equipo de respuesta rápida se apeó de los vehículos, los rebeldes sirios los atacaron. Las balas de calibre 50 abrieron boquetes en los vehículos, y los sirios de la azotea contigua los rociaron con fuego de AK. Luego empezaron a lanzarles granadas, y todas estallaron.

El equipo ruso se vio superado. Hubo muchas bajas y había sangre por todas partes. A través de las ventanas del vestíbulo, vieron a los Spetsnaz muertos. El pánico se adueñó de ellos y se retiraron hacia sus vehículos sin intentar siquiera recoger a sus muertos. Huyeron tan deprisa que dejaron las marcas de los neumáticos grabadas en el suelo.

Cuando huían, una furgoneta apareció derrapando y se detuvo en medio de la calle cerca de Harvath y los Hadid. Dos hombres con pasamontañas negros se apearon rápidamente. Echaron una bolsa sobre la cabeza de Proskurov y lo metieron en la furgoneta. Harvath y los Hadid subieron también.

La furgoneta dio media vuelta, dobló en la siguiente esquina y desapareció a toda velocidad. Otros vehículos habían llegado ya para recoger al resto del equipo.

Llegaron al taller mecánico de Mathan, quien se bajó de la furgoneta y subió la persiana metálica. Cuando la furgoneta entró, Mathan entró también, bajó la persiana y la cerró con llave.

El taller era pequeño y solo tenía un elevador. Olía a aceite de motor. No había zona de espera, tan solo una oficina y un almacén de suministros.

—¿Dónde nos instalamos? —preguntó Harvath.

Mathan abrió el almacén y encendió la luz. Habían colgado una tela negra que cubría la pared del fondo. Había una silla delante de una cámara de vídeo montada sobre un trípode. Y dos soportes con luces.

Harvath miró su reloj. Pisaba terreno desconocido. Vella le había dicho que la droga actuaba de manera distinta en cada persona. Podía tardar quince minutos o tres horas. Tendrían que observarlo y controlarlo.

Sacaron a Proskurov de la furgoneta, lo arrastraron hasta el almacén y lo ataron a la silla.

A Harvath le habían advertido expresamente que no debía dar una dosis excesiva al prisionero. Por mucho que tardara la droga en hacer efecto, debía actuar lentamente. Demasiada droga de una vez podía dañar su cerebro.

El general llevaba la capucha que habían entregado a Harvath en el Solárium de Malta. En la furgoneta, le habían atado manos y pies y amordazado con cinta de embalar.

Harvath sacó varias tiras de ropa y lo que parecía un frasco de medicamentos, y lo preparó todo tal como Vella le había enseñado.

Después de empapar las tiras en la feromona sintética, las sacó del cuenco, las dobló por la mitad dos veces y luego las metió en el bolsillo de la capucha que cubría la boca y la nariz de Proskurov.

Después volvió a ponerse el reloj y fue a lavarse las manos. No quería que el compuesto llegara a su boca, sus ojos o su nariz.

—¿Cuánto tarda? —preguntó Mathan, sacando una botella de agua de la pequeña nevera de su oficina.

—No lo sé.

—¿Ha hecho antes algún otro interrogatorio como este?

Harvath negó con la cabeza y bebió un largo trago de agua. Luego volvió a enroscar el tapón.

—¿Sabe algo? ¿El resto de sus hombres han conseguido escapar?

Mathan asintió.

—Lamento mucho la pérdida de los dos que han muerto.

El joven sirio volvió a asentir.

—Eran buenos combatientes. Han muerto con honor.

Harvath supo apreciar aquel sentimiento. No era algo que

mucha gente pudiera entender. Si uno tenía que morir, la mejor forma era hacerlo de pie por una causa en la que se creía.

Estaba a punto de comentarlo así cuando Thoman llegó presuroso y entró en la oficina.

—Algo no va bien.

—¿Con qué?

—Con Proskurov. Parece enfermo.

Harvath dejó la botella de agua y siguió a Thoman al almacén de suministros.

Aunque Proskurov seguía atado a la silla, su cuerpo se convulsionaba de manera frenética.

Harvath se acercó rápidamente y le arrancó la capucha. Al general solo se le veía el blanco de los ojos en las cuencas. Estaba teniendo una especie de ataque.

—¿Qué le pasa? —preguntó Mathan.

—No lo sé.

Harvath arrancó la cinta que cubría la boca de Proskurov, que expulsó una rosada espuma jabonosa. Todo el mundo retrocedió.

—Cianuro —afirmó Thoman.

Harvath no comprendía qué demonios estaba pasando. Sacó su móvil cifrado e intentó llamar a Vella, pero dentro del taller no había cobertura. «Maldita sea.» Arrojó el móvil a un lado y desenvainó el cuchillo.

—Sujétenlo —ordenó.

Los Hadid obedecieron como pudieron, mientras Harvath le cortaba las ligaduras.

Lo apartaron todo para hacer hueco y que no se hiriera, depositaron a Proskurov en el suelo y luego lo pusieron de lado. Su cuerpo seguía dando violentas sacudidas y se contorsionaba, y de la boca le brotaba más espuma rosada.

Harvath recogió su móvil y dijo a los hermanos que vigilaran al general y corrió hacia la entrada del taller. Al lado de la persiana metálica consiguió algo de cobertura, pero cada vez que intentaba llamar, recibía el mensaje de que no se había conseguido conectar con el número.

Abrió la persiana y la levantó un poco para pasar por debajo. No le gustaba tener que salir para hacer la llamada, pero no tenía alternativa.

Vella contestó al primer tono y Harvath le explicó lo que estaba pasando.

Vella respondió formulando una serie de preguntas sobre la salud del general que a Harvath le era imposible contestar. Le preguntó sobre fatiga, hipertensión, azúcar en sangre y estrés.

Por supuesto que el ruso estaba estresado. Acababa de verse envuelto en un espectacular tiroteo y lo habían hecho prisionero.

Vella le pidió que le describiera con detalle cómo había preparado y administrado el compuesto. Luego le preguntó cuánto tiempo había transcurrido desde que colocara el compuesto en la capucha y las convulsiones.

Harvath respondió a todas las preguntas tan deprisa y sucintamente como pudo. Pero nada de eso le servía. Necesitaba saber qué debía hacer exactamente.

La respuesta de Vella lo dejó atónito.

—Nada.

¿Nada? Harvath estaba a punto de insistir cuando Thoman pasó por debajo de la persiana metálica y salió. Harvath no necesitó preguntarle qué pasaba. Lo leyó en su rostro. Proskurov había muerto.

59

Harvath estaba cabreado. Los Hadid habían perdido dos buenos hombres y a cambio solo habían conseguido un general ruso muerto.

Vella no creía que Proskurov hubiera mordido una tableta de cianuro. Eso ya no lo hacía nadie, y menos aún los rusos. Los rusos hacían tratos, aceptaban un cómodo asilo en EE.UU. a cambio de información. Seguro que Proskurov tenía problemas médicos previos.

A Harvath le daba igual la causa de la muerte. Su plan de grabar la «confesión» de Proskurov y usarla luego para sembrar dudas, recelos y miedo entre las filas del ISIS se había ido al garete.

Colocó el portátil obtenido en el Salero sobre el escritorio de Mathan y abrió la funda. En el interior había un delgado portátil reforzado, del estilo preferido por soldados y espías destinados a entornos en conflicto. Abrió la tapa y lo primero que vio fue el sensor dactilar.

Muchas cosas utilizaban ya la biométrica. Así se eliminaba la necesidad de cambiar constantemente de contraseña.

Encendió el portátil, lo llevó al almacén de suministros y esperó. Cuando apareció el mensaje de seguridad, metió la mano bajo la tela con que habían cubierto a Proskurov, agarró la mano derecha y le pasó el dedo índice por el sensor.

Pensando que había acabado, Harvath se levantó, pero apareció un segundo mensaje de seguridad, la imagen de un ojo con una mira por encima. Llamó a los Hadid para que le ayudaran. También les pidió que le llevaran más cinta de embalar.

Tras incorporar el cadáver entre los tres, lo apoyaron contra la pared. Harvath le abrió los ojos y puso cinta sobre los párpados para mantenerlos abiertos.

No sabía si el portátil requería un escáner del iris o de la retina, ni si era del ojo derecho o del izquierdo, o de ambos. Una vez preparado Proskurov, Harvath sostuvo el portátil delante de él y activó el escáner. Una barra mostraba su avance.

Dos segundos más tarde se oyó un tono y la pantalla del portátil cobró vida.

Había varias carpetas sobre un insípido fondo azul. Todo estaba escrito en cirílico. Técnica y lingüísticamente, Harvath había llegado al límite de sus conocimientos, y sabía que era mejor no juguetear con el aparato. Había llegado el momento de recurrir a un profesional.

Pero para ello, necesitaba mejor cobertura para su móvil.

Thoman tardó media hora en ir a recoger su taxi y regresar. Cuando llegó, Harvath subió y puso manos a la obra.

Utilizando el cable USB de su cargador, conectó el portátil a su móvil cifrado. Cuando se hizo con el control del portátil, a través del pinganillo Nicholas le explicó los pasos que iba a dar.

Harvath observó mientras Nicholas abría una carpeta tras otra desde Estados Unidos. Había montones de circulares gubernamentales sin el menor interés. Los rusos parecían enterrar a sus funcionarios en papeles, igual que hacían los americanos.

Finalmente, Nicholas dio con algo.

—¿Qué es? —preguntó Harvath.

—Algo que al parecer valía la pena codificar.

—¿Puedes descodificarlo?

—Está protegido con una contraseña. Me llevará un tiempo.

Harvath consultó cuánta batería le quedaba al portátil.

—Está a un treinta por ciento de batería —dijo. Comprobó que había un cable en la funda y se volvió hacia Thoman—. Necesito conectarlo. ¿Cuánto tiempo tardaríamos en llegar a su casa?

—Veinte minutos. Si no hay controles.

Harvath dudaba que la batería durara tanto tiempo. Y tampoco quería correr el riesgo de tropezar con un control.

—Regresemos al taller. Lo cargaremos ahí y volveremos a intentarlo.

—Sé de un sitio donde podemos probar —sugirió Thoman—. No está lejos de aquí. Creo que allí podría enchufar el cargador y habrá buena cobertura para el móvil.

—¿Es seguro?

—Bastante.

Era un tugurio. Había un par de hombres sentados a una mesa del fondo, fumando en cachimba y jugando al backgammon.

Thoman pidió dos cafés y dejó que Harvath eligiera en qué mesa quería sentarse. Este eligió una cerca de una toma de corriente, desde donde se veía bien la entrada.

—¿Es buena la cobertura?

—Excelente —respondió Harvath, mirando su móvil.

—Bien.

Cuando el dueño les llevó los cafés, Thoman y él estuvieron un rato charlando. Al terminar, Thoman preguntó a Harvath:

—¿Quiere fumar?

«No especialmente», pensó Harvath, pero le convenía pasar desapercibido, de modo que asintió.

—Sí, gracias.

El dueño preparó la cachimba poniendo tabaco con sabor a sandía. A Harvath no le gustaba mucho, pero dio unas cuantas caladas.

Mientras observaba el humo que ascendía hacia el sucio techo, pensó en todos los cigarrillos que había fumado Yusuf durante el trayecto desde Jordania. Sabía adónde irían a parar sus pensamientos: al cáncer de Yusuf y al robo de su mercancía en la frontera.

Aunque por lo general le gustaba el silencio, Harvath decidió que se sentiría mejor hablando.

—¿Por qué ha elegido este lugar? —preguntó a Thoman.

—Por el dueño.

—¿Qué pasa con él?

—Mi padre y él crecieron juntos. Eran buenos amigos.

«Vaya, y yo que no quería pensar en cosas serias.»

—¿Y su madre? ¿Vive en Damasco?

—En París —respondió Thoman, meneando la cabeza—. Se fue a vivir allí cuando el régimen asesinó a mi padre.

—No debió de gustarle mucho que su hermano y usted se quedaran aquí.

—No, no le gusta, pero lo entiende. Nuestro padre trabajó con los americanos. Con la CIA. Por eso lo mataron.

—Lo siento —dijo Harvath.

—Hizo lo que consideró correcto. Era un hombre de honor.

—Estoy seguro.

—¿Y usted? —preguntó Thoman.

—¿Qué quiere saber de mí?

—Su padre, ¿a qué se dedica?

—Era de los SEAL de la Marina. Murió en un accidente, durante un entrenamiento.

—Lo siento.

—Le encantaba su trabajo.

—¿Y su madre?

—Vive en California —dijo Harvath.

—¿Le preocupa lo que hace usted?

Era una buena pregunta. Harvath tenía que pensar en una buena respuesta.

—En realidad no sabe en qué consiste mi trabajo —contestó finalmente—. Pero sí sabe que intento hacer lo correcto.

—Porque así fue como lo educaron —dijo Thoman con una sonrisa.

—Ella y mi padre. Sí.

—Tenemos algunas cosas en común.

—Ya —dijo Harvath, también con una sonrisa.

Se reclinó en su silla e iba a dar otra calada a la cachimba, cuando recibió un SMS de Nicholas. Estaba en letras mayúsculas y rezaba así: URGENTE. LLÁMAME.

60

Sala de Emergencias de la Casa Blanca
Washington, D.C.

El presidente Porter dio unos golpecitos con la pluma sobre la carpeta con información que tenía delante.

—¿Se ha podido confirmar si el senador Wells está detrás del artículo del *Washington Post*?

—Todavía no —contestó McGee—, pero lo haremos.

—¿Es posible que la información procediera de otra fuente? ¿De otro miembro del comité al que usted informara? ¿Tal vez el líder de la minoría?

—Sé que fue Wells.

—No he preguntado eso —repuso Porter.

—Señor, ya sabe qué clase de hombre es Wells. Es un oportunista. Es capaz de cualquier cosa.

—¿No pudo ser algún otro miembro del comité?

—Claro —admitió McGee, exasperado—, pudo ser otro, pero no lo fue. Fue él.

No era que el presidente no estuviera de acuerdo, pero había preguntas que eran necesarias. La acusación contra el senador era tremendamente grave.

—Hablemos de lo que se dijo en *Meet the Press.*

—¿Eso de que supuestamente teníamos conocimiento previo del atentado contra el secretario Devon en Turquía?

Porter asintió.

—¿De dónde demonios ha salido eso?

—De mí.

—¿Usted?

—Así es como se atrapa a un topo. Se divulgan informaciones falsas, pero irresistibles, se observa dónde reaparecen y luego se les sigue la pista.

—¿A cualquier precio?

McGee se sintió realmente mal.

—Si hubiera sabido que era Wells y que podía hacerlo público, habría actuado de otra manera. Fue un error y yo lo...

Al presidente no le había gustado, pero no quiso oír más disculpas.

—¿Está seguro de que el senador Wells está en contacto con el topo?

—Puede que sea un oportunista, pero no es estúpido —replicó McGee—. Ni mucho menos.

—Entonces ¿dónde está la conexión?

—Creo que es su ayudante.

Porter sacó una foto de la carpeta y la miró.

—¿Qué sabemos sobre ella? Además de que es sumamente atractiva, claro.

—Rebecca Ritter —dijo el director de la CIA—. Veintiséis años. Nacida y criada en Davenport, Iowa. Estudió en la Universidad St. Ambrose y luego obtuvo un máster en Políticas Públicas por la Kennedy School. La mejor de tres hermanos. Su padre es el propietario de una empresa de reciclaje industrial y su madre trabajaba en la banca.

—¿Cómo sabe que Ritter no consiguió la información de su ayudante, Cavanagh?

—Porque Brendan Cavanagh es un buen hombre. Muy buen hombre. Fue *boy scout* y nadie se extrañó cuando se unió a los marines y fue condecorado numerosas veces por su valor en Irak y Afganistán. Tiene tres estrellas de Plata.

»De hecho, si hubiera obtenido un título en derecho o en contabilidad, seguramente habría acabado en el FBI. Pero no lo hizo. Nosotros lo reclutamos y la CIA se ha beneficiado de ello. Es un hombre de una integridad intachable. Por eso lo elegí como ayudante.

—Pero tenía acceso a la información —insistió Porter para dejarlo todo muy claro.

—Sí. Tenía acceso a todo.

—Y Ritter es su novia.

McGee meneó la cabeza.

—Creo que es más bien una relación ocasional.

—Se acuestan juntos.

—Cierto.

El presidente miró al director de la CIA, enarcó las cejas y dijo:

—¿Y bien?

—Pues no creo que eso demuestre que Brendan es el topo. No es su estilo.

Porter levantó la foto de Rebecca para que McGee pudiera verla.

—Venga, Bob. Mírela. ¿Qué hombre no le diría todo lo que ella quisiera saber?

—Brendan Cavanagh, señor presidente.

—¿Cómo puede estar tan seguro?

—Porque sé quién es. Sé que es una persona de una ética intachable. Sé que su país es más importante para él que cualquier otra cosa, y sé que se puede confiar en él.

—¿Sabía usted que se acostaba con ella?

A pesar de la gravedad de la situación, a McGee se le escapó una risa.

—¿Eso es un no? —insistió Porter.

—Todo lo contrario —respondió McGee, meneando la cabeza—. No solo lo sabía, sino que le animé yo mismo a hacerlo.

—¿Disculpe?

—Brendan es un tipo listo. Sería un gran espía.

—¿Y eso? —preguntó Porter.

—Hasta hace seis meses, Brendan solo había visto a Rebecca Ritter por asuntos relacionados con el Comité de Inteligencia del Senado. Pero luego, casualmente tropezó con ella en un par de lugares que frecuentaba.

»Como decía, Brendan es un tipo listo. Sabía que no era casual. Ni tampoco era casual que cada vez vistiera de un modo más provocativo.

—¿Como si intentara llamar su atención?

—Quería llamar su atención, desde luego —replicó McGee—. Y algo más. Pero cuando ocurrió una tercera vez, Brendan comprendió que pasaba algo raro y me puso al corriente.

—¿Qué tenía de raro? Conozco a Cavanagh. Es un marine alto, fuerte y atractivo.

—Es alto y fuerte, pero no tan atractivo. Al menos él no se ve así. Y por eso imaginó que Ritter tenía un propósito oculto. Al fin y al cabo, su jefe, el senador Wells, preside el Comité de Inteligencia.

—Y a usted no le tiene mucha simpatía.

—Ninguna —confirmó McGee.

—Y entonces le dijo a su ayudante que...

—Que le siguiera la corriente.

—Es decir, que se acostara con ella —precisó el presidente.

—Es decir, lo que Cavanagh considerara más adecuado. Si había algún malvado plan en marcha, puede estar seguro de que queríamos saber qué era. Soy un espía. Nos dedicamos a eso.

El mandatario sonrió.

—Y también por eso le recomendé para el trabajo.

—Entonces tiene que creerme. Brendan no ha filtrado nada. El topo es otro.

—¿Está seguro? —insistió Porter. McGee asintió.

—Detesto los programas dominicales, ya lo sabe. Pero considerando todo lo que había ocurrido, y sobre todo porque usted me lo pidió, fui.

»De camino a la CBS, Brendan me llamó para decir que debíamos hablar lo antes posible. Acababa de ver a Wells en la NBC. Gottlieb le había preguntado qué sabía sobre el rumor de que la Casa Blanca estaba al corriente de que se iba a producir el atentado contra Devon.

—¿Y de dónde había sacado eso Gottlieb?

—Rebecca Ritter se lo pasó a la NBC.

—¿Cómo lo sabe?

—Tenemos a alguien en la NBC.

—¿Un espía? —preguntó el presidente, a quien no le agradó la idea de que la CIA se infiltrara en las cadenas de televisión.

McGee negó con la cabeza.

—Un amigo. Alguien que quiere asegurarse de que se mantiene la imparcialidad. Cuando contactamos con él, esta persona averiguó de dónde había sacado Alan Gottlieb esa pregunta.

»Ritter se la había pasado a un productor nuevo. Un tipo que acaba de mudarse desde Nueva York.

—Pero si no procedía de Cavanagh, ¿de dónde había sacado ella la información?

—¿Quiere mi opinión profesional o la personal?

—Ambas —contestó el presidente.

—Profesionalmente, creo que tenemos un topo dentro del servicio de espionaje. Es un empleado o bien alguien que tiene acceso directo a nuestras comunicaciones. Estamos investigando a una serie de posibles culpables, y espero poder darle pronto algún nombre.

—Bien. ¿Y la personal?

El director de la CIA levantó la foto de Rebecca Ritter y la sostuvo en alto frente al presidente.

—Sea quien sea el topo, se acuesta con ella. Como usted bien ha dicho, ¿qué hombre no le diría todo lo que ella quisiera saber?

61

Lunes
Norte de Siria

El portátil de Proskurov contenía información en abundancia. Los archivos cifrados eran un tesoro. Cuando se combinaron con todo lo que había revelado Viktor Sergun durante su interrogatorio en Malta, emergió una asombrosa visión de conjunto.

Sin embargo, el espionaje era un asunto complejo. Los puntos no siempre conectaban entre sí y, cuando lo hacían, no siempre significaban lo que incluso las mentes más brillantes creían que significaban.

¿Era fidedigna la información hallada en el portátil de Proskurov? ¿Se había verificado? ¿O era una trampa? Habría que andarse con tiento.

En última instancia, era Harvath quien debía decidirlo. Tanto el presidente como McGee y el viejo Cartland le habían dicho que respetarían cualquier decisión que tomara.

Harvath pensó en toda la gente que había sido asesinada, en todos los americanos. La operación planteaba riesgos increíbles, pero la recompensa que se podía obtener era demasiado grande para dejarla pasar.

Aparte del peligro al que se enfrentaba, su siguiente problema era la cantidad de hombres con los que contaba.

Los Hadid trabajaban para la CIA. No les entusiasmaba la idea, pero lo acompañarían. No podía decirse lo mismo de sus hombres. Los que habían participado en el asalto al Salero no trabajaban para nadie. Harvath les había pagado en efectivo. Ya casi no le quedaba dinero.

Era un problema en muchos sentidos. Para empezar, los Hadid no tenían ningún contacto en el lugar al que iban. Y aunque pudieran extender su red de contactos hasta allí, nadie iba a arriesgar la vida por ayudarlos sin que les pagaran en mano y por adelantado.

A Harvath solo se le ocurría una persona a quien recurrir. Sacó el móvil y llamó a Yusuf.

A última hora de la mañana siguiente se encontraron en las afueras de la ciudad. Harvath le presentó a los Hadid. Mientras los tres sirios charlaban, Harvath examinó el vehículo de Yusuf, una camioneta blanca Toyota Hilux de cuatro puertas.

Los Toyotas eran tan corrientes en el territorio controlado por ISIS, que parecía que tuvieran acciones en la compañía. A ellos les ayudaría a moverse con algo más de libertad. Harvath ya solo necesitaba el arma adecuada.

Cuarenta y cinco minutos más tarde, en una población al noreste de Damasco, Harvath pagaba con lo que le quedaba de dinero y la cámara. A cambio, le entregaron un rifle semiautomático rumano PSL de 7.62 mm, además de un silenciador que seguramente habían robado a las fuerzas de seguridad iraquíes.

El rifle incluía una mira telescópica LPS 4X6+ TIP2, una mira nocturna rusa NSPUM y media caja de munición.

Cuando Harvath pidió que se incluyera en el trato una funda para el rifle, el viejo y arrugado traficante de armas rebelde le dio una bolsa de basura negra de plástico. «Bienvenido a la guerra en Siria», pensó Harvath.

Después, Yusuf los llevó hacia el norte. Mathan iba sentado a su lado; Harvath y Thoman, atrás. Iban a adentrarse en territorio del ISIS, y Harvath habría de disfrazarse para poder realizar el viaje.

Llevaba guantes negros y un burka negro. Mathan le dijo

que estaba muy guapo. Thoman le aseguró que el burka le hacía el culo gordo.

Harvath les dijo que si no cerraban el pico iba a pegarles un tiro. Yusuf reprimió una carcajada, encendió un cigarrillo y siguió conduciendo.

Cuando salieron del territorio controlado por el régimen, encontraron numerosos controles del ISIS.

Como experto contrabandista, Yusuf trató con ellos de manera impecable. No hubo intercambio de dinero.

Había llevado consigo su historial médico y otros documentos importantes. Jugó incluso la carta del cáncer.

Les contó que regresaba a su hogar, una aldea cercana a Al Raqa, para estar con su familia. En el hospital de Damasco ya no podían hacer nada por él. Quería morir en su propia cama, en la casa en que había crecido.

Ninguno de los combatientes del ISIS supo cómo reaccionar. Mucha gente les había suplicado, lisonjeado o amenazado para que la dejaran salir. Jamás habían visto a nadie, mucho menos a un musulmán tan bueno y piadoso, acercarse a ellos y pedir permiso para entrar en su territorio a morir.

Era asombroso. Y funcionó en todos los controles. No registraron su vehículo ni una sola vez. Era increíble todo lo que podía ocultarse debajo de un burka. Y también estaba el dron que los sobrevolaría desde muy alto.

Habían tomado la ruta más larga, más por necesidad que por elección. Adentrándose en el desierto, pudieron evitar muchas patrullas aéreas conjuntas de sirios y rusos. De ese modo consiguieron antes la cobertura del dron americano.

El Reaper MQ-9 de General Atomics Aeronautical Systems llevaba dos misiles aire-tierra AGM-114 Hellfire y dos aire-aire AIM-92 Stinger, por si se producía algún contacto con aeronaves enemigas hostiles.

Lo último que quería Harvath era malgastar los Hellfire en un control del ISIS. Aun así, era agradable saber que estaban ahí, por si las moscas.

Se detuvieron al llegar a Tadmur, cerca de las antiguas ruinas de Palmira, pero solo se apeó Yusuf. Compró comida y más agua embotellada.

Comieron en la camioneta de camino a El Sujná, donde llenaron el depósito y siguieron hasta Dayr az Zawar.

Por todas partes se percibía la huella de una prolongada guerra civil y de la insurgencia.

Las viviendas bombardeadas habían vuelto a habitarlas refugiados que no tenían otro sitio al que ir. Los más afortunados habían instalado tejados de chapa ondulada. Los menos afortunados usaban toldos de plástico. Y los que carecían de todo, usaban juncos, cartones y cualquier cosa que encontraran.

En la cuneta veían chasis de vehículos quemados, en ambas direcciones. Circulando por aquella carretera, se adueñó de ellos el miedo a tropezar con artefactos explosivos improvisados, o a convertirse en blanco de algún combatiente del régimen.

La carretera estaba tan dañada que, de no haber circulado en un 4 × 4, no habrían conseguido llegar a su destino. De vez en cuando se veían obligados a salirse del firme y atravesar amplias franjas de arena y piedras.

Hicieron un alto a mitad de camino de Al Raqa, en el fértil corredor del río Éufrates, al sur del embalse conocido como lago Assad.

A las afueras de El Kasará había una pequeña granja donde una familia otrora próspera cultivaba dátiles e higos. Ahora a duras penas conseguían sobrevivir. Hacía tiempo que el ISIS se había incautado de todos sus animales: cabras, gallinas, incluso una vaca. Lo que no se llevaba el ISIS, lo rapiñaban los soldados del régimen cuando pasaban por allí. Era como estar sometidos a una plaga de langostas tras otra.

Sin embargo, el patriarca se había negado a abandonar sus tierras. Era demasiado orgulloso. Su familia había vivido allí durante generaciones. Los conflictos iban y venían. *Insha'Allah*, ellos perdurarían.

Cuando la camioneta se detuvo delante de su hogar, el hombre escondió a la mujer y los hijos en el interior de la casa. Los combatientes del ISIS y los soldados del régimen eran tan crueles como depravados. Su familia había sufrido ya lo indecible.

El hombre salió y se protegió del sol haciendo visera con la mano sobre los ojos. Tenía el rostro curtido por toda una vida de trabajo al aire libre. Parecía mucho más viejo de lo que era. Entornando los ojos, trató de distinguir quién viajaba en el vehículo.

Un Toyota blanco podía ser de cualquier bando, aunque seguramente era del ISIS, que había vuelto a subir los impuestos. A nadie le quedaba ya nada por entregar. A toda la gente que él conocía la habían exprimido hasta la última gota de sangre. Pero eso al ISIS le daba igual.

Al hombre se le aceleró el pulso. Si no pagaba, se lo llevarían y le impondrían un castigo ejemplar. La tortura, quizás incluso la muerte pública, se utilizaría para atemorizar a sus paisanos y hacerles pagar.

La idea de no volver a ver a su mujer y sus hijos le oprimió el corazón. Deseó haberlos abrazado una última vez antes de salir de la casa. Pero ¿cómo podía haberlo sabido?

Riad Qabbani enderezó su encorvada espalda y se preparó para lo peor.

62

—Yo hablaré con él —dijo Yusuf—. ¿De acuerdo? Nadie más. Es mejor así.

Harvath lo entendió y Thoman y Mathan se mostraron de acuerdo. Mientras Yusuf se acercaba a hablar con el viejo granjero, los hermanos se apearon para estirar las piernas.

A Harvath también le habría gustado hacerlo, pero a todos los efectos era una mujer. Eso significaba que había sido relegado al estatus de ciudadano de segunda clase. Se quedó en la camioneta.

Reinaba la tranquilidad, incluso la paz, allí, cerca del Éufrates. Las palmeras datileras y las higueras estaban llenas de frutos. El aire era dulce.

Los Hadid alzaban los móviles en el aire intentando conseguir cobertura mientras Yusuf hablaba con el granjero.

Harvath se mantenía alerta, sus ojos se movían de un lado a otro bajo el burka, observando por si surgía algún problema.

Mientras circulaban, había rastreado su posición con el móvil. Había tomado notas mentales de dónde se hallaban. Habían dejado Damasco casi quinientos kilómetros atrás. Irbil se hallaba a quinientos kilómetros hacia el noreste, pasando por Mosul. Bagdad se encontraba a quinientos sesenta kilómetros hacia el sudeste.

Se encontraban en medio de ninguna parte, completamente rodeados por el ISIS. Detrás de la siguiente colina no estaba la caballería dispuesta a acudir al rescate. Solo tenían un dron en lo alto, fuera de la vista.

Yusuf volvió a la camioneta después de hablar cinco minutos.

—Nos han invitado a tomar el té.

—¿A todos? —preguntó Harvath.

—Sí. Puede confiar en Qabbani.

Thoman le abrió la puerta, Harvath bajó y todos se encaminaron a la pequeña casa de piedra.

Lo primero que percibió Harvath fue lo bajos que eran los techos. Lo siguiente fueron los libros; el hombre tenía montones. Había alfombras en el suelo y cojines apoyados en la pared.

El granjero invitó a sus huéspedes a sentarse.

Se retiró luego a una habitación contigua, seguramente la cocina, y regresó instantes después con una bandeja grande. En ella llevaba un plato de dátiles, otro de higos y té. La depositó en el suelo y se sentó.

Tenía el rostro demacrado y curtido, los ojos hundidos. Parecía muy mal alimentado. Sonrió mirando a Harvath.

—Aquí está seguro —dijo en inglés—. Puede quitarse el burka.

Harvath le dio las gracias y se lo quitó. No entendía cómo aguantaban las mujeres musulmanas todo el día metidas en esa especie de coraza. Dobló la prenda, la dejó en el suelo a su lado y aceptó una taza de té.

—¿Cuánto tiempo hacía? —preguntó Yusuf a su viejo amigo de la universidad.

—Más años de los que puedo recordar.

Qabbani hablaba bien inglés. Se abstuvo de hablar en árabe por respeto a su huésped, a menos que necesitara preguntar por una palabra en concreto.

Al cabo de unos minutos poniéndose al día educadamente, pasaron al meollo de por qué Yusuf se encontraba allí.

—Las carreteras son peligrosas —afirmó Qabbani—. Hay controles y patrullas. No es seguro ir a Al Raqa.

—No vamos a Al Raqa —dijo Harvath, y sacó un mapa. Lo desplegó en el suelo y señaló una población a mitad de camino de allí—. Aquí es adonde necesitamos ir.

El granjero chasqueó la lengua.

—No es seguro.

—Pero ¿es posible? —preguntó Yusuf.

El hombre reflexionó.

—Quizá.

—¿Quizá?

—Hay rumores sobre esa ciudad. Allí ocurren cosas malas. La gente va allí y no vuelve. Nunca.

A Harvath no le sorprendió.

—¿Conoce bien el lugar?

Qabbani asintió.

—¿Puede ayudarnos a llegar hasta allí?

—No.

—¿Disculpe?

—Matarán a mi familia si le ayudo. No puedo correr ese riesgo.

—¿Necesita alguna cosa? ¿Algo que pueda ofrecerle a cambio de su ayuda? —preguntó Harvath.

—¿Puede traer la paz? —repuso Qabbani, sonriendo con tristeza.

—No. Lo siento, pero no puedo.

—Entonces me temo que no tenemos más que hablar.

Harvath tomó un sorbo de té, dejó el vaso y preguntó:

—¿Cuántas personas hay en su familia inmediata?

—¿Por qué lo pregunta?

—¿Cuántos? —repitió Harvath.

—Cinco. Tengo mujer y cuatro hijos.

—¿Qué edad tienen sus hijos?

—Mis dos chicos tienen doce y catorce años. Mis chicas, ocho y once.

—No puedo traer la paz a su país —dijo Harvath, mirándolo a los ojos—. Pero ¿y si pudiera darle seguridad a usted y su familia?

Con estas palabras consiguió captar plenamente la atención del hombre.

—Dígame cómo —pidió Qabbani, inclinándose hacia delante.

63

Furat se parecía a un millar de otras poblaciones que Harvath había visto en el transcurso de su carrera. Las casas eran cuadradas. Muchas tenían patios con tapias. Se habían construido con ladrillos de adobe. Algunas, por lo general las de dos pisos, eran de bloques de hormigón.

El primer dron había vuelto a su base para repostar. Otro dron idéntico los sobrevolaba ahora, proporcionando imágenes.

Cuatro carreteras atravesaban Furat, imitando los puntos cardinales. Era una antigua parada para caravanas, conocida por la dulzura de su agua, que procedía de fríos y profundos pozos.

Harvath comparó las imágenes del ordenador de Proskurov con las que le enviaba el dron a su móvil. Divisó la casa de Baseyev enseguida. El agente del GRU había sabido elegir bien.

La casa se encontraba en los límites de la población, a corta distancia a pie de todas partes pero lo bastante retirada como para mantenerse a salvo si se producía un ataque aéreo contra los demás edificios.

Proskurov la había resaltado en su mapa. Tres viejas antenas parabólicas miraban hacia el cielo, formando un triángulo en la azotea. Harvath supuso que las habían puesto allí como señal de algún tipo. Desde un caza, avión espía o satélite rusos, no serían difíciles de distinguir.

En previsión de los incesantes ataques sobre Alepo, Al Raqa y Dabiq, el ISIS había requisado parte de la ciudad para servir secretamente como nueva base de operaciones. Por eso la ciudad había adquirido la fama de que allí pasaban cosas malas y que la gente desaparecía. Cuando los del ISIS veían a algún forastero, indefectiblemente daban por supuesto que era un espía.

Yusuf había insistido tercamente en que solo Qabbani podía llevarlos hasta Furat. Y tenía razón. La familia de Qabbani había vivido en la región durante generaciones. Conocían a todos los granjeros, pastores, tejedores de cestos y vendedores del Corán desde allí hasta Alepo. Qabbani tenía una envidiable red de contactos.

Los dejó en una pequeña propiedad, abandonada desde hacía tiempo, situada a unos kilómetros de la ciudad. La arena había engullido el pequeño jardín. La destartalada casa de dos habitaciones parecía desocupada desde hacía cien años.

Harvath puso en pie una mesa volcada y descubrió dos escorpiones copulando. Antes de que pudiera reaccionar, Qabbani los aplastó con el pie.

—Tenga cuidado —advirtió a Harvath—. Donde hay dos, siempre hay más.

El americano atendió a su consejo cuando se apostó cerca de la ventana. Observó las imágenes de vídeo suministradas por el dron y tomó notas en una libreta.

El ISIS no quería llamar la atención, por lo que mantenían un perfil bajo. No había defensas antiaéreas, ni puestos de control permanentes, ni equipos móviles de combatientes en camionetas con ametralladoras montadas en la parte de atrás. Eso dificultaba mucho más el trabajo de Harvath.

El ISIS tenía muchos enemigos, y sus líderes no iban a permitir que alguien se acercara hasta allí tranquilamente sin hacer nada.

Habría observadores ocultos entre los lugareños y casas de todas las calles. Todos los ojos que los miraran serían una amenaza potencial. Distinguir a los buenos de los malos sería una tarea casi imposible.

A decir verdad, Harvath sabía que el mejor plan sería pedir unos F-22 que lo bombardearan todo. Que convirtieran la ciudad en una pila humeante de escombros y zanjaran el asunto de una vez por todas. Pero, por muy atractiva que le resultara la idea, la superaba el deseo de mirar a Sacha Baseyev a los ojos. Harvath quería ver su rostro cuando se diera cuenta de que todo había terminado y de que iba a morir. Harvath se lo debía al equipo de la CIA y a las empleadas de la embajada en Anbar, al secretario Devon y a sus guardaespaldas asesinados en Turquía, y a los muertos y heridos en la Casa Blanca.

Luego estaba la segunda cosa que quería: enterrar a los rusos bajo un alud de mierda, como se merecían.

Basándose en la información proporcionada por Sergun durante el interrogatorio, Baseyev regresaría a la ciudad esa misma noche. Varios miembros del ISIS de alto nivel, incluyendo algunos de los que hablaban ruso, planeaban reunirse para hacerle un homenaje.

Si Harvath podía confirmar dónde se produciría el evento, EE.UU. podría entrar en acción. Luego, con ayuda de Nicholas, podrían disponerlo todo para que pareciera obra de los rusos.

El presidente, McGee y Carlton habían dicho a Harvath que le permitirían a él tomar la decisión, pero a ninguno de ellos le gustaba. Era demasiado arriesgado. El mero hecho de llegar hasta Baseyev sería ya un logro increíble, pero permanecer en Furat después sería un suicidio. Ellos querían que Harvath saliera de allí pitando.

Él estaba de acuerdo. No quería quedarse más tiempo del estrictamente necesario. Pero si tenía éxito en su empeño, el riesgo merecería la pena. Se habían perdido demasiadas vidas para que no lo intentara al menos.

La clave estaba en la coordinación. Entrar en la ciudad, hacer el trabajo y marcharse.

Harvath examinó un mapa de la zona, tratando de determinar dos cuestiones: dónde probar el rifle y, una vez oscureciera, cómo acercarse a la ciudad.

Tras discutir la primera cuestión con Qabbani y Yusuf, se puso en contacto con Washington para pedirles que enviaran el dron a examinar las dunas de arena situadas a ocho kilómetros al este de su posición.

Cuando le confirmaron que estaba todo despejado, Harvath y Thoman se hicieron con unos cuantos objetos para que sirvieran de blanco, subieron a la camioneta y fueron hacia las dunas.

Durante el trayecto, discutieron diversos aspectos que podían influir en su misión. Harvath les explicó que las cosas no solo podían salir mal, sino que seguramente saldrían mal.

Ignoraba lo proféticas que iban a resultar sus palabras. Después de realizar el primer disparo con el rifle PSL, el siguiente proyectil no se cargó.

Harvath tenía sus reservas desde el principio. No suele haber PSL modificados para colocarles silenciador. Era una tarea muy compleja y, si no se llevaba a cabo correctamente, no hacía más que causar problemas.

Sin embargo, era la única arma con silenciador disponible y, para que funcionara su plan, eso era lo que necesitaba. No tenía que ser la mejor. Solo tenía que funcionar.

En un principio pensó que el cerrojo no había retrocedido completamente para recoger el siguiente proyectil. Pero cuando lo examinó, se dio cuenta de que el problema no estaba ahí.

Hizo que saltara el cargador, quitó el proyectil que no se había cargado y volvió a insertar el cargador. Tras amartillar el arma, apuntó al blanco y apretó el gatillo.

El disparo se produjo, pero, una vez más, el siguiente proyectil del cargador no pasó a la recámara.

—No me jodas —masculló Harvath.

—¿Qué pasa? —preguntó Thoman.

—Que voy a matar al que nos ha vendido este rifle, eso es lo que pasa.

Había corrido un riesgo comprando un arma a un desconocido y sin poder probarla. «Bienvenido a la guerra en Siria.»

Volvió a sacar el cargador metálico y examinó los bordes de la parte superior. Esperaba que el problema no estuviera en el rifle en sí, sino en el cargador.

—¿Tenemos unas tenazas? —preguntó.

Thoman volvió a la camioneta y regresó con una llave inglesa ajustable.

—Esto es todo lo que hay —dijo.

Harvath alargó la mano como un cirujano para que le pusiera la herramienta en la palma. Tuvo que aplicar la llave cinco veces y disparar varias veces más para que el cargador funcionara correctamente, y, una vez conseguido, el rifle no dio más problemas.

Una vez ajustada la mira de visión nocturna, Thoman y él volvieron a la camioneta y se apresuraron a regresar.

Se acercaba la noche y a Harvath aún le quedaban muchas cosas por hacer. Solo iba a tener una oportunidad. Y aunque no era supersticioso, no pudo evitar que los problemas con el rifle le parecieran un mal presagio.

Recordó entonces todos los vídeos del ISIS que había visto, en los que ahogaban, quemaban y despellejaban a sus cautivos hasta matarlos.

Sintió una creciente punzada de aprensión. ¿Era lo más inteligente lo que se proponía hacer? ¿Había considerado todas las opciones? ¿Había un modo mejor de hacerlo? ¿Había pasado algo por alto, olvidado, Dios no lo quisiera, alguna cosa fundamental?

Inspiró hondo, aguantó la respiración unos segundos y exhaló lentamente. Estaba a punto de meterse en el corazón del ISIS, de unos bárbaros salvajes y malvados que lo superaban en armas y hombres de manera espectacular.

Lo que estaba experimentando era miedo, y no por primera vez. Y desde luego tampoco sería la última. Nadie era inmune a él. Pero el valor no es la ausencia de miedo, sino actuar a pesar de todo.

Solo podía trazar el mejor plan posible, llevarlo a cabo fielmente y estar preparado para improvisar si todo salía mal.

Enterró sus dudas en lo más profundo de su mente y trató de concentrarse. Pero antes tuvo una última e inquietante idea: aquella podía ser la última misión de su vida. Allí, en medio de la nada, podía ser el lugar donde iba a morir.

64

Washington, D.C.

—¿Te gusta? —preguntó Rebecca, girando lentamente sobre sí misma en el centro de la habitación del hotel—. Es un corsé largo.

A Joe Edwards le daba igual lo que fuera. Era terriblemente sexi. Tragó saliva y asintió al mismo tiempo. «Dios, es increíble.»

Rebecca lo miró mordiéndose el labio inferior. Llevaba un corsé de encaje blanco que se ajustaba a su figura y le llegaba a las caderas. Terminaba en unas ligas con volantes que sujetaban unas finas medias. Con el dedo índice indicó a Joe que se acercara y él obedeció.

Rebecca lo besó y lo atrajo hacia la cama. Nunca antes habían echado un polvo al mediodía. La habitación le había costado un ojo de la cara, pero esperaba que valiera la pena.

Él se mostró torpe desvistiéndola. Siempre era torpe. También era un pésimo amante, pero al menos era rápido.

Cuando los dos estuvieron desnudos, ella se frotó contra él y Joe se volvió loco de deseo. A veces tenía que decirle que frenara un poco. A veces casi se excitaba demasiado.

Rebecca se colocó entre sus piernas y fue besándole el torso hasta que llegó al ombligo. Lentamente movió la lengua alrededor. Notó que él se apretaba contra su pecho. La deseaba ansiosamente. Y ella estaba dispuesta a dejar que la tomara, pero primero necesitaba una cosa de él.

—Quizá no deberíamos hacer esto —dijo.

Joe logró mover el cuerpo hacia el cabecero de la cama y conseguir así que la boca de Rebecca llegara donde él quería.

—Sí, sí que debemos —susurró, enredando los dedos en el pelo de ella para apretarle la cabeza hacia abajo.

Rebecca notó su miembro contra la garganta.

—Me has metido en un lío.

—Ssshh.

—Lo digo en serio —insistió ella, lamiéndole un poco bajo el ombligo—. Mi jefe no está contento conmigo.

Joe la interrumpió agarrándole la cara con las manos.

—¿Por eso estamos aquí?

Rebecca sonrió y se deslizó un poco más abajo.

—Por supuesto que no. Quería verte.

—En serio —insistió él, deteniéndola—. ¿De qué va todo esto? ¿Qué ha pasado con Wells?

—Es sobre el secretario Devon.

—¿Qué pasa con él?

—Wells no pudo confirmar lo que me contaste sobre el ataque en Turquía. Ya sabes, que la Casa Blanca lo sabía de antemano.

—Joder, Rebecca —suspiró él, saliéndose de debajo. Se le había cortado el rollo.

Tendió la mano fuera de la cama para sacar el cigarrillo electrónico de la chaqueta, que estaba arrugada en el suelo.

—¿Qué? —preguntó ella.

Joe se colocó dos almohadas detrás de la cabeza, se apoyó en el cabecero y dio una calada. Tras exhalar el vapor, se apretó la frente con la palma de la mano.

—Pues claro que no puede confirmarlo. Solo lo sabían el presidente y el director de la CIA. Aparte de un par de asesores muy cercanos, no lo sabía nadie más.

—¿Estás seguro?

—Leí el memorando. Leí todos sus memorandos, y más aún. Ya lo sabes. ¿De dónde crees que lo saco todo?

Rebecca sabía exactamente de dónde lo sacaba todo. Joe era de los mejores especialistas en IT de la CIA. También era un brillante analista. En el mundo del espionaje, lo que no se decía era tan importante como lo que se decía. A sus treinta y tres años, Joe Edwards era un maestro en descubrir la imagen completa cuando aún faltaba la mitad de piezas del puzle.

Tanto sus padres como sus abuelos habían sido funcionarios de carrera o habían trabajado en inteligencia. Para todos ellos, incluido Joe, era un honor servir a su país.

Pero Washington había cambiado. En opinión de Joe, Estados Unidos había cambiado. Había perdido el rumbo, le había defraudado.

Al mirar alrededor y ver cómo se rompían las promesas, una tras otra, empezó a cuestionar lo que estaba haciendo y para quién lo hacía. No era lo que él quería. No se había comprometido para eso. Él quería hacer del mundo un lugar mejor. En cambio, trabajaba para una oligarquía corrupta que pretendía doblegar al mundo a su antojo. Los demás países y las demás culturas solo tenían valor en proporción directa a lo que pudieran hacer por Estados Unidos. Todo era una mierda.

Por eso le gustaba el senador Wells. Joe veía en él al hombre que podía cambiar Washington, cambiar las reglas del juego. Tenía las agallas para arrasarlo todo y reconstruirlo a partir de las cenizas, para que volviera a ser como debía ser. Y para Joe era un honor contribuir a conseguirlo.

El hecho de que Rebecca viera el mundo igual que él era la guinda del pastel. Estaban hechos el uno para el otro. Era obvio desde el principio.

Joe comprendía que ella necesitara mantener su relación en secreto. Washington estaba lleno de gente que solo sabía odiar, gente a la que le gustaba destrozar todo lo bueno.

A pesar de lo ocupada que estaba siempre, Rebecca siempre encontraba tiempo para verlo. Joe sabía que en gran parte se debía al sexo. Siempre le estaba diciendo lo fantástico que era como amante.

Hasta entonces, él nunca se había considerado un monstruo en la cama. Simplemente Rebecca conseguía sacar la bestia que había en su interior.

Se compenetraban en todos los sentidos, pero el más importante era su visión para el país.

El senador Wells tenía muchas posibilidades de convertirse en el siguiente presidente. Si lo conseguía, Rebecca iría con él. Y si ella iba con Wells, se llevaría a Joe.

Rebecca era el pasaporte de Joe a la Casa Blanca, donde las oportunidades eran infinitas. Podría hacer un bien inconmensurable, devolver América al buen camino, al lugar que él sabía que le correspondía.

Joe estaba dispuesto a hacer todo lo necesario a tal fin. Por eso se había ofrecido a ayudar a Rebecca, a ayudar a Wells. Por supuesto, ella lo había rechazado. A Rebecca no le gustaba la idea de manejar información reservada. Pero Joe había disipado sus recelos, aunque para ello hubiera tenido que distorsionar la verdad.

El jefe de Rebecca era el presidente del Comité de Inteligencia del Senado. Wells tenía todo el derecho a saber todo lo que Joe le contaba a ella.

Todo estaba muy claro, pero Rebecca no podía hablar de ello públicamente. Eso era imposible. Joe solo le había pedido que si, Dios mediante, conseguían llegar a la Casa Blanca, lo llevaran a él también.

Por supuesto, Rebecca le había dicho que sí. En realidad, había hecho más que eso. Había descrito con lujo de detalles todas las cosas que podrían hacer juntos cuando Wells ocupara el Despacho Oval.

A Joe le habían parecido todas admirables, pero también tenía sus propias ideas obscenas sobre lo que podrían hacer en el Air Force One, y estaba impaciente por ponerlas en práctica.

Rebecca gateó hasta colocarse a su altura y recostó la cabeza en su pecho.

—Ya sabes cómo es el senador. Ejerce una gran presión sobre todo el mundo.

—Pero especialmente sobre su asistente.

Ella asintió y sus suaves cabellos acariciaron la piel de Joe.

—Bueno, ¿y si pudiera darte algo aún mejor, más importante incluso que la información sobre Devon?

Rebecca alzó la vista hacia él y sonrió.

—¿Qué me costaría?

Joe Edwards dejó el cigarrillo electrónico en la mesita de noche y se volvió hacia ella.

—Eso depende —dijo—. ¿Por dónde íbamos?

Veinticinco minutos más tarde, Rebecca Ritter salió del hotel y giró a la izquierda, encaminándose hacia una tranquila cafetería a unas seis manzanas de distancia. La tarde era cálida. No había una sola nube en el cielo. Un tiempo perfecto para caminar.

Casi le pareció oler los cerezos en flor de la Tidal Basin.

Si lo que Joe Edwards acababa de contarle era cierto, y no tenía motivos para creer que no lo fuera, acababa de obtener otra información excepcional. A su jefe le interesaría mucho lo que iba a contarle.

Delante de ella había una serie de tiendas. Una de ellas tenía una puerta trasera que conducía a un parking. Desde allí, Rebecca podía acceder a la siguiente calle y asegurarse de que no la seguía nadie. Atravesó el cruce y se dirigió a la tienda.

En ese momento, el hombre que la seguía de lejos utilizó su pequeño micrófono para ordenar a su equipo que vigilaran el parking.

65

Furat, Siria

Una plaza pavimentada rodeaba el pozo principal de la ciudad. En torno a la plaza había todo tipo de tiendas y vendedores callejeros. Harvath lo observaba todo desde el asiento trasero de la camioneta, embutido de nuevo en el burka.

Conducía Yusuf. Qabbani iba sentado a su lado. A los Hadid ya los habían dejado.

—¿Ha visto suficiente? —preguntó Yusuf, con la vista fija en la calle. Se sentía muy incómodo conduciendo por el centro de la ciudad.

—Siga adelante —respondió Harvath—. Ya le diré cuándo parar.

Según la CIA, en la ciudad vivían unas diez mil personas. Los pocos miembros del ISIS a los que vio intentaban confundirse con los lugareños, pero eran fáciles de identificar.

Recogían información, iban en busca de provisiones o simplemente vigilaban, pero todos tenían el aspecto deteriorado y endurecido de los combatientes. Su expresión era severa y alerta. Ninguno de ellos llevaba uniforme. Vestían de paisano. Llevaban la *kufiyya* o pañuelo palestino alrededor del cuello. Todos lucían barba.

Sin embargo, lo que más los delataba era su complexión.

Mientras que los lugareños mostraban una enfermiza delgadez, los jóvenes miembros del ISIS estaban sanos y en forma. Ninguno parecía haberse perdido una sola comida.

Ser destinado a aquella población significaba acceder a la élite del ISIS. Como en cualquier sistema totalitario, había dos clases: la cúpula, y todos los demás.

Los líderes y su círculo de combatientes más inmediato vivían muy bien. Tenían casas, coches para elegir, así como rehenes femeninas que les servían de concubinas. Sin embargo, en el resto de la organización había un gran sufrimiento.

A causa de la presión y los esfuerzos internacionales para erradicar al ISIS, sus combatientes de a pie, carne de cañón, habían visto recortada su paga a la mitad, las raciones reducidas y la atención médica eliminada. Pero su fe los impulsaba a seguir combatiendo.

En internet, hábiles campañas publicitarias en las redes sociales contribuían a que siguieran llegando nuevos combatientes y a reclutar seguidores por todo el globo, dispuestos a realizar atentados en sus propios países. Por muy mal que se pusieran las cosas, parecía que el ISIS no hacía más que crecer en número e influencia.

—¿Quiere pasar por delante de la casa con el coche? —preguntó Yusuf. En ese momento salían de la plaza en dirección norte.

Harvath llevaba una bolsa sobre el regazo. Dentro iba su móvil. Veía lo que veía el dron que volaba sobre ellos. El pinganillo le permitía comunicarse con Langley.

—Todavía no —replicó—. Pasemos por delante de la mezquita principal y luego comprobaremos la ruta de salida de la ciudad.

Yusuf meneó la cabeza. En su opinión, Harvath era demasiado atrevido, pero le había hecho la misma promesa que a Qabbani.

Harvath iba a ocuparse de ellos y sus familias. Era una oportunidad que Yusuf no habría imaginado ni en mil años. Si el americano cumplía su palabra, y Yusuf rezaba a Alá para que así fuera, todos los riesgos que le pedía que corriera valdrían la pena.

Harvath había elegido aquella ruta para que pasaran por la pequeña planta baja que utilizaba la policía local. Con el ISIS en la ciudad, seguramente habrían sometido a la policía. Harvath quería comprobar su nivel de profesionalidad.

Vio a dos agentes sentados a la puerta, fumando. Se los veía desaliñados, los uniformes arrugados, uno de ellos con una gran mancha. No eran agentes de la ley que se enorgullecieran de sí mismos, y mucho menos de su profesión. No constituirían ningún problema. El problema vendría de los miembros del ISIS.

Cuando se acercaban a la mezquita, Yusuf estuvo a punto de atropellar a uno de ellos que salió de un coche aparcado para detener el tráfico. Varios de sus compinches querían cruzar la calle para asistir al rezo de la tarde.

Yusuf no lo vio y pisó el freno en el último segundo. Paró tan cerca de él, que el hombre dio un palmetazo al capó de la camioneta.

«¡Mierda!», fue lo primero que pensó Harvath, mientras el tipo despotricaba contra Yusuf en árabe.

Yusuf se comportó magníficamente. Mantuvo la calma, se disculpó y rogó que le perdonara manteniendo la vista baja.

Sin embargo, el del ISIS tenía ganas de bronca. De un tirón, abrió la puerta del conductor.

Harvath se había metido ya el móvil en un bolsillo interior, había dejado caer la bolsa al suelo y tenía las manos debajo del burka, sujetando un AK sobre el regazo.

Tenía varios cargadores colgados en bandolera, la Palafox SIG Sauer metida en la pistolera del cinto, a la espalda, y todas las granadas que no se habían usado en el Salero. Si aquellos tipos querían jaleo, iba a ofrecerles el mayor de su vida.

Sin perder la calma, miró a Yusuf a los ojos en el retrovisor. El pobre era presa del pánico. Harvath asintió con la cabeza despacio, tratando de tranquilizarlo.

El barbudo del ISIS le gritó que saliera del vehículo. Yusuf puso punto muerto y obedeció. Dos combatientes del ISIS que cruzaban la calle se acercaron a ver qué pasaba. Harvath los examinó para decidir a cuál de los dos iba a disparar primero. Las cosas iban a ponerse feas muy deprisa. Decidió que primero abatiría al que acosaba a Yusuf, pero entonces oyó que se abría la puerta del copiloto. Qabbani había decidido apearse para intervenir.

Harvath no dio crédito a sus ojos. Yusuf sabía cómo manejarse en esa clase de situaciones. Lo había visto actuar varias veces. Qabbani debería haberse quedado en la camioneta. Iba a conseguir que lo mataran a él y a los demás.

En cuanto se apeó, el tipo del ISIS que llevaba la voz cantante empezó a gritarle que volviera a la camioneta.

Harvath vio a Qabbani interrumpir la luz de los faros cuando pasó por delante del vehículo. A los del ISIS no les gustó su insolencia.

El cabecilla agarró a Yusuf por la camisa y ordenó a uno de sus compañeros que interceptara a Qabbani. El tipo iba a obedecer cuando Harvath vio que Qabbani metía una mano bajo la túnica.

«¡Mierda! —volvió a pensar—. Que no sea un arma.»

Al parecer, los barbudos pensaron lo mismo, porque inmediatamente aparecieron las armas que antes mantenían escondidas a los ojos del público y apuntaron a Qabbani.

Harvath ya no podía salvar la situación. En cuanto empezara a disparar, uno de los dos, Yusuf o Qabbani, iba a morir. Solo podía salvar a uno.

Otra persona habría pensado quizás en salvar a Qabbani. Con su cáncer, Yusuf estaba ya muerto. Pero no era así como pensaba Harvath. Hacía unas treinta y seis horas que conocía a Yusuf, pero habían corrido riesgos juntos, y Harvath era leal ante todo. Si tenía que elegir a quién salvar, elegía a Yusuf.

Pero no serviría de nada si el maldito Qabbani no se quedaba quieto de una vez. Si seguía avanzando hacia Yusuf, Harvath no podría hacer nada por ninguno de los dos.

Por suerte, uno de los hombres del ISIS le golpeó en el pecho con el rugoso cañón de una metralleta Skorpion y detuvo su avance. El barbudo sacó el brazo del granjero de debajo de la túnica, lo acercó a la luz del faro del conductor y mostró lo que quería sacar Qabbani: una bolsa de dátiles.

Harvath no daba crédito a sus ojos. Qabbani había estado a punto de conseguir que los mataran a todos por una puta bolsa de dátiles.

Al parecer, los hombres del ISIS también supieron apreciar lo ridículo de la situación, porque se echaron a reír. El que sujetaba a Qabbani le arrancó la bolsa de la mano y lo empujó para que retrocediera.

El cabecilla abofeteó a Yusuf, soltó una risotada y lo metió a empujones en la camioneta.

A continuación, los tres barbudos cruzaron la calle en dirección a la mezquita, disputándose la bolsa de dátiles.

Yusuf se sentó al volante y cerró la puerta. Harvath no se atrevió a decir una sola palabra. Observó al sirio apretando el volante hasta que los nudillos se le pusieron blancos. Estaba furioso y su rabia se transmitía a todo el coche.

Cuando Qabbani subió de nuevo a la camioneta y cerró la puerta, Yusuf puso primera, se aseguró de que nadie quería cruzar la estrecha calle en dirección a la mezquita, soltó el embrague y emprendió la marcha.

—¿Está bien? —preguntó Harvath en cuanto empezaron a moverse. Era una pregunta estúpida, y él lo sabía, pero tenía que hacerla de todas formas.

Yusuf se había visto obligado a tragarse el orgullo tantas veces, que la rabia ya no le duraba mucho.

—Estoy bien —contestó—. Acabemos con esto.

66

El Toyota Hilux blanco siguió circulando mientras sus ocupantes se preparaban para pasar por delante de la vivienda que el americano del asiento de atrás había localizado en su mapa.

Estaban casi en las afueras de la ciudad cuando Harvath dijo:

—Alto.

—No puedo parar —dijo Yusuf—. Podríamos llamar la atención.

—Hazlo —le ordenó Harvath—. Para, sal y abre el capó. Finge que le pasa algo al motor.

Yusuf lo hizo.

—Tenemos un edificio a las once —dijo Harvath a través del pinganillo—. El tercero desde la esquina. ¿Lo ven?

—Afirmativo, Norseman —replicó Lydia Ryan, observando las imágenes que enviaba el dron a Langley—. ¿Qué ocurre?

—Alguien tiene un montón de pantallas encendidas ahí dentro.

—¿Pantallas?

—Monitores de algún tipo. No puedo verlo bien desde aquí.

—¿No puede acercarse más? —preguntó ella.

—No sin bajarme de la camioneta.

—¿Qué más ve?

Harvath escudriñó el vecindario buscando algo inusual o fuera de lo corriente.

—Generadores —respondió al fin—. Cuatro.

—¿Cuatro? —repitió Ryan—. ¿Para qué demonios necesitan tantos?

Harvath volvió la cabeza hacia la ventanilla y trató de ver a través de la rejilla del burka.

—Imagino que, sean lo que sean esos monitores, necesitan mucha energía para funcionar. Además, veo aparatos de aire acondicionado.

—Permanezca a la espera, Norseman —dijo ella.

Harvath aguardó.

Un minuto después, Ryan volvía a estar en línea.

—Estamos muy interesados en lo que ocurre en ese edificio. Captamos una gran actividad.

—¿Electrónica? —preguntó Harvath.

—Afirmativo. ¿No podría acercarse más?

Harvath iba a responder cuando Yusuf cerró el capó y volvió a subir a la camioneta.

—Tenemos que irnos.

—¿Qué pasa?

—Nos observan —respondió el sirio. Puso el coche en marcha, acelerando como si le costara arrancarlo, y luego puso primera y arrancó despacio—. En cuanto nos paramos, en la puerta apareció un hombre con fusil y habló por el móvil.

Harvath no lo había visto desde el asiento trasero.

—Buena vista —dijo—. Negativo —añadió, respondiendo a Langley—. Ahora estoy pasando por delante del objetivo.

—Entendido —dijo Ryan—. Tenga cuidado.

Al seguir calle adelante, Harvath miró a un lado y otro, intentando captar la mayor cantidad posible de detalles sobre el edificio con aire acondicionado y los cuatro generadores. Alguien había invertido mucho dinero allí.

Cuando se acercaban a la casa de Baseyev, en las afueras de la ciudad, Harvath pidió a Yusuf que aminorara la velocidad, pero no mucho.

El dron había proporcionado ya algunas imágenes excepcionales. Harvath empezó a familiarizarse con la zona: quién estaba aparcado dónde, cuántas ventanas estaban abiertas, algún vecino que pareciera interesarse por lo que ocurría en la calle.

Eran las cosas más básicas que necesitaba saber antes de que Yusuf detuviera la camioneta noventa segundos después para que él se apeara.

—¿Lo tiene todo? —preguntó Yusuf.

Harvath asintió.

—Aténgase al plan. Las cosas van a desmadrarse muy rápidamente. Haga lo que le he dicho y todo irá bien.

—Tome —dijo Qabbani, cuando Harvath iba a cerrar la puerta. Le ofreció otra bolsa de dátiles que había llevado consigo.

—*Sukran* —dijo Harvath en árabe—. Gracias.

Cerró la puerta con suavidad y se quedó mirando la camioneta, que se adentró en la oscuridad y desapareció. Si no lograba salir con vida, Yusuf y Qabbani iban a tener muchos problemas. «*Insha'Allah* —pensó—, eso no va a ocurrir.»

Había dejado el burka en el vehículo y se había vestido como los combatientes del ISIS en la ciudad, con tejanos, camiseta y chaqueta. Pero llevaba la *kufiyya* de modo que le tapaba la cara. Encontró a los Hadid justo donde se suponía que debían estar.

—¿Algún movimiento? —preguntó.

Mathan señaló el segundo piso de la casa de Sacha Baseyev. Tenía un pequeño balcón con las persianas abiertas de par en par.

—¿Lo han visto?

Thoman asintió.

—Ha salido un momento al balcón y luego ha vuelvo dentro.

Harvath informó a Ryan.

—Segundo piso. Balcón de la esquina noroeste. Las persianas están abiertas. ¿Pueden echar un vistazo al interior?

—Permanezca a la espera —replicó ella.

Mientras lo hacía, Harvath consultó su cronógrafo, que emitía una luminiscencia verdosa.

Intentó pensar en lo que estaría haciendo en aquel momento si fuera Baseyev. ¿Qué haría si acabara de llegar de cumplir con una serie de misiones en el extranjero? Acababa de preguntárselo cuando la voz de Ryan sonó en su audífono con un chisporroteo.

—Está durmiendo.

—Repítalo —pidió Harvath.

—Está durmiendo. O al menos eso creemos. Hay alguien tumbado en posición horizontal sobre una cama en esa habitación, vivo y respirando.

Harvath asintió. Eso era exactamente lo que habría hecho él. Habría dormitado apenas en los aviones, sin ceder completamente al sueño hasta que estuviera en algún lugar seguro. Allí caería rendido.

Tendría un arma al alcance de la mano y seguramente un cuchillo, o dos, pero en cuanto llegara a un lugar que considerara su casa, se habría sumido en el más profundo sueño hasta que sonara el despertador. Entonces Baseyev tendría que luchar contra el agotamiento, levantarse de la cama y reunirse con sus camaradas del ISIS para la celebración.

—¿Hay alguien más dentro? —preguntó Harvath.

—Afirmativo. Dos más. Uno en el patio. Parece sentado. Y observamos una imagen térmica borrosa en la planta baja. Parece una persona sola, pero se mantienen alejados de las ventanas.

—Entendido —replicó Harvath.

—¿Dos guardaespaldas? —preguntó Mathan cuando Harvath cortó la comunicación con Langley.

—Guardaespaldas o niñeras. Ni lo sé ni me importa. Yo solo quiero a Baseyev —afirmó—. ¿Listos?

Ambos Hadid asintieron.

—Vamos allá.

67

Harvath fue el primero en saltar al otro lado de la tapia que rodeaba la casa. Delante de la puerta principal había un espacio para aparcar coches, y un exuberante jardín en la parte de atrás. Era obvio que el ISIS tenía un elevado concepto de Sacha Baseyev y le habían obsequiado con una espléndida propiedad siria. Estaban a punto de lamentarlo... y mucho.

Harvath imaginó que seguramente los dos guardaespaldas habían ido a buscar a Baseyev al aeródromo, lo habían llevado a la ciudad y ahora montaban guardia. Teniendo en cuenta las habilidades de Baseyev, a Harvath no le parecía que necesitara protección.

Aunque los barbudos no estuvieran al tanto de su historial, llegados a ese punto Baseyev debía de haber demostrado ya su excepcional eficacia en la batalla. Los guardaespaldas parecían algo excesivo.

Dicho esto, el trabajo de protección era una misión muy codiciada. Tal vez los matones que lo protegían estaban relacionados con los capitostes del ISIS. Seguramente Baseyev le hacía un favor a alguien aceptándolos. Así solían ser esas cosas.

A él le daba igual. Iba a matarlos a los dos.

Se movió en dirección a la parte delantera de la casa, ajustándose las gafas térmicas, las mismas que había utilizado en el Salero.

Los Hadid habrían saltado ya la tapia y ocupado sus respectivas posiciones. Harvath había sido muy claro sobre lo que quería que hicieran y, sobre todo, sobre lo que no debían hacer.

Se asomó al jardín delantero y vio al hombre que vigilaba la verja de la entrada. Más allá había un gran Toyota Land Cruiser.

El guardia se reclinaba en una silla con los pies apoyados en una caja. Tenía el arma al lado, apoyada en el muro. Lo observó a través de las gafas térmicas, centrándose en su torso, que subía y bajaba lentamente. ¿Estaba dormido?

Colgada del hombro, Harvath llevaba una pequeña bolsa de lona con dos botellas de agua de litro y medio. Sacó una, desenroscó el tapón, sacó su SIG y metió el cañón en el cuello de la botella: el silenciador de los pobres.

Amortiguaría un poco el primer disparo, pero también limitaría el alcance y la precisión. Tendría que disparar desde muy cerca. Y después, solo le quedaría una botella.

Siguió avanzando sigilosamente. Cuando se encontraba a unos cuatro metros, se detuvo. Oía algo. El hombre estaba roncando. Desde luego, dormía como un lirón.

Harvath enfundó la pistola, volvió a enroscar el tapón a la botella y la metió en la bolsa. Luego empuñó su cuchillo Winkler.

Al desenvainarlo, recordó que el cuchillo se afilaba por última vez. Aunque, claro, no lo necesitaba, estaba más que afilado.

Siguió avanzando, poniendo mucho cuidado dónde apoyaba los pies. Cuando estuvo lo bastante cerca del guardia, se fijó en que era un tipo enorme. No podía tratarse de un árabe. Harvath jamás había visto un árabe tan corpulento.

Recorrió un metro más y vio su rostro barbudo. Era un hombre cercano a la treintena y parecía del Cáucaso, posiblemente de Chechenia. Harvath no perdió más tiempo.

Se deslizó detrás del hombro, le tapó la boca con la mano izquierda y le echó la cabeza hacia atrás al tiempo que con el cuchillo le cercenaba la garganta. Era un tipo tan grande que

Harvath tuvo que hacer acopio de fuerzas para mantenerlo sentado en la silla.

Cuando por fin el hombre pasó a mejor vida, Harvath lo soltó. Limpió la hoja del cuchillo en la chaqueta del hombre, volvió a envainarlo y se acercó a la casa.

Basándose en la información del dron, el hombre de la planta baja iba a ser difícil de someter. Volvió a sacar la botella de agua y se preparó para entrar.

Al llegar a la puerta, miró a derecha e izquierda. Los Hadid ocupaban sus puestos, y ambos le indicaron que tenía vía libre para entrar por la puerta principal.

Harvath probó con la manija. La puerta no estaba cerrada con llave. La empujó suavemente y se asomó al interior.

Las gafas térmicas detectaban fuentes de calor, lo que le permitía no solo detectar a personas, sino también el calor remanente de las huellas de manos y pies.

Siguiendo la tradición musulmana, los hombres se habían quitado las botas y las habían dejado cerca de la puerta principal.

Si bien la huella térmica de Baseyev se había desvanecido ya, Harvath distinguió las huellas del hombre que el dron había detectado moviéndose por la planta baja. Acababa de salir de una habitación cercana y se dirigía a la parte posterior de la casa.

Harvath no estaba seguro de si iba a la cocina o a otra habitación. Vio el tenue resplandor de una luz al final del pasillo. Con cuidado de no hacer ningún ruido, entró y cerró la puerta.

Se subió las gafas térmicas y esperó a que sus ojos se adaptaran. No veía al guardaespaldas, pero lo oía.

Se produjo un sonido amortiguado de disparos y luego una explosión. Al instante Harvath comprendió lo que ocurría. El hombre había iniciado un videojuego, seguramente una simulación del tipo *first-person-shooter*.

A los yihadistas más jóvenes les encantaban los juegos como *Halo* y *Call of Duty*. Se lo pasaban de miedo, animando las horas de aburrimiento, convencidos de que los juegos les ayudaban a mejorar su rendimiento en la batalla.

Aunque esto último era dudoso, una cosa sí era segura: sumergirse en un videojuego anulaba por completo la conciencia del entorno. Aquel tipo no tenía la menor idea de que Harvath había entrado en la habitación y se encontraba justo detrás de él.

Tenía el fusil a un lado, en el sofá, pero ambas manos estaban ocupadas con el mando. No era tan corpulento como el de fuera, pero también era bastante grande y más o menos de la misma edad. Harvath alzó su arma.

Cuando el hombre disparó una ruidosa andanada en el juego, Harvath apretó el gatillo de su SIG Sauer.

El proyectil atravesó la botella de agua y perforó la cabeza del tipo. Sangre, huesos y fragmentos de cerebro salpicaron la consola, la pantalla y la pared de detrás. El respaldo del sofá se empapó de agua.

«Dos fuera, queda uno», pensó Harvath.

Salió de la habitación y recorrió la casa, comprobando cada habitación por la que pasaba.

Los enseres eran baratos y gastados, pero un artículo captó su atención. En la cocina, entre las cazuelas melladas y los cazos viejos, había un magnífico cuchillo de chef japonés, muy caro. Se exhibía como una pieza de museo, igual que los cuchillos que había visto en el apartamento de Baseyev en Frankfurt. El mal siempre quería poseer la belleza que no podía crear.

Harvath salió de la cocina y llegó a la oscura escalera que conducía al primer piso. Se detuvo y permaneció unos instantes escuchando. No oyó el menor sonido. Así pues, con los Hadid haciendo guardia en el exterior, volvió a calarse las gafas térmicas e inició el ascenso.

Subió los peldaños con cautela, procurando pisar en los bordes. Era una escalera sólida. Ningún peldaño crujió bajo su peso.

Al llegar a lo alto se detuvo, miró a izquierda y derecha. Todas las puertas estaban abiertas excepto una: la de Baseyev. Volvió a escuchar, pero seguía sin oírse nada. No sabía si Baseyev seguía dormido. Enfundó la pistola, sacó la Taser X26P que le había proporcionado Williams en Amán y la encendió.

El suelo del pasillo era de piedra. No tendría que preocuparse por posibles crujidos que lo delataran. Aun así, decidió pisar con tanto cuidado como al subir la escalera. Baseyev estaba tan cerca que casi le parecía sentir su presencia.

Pero en cuanto se acercó a la puerta del dormitorio advirtió que tenía un problema: la puerta no tenía manija. Para mayor seguridad, Baseyev la había manipulado para que solo pudiera abrirse desde dentro.

—Mierda —maldijo Harvath por lo bajo.

Examinó la puerta y luego el marco, buscando un pestillo o un interruptor, cualquier cosa que pudiera abrirla desde su lado. No encontró nada.

«Piensa —se dijo—. Ha de haber algún modo. Siempre hay un modo.» Entonces recordó el balcón y las persianas abiertas.

Se apartó de la puerta y volvió sobre sus pasos hasta la escalera, donde empezó a buscar un modo de acceder a la azotea. Tenía que estar en alguna parte. Registró silenciosamente las habitaciones, buscando un panel en el techo, una escala o algún tipo de escalera disimulada. Mientras tanto, intentaba recordar las imágenes de la azotea que había visto. ¿Cómo se accedía a ella?

Finalmente, comprendió que el acceso debía de hallarse en la habitación de Baseyev. De hecho, seguramente era una trampilla oculta bajo una de las antenas parabólicas. Eso significaba que tendría que encontrar otra manera de llegar hasta allí.

Asomó la cabeza por las ventanas de dos habitaciones antes de encontrar por fin una parte de la fachada con suficientes asideros para encaramarse por ella hasta la azotea. Se ajustó bien el equipo, salió a la estrecha cornisa y empezó a trepar.

Solo tardó unos segundos en llegar arriba.

—¿Qué hace en el tejado? —preguntó Ryan desde Langley.

Harvath alzó la vista, aunque sabía que no podría ver el dron.

—Es una larga historia. ¿Pitchfork sigue en la cama?

—Afirmativo —respondió ella—. El Reaper acaba de hacer una pasada. Sigue ahí.

Al menos algo le salía bien.

—Entendido —susurró—. Paso a comunicación cero.

«Comunicación cero» era el código para cortar toda comunicación. No necesitaba que le hablaran al oído mientras se preparaba para liquidar a Baseyev.

—Comunicación cero. Entendido —dijo Ryan—. Buena suerte.

Harvath agradeció sus palabras. Para lo que estaba a punto de hacer, iba a necesitar toda la suerte del mundo.

68

Trepar hasta la azotea era una cosa. Bajar iba a ser otra muy distinta.

Harvath se vio obligado a desembarazarse de la mayor parte del equipo. Además de ser un lastre, tintineaba. No podía permitirse el lujo de que se oyera un solo sonido.

Pasó por encima del parapeto de la azotea e inició el descenso hacia el balcón de Baseyev. Ahí lo tenía mucho más difícil, ya que había menos asideros y huecos donde poner los pies.

Los asideros eran tan minúsculos que en algunos sitios tenía que hundir las uñas en trozos blandos de argamasa para sujetarse. No se desplazaba centímetro a centímetro, sino por milímetros. Le dolían las manos y pronto estaba empapado en sudor. Si pasaba alguien por la calle, lo vería.

Apartando de la mente el dolor y los acelerados latidos de su corazón, siguió avanzando. El balcón quedaba ya a pocos metros.

Los asideros escaseaban cada vez más. Pero cada vez que se quedaba sin opciones, respiraba hondo y miraba en torno. «Encuentra algo —se decía—. Está aquí, solo tienes que buscarlo.» Y siempre encontraba algo.

El balcón estaba ya a poco más de un metro. Casi había llegado. Siguió bajando hacia él, disponiéndose a soltarse de la pared. Pero de pronto oyó un sonido en el interior. Baseyev había puesto la alarma de su móvil para despertarse.

Harvath ni siquiera pudo pronunciar la palabra «mierda». El dolor de las manos era insoportable, y se estaba extendiendo. Lo notaba en las piernas, los brazos y el cuello. Todo su cuerpo quería que se rindiera. Le suplicaba que se rindiera.

Todas sus terminaciones nerviosas le gritaban que se soltara y se dejara caer al suelo. El hecho de que pudiera herirse con la caída le era indiferente. Todos los músculos se centraban únicamente en un alivio inmediato. «¡Suéltate! —gritaban—. ¡Suéltate!»

Harvath se mordió los labios y se aferró con más fuerza a la pared. No pensaba rendirse. Con una gran fuerza de voluntad, continuó.

¿Y Baseyev? Harvath aguzó el oído para intentar adivinar qué pasaba en la habitación.

Baseyev había apagado la alarma. ¿Significaba eso que estaba despierto? ¿O había activado la repetición de la alarma y se había dado la vuelta para seguir durmiendo?

Estaba demasiado cerca incluso para susurrar a Ryan que le diera el informe de situación del dron. Y a menos que el dron hiciera una pasada en aquel mismo instante, no podría proporcionarle la información que necesitaba. Solo había un modo de asegurarse.

Salvando el último palmo que lo separaba del balcón, llegó por fin y posó los pies en el parapeto de sólido hormigón. Inmediatamente notó alivio en todo el cuerpo.

Pero no tenía tiempo para quedarse allí y esperar a que sus músculos se relajaran. Tenía que moverse.

Sigilosamente bajó del parapeto al suelo del balcón. Con un gran esfuerzo, logró que los rígidos dedos le obedecieran y empuñaran la Taser. Lo había conseguido. Baseyev iba a pagar por todo lo que había hecho.

Se acercó a los grandes postigos que separaban el balcón del dormitorio e hizo una pausa. No oyó ningún ruido. Harvath lo consideró una buena señal. El agotado Baseyev se había vuelto a dormir.

Con la Taser en posición de disparo a la altura del pecho, giró e irrumpió en el dormitorio listo para disparar.

Sin embargo, la cama estaba vacía. En el rincón había un AK-47, pero Baseyev no estaba. Harvath apenas tuvo tiempo de procesar lo que ocurría antes de que su objetivo se abalanzara sobre él.

Baseyev debía de haber oído un ruido en el balcón. Sin tiempo para alcanzar su arma, simplemente se había pegado a la pared y había esperado a que apareciera su atacante. Entonces había saltado sobre él, aprovechando al máximo el elemento sorpresa.

Propinó a Harvath dos golpes demoledores, uno bajo la mandíbula y el otro en un lado de la cabeza. Harvath vio las estrellas y sus ya fatigadas piernas cedieron como si fueran de goma.

Baseyev no le concedió ni un segundo para recuperarse. Descargó sobre él una lluvia de golpes como un gorila con un par de mazos. Era puro Systema, el mortífero arte marcial ruso que se enseñaba a todos los Spetsnaz y agentes de inteligencia.

Los golpes con los codos y las rodillas cayeron una y otra vez sobre Harvath, cuya visión se nubló. Perdió el control de la Taser, que cayó al suelo con un ruido metálico.

Los golpes fueron tan duros y veloces, que Harvath no lograba mantener la posición el tiempo suficiente para sacar la pistola o el cuchillo.

Le estaban dando una paliza, no había otro modo de expresarlo. Baseyev era un combatiente increíblemente brutal y bien entrenado, implacable en su ataque.

Si Harvath no hacía algo rápidamente, iba a perder el conocimiento. Y si eso ocurría, todo habría acabado. Solo se le ocurrió una cosa.

Afianzó los pies en el suelo, se dejó caer en cuclillas y se lanzó contra Baseyev. Lo aferró por la cintura y lo derribó hacia atrás.

Aterrizaron con dureza en el suelo de hormigón y los pulmones de Baseyev se quedaron sin aire. Harvath no mostró compasión por él. Le golpeó con el doble de fuerza que antes le había golpeado él. Golpeó a Baseyev por cada americano al que había matado, por cada allegado y familiar al que había dejado sin su ser querido.

Le rompió las costillas y vio que escupía sangre. Le dio un puñetazo tan fuerte en la cabeza que le arrancó un trozo de cuero cabelludo.

Y entonces, cuando estaba a punto de matarlo, se detuvo y se apartó de él.

Baseyev jadeó, boqueó y tosió repetidamente, aspirando su propia sangre. Del labio partido le manaba un borbotón de sangre. Incluso sangraba por el oído izquierdo.

Harvath tenía un par de heridas en la cara, pero parecía un supermodelo en comparación.

Se puso en pie, recogió la Taser y luego volvió y pateó a Baseyev en las costillas. El golpe fue tan fuerte que oyó el crujido de los huesos al romperse.

—Esto es de parte del presidente de Estados Unidos.

Sintió la tentación de darle otra patada, pero no quería arriesgarse a perforarle un pulmón y que se le colapsara. Todavía lo necesitaba vivo.

Le dio la vuelta para colocarlo boca abajo, le ató muñecas y tobillos con bridas, lo amordazó con cinta de embalar y luego lo obligó a sentarse apoyado contra la pared.

Harvath se sentía como si lo hubiera atropellado un tren. Se deslizó pared abajo para sentarse al lado de Baseyev. Esperó a recobrar las fuerzas y el aliento.

Tuvo que hacer un enorme esfuerzo para no matar a Baseyev allí mismo. Para Washington, era una opción perfectamente válida, pero él quería más.

Sacó el móvil y se dispuso a interrogarlo, pero antes de quitarle la cinta de la boca le explicó sus opciones.

Le ofreció un trato que no volvería a ofrecerle. Si Baseyev aceptaba, Harvath cumpliría con su parte. Si no lo aceptaba, lo dejaría allí y se aseguraría de que el ISIS se enterara de que era un traidor.

—Bueno, ¿qué va a ser, Sacha? —preguntó, arrancándole la cinta de la boca.

El hombre volvió la cabeza hacia un lado y soltó un escupitajo de sangre y saliva. Luego volvió la vista hacia Harvath.

—Acepto —dijo.

69

El plan original de Harvath era llegar hasta Baseyev, interrogarlo y descubrir el lugar de la reunión para homenajearlo. Después, pediría que el dron atacara. Luego Nicholas y él lo arreglarían.

Nicholas retocaría las imágenes del dron para que pareciera que el ataque había sido obra de los rusos. Lo pasaría a páginas web, foros y chats de yihadistas antirrusos. Los islamistas de todos los lugares que preocupaban a Rusia se pondrían furiosos.

En cuanto a él, cuando los combatientes del ISIS corrieran hacia allí en busca de supervivientes y para ayudar a extraer a la gente de entre los escombros, Harvath estaría al acecho con el rifle. Mataría a cuantos más mejor y luego huiría.

Cerca de las afueras de la ciudad, los Hadid habrían montado un falso accidente. Baseyev, inconsciente, estaría atrapado en el interior de un vehículo volcado. Harvath dejaría allí el rifle, así como otras pruebas incriminatorias contra los rusos, y finalmente se irían todos de allí. Cuando el ISIS encontrara a Baseyev, lo despellejarían. A Harvath le gustaban los finales felices.

Pero como solía ocurrir trabajando sobre el terreno, algo lo cambió todo. Baseyev reveló una información que era un bombazo.

Dentro de la casa llena de monitores, la que tenía varios generadores y aire acondicionado, se encontraba el cerebro del ISIS, la fuerza creativa, no solo del reclutamiento por internet, sino de toda la propaganda, incluyendo sus horrendos vídeos.

Había un factor adicional que lo hacía especial a ojos de Harvath: era el objetivo de alto valor que había identificado Salá. Por su culpa habían muerto en Anbar el equipo de la CIA y los pilotos. Por su culpa, tres mujeres americanas de la embajada en Amán habían sido brutalmente violadas y asesinadas. Y por su culpa, Harvath estaba dispuesto a correr un enorme riesgo. Era un objetivo demasiado valioso para dejarlo pasar.

En aquel momento de una misión, por lo general la única pregunta que se hacía Harvath era si debía matar o capturar a su presa. Si bien matar siempre le había proporcionado cierta satisfacción, ya no sentía que fuera suficiente, sobre todo después de que se hubieran perdido tantas vidas. Quería algo más que sangre.

Quería venganza, tanto contra el ISIS como contra los rusos. Eso significaba que el cerebro de las redes sociales y Baseyev tenían más valor para él vivos. Así pues, tomó una decisión.

—Espere. ¿Me está pidiendo permiso para hacer qué exactamente? —preguntó Ryan desde Langley.

—No le estoy pidiendo permiso —aclaró Harvath—. Bueno, ¿puede conseguirlo o no?

Ryan lo conocía demasiado bien para ponerse a discutir con él. Lo habían contratado precisamente por su habilidad para adaptarse en circunstancias de gran estrés y salir triunfante. Era un hombre independiente que tomaba sus propias decisiones, especialmente sobre el terreno. Con o sin ellos, iba a hacer lo que decía. Estaba decidido.

Tras una rápida conferencia con el Pentágono, Ryan volvió a comunicarse con él.

—El Departamento de Defensa tiene un Reaper en el oeste de Irak. Pero tardarán cuarenta y cinco minutos en llegar hasta su posición.

—¿Qué lleva?

—Cuatro Hellfire y dos GBU-38 de doscientos veinticinco kilos.

JDAM, munición de ataque directo conjunto. Harvath la conocía bien. Era un sistema de navegación que convertía las bombas de caída libre («tontas») en bombas guiadas con precisión (inteligentes).

El dron del Departamento de Defensa representaba una impresionante fuerza de artillería. A Harvath le gustaba eso. Era un gran aficionado al uso de una fuerza excesiva. Si un poco era buena, una tonelada era aún mejor... y enviaba un mensaje muy clarito.

—La reunión empezará dentro de media hora —dijo—. Dígales que se den prisa.

Cuando Ryan cortó la comunicación, la mente de Harvath se centró en cómo iban a conseguir apoderarse del gurú de las redes sociales.

Según Baseyev, había dos guardias dentro de la casa, uno en la planta baja y otro en el segundo piso, como había visto Yusuf.

La casa también contenía tres hileras de servidores. Si Harvath lograba apoderarse de los discos duros, además del cerebro de las redes, sería un gran éxito para EE.UU.

Sin embargo, en la casa tenían órdenes explícitas de destruirlo todo si los atacaban. Eso dejaba a Harvath con un grave problema.

La planta baja se había convertido en una zona abierta donde trabajaba la gente de las redes sociales. Además del gurú, había otras seis personas clave: dos editores de vídeo, además de cuatro operarios que supervisaban todos los canales del ISIS en las redes y suministraban propaganda del ISIS a simpatizantes de todo el mundo, que actuaban como estaciones «repetidoras».

Los servidores se encontraban en una habitación cerrada del segundo piso. Baseyev dio a Harvath una descripción detallada de la disposición de la casa.

Si la descripción era exacta, y considerando que la vida de Baseyev pendía de un hilo, Harvath no tenía motivos para creer que no lo fuera. Contaría con la ventaja del factor sorpresa, pero lo que no tenía era un plan.

Había dejado a Baseyev tan perjudicado que no podría utilizarlo como ardid para introducirse en la casa. Y aunque solo hubiera dos guardias y los que trabajaban con las redes sociales fueran «cerebritos» en mayor o menor medida, todos tenían AK-47. Los llevaban para parecer duros, aunque no eran asesinos.

Aun así, solo hacía falta un tiro afortunado para dar al traste con todo. Un combatiente armado era siempre un combatiente armado. «Cerebritos» o no, eran yihadistas convencidos, y Harvath no iba a ofrecerles la menor compasión. La única persona de aquella casa que le interesaba era el jefe.

Baseyev le dijo que se llamaba Rafael y que era un británico de veintisiete años, de ascendencia paquistaní. Era bajo y gordo, con una barba desaseada, cabellos grasientos y gafas. Y si bien afirmaba odiar a Occidente por su decadencia, siempre llevaba camisetas de bandas de rock occidentales como The Clash o Elvis Costello. También era famoso por alimentarse de grandes cantidades de regaliz con sabor a fresa y latas de bebidas energéticas azucaradas.

Al pensar en ello, Harvath se dijo: «¿Quién demonios se alimenta de regaliz con sabor a fresa y latas de bebidas energéticas azucaradas en medio de una zona de guerra?»

Entonces, como caído del cielo, un plan brillante y elegantemente sencillo cristalizó en su mente.

70

Harvath y Mathan se fueron veinte minutos antes que los demás. Con la ayuda del Reaper de la CIA, habían localizado el lugar perfecto.

Era un edificio a medio construir que nunca se había habitado. Desde el tejado proporcionaba una vista perfecta de la calle, delante de la casa de Rafael.

Llenaron la funda de la almohada de Baseyev con arena y, cuando Harvath estuvo preparado, Mathan se adentró en la barriada para llevar a cabo una última ronda de reconocimiento.

Con la información que enviaba el Reaper, Ryan confirmó desde Langley los dos disparos que realizaría Harvath. Basándose en el rendimiento del rifle en las dunas, ajustó la mira para compensar el viento y se instaló.

Se tumbó sobre un viejo jergón que habían abandonado en el tejado y usó la funda de almohada rellena para apoyar el rifle. Había orinado ya dos veces, una antes de salir de la casa de Baseyev y otra al llegar al edificio. Se había bebido una botella de agua casi entera porque no podría moverse de allí hasta que terminara su trabajo.

Ryan seguía proporcionando información en directo de las imágenes que enviaba el dron a Langley.

—Pitchfork en movimiento —dijo—. Repito, Pitchfork en movimiento.

Eso significaba que el Land Cruiser de Baseyev se había puesto en marcha. Thoman conduciría, Baseyev iría detrás, y Qabbani y Yusuf irían en la tercera fila de asientos.

Thoman era el más importante. Harvath contaba con él para que vigilara a Baseyev y a la vez estuviera preparado para actuar si la cosa se ponía movida. Le pedía mucho, pero, sin duda, sabría dar la talla.

Harvath apuntó a través de la mira nocturna y se preparó para disparar.

—Llegando —le informó Ryan—. Pitchfork. Noventa segundos. Prepárese.

Harvath escudriñó las hojas de los árboles de la calle. Soplaba una leve brisa. Ajustó la mira en consonancia.

—Pitchfork. Sesenta segundos hasta objetivo —dijo la voz de Ryan—. Todo despejado. Repito, todo despejado.

Eso era buena señal. Significaba que desde Langley no veían barbudos cerca. Tenía el terreno despejado para enfrentarse con cualquiera del interior de la casa.

Sopló una súbita ráfaga de aire. Harvath hizo ademán de ajustar el rifle, pero las hojas se quedaron quietas. Respiró hondo varias veces para tranquilizar los latidos de su corazón, y colocó el dedo en el gatillo del PSL.

—Pitchfork. Treinta segundos hasta objetivo. Repito, treinta segundos hasta objetivo.

Harvath esperó a la siguiente actualización desde el cuartel general de la CIA. Llegó segundos más tarde.

—Móvil de Pitchfork en funcionamiento.

Harvath apuntó hacia la ventana superior del otro lado de la calle y se dispuso a disparar.

Ryan le leyó los SMS que se intercambiaban entre los móviles de Baseyev y Rafael.

«¿Regaliz de fresa?»

«Y Monster.»

«¡Eres increíble!»

«Los he comprado en el *duty free* al regresar.»

«¡Te debo una! ¿Cuándo puedo recogerlo?»

«Voy de camino a la reunión. Cerca de tu casa. Puedo dejártelos ahora.»

«¿En serio?»

«En serio.»

«¡Eres el mejor!»

«Ya llego.»

«Ok.»

—A todos los operativos —dijo entonces Ryan—. Quince segundos, Pitchfork llegando a objetivo. Repito. Pitchfork llegando a objetivo, quince segundos.

Harvath empezó a apretar el gatillo sin apartar la vista de la ventana del piso superior.

La regla más importante en un tiroteo era que, si no estabas disparando, lo mejor era moverse o recargar el arma. Pero en su caso, en cuanto hiciera los disparos, tendría que salir pitando.

Eran muy pocos. La única razón por la que Harvath se encontraba en el tejado era que ninguno de los Hadid sabía manejar el rifle. Después de disparar, tendría que moverse a toda prisa.

—Atención, Norseman —dijo Ryan—. Pitchfork llegando a objetivo en cinco... cuatro... tres... dos... uno.

Harvath abrió el otro ojo y vio el Land Cruiser de Baseyev deteniéndose abajo, en la calle. Sobre el techo del vehículo había tres tiras de cinta de embalar formando una gran N para que pudieran identificarlo desde lo alto. Lo mismo se había hecho con la camioneta de Yusuf.

—Estoy fuera —dijo Ryan, repitiendo lo que decía el SMS de Baseyev a Rafael.

Harvath observó a una figura que instantes después aparecía en la ventana superior.

—Enemigo, segundo piso —dijo.

—Saliendo —dijo Ryan cuando la puerta de la planta baja se abrió—. Preparado, Norseman.

—Entendido. Permanezca a la espera.

Ajustando el rifle, apuntó hacia la puerta y vio salir a Rafael. Harvath lo reconoció por su aspecto físico y por su camiseta, en la que vio a uno de sus músicos de funk predilectos: George Clinton.

Encabezaba la marcha el guardia de la planta baja, que caminaba medio metro por delante de él en dirección al todoterreno de Baseyev.

—Pasarela —dijo Thoman desde el asiento del conductor del Land Cruiser. Utilizaba la palabra en clave de Harvath para señalar que los dos hombres habían salido del edificio y que podía disparar.

—Entendido —repuso Harvath, volviendo a apuntar a la figura de la ventana superior—. Pasarela —repitió, y apretó el gatillo.

En cuanto el proyectil abandonó su arma, bajó el cañón, apuntó al guardia que había salido y volvió a disparar. Cuando la cabeza del hombre se pulverizó en una nube rosácea, Harvath ordenó:

—¡Vamos, vamos, vamos!

Thoman ya había abierto parcialmente la puerta del Land Cruiser. Al oír la orden, salió rápidamente y disparó a Rafael con la Taser de Harvath.

Simultáneamente, Mathan abrió la puerta posterior de la casa de una patada, irrumpió en el interior y disparó su AK a las cabezas de los yihadistas.

Mientras todo esto ocurría, Harvath había cambiado el rifle por su AK y bajaba deprisa la escalera del edificio abandonado. Saltando los escalones de tres en tres, gritó a Thoman a través del pinganillo:

—¡Entre ya! ¡Muévase, muévase, muévase!

Habían quitado el asiento del lado del acompañante en la segunda hilera del todoterreno para que, mientras Thoman disparaba a Rafael con la Taser, Yusuf pudiera bajar, rodear el vehículo y sujetarlo.

El sirio enfermo de cáncer no era el hombre más rápido del mundo, pero se mostró diligente. Mientras Thoman soltaba la Taser y corría al interior de la casa, Yusuf cayó sobre Rafael, hincó una rodilla en su espalda y sacó el rollo de cinta de embalar que le habían dado para que lo atara.

Harvath lo vio con el rabillo del ojo cuando cruzó la calle corriendo. Observó a Yusuf, que no era muy amigo del ISIS precisamente, propinar una serie de golpes al gordo técnico de las redes sociales.

En cualquier otra situación, se habría detenido para animarle, pero estaba ocurriendo algo más importante.

Cuando Harvath llegó a la puerta, los Hadid ya estaban dentro.

—¡Háblenme! —gritó.

Le respondieron varios disparos de armas automáticas y Harvath se puso a cubierto tras una de las columnas de la casa.

—¡Despejado! —gritó Thoman poco después.

—¿Mathan? —llamó Harvath.

—¡Despejado! —confirmó el otro hermano.

Lentamente, Harvath se asomó por detrás de la columna para mirar la larga sala abierta. Era un mar de sangre salpicado de cadáveres. Los Hadid los habían matado a todos y, en su defensa, Harvath no vio a un solo yihadista que no pareciera tender la mano hacia su arma. Thoman y Mathan habían hecho lo correcto.

—Vamos —ordenó, señalando el segundo piso.

Encabezando la marcha, Harvath corrió escaleras arriba, deteniéndose solo el tiempo justo para comprobar el pasillo antes de entrar en la habitación donde estaba el guardia del ISIS al que había disparado a través de la ventana.

El hombre yacía muerto en medio de un charco de sangre. El proyectil de Harvath le había entrado por encima del ojo derecho, atravesado el cerebro y salido por la coronilla.

Se reunió con los Hadid y les ayudó a sacar el resto de discos duros.

—Salimos —dijo luego a Yusuf—. Prepárese.

Cuando salieron de la casa con tres fundas de almohadón llenas de discos duros, Yusuf aguardaba al volante del Land Cruiser.

Los tres hombres subieron al vehículo. Harvath se aseguró de que Baseyev y Rafael estaban dentro y ordenó:

—¡Vamos, vamos, vamos!

Se dirigieron a toda velocidad hacia donde Mathan había dejado la camioneta de Yusuf y se dividieron. Cuando se hallaban ya fuera de la ciudad, Harvath dijo a Ryan:

—Estamos fuera. ¡Acaben con todos! Ahora. Con todos.

71

Bar Off The Record
Hotel Hay-Adams
Washington, D.C.

Había sido un día muy largo y Rebecca Ritter necesitaba una copa.

Después del polvo con Joe Edwards, había acudido a otra cita clandestina, aunque solo para hablar. De hecho, Rebecca había recibido una regañina durante más de una hora.

Cuando se fue, tenía una jaqueca horrible. Todo el mundo parecía pensar que no estaba haciendo lo suficiente.

Intuía que todo formaba parte del método del palo y la zanahoria. Por muy bueno que fuera su trabajo, ellos siempre querrían más. Ella les proporcionaba la droga más potente, el poder, y estaban enganchados.

Se detuvo en una farmacia de camino al despacho para comprar Naprosyn y un par de latas de Red Bull. Se sintió tentada de llamar para decir que estaba enferma y que no volvería esa tarde, pero no podía arriesgarse a que el senador Wells se cabreara aún más.

El senador seguía enfadado por la pregunta que ella había filtrado el día anterior a *Meet the Press*. Lo había pillado por sorpresa, que era lo que ella quería, y él había salido del paso de manera brillante. Había actuado como un auténtico estadista, evitando la crispación y asegurando al presentador y al pueblo americano que el asunto se estaba investigando, pero sin dar ningún detalle.

Era perfecto. Habían introducido el rumor en el circuito de las noticias, pero sin que pareciera que procedía directamente de Wells. Todos los periódicos de la mañana hablaban de ello.

El senador se mostró enfadado un par de días más, pero en el fondo sabía que Rebecca le había hecho un enorme favor. El presidente Porter acababa de perder de nuevo popularidad entre los votantes americanos. Un par de filtraciones más antes de las elecciones, y Porter no tendría la menor oportunidad de ganarlas.

Rebecca regresó a su despacho y empezó a trabajar en los papeles que tenía sobre su mesa. Revisó, además, la larga lista de llamadas y e-mails que debía responder. A las cinco, recogió su bolso y se dirigió al Hotel Hay-Adams, al otro lado de la calle, frente a la Casa Blanca.

Su famoso bar Off the Record se consideraba uno de los sitios más de moda en Washington. Se conocía como el sitio donde tenían que verte pero no oírte.

Se encontraba en la planta inferior del hotel, y sus paredes estaban cubiertas de caricaturas de los políticos más poderosos, tanto del pasado como del presente. Rebecca estaba convencida de que un día no muy lejano la suya también estaría ahí.

El bar ya se estaba llenando cuando ella llegó. Su entrada hizo que se giraran varias cabezas. Aunque había tenido un día muy duro, ninguno de los clientes masculinos pareció darse cuenta, y tampoco les habría importado. Rebecca Ritter era una mujer despampanante, fuera cual fuese la circunstancia.

Se acercó a la barra, ocupó el último taburete del final y pidió un Maker's Mark doble con hielo.

Mientras el barman le servía la copa, ella se volvió para pasear la mirada por el local. Aun después del atentado en la Casa Blanca, seguía siendo un lugar de poder en Washington. Rebecca siempre estaba alerta por si encontraba a personas bien relacionadas que pudieran ampliar su esfera de influencia.

Sus ojos se posaron sobre un hombre alto y de aspecto distinguido que acababa de acercarse a la barra para pedir una copa.

—Usted es Brian Wilson —dijo—. De *Mornings on the Mall* en la WMAL.

—Ese soy yo —replicó el presentador con una sonrisa, halagado al ser reconocido por una joven tan atractiva.

—Rebecca Ritter. Asistente del senador Wells. —Tendió la mano mientras hablaba.

Wilson la estrechó cortésmente y, como hombre perspicaz que era, se fijó en que ella arqueaba la espalda para resaltar otra parte de su anatomía.

—El senador está saliendo mucho en las noticias últimamente. Nos encantaría recibirlo en nuestro programa.

—Por supuesto —replicó Ritter, sacando una de sus tarjetas de visita—. ¿Tiene bolígrafo?

Wilson sacó uno del bolsillo de su chaqueta y se lo ofreció.

—Este es mi número personal de móvil —dijo ella, anotándolo en el dorso de la tarjeta.

El presentador no necesitó mirar a derecha ni izquierda. Notaba las miradas de envidia de todos los clientes.

—Hizo un trabajo fantástico en la Fox y, si no recuerdo mal, también destapó la historia de la jubilación de la magistrada del Tribunal Supremo, Sandra Day O'Connor.

—Tiene usted buen gusto y muy buena memoria —dijo Wilson—. Aunque creo que es un poco joven para recordar eso.

—Procuro estar al tanto de todo —replicó ella con una sonrisa coqueta. Levantó su copa y tomó seductoramente un sorbo con la pajita—. Siempre me ha gustado su trabajo. De hecho, creo que sería un estupendo portavoz de la Casa Blanca.

¿Intentaba ligar con él o quería ofrecerle un trabajo? Como fuere, Wilson lo estaba disfrutando. Y ocurriera lo que ocurriese, iba a tener una historia jugosa para contarle al copresentador de su programa, Larry O'Connor, a la mañana siguiente.

—Bueno —dijo, volviendo al tema—. ¿Cuándo podremos tener al senador Wells en el programa?

Rebecca iba a responder cuando apareció un conserje del hotel.

—¿Señorita Ritter? —preguntó.

—¿Sí?

—Tiene una llamada en recepción. Es de su despacho.

—¿Mi despacho? —respondió ella, sacando el móvil del bolso para mirarlo. Tenía buena cobertura y no había mensajes ni llamadas perdidas.

—Sí, señora. Si me acompaña...

—¿Me disculpa un momento? —dijo Rebecca a Wilson.

—Por supuesto.

Ella dio otro sorbo a su copa, la dejó sobre la barra, agarró el bolso y siguió al conserje.

Una vez arriba, en el vestíbulo del hotel, el conserje le indicó el teléfono colocado sobre el mostrador de recepción. En el otro extremo había un matrimonio, seguramente huéspedes que querían hacer una reserva para cenar o algo parecido.

Cuando Rebecca se acercó al teléfono y respondió a la línea que le indicó el conserje, el hombre y la mujer la abordaron.

—Rebecca Ritter —dijo la mujer, mostrándole sus credenciales—. FBI. Queda usted arrestada.

72

Siria

Era increíble el frío que llegaba a hacer en el desierto por la noche, incluso después de un día más caluroso de lo normal. Las rocas, la arena, todo parecía perder el calor acumulado en el momento mismo en que el sol empezaba a ponerse.

Harvath estiró las piernas y comprobó su posición en el móvil. Se encontraban a unos cien kilómetros de la frontera con Irak.

Mientras Thoman vaciaba una lata de gasolina en el depósito del Land Cruiser, Mathan vigilaba a los prisioneros.

Hacía horas que se habían separado de Yusuf y Qabbani. Harvath confiaba en que los sirios lograran volver a casa, pero igualmente les había entregado todo el dinero que le quedaba y su cronógrafo Kobold, por si tropezaban con algún obstáculo. Le pareció que era lo menos que podía hacer por ellos, sobre todo porque los Hadid y él conservaban todas las armas y disponían del Reaper de la CIA.

Tener el dron sobrevolando su posición era impagable. Así sabían siempre lo que les aguardaba más adelante y podían esquivar los problemas. Habían tenido que dar amplios y sinuosos rodeos a fin de evitar encuentros potenciales con el enemigo. Como resultado, habían consumido mucho combustible.

Y no había muchas gasolineras que digamos en el desierto sirio.

—Era la última lata —informó Thoman, dejando la lata vacía en la zona de carga.

Harvath llevaba la cuenta y ya lo sabía.

—No hay nada entre nosotros y la frontera. No deberíamos tener problemas.

—Dígaselo al señor Murphy —comentó Thoman con una sonrisita.

Harvath sonrió también. Los Hadid eran buena gente. Duros, inteligentes y valientes. Harvath tenía que agradecérselo a McGee, sin duda. En la Agencia sabían reconocer el talento. Estaba por ver si serían capaces de cambiar las tornas en Siria, pero una cosa era segura: el pueblo sirio era muy afortunado de tener a esos hermanos luchando en el bando de la libertad.

Harvath sentía un enorme respeto por ellos. Podrían haberse ido a esperar tranquilamente en París con su madre, pero no lo habían hecho. Estaban allí, en lo más duro de la batalla.

—De acuerdo —dijo Harvath cuando Thoman cerró el depósito—. Pongámonos en marcha.

Se quitaron los fusiles AK del hombro y volvieron a subir al todoterreno. Harvath se puso al volante, Mathan se sentó a su lado y Thoman atrás para vigilar a Rafael y Baseyev, que iban en el suelo del vehículo, atados y amordazados.

Harvath volvió a conectar el móvil al encendedor del vehículo y lo dejó en el sujetavasos para poder verlo. Arrancó y volvió a la carretera del desierto, dirigiéndose hacia la frontera.

Solo habían recorrido unos centenares de metros cuando oyó a Ryan en el pinganillo.

—Norseman, tienen compañía.

Harvath movió la cabeza rápidamente de lado a lado, y luego se volvió para mirar por la luna de atrás.

—No veo nada.

—Un dron ruso. Se acerca a toda velocidad.

Harvath frenó en seco y ordenó a los Hadid que bajaran del coche.

—¿Y los prisioneros? —preguntó Mathan.

Harvath agarró el móvil.

—¡Déjenlos! —gritó, al tiempo que se bajaba él también.

Con los hermanos pisándole los talones, Harvath bajó corriendo el empinado terraplén de la cuneta. Señaló una amplia formación rocosa que había a doscientos metros de distancia y les indicó que lo siguieran.

—Hawk 4 en ruta —informó Ryan, usando el nombre en clave para el Reaper de la CIA.

—¿Cuánto tiempo? —gritó Harvath mientras corría.

—Permanezca a la espera, Norseman.

—¡Maldita sea! ¿Cuánto tiempo?

Ryan no lo escuchaba. Estaba centrada en la batalla que se desarrollaba en el cielo, sobre el desierto.

—Dron ruso dispara misil —informó con frialdad. Y entonces, como si recordara de pronto cuál era el objetivo, gritó—: ¡Corra, Norseman! ¡Corra!

Harvath no necesitaba que se lo repitieran.

—¡Deprisa! —gritó a los Hadid—. ¡Llega un misil!

Corrieron por la arena los tres, más deprisa de lo que habían corrido en su vida.

—¡Impacto en tres... dos... uno! —anunció Ryan.

Se produjo un destello de luz cegador y una enorme explosión, justo cuando Harvath y los Hadid llegaban a las rocas y el misil ruso impactaba en el Land Cruiser.

Harvath y los hermanos se lanzaron en plancha, buscando la protección de la formación rocosa. Una columna de llamas anaranjadas se elevó al cielo, y un potente chorro de calor, arena y fragmentos de roca recorrió el desierto con la fuerza de un huracán.

Harvath se había encogido lo máximo posible, tratando de proteger la mayor parte del cuerpo. El calor de la explosión fue tan intenso que le chamuscó el vello de los brazos. Cuando pasó, se enderezó y se puso de rodillas para asomar la cabeza y ver lo que quedaba del todoterreno. Solo vio un cráter humeante en la carretera.

—Mierda —maldijo—. Mierda. Mierda. Mierda.

Todo había desaparecido. Los prisioneros. Los discos duros. Y, lo peor, su único medio de transporte para salir de Siria.

Por encima del zumbido que sonaba en sus oídos, a Harvath le llegó un mensaje:

—Llega dron ruso.

«¿Otra vez? ¿A qué demonios está esperando Langley?», se preguntó.

—Hawk 4 en posición —informó entonces Ryan—. Hawk 4 dispara misil. Impacto en cinco... cuatro... tres... dos... uno.

Harvath no tenía la menor idea de dónde se estaba desarrollando el combate aéreo entre drones. Solo podía alzar la vista hacia el cielo nocturno. Vio entonces una llamarada naranja cuando el Hawk 4 lanzó un misil aire-aire. Segundos después se produjo una brillante explosión que iluminó el cielo.

—Dron ruso destruido —informó Ryan.

Harvath miró hacia donde estaban Thoman y Mathan. Ambos habían sobrevivido.

—¿Qué demonios acaba de ocurrir? —preguntó a Ryan—. ¿Por qué nos han disparado los rusos?

—No captamos su dron hasta que inició el ataque. Ustedes se encuentran en medio del desierto, llevan fusiles AK y se dirigen a la frontera. Con eso basta para ellos.

La ley de Murphy. Harvath tenía una ristra de insultos en la punta de la lengua, sobre todo contra los rusos, pero no era el momento.

—No lograremos llegar al punto de extracción.

—Entendido. Permanezca a la espera.

Mientras Ryan se ponía en contacto con el Mando Conjunto de Operaciones Especiales para pedir los dos helicópteros furtivos que aguardaban en el lado iraquí de la frontera, Harvath volvió a mirar a los Hadid. Thoman sonreía.

—¿Por qué sonríe? —preguntó. No veía dónde estaba la gracia de todo aquello.

Thoman se apartó para mostrarle los dos almohadones que tenía bajo el cuerpo.

Harvath miró entonces a Mathan, que tenía el tercer almohadón.

Estaba a punto de sonreírles cuando detectó movimiento en el lugar donde antes estaba el Land Cruiser.

Empuñó su pistola, se puso en pie y corrió hacia el cráter. A mitad de camino los vio. Baseyev y Rafael estaban vivos.

De alguna manera habían logrado saltar al suelo desde el Land Cruiser y llegar al terraplén. Rodando cuesta abajo, habían logrado eludir la explosión.

Harvath aminoró el paso, volvió a enfundar la pistola y sonrió. Meneó la cabeza, pronunciando una sola palabra:

—Murphy.

73

Treinta y seis horas más tarde
Autopista de Amán a Damasco
Paso fronterizo de Nasib

El Reaper de la CIA y un par de Raptors F-22 dieron cobertura a Harvath, los Hadid y su valiosa carga el tiempo suficiente para que llegaran los Black Hawks UH-60 Sikorsky, los recogieran y los llevaran a una base aérea secreta en Kurdistán.

Desde allí, un equipo de seguridad transportó a Baseyev y Rafael hasta Malta en un reactor privado. Vella los esperaba en el hangar cuando llegaron. Tenía una nueva técnica de interrogatorio que estaba impaciente por probar con ellos después del examen médico de rigor.

Williams recibió a Harvath y los Hadid cuando su avión aterrizó en Amán. Mientras realizaban el trayecto en coche hasta la ciudad, Harvath comprobó que se había preparado todo lo que él había pedido.

Repasaron la lista y, cuando llegaron al último punto, Williams comentó:

—Para eso, he tenido que recurrir directamente al embajador.

Harvath había solicitado un francotirador que les proporcionara cobertura desde el lado jordano para lo que se proponían hacer.

—¿Y?

—La petición se trasladó hasta el monarca.

—¿El rey Abdalá de Jordania? —preguntó Harvath.

Williams asintió. Aunque no lo conocía personalmente, tenía una elevada opinión del rey Abdalá, que se había educado en Estados Unidos y Gran Bretaña. Pero más impresionante aún era su experiencia militar. No solo había sido comandante de escuadrón del ejército británico y comandante de carro de combate de la 91.ª División Blindada de Jordania, sino que había sido general y comandante de las fuerzas especiales jordanas, entrenado para pilotar helicópteros de combate Cobra.

—¿Y qué dijo?

—Oficialmente no dijo nada. Esa conversación nunca se produjo.

—¿Y extraoficialmente? —preguntó Harvath.

—Le conmovió mucho su historia. Tendrá su francotirador jordano.

No era la historia de Harvath, sino la de Yusuf y Qabbani. Pero eso daba igual. Lo que importaba era que iba a poder sacarlos a ellos y sus familias de Siria. Lo había prometido.

Si lograban llegar a la frontera con Jordania, serían bien recibidos en Estados Unidos. Se lo habían ganado con creces.

Harvath quería volver a infiltrarse en Siria para hacer el viaje de vuelta con ellos, pero Yusuf había rechazado la idea. Era demasiado arriesgado. Él conocía la ruta y tenía el dinero y el reloj que le había dado Harvath, además del dinero que había ahorrado para sus tratamientos y para pagar los sobornos en el control fronterizo. Qabbani no tenía mucho dinero, pero también lo usaría para los sobornos.

—Usted solo tiene que estar en el control —le había pedido Yusuf—. Prométamelo.

—Se lo prometo —había replicado Harvath.

Eso era todo lo que Yusuf necesitaba oír. Confiaba en Harvath. Si el americano decía que estaría allí, Yusuf sabía que, *Insha'Allah*, estaría.

Insha'Allah, Murphy... todo acababa dependiendo de poderes fuera de su control. Aun así, no pensaba fallarles a aquellos hombres ni a sus familias.

Harvath sonrió al hombre armado del lado sirio del paso fronterizo de Nasib, y le enseñó la credencial de prensa plastificada además del falso pasaporte canadiense.

—Periodista —dijo.

Sabía que el guardia lo recordaba. Y a juzgar por su expresión, el tipo se preguntaba qué hacía de vuelta tan pronto.

Williams, que iba en el asiento del acompañante, al lado de Harvath, mostró su credencial de prensa a los guardias de su lado y dijo:

—Cámara.

Cualquiera habría dicho entonces que alguien acababa de lanzar brasas sobre sus uniformes. Empezaron a agitar los brazos como chimpancés y a dar brincos mientras algunos gritaban llamando al oficial.

—Vamos, sal, cabrón —susurró Harvath por lo bajo.

El hombre pareció obedecer a su llamada, porque salió del ruinoso edificio. Parecía aún más feo que la última vez. Su rostro moreno, curtido y surcado de cicatrices parecía aún más demacrado. Su bigote era tan oscuro que parecía teñido con pintura negra.

Con la mano derecha en la pistolera que llevaba a la cadera, alzó la mano izquierda e hizo un único y brusco gesto. El mensaje era claro. Acercarse para una «inspección».

Mientras Harvath acercaba un poco más la furgoneta con las ventanillas bajadas, Williams dio tres rápidos golpecitos en el tabique detrás de su asiento.

Harvath detuvo el vehículo en la zona de inspección, pero no apagó el motor. Habían desconectado las luces de freno en Amán.

Enseguida los rodearon y les gritaron que bajaran. Tiraron de las manijas de las puertas, pero no lograron abrirlas. Metieron el brazo en el interior para anular el bloqueo, pero tampoco les funcionó.

Al instante la cabina de la furgoneta adquirió el aspecto de un puercoespín vuelto del revés cuando los hombres introdujeron sus rifles por las ventanillas del conductor y el acompañante.

Siguieron gritando para que abrieran las puertas hasta que Harvath mostró un grueso sobre cerrado y lo movió de un lado a otro frente al parabrisas para que el cabecilla pudiera verlo.

El tipo ladró a sus hombres, que retrocedieron y apartaron los rifles de las ventanillas.

El cabecilla bajó el bordillo y se acercó lentamente a la camioneta. Tenía el aire altivo de un pequeño déspota. Un hombre que, al recibir una pizca de poder, había decidido abusar de él y tratar con prepotencia a los que tenían la mala suerte de cruzarse en su camino. Era un matón de manual, un maestro de la intimidación, un pequeño tirano. La clase de hombre que Harvath aborrecía.

Avanzó hacia la furgoneta con una mano en la pistolera. Con la otra, se atusaba el aceitoso bigote.

—Dinero, dinero —dijo, inclinándose por la ventanilla para mirar el sobre colocado en el sujetavasos.

—Periodista —dijo Harvath, solo por ponérselo difícil, al tiempo que señalaba la credencial que le colgaba del cuello.

William, que no quería dejar que Harvath se divirtiera solo, le imitó.

—¡Dinero! —le espetó el cabecilla en inglés chapurreado—. ¡Ahora!

—Nada de dinero —replicó Harvath, señalando la carretera—. Solo queremos pasar.

El cabecilla no se daba cuenta de que le estaban tomando el pelo y se quedó perplejo. El periodista había agitado el sobre delante de sus narices. Un sobre grueso.

—¡Dinero! —gruñó, desenfundando la pistola. Era una vieja Tokarev rusa, un arma conocida por dispararse accidentalmente. Cualquiera que supiera algo sobre armas evitaba llevar una Tokarev, pero eso era otra historia.

—Más vale que acabemos con esto de una vez —dijo Harvath, que agarró el sobre y se lo entregó.

El repulsivo tipo retrocedió un paso y, empuñando aún la Tokarev con la mano derecha, rasgó el sobre.

Cuando vio que era un engaño, pues estaba lleno de recortes de periódico, Harvath y Williams ya habían empezado a disparar.

Con la mano izquierda, Harvath sacó su pistola del bolsillo de su puerta. Apretó el gatillo en cuanto la levantó.

El cabecilla recibió cinco disparos. Harvath le hizo un costurón del estómago a la cara en menos de dos segundos. Antes del último disparo pisó el acelerador.

En ese momento, las dos puertas traseras se abrieron de golpe y los Hadid, armados con metralletas, abrieron fuego a discreción. Los guardias echaron a correr para ponerse a cubierto.

Harvath dio un volantazo hacia la izquierda para darles caza. Fue una carnicería. En menos de dos minutos habían liquidado a catorce hombres.

Harvath volvió a detener el vehículo bajo el saliente de hormigón. Oyó los casquillos de latón golpeando el suelo cuando los Hadid los quitaron a puntapiés de la furgoneta.

Estaba a punto de felicitar a todo el mundo cuando vio varios vehículos artillados que se dirigían hacia ellos a toda velocidad desde un edificio medio derruido que se alzaba más allá del paso fronterizo.

—Esto no pinta bien —dijo, señalando a los vehículos que se acercaban.

Williams sonrió.

—Bájese.

—¿Qué?

—Esto lo querrá ver —explicó—. Bájese.

Harvath pensó que estaba loco, pero cedió y se apeó de la furgoneta. Williams y los Hadid lo imitaron.

—¿Qué demonios estamos haciendo? —preguntó Thoman.

—Ahora lo verán —dijo Williams.

Se quedaron todos allí, mirando, pero Harvath solo veía los vehículos acercándose. Ya estaban a tiro. De hecho, parecieron leerle la mente, porque el artillero del primer vehículo empezó a disparar.

Harvath, Williams y los Hadid se vieron obligados a ponerse a cubierto. Les llovieron trozos del saliente de hormigón.

—¿Qué demonios estamos haciendo? —repitió Harvath.

—¡Miren! —gritó Williams para hacerse oír sobre el fragor de los disparos.

Desde el lado jordano de la frontera, les llegó lo que parecía un sonido atronador. Harvath y los suyos volvieron la cabeza en su dirección.

Vieron entonces que un helicóptero Cobra de combate se elevaba súbitamente. En cuanto abandonó el lado jordano, sus dos ametralladoras de 7.62 mm cobraron vida y empezaron a disparar a los vehículos artillados.

Los Hadid lanzaron vítores y levantaron el puño en alto.

Viendo los dos primeros vehículos inutilizados, los demás trataron de dar media vuelta para regresar por donde habían venido. Fue entonces cuando los Cobra utilizaron sus cohetes de 70 mm.

Liquidaron las camionetas artilladas una tras otra, junto con sus ocupantes. Fue un espectáculo increíble.

El helicóptero desapareció en cuanto terminó su trabajo.

Harvath estaba más que impresionado. Había sido una exhibición de fuerza abrumadora, justo como a él le gustaba. Los jordanos eran asombrosos.

Se quedaron quietos unos instantes más hasta que Harvath miró a Williams y dijo:

—Increíble. Espero que alguien le diga al rey Abdalá que sus pilotos son fantásticos.

—No es necesario que se lo diga nadie —replicó Williams, sonriendo—. El piloto era el propio Abdalá.

Cuando un equipo jordano llegó a toda prisa para ayudarles a limpiar la zona, Harvath sacó el móvil para llamar a Yusuf, que esperaba con su familia y la de Qabbani a diez kilómetros de allí.

El paso fronterizo era seguro. Lo esperaría al otro lado. No habría guardias que los hostigaran en el control.

74

Capitolio
Washington, D.C.

El senador Daniel Wells se inclinó y examinó al hombre que estaba al otro lado de su escritorio.

—¿He tartamudeado? —preguntó.

—No —contestó el director de la CIA.

—¿He hablado en un idioma extranjero?

Bob McGee puso los ojos en blanco. Estaba harto del arrogante y condescendiente senador de Iowa.

—Dejémonos de tonterías.

—¿Perdón?

—Ya me ha oído.

—Su agencia, director McGee, lanzó no uno ni dos, sino tres ataques con drones en territorio sirio. Supuestamente, dos de esos ataques cercenaron la capacidad del ISIS para acceder a las redes sociales y mataron a muchos de sus miembros de alto rango, incluyendo unos cuantos procedentes del Cáucaso. También derribaron un dron ruso, y desviaron recursos del Departamento de Defensa en Irak, incluyendo un dron y dos helicópteros furtivos, para desplazarlos a Siria. ¿Cómo describiría usted las acciones de su agencia?

—Yo diría que el día nos salió redondo —contestó McGee, mirándolo a los ojos.

—¿Perdón? —repitió el senador.

—Ya me ha oído. ¿O he tartamudeado? ¿Tal vez he hablado en un idioma extranjero?

Wells se encolerizó.

—Se acabó. Usted y yo hemos acabado. Durante más de una semana he estado esperando que viniera a informarme en persona. Y cuando por fin se digna a acudir a mi despacho, ¿se comporta así?

»Le advertí lo que ocurriría si decidía hacerse el listillo. Es usted un pésimo director de la CIA. Y ahora usted y su agencia pagarán por ello. Está acabado. ¿Me ha entendido? Fin. Está acabado.

McGee esperó a que el senador terminara su perorata. Cuando por fin acabó, lo miró y dijo:

—Ahora escúcheme usted, Dan.

El comentario ofendió a Wells. Estaba a punto de lanzar a McGee una mirada fulminante del tipo «¿Cómo se atreve? ¡Llámeme senador!», cuando McGee lo dejó helado con una mirada glacial.

—Usted y yo hemos acabado, eso desde luego —prosiguió el director de la CIA—. Pero yo no voy a ninguna parte... se irá usted.

—¿De qué demonios habla?

McGee fingió pasear la vista por el despacho.

—No he visto a su asistente al entrar.

—Se ha tomado un par de días por asuntos personales.

—Eso es lo que usted cree. El FBI la arrestó hace dos días en el hotel Hay-Adams.

Wells no dio crédito a lo que oía.

—¿Han arrestado a Rebecca? ¿Por qué?

—Saldrá en el *Washington Post* de mañana. Lilliana Grace firmará el artículo. Creo que ya se conocen.

El senador se puso de inmediato a la defensiva.

—No sé de qué me habla.

—Claro que no, Dan.

A Wells lo enfurecía que usara su nombre de pila a secas.

—No solo dejará de ser el presidente del Comité de Inteligencia —prosiguió McGee—, sino que ya puede ir olvidándose de ser candidato a la Casa Blanca. De hecho, me sorprendería que lo eligieran siquiera para dirigir la perrera municipal cuando todo esto termine.

—Sigo sin saber de qué está hablando.

El director de la CIA se reclinó en su butaca.

—Su ayudante, Rebecca Ritter, es una espía de los rusos.

El senador se quedó atónito.

—Se ha emitido una orden de registro, no solo para su apartamento, sino también para esta oficina y para todas las comunicaciones que ha intercambiado con usted.

Wells no estaba dispuesto a caer sin luchar. Recobró la compostura y dijo lo primero que le vino a la cabeza.

—Usted representa a la CIA. Según la Constitución, no tiene autoridad para emitir una orden judicial.

—Tiene razón —admitió McGee con una sonrisa.

Y en cuanto pronunció estas palabras, sonó el teléfono del senador.

—¿Senador Wells? —dijo la secretaria desde la oficina exterior—. El director del FBI quiere verle.

Epílogo

Un mes más tarde
Boston, Massachusetts

Harvath sirvió dos cervezas en sendos vasos tubo y salió al patio.

—¿Qué haces? —le preguntó Lara desde el interior.

—Pausa del café —contestó él—. Veinte minutos.

Acercó una silla y se sentó junto a la barandilla. Desde allí veía el río Charles más abajo.

Esa había sido su única petición: un lugar tranquilo, cerca del agua. La parte de la «tranquilidad» había descartado el puerto de Boston. Era una zona amena, pero demasiado ruidosa para su gusto. Cuando estaba en casa, quería relajarse.

El agente inmobiliario era un amigo de Lara y le había encontrado el lugar perfecto. Antiguo pero con carácter y buen mantenimiento. Tenía dos dormitorios y una buhardilla encima de la cocina.

En cuanto el hijo de Lara, Marco, había visto la buhardilla, había subido por la escalera y se había apropiado de ella. Harvath no había necesitado más. Esa misma noche había firmado el contrato de alquiler.

Lara se había ofrecido a ir y ayudarlo con la mudanza, pero

él sabía lo ocupada que estaba. Además, necesitaba estar un tiempo solo. Tenía mucho en lo que pensar.

A Yusuf, Qabbani y sus familias los habían entrevistado en la embajada de EE.UU. en Amán. Una vez concluido todo el proceso y el papeleo, los habían enviado a Baltimore para empezar una nueva vida.

Dos familias del Departamento de Estado que hablaban árabe se habían ofrecido a ayudarles en la adaptación a su nuevo hogar. A Yusuf lo habían ingresado en el Sidney Kimmel Comprehensive Cancer Center del Johns Hopkins.

El pronóstico no era bueno. Sin embargo, el equipo médico estaba decidido a tratarlo. En el hospital se había dado a entender discretamente que Yusuf era un hombre importante, alguien a quien Estados Unidos tenía en alta estima. Se haría por él todo lo que fuera posible.

Harvath había vuelto de Amán solo. Williams se había ocupado de Yusuf y los demás una vez cruzaron a salvo la frontera jordana.

Williams había llevado a las familias a una casa segura y se había ocupado de todo en la embajada. Además, había dedicado varias horas a hablar con los hermanos Hadid. No eran agentes suyos, pero estaba claro que podían hacer mucho más en Siria. Con algo más de entrenamiento, serían más valiosos.

Tras discutirlo con Langley, Bob McGee y Lydia Ryan habían aprobado la idea. A Williams le habían dado luz verde para organizar una nueva operación encubierta en Siria. Los Hadid serían la punta de lanza.

En Malta, Vella seguía sonsacando información valiosa a Baseyev, Rafael y Sergun. El alcance de todo lo que habían hecho los rusos y el ISIS era aterrador. La ira y la resolución del presidente Porter crecían exponencialmente con cada nuevo informe que recibía.

Durante los días posteriores al regreso de Harvath a Estados Unidos, la palabra «proporcional» se había utilizado mucho: en la Casa Blanca, en el Departamento de Estado, en la CIA y el Pentágono.

La otra palabra, pronunciada únicamente dentro del círculo más cercano al presidente, era «venganza». Desde luego, carecía de refinamiento y de finura diplomática. Pero era precisa. Estados Unidos quería venganza... y la obtendría.

Cuarenta y ocho horas después de su regreso, llamaron a Harvath a la Casa Blanca. No sabía por qué y no se enteró hasta que lo condujeron a la Sala de Emergencias.

Se sentó cerca del presidente y observó cómo se iniciaba la Operación Justicia Plena.

Bombas y misiles llovieron sobre la instalación naval rusa del puerto sirio de Tartús, así como la base aérea de Hmeimim situada al norte. Los sistemas de defensa antiaérea rusos resultaron completamente inútiles contra las armas de alta tecnología de los americanos.

En Tartús liquidaron un barco tras otro, igual que casi todos los aviones en Hmeimim. Fueron las mayores pérdidas militares sufridas por un país desde la Segunda Guerra Mundial.

Media hora después, el presidente Porter aparecía en televisión para dirigirse a la nación y explicar las acciones emprendidas por Estados Unidos. Advirtió también a los rusos que, cualquier intento de respuesta por su parte, sería contrarrestado con una destrucción aún mayor.

Tras detallar el intento de los rusos por atraer a EE.UU. a la guerra contra el ISIS en Siria, expuso una serie de exigencias innegociables.

La primera era que Rusia debía retirarse de la región de inmediato. La segunda era que los países de Oriente Medio debían celebrar inmediatamente una conferencia para discutir el modo de combatir el terrorismo reformando el islam.

De no producirse una reforma demostrable, Estados Unidos dejaría de reconocer el Acuerdo Sykes-Picot. El único país que seguiría reconociendo en virtud de ese acuerdo sería el Estado de Israel. Era la única democracia de la región y un ejemplo que debían seguir las naciones musulmanas. Para demostrar su compromiso con la seguridad de Israel, Estados Unidos aumentaría la entrega de armamento al estado judío, incluyendo algunos de sus programas más avanzados y sofisticados.

El presidente también hizo un llamamiento a la unidad, asegurando a su pueblo y al mundo que, manteniéndose unidos frente al mal, garantizarían la paz para ellos y para sus hijos.

Terminó su discurso citando a Edmund Burke: «Cuando los hombres malos se unen, los buenos deben asociarse; de lo contrario caerán, uno por uno, sacrificados implacablemente en una despreciable lucha.»

Fue uno de los mejores discursos de Porter, pronunciado después de otros que ningún presidente querría pronunciar jamás: sobre el vídeo de los horrores de Anbar, el asesinato del secretario Devon, la terrorista suicida de la Casa Blanca, y ahora, el ataque masivo de Estados Unidos contra los rusos. Todo ello sumado a las numerosas pérdidas que ya tantos habían sufrido.

El presidente rezó para que no se encaminaran hacia una guerra contra Rusia. Había hablado ya con sus aliados del resto del mundo y la condena a Moscú había sido unánime. Los rusos se habían convertido en parias. Si intentaban tomar represalias, sería el fin de su nación.

Harvath había vuelto a casa con muchas de las ideas y preocupaciones del presidente en la cabeza. Por fortuna, Rusia no respondió. De hecho, estaban demasiado ocupados con múltiples levantamientos islamistas dentro de sus propias fronteras.

Nicholas había editado las imágenes del ataque contra la reunión del ISIS y había superpuesto las voces de pilotos y controladores de combate rusos. Era un sofisticado engaño que había funcionado a la perfección.

Y mientras la CIA decidía qué hacer con Malevsky y Eichel, McGee trabajaba también con el Departamento de Justicia para decidir qué trato iban a dar a Rebecca Ritter, su supervisor ruso y Joe Edwards. Los tres esperaban su destino en un centro de detención de alta seguridad.

Ritter estaba cooperando. Admitió que había hecho un trato con el diablo. Los rusos no solo le habían pagado una fortuna por espiar para ellos, sino que también le habían ofrecido lo que ella deseaba más que nada: la habían convencido de que podían poner al senador Wells en la Casa Blanca y que, a partir de ahí, ella podría ocupar el puesto que más deseara. Y ella se había mostrado dispuesta a traicionar a su país a cambio de dinero y poder.

Y, a pesar de que McGee tenía trabajo más que suficiente con Ritter y todo lo demás, Harvath le había sugerido que no dejara pasar la ocasión de intentar reclutar a Anna Strobl. Seguía pensando que tenía madera para ser una buena agente.

Por supuesto, aún sería mucho mejor reclutar a Alexandra Ivanova que, una vez más, había sido testigo obligado de la insensatez y la corrupción de su gobierno. Tal vez estuviera ya preparada.

McGee le había asegurado que tendría en cuenta sus sugerencias y que lo mantendría al tanto de cualquier novedad.

Cuando Harvath llegó a su casa, junto al río Potomac, le pareció extraña, como si fuera de otra época de su vida, un lugar del pasado. En cierto sentido, eso era. Estaba cortando sus vínculos con Washington.

Se había reunido ya con Reed Carlton para explicarle su postura. Le había entregado su dimisión, pero el viejo se negó a aceptarla.

—Vete a Boston —le había dicho—. Veamos qué pasa.

Y eso había sido todo.

Harvath hizo la mudanza, o al menos se llevó todo lo que pensó que necesitaría. Todo lo demás podía quedarse allí por el momento.

Llenó su Tahoe y un remolque, y condujo hasta Massachusetts, sonriendo como un idiota durante casi todo el trayecto. Por una vez en su vida era feliz, verdaderamente feliz.

No solo le complacía el lugar al que iba y la persona con la que viviría, sino lo que estaba por venir. Tenía los tres ingredientes para la felicidad en la palma de la mano, y lo sabía: algo que hacer, alguien a quien amar, y algo que esperar.

Ocurriera lo que ocurriese, jamás echaría la vista atrás para preguntarse cómo podría haber sido su vida si no se hubiera mudado a Boston.

—¿Qué es esto? —preguntó Lara, saliendo al patio e interrumpiendo sus pensamientos.

Llevaba pantalones cortos y una camiseta. Incluso con una vestimenta tan informal, era increíblemente hermosa. Al instante, Harvath pensó en alargar la pausa de veinte a cuarenta y cinco minutos como mínimo. Se preguntó si los vecinos verían el patio desde sus ventanas.

Lara lo había ayudado a deshacer el equipaje y guardar sus cosas, y en la mano llevaba un silenciador de pistola.

—¿Eso? —replicó Harvath—. Es un vaso para chupitos.

Lara puso los ojos en blanco.

—¿Y esto? —insistió, mostrándole otro silenciador.

—Un florero. Iba a recoger una flor y ponerla ahí para darte una sorpresa.

—Sabes que estas cosas son ilegales en Boston, ¿verdad?

—Menos mal que tengo conocidos en la policía —replicó él, haciéndole señas para que fuera a sentarse con él.

Lara dejó a un lado los silenciadores, se acercó y se apoyó en el borde de la barandilla.

—Tienes unas piernas preciosas para ser policía —dijo él—. ¿Lo sabías?

—Para perseguirte mejor.

—Ni hablar. Se acabó lo de correr. Me has pillado —repuso Harvath, atrayéndola hacia su regazo.

Ella lo besó en los labios. Fue un beso lento, largo e increíblemente sensual, justo como el que se habían dado en Budapest, pero mejor. Ese beso le dijo a Harvath cuanto necesitaba saber.

No cabía duda. Formaban una pareja fantástica: inteligentes, apasionados, con química. Eran perfectos el uno para el otro y habían conseguido que funcionara.

Deslizó una mano bajo la camiseta de Lara y le recorrió suavemente la espalda hasta encontrar el cierre del sujetador. Lo abrió.

—Una coordinación perfecta —le susurró ella al oído—. Acabo de poner sábanas en la cama.

—Inauguremos primero el patio.

Lara rio y volvió a besarlo.

—Me hace realmente feliz que estés aquí.

—A mí también —afirmó él—. A mí también.

Agradecimientos

Ha sido un año increíble y quiero agradecérselo a todos mis fantásticos lectores. Gracias por vuestro apoyo, por las estupendas charlas en las redes sociales, y por todas las personas que habéis introducido a mis libros.

También quiero dar las gracias a todos los maravillosos libreros del mundo que venden mis novelas y siguen obteniendo nuevos lectores para ellas cada día. No tengo palabras para expresar mi aprecio.

Una vez más, mis grandes amigos Sean F., James Ryan y Rodney Cox han sido una ayuda fundamental durante la redacción de esta novela. Son tres de los hombres más valientes y patriotas y con más talento que conozco. Soy mejor en todo lo que hago porque me esfuerzo por alcanzar el alto nivel que ellos se imponen a sí mismos.

J'ro, Pete Scobell, Jeff Boss, Peter Osyff y Jon Sanchez han servido a Estados Unidos con increíble honor y distinción. Me siento honrado de llamarles también amigos, y de tener acceso a sus conocimientos, duramente ganados. Gracias a todos por lo que habéis hecho por mí y, lo más importante, por nuestra nación.

En el plano internacional, Chad Norberg y Robert O'Brien me han proporcionado información sobre algunos elementos clave de la novela. Son otros dos hombres buenos, a quienes agradezco profundamente su amistad y su servicio a nuestro país. Gracias.

Gracias a quienes han aportado su contribución a esta novela, pero han solicitado que no mencionara aquí sus nombres.

Los personajes de Lilliana Grace, Helen Cartland y Alan Gottlieb han recibido el nombre de donantes que han dado su generoso apoyo a buenas causas en las que he estado involucrado. Gracias por vuestra generosidad. Espero que disfrutéis con los personajes.

Debo una gran parte de mi éxito a las magníficas personas con que trabajo, desde la increíble Carolyn Reidy y la incomparable Louise Burke, hasta la fantástica Judith Curr. No podría hacerlo sin vosotras. Gracias por todo lo que habéis hecho por mí, vosotras y los demás de Simon & Schuster.

No se puede crear una aventura tras otra cada año sin un editor fenomenal. Emily Bestler es la mejor sin ningún género de duda. Gracias, Emily, por tu perspicacia, tus grandes ideas y, sobre todo, por tu eterna amistad. Eres muy importante para mí.

En cuanto a los publicistas, David Brown es el *capo di tutti capi*. No solo es extraordinario en lo que hace, sino también en cómo es. Gracias, David, por todas las cosas que haces por mí todos los días del año.

También quiero dar las gracias a la fantástica familia de Simon & Schuster, así como expresar mi gratitud a todos los de Emily Bestler Books y Pocket Books, incluyendo a mis buenos amigos Michael Selleck, Gary Urda y John Hardy, así como a los increíbles Colin Shields, Paula Amendolara, Janice Fryer, Seth Russo, Lisa Keim, Irene Lipsky, Lara Jones, Megan Reid, Emily Bamford, Ariele Fredman, el equipo de ventas al completo de Emily Bestler Books/Pocket Books, Albert Tang, y los departamentos artísticos de Emily Bestler Books/Pocket Booksm Al Madocs y el departamento de producción de Atria/Emily Bestler Books, Chris Lynch, Tom Spain, Sarah Lieberman, Desiree Vecchio, Armand Schultz, y toda la división de audio de Simon & Schuster.

Cuando soñaba con convertirme en escritor, imaginé cómo

sería tener un agente literario. Los había visto en el cine y la televisión. Un buen agente no solo es un compañero en el proceso de escritura, sino tu mayor defensor y, si tienes suerte, un amigo aún mejor. Mi agente, una mujer brillante, Heide Lange, de Sanford J. Greenburger Associates, es uno de ellos. Heide, gracias por hacerlo todo posible.

Dos personas con un gran talento ayudan a Heide a hacerlo todo posible: Stephanie Delman y Samantha Isman. Gracias, señoras, por todo lo que hacéis por mí, y gracias a todos los demás en SJGA. Mi aprecio por vosotros no tiene límites.

Aunque le diera las gracias un millón de veces, seguiría sin ser suficiente para expresarle a Yvonne Ralsky lo mucho que significa para mí. Cuando creo que las cosas no pueden ir mejor, ella las lleva a un nivel superior. Ha sido un auténtico placer trabajar contigo, YBR, ¡y estoy impaciente por seguir haciéndolo muchos años más! Gracias por todo lo que has hecho.

Esta novela está dedicada a una de las personas que más aprecio en el mundo: Scott Schwimmer. Scottie ha estado a mi lado desde el primer día. Empezó siendo mi abogado y acabó como uno de mis mejores amigos. Es la persona más decente, inteligente y entregada, y con más talento, que uno pueda conocer. Dios rompió el molde con este hombre y cada día doy las gracias por conocerlo. Gracias, Scottie.

He dejado lo mejor de lo mejor para el final: mi maravillosa familia. Mientras escribo esto, están todos en la planta baja esperando que termine con esta novela para poder celebrarlo conmigo. Día tras día, durante largas noches y fines de semana, mi esposa Trish y nuestros hijos han mantenido el mundo a raya para que yo pudiera escribir. Me han traído la comida a la mesa, han escrito notas en la nieve frente a mi ventana, y me han recordado cuánto me quieren con cada cosa que han hecho por mí. Darles solo las gracias no sería suficiente. Os quiero mucho a todos y, ¿sabéis qué?, ¡ha llegado la hora de la celebración!

Si no habéis visitado BradThor.com, por favor, echadle un vistazo, y no olvidéis inscribiros para recibir mi *newsletter*, rápida, divertida y gratuita. Creo nuevos contenidos durante todo el año y entrego algunos premios muy interesantes. Es otra manera de daros las gracias a todos por vuestro apoyo.

Bien, hemos llegado al final de *Agente exterior*. Espero que hayáis disfrutado tanto leyéndolo como yo escribiéndolo. Ahora compartimos un vínculo especial y, a medida que pasen los años, espero ofreceros muchas más novelas interesantes.

Gracias, una vez más, por hacer posible la mejor carrera del mundo.

BRAD THOR

OTROS TÍTULOS DE LA COLECCIÓN

LA CACERÍA

J. M. PEACE

Samantha Willis es una oficial de policía de Queensland, Australia, y una mujer convencida de su capacidad de cuidar de sí misma. Al menos hasta que cae en manos de un peligroso psicópata, cuyo juego consistirá en cazarla como a un animal.

La detective Janine Postlewaite no conoce a Sammi personalmente, pero los agentes de la ley se cuidan los unos a los otros, y dirigirá la investigación con tenacidad. Mientras un asesino da caza a Sammi, Janine deberá reunir las pistas que podrían conducir hasta esta.

Todo se convertirá en una carrera contra el reloj, en la que Sammi deberá apelar, para sobrevivir, a su sangre fría y su experiencia como policía, mientras sus colegas intentan descifrar las pruebas antes de que el sádico asesino lleve a cabo su juego mortal.

Una novela de suspense trepidante, que denota la pericia y la experiencia de la autora acerca de los procedimientos policiales.

MÁXIMO IMPACTO

DAVID BALDACCI

Eficiente e implacable, Will Robie es el hombre a quien recurre el gobierno de Estados Unidos para eliminar a los peores enemigos del estado. Sin embargo, hay alguien capaz de igualar los talentos de Robie: su colega Jessica Reel, una asesina tan profesional y letal como él. El problema es que, por alguna extraña razón, ahora tiene en el punto de mira a otros miembros de su agencia.

Robie tendrá por misión capturar a Reel, viva o muerta. Sin embargo, a medida que la persigue, Robie no tarda en descubrir que sus ataques a la agencia ocultan una amenaza mayor, una que puede causar una tremenda conmoción en Estados Unidos y en el resto del mundo.